J.B. Salsbury vit dans la ville de Phoenix, en Arizona, avec son mari et leurs deux enfants. Tout en s'acquittant de ses tâches quotidiennes, son inconscient est rongé par un monde peuplé de mâles dominants, d'histoires d'amour et d'obstacles impossibles. Grâce à une formation dans le journalisme, elle a placé l'écriture au premier plan, et sa passion pour la romance l'a convaincue de s'y consacrer.

Pour plus d'informations sur la série ou, tout simplement, pour lui dire bonjour, n'hésitez pas à rendre visite à J.B. sur son site : http://www.jbsalsbury.com

Du même auteur, chez Milady :

Fight :
1. *Corps à corps*
2. *Fièvre au corps*
3. *À son corps défendant*

CE LIVRE EST ÉGALEMENT DISPONIBLE
AU FORMAT NUMÉRIQUE

www.milady.fr

J.B. Salsbury

À son corps défendant

Fight – 3

Traduit de l'anglais (États-Unis) par Benoît Robert

Milady Romance

Milady est un label des éditions Bragelonne

Titre original : *Fighting to Forget*
Copyright © 2014 J.B. Salsbury
Tous droits réservés.

© Bragelonne 2017, pour la présente traduction

ISBN : 978-2-8112-3946-6

Bragelonne – Milady
60-62, rue d'Hauteville – 75010 Paris

E-mail : info@milady.fr
Site Internet : www.milady.fr

*Pour chaque enfant qui a attendu
un sauveur qui n'est jamais venu.*

« "À moi la vengeance, à moi la rétribution", dit le Seigneur. »

Romains, 12:19

Prologue

Nothing, Arizona, 1999

J'attends, je scrute les chiffres lumineux sur mon réveil La Petite Sirène. La maison est silencieuse depuis 0 h 08. Je ferme les yeux et je tends l'oreille pour percevoir des voix, mais je n'entends que les ronflements de mon père de l'autre côté du mur. Je meurs d'envie de débouler l'escalier mais je dois attendre qu'ils soient endormis. Je ne peux pas courir le risque de me faire pincer. Les marques que j'arbore à l'arrière des jambes me font encore mal et me rappellent la dernière fois où ils m'ont trouvée à l'extérieur de ma chambre après l'heure du coucher. Je vais encore patienter deux minutes pour être sûre.

Mon ventre bourdonne comme si une centaine de scarabées y avaient élu domicile. Je me suis rongé tous les ongles des doigts, et il ne reste plus que la chair alentour. Je mordille et j'arrache des petits bouts de peau. Lorsque je sens le goût salé du sang sur ma langue, je passe au doigt suivant. Mes pieds nus tapotent sans bruit sur le plancher.

Je cligne des yeux dans l'obscurité et j'aperçois un autre chiffre qui change. Le temps s'écoule trop lentement. Je dois faire vite. Je sais qu'il m'attend. Il a besoin de moi ces nuits-là…, les nuits où il a reçu un visiteur.

Mes parents prétendent que les enfants adoptés sont source d'ennuis, et que c'est pour ça qu'il doit vivre au sous-sol. On nous fait l'école à la maison, et ma mère ne le laisse jamais sortir ; elle se contente de lui donner des livres pour qu'il ait de la lecture. Je lui ai filé des trucs en douce, je les ai glissés dans l'espace sous la porte du sous-sol, qui est à peine assez large pour ma main. J'aimerais apprendre à mieux le connaître, mais maman et papa disent qu'il est dangereux.

Un autre chiffre change.

Je bondis hors de mon lit et je traverse ma chambre à pas de loup jusqu'au couloir. *Un instant.* Je devrais lui apporter quelque chose. Je retourne dans ma chambre pour y prendre une peluche, un ours brun clair vêtu d'un tee-shirt bleu portant l'inscription « Las Vegas, NV ». Mon père me l'a rapporté d'un voyage d'affaires. L'animal est doux et il devrait pouvoir passer dans l'ouverture sous la porte du sous-sol.

Je me faufile dans le couloir sur la pointe des pieds ; je m'arrête devant la porte de la chambre de maman et papa, et je presse l'oreille contre le bois froid. Ils dorment.

J'emprunte les marches une à une aussi furtivement que possible. Le bois craque sous mes pieds. Je m'immobilise, à l'affût du moindre bruit. Rien. Je peux continuer. J'esquive une marche sur deux jusqu'à ce que je parvienne en bas de l'escalier. Je me précipite vers la cuisine.

Je l'entends déjà.

Je ne suis pas encore à la porte du sous-sol et je l'entends déjà.

Ma poitrine se contracte. Que lui font ses visiteurs pour qu'il soit si triste ?

Je cours et je me laisse tomber à genoux près de la porte ; avec mon pantalon de pyjama en flanelle, je glisse sur le carrelage. J'appuie la joue au sol et je scrute l'espace sous la porte, mais il fait trop noir. Le son de ses pleurs ricoche sur les murs de béton.

— Chut, tout va bien, je suis là. (Mes murmures s'évanouissent dans l'obscurité et se perdent dans ses gémissements plaintifs.) S'il te plaît, arrête de pleurer.

Ne les réveille pas.

Ses haut-le-cœur me font mal au ventre. Comme d'habitude, je lève le bras pour tester la poignée de la porte, et, comme d'habitude, cette dernière est verrouillée.

Il doit m'avoir entendue parce qu'il cesse de pleurer. Je colle de nouveau ma joue au sol, et une petite lueur, peut-être une lampe de poche, remue dans le noir.

— Hé, tout va bien. C'est moi.

J'attends, la lueur s'approche, et enfin je le vois.

Tout comme moi, il pose la joue au sol, et une paire d'yeux bleu clair apparaît. Le blanc de son œil est rouge et la peau tout autour est boursouflée, mais ce bleu reste le plus joli que j'aie jamais vu, un bleu pareil au ciel après l'orage, lorsque les nuages se dissipent et que le soleil est presque aveuglant. Ses cils d'un noir profond sont collés par ses larmes, et ses cheveux noirs épais sont plaqués sur la portion de front que j'aperçois. Il a le nez rouge et les lèvres gonflées.

— Tu es venue.

Sa voix est rauque, il hoquette à travers ses derniers pleurs.

— Oui, je suis là. (Je tends la main sous la porte et il s'en empare aussitôt.) Tu vas bien ?

Il resserre son emprise sur mes doigts et les entoure de son autre main.

— Ça va mieux maintenant.

— Je t'ai apporté quelque chose.

De ma main libre, je pousse l'ours sous la porte.

Il baisse les yeux et libère une de ses mains pour s'emparer de l'animal.

— C'est pour moi ?

— Oui, il est vraiment doux. Je me suis dit que ça t'aiderait à dormir.

Il fixe l'ours sans dire un mot.

— Dormir.

Il le couve entre ses mains et les miennes.

— Merci, Gia.

Les visiteurs qui le font pleurer viennent de plus en plus souvent. Au début, il s'agissait toujours des mêmes hommes, maintenant il y a de nouveaux visages. Quand ils sont là, on m'enferme dans ma chambre, mais je les vois quitter la maison par la fenêtre. Lorsque je demande pourquoi lui reçoit de la visite, et pas moi, ma mère me dit que ça ne me regarde pas. Je suppose que ce sont les gens de l'agence d'adoption qui viennent voir comment il va. Peut-être qu'ils lui disent qu'il est méchant. Ça me rendrait triste.

— Cet homme t'a fait du mal ?

Son œil s'ouvre en grand, il prend une profonde inspiration et sa lèvre tremble.

Ça fait bizarre de le voir pleurer. Je ne connais pas grand-chose aux garçons, mais je suis quasi sûre que les garçons de dix ans ne sont jamais tristes à ce point.

— Chut, tout va bien.

J'essaie de lui serrer la main plus fort, pour qu'il sache que je suis là et que je ne vais pas l'abandonner, mais sa poigne est si puissante que je suis incapable de remuer les doigts.

— Tu n'es pas un méchant garçon, chut.

Ses sanglots redoublent d'intensité. Mon cœur bat la chamade.

— S'il te plaît, tout va bien, je te jure.

Je regarde derrière moi de peur qu'un de mes parents ne nous surprenne. Je ne veux pas regagner l'obscurité.

— Si on fait du bruit, ils vont se réveiller.

Certaines nuits sont pires que d'autres, il est incapable de se calmer et de respirer normalement. Ces nuits-là, il n'y a qu'une seule chose qui puisse le faire arrêter. La première fois que j'ai essayé, je désespérais de trouver un truc. Et ça a fonctionné.

Je me mets à chuchoter, je chante une des seules chansons que je connais par cœur : *Douce Nuit*. Il se calme et retrouve sa respiration par à-coups jusqu'à ce qu'enfin ses sanglots cessent. La chanson est facile, alors je continue pour éviter qu'il ne recommence à pleurer. Au bout d'un moment, la voix rauque et la gorge sèche, je m'arrête.

— Je vais mourir ici.

Il a parlé d'une voix si ténue que je crois avoir rêvé.

— Ne dis pas ça. Si je pouvais trouver où ils cachent la clé, je pourrais…

— Non. (Il semble fâché.) Ne te mêle pas de ça.

Une brûlure prend naissance dans mon estomac et se propage à mes joues.

— Je ne veux pas… Je vais faire quelque chose. Tu crois que je ne peux pas t'aider parce que je ne suis qu'une petite fille. Mais tu te trompes…

— Non, mais… C'est que… si tu te fais coincer… (Il resserre son emprise autour de mes mains.) Je ne veux pas qu'ils s'approchent de toi. Je ne les laisserai pas faire !

— Chut. (La chaleur sur mes joues s'accentue et se diffuse vers ma poitrine.) Nous trouverons un moyen. Mais il est tard.

Nous restons assis pendant un long moment, sans parler, rien qu'en nous touchant sous la porte, chacun de nous fixant l'autre d'un œil. J'ai mal à l'épaule, je ressens des fourmis dans le bras, et ma main est engourdie.

Je bâille, et mes paupières papillonnent.

— Tu devrais dormir, lui dis-je.

— Tu veux bien encore chanter ?

— Euh… qu'est-ce que tu voudrais ?

— N'importe quoi. Ta voix me suffit.

Je chante quelques phrases du *Petit Renne au nez rouge* en essayant de garder les yeux ouverts. Finalement, son œil bleu disparaît sous sa paupière rose marbrée. Son emprise sur ma main se détend. Il s'est endormi.

L'inquiétude et la peur m'ont tellement épuisée que j'ai l'impression de me liquéfier sur le carrelage.

— J'ignore ce qui t'arrive dans ce sous-sol, mais je te promets que je serai toujours là pour toi. Je vais te sortir d'ici. Tu crois que j'en suis pas capable parce que j'ai que huit ans, mais je le peux. Je le ferai.

Je retire ma main de sous la porte en m'assurant qu'il ne se réveille pas.

Je me redresse, j'étire et je secoue les doigts. Je pose la main à plat sur la seule chose qui nous sépare, cette stupide porte, et je promets intérieurement de sauver mon frère adoptif de ce qui lui fait du mal, quoi que ce soit. Et peu importe ce qu'il faudra faire pour ça.

J'embrasse le bois.

—Je t'aime, Rex.

Chapitre premier

Quatorze ans plus tard...

Sous ma carapace je suis cet enfant
Qui n'avait jamais son mot à dire
Mon âme, je la cache pour la détruire
Et repousser l'atroce souffrance

Ataxia

Rex

— Hé, Rex, réflexe !

Je relève la tête juste à temps pour apercevoir une bouteille qui traverse les airs et l'attraper au vol.

— Merci, mon pote.

Talon s'affale sur la chaise pliante à mes côtés. Je décapsule la bouteille et j'avale une longue gorgée de bière. Les lueurs des flammes éclairent les visages d'une bonne vingtaine de personnes qui se tiennent debout tout autour du feu. Certains sont des amis, d'autres des inconnus, la plupart sont bourrés.

Le regard rivé sur le feu, j'avise du coin de l'œil quelques visages étrangers, des gars qui semblent décidés à foutre la merde.

—Lane a balancé combien de caisses dans ce truc ? s'enquiert Talon en reculant sa chaise d'une trentaine de centimètres pour s'éloigner du brasier. Ça crame. Comment tu fais pour rester aussi près ?

Talon est le batteur d'Ataxia depuis les débuts du groupe. Il devrait me connaître suffisamment pour ne pas devoir poser la question.

Ouais, ça crame. Mais j'aime la douleur.

—Fais pas ta chochotte. C'est pas si chaud que ça.

Oh que si !

—C'est pas chaud, mon cul ! Ce feu doit faire au moins un mètre cinquante. (Il esquisse un mouvement de recul.) Encore heureux qu'on soit au milieu de nulle part, sinon les flics nous tomberaient dessus.

C'est devenu un rituel de partir dans la cambrousse, avec nos bécanes tout-terrain et une quantité suffisante de bière pour soûler un petit pays. Ces derniers temps, notre groupe de rock a tellement écumé les clubs de la région qu'échapper pour un soir à la vie nocturne de Vegas constitue un changement bienvenu.

Les cris perçants d'une fille attirent mon attention. Un type l'a prise en tenaille et soulevée dans les airs. Elle gigote des jambes, puis il la repose sur le sol. Mes yeux retournent vers le feu.

La soirée a débuté tranquillement, mais la tension monte au fur et à mesure que les cadavres de bouteilles s'amoncellent. Une bande de types qui ne traînent pas habituellement avec nous ont suivi les filles jusqu'ici. Ils ne sont pas nombreux, mais ils sont morts pétés et ils font beaucoup de bruit, bref je ne les sens pas.

—En parlant de nous tomber dessus, qui a invité ces enfoirés ?

Je lance un regard vers un groupe de filles qui rient aux éclats et en font des tonnes. Elles sont agglutinées autour des gars qu'elles ont amenés. Les gonzesses et leurs fantasmes concernant les mauvais garçons… À tous les coups, ces mecs ont reniflé l'odeur des embrouilles et ont fondu sur elles comme des pigeons sur le pop-corn.

Talon s'esclaffe et balance sa capsule dans le feu.

— Je parierais qu'ils sont venus avec Trix.

Je secoue la tête. J'aurais dû m'en douter. Une strip-teaseuse des environs qu'on voit traîner dans certains de nos plus gros concerts. Cette blonde délurée a du succès auprès des mecs, et on les comprend. Elle est sublime. Tous les gars du groupe l'ont testée, à part moi.

Les groupies ont la réputation d'aimer se vanter de leurs conquêtes sexuelles. Or je préfère garder mes rencontres dans la sphère privée, mais pas pour les raisons qu'on pourrait imaginer. Je ne m'inquiète pas des médias et je ne crains pas de me voir accoler une réputation de play-boy ; c'est juste que j'ai horreur du sexe. Les besoins primaires de mon corps me répugnent. Je résiste à mes envies aussi longtemps que possible jusqu'à ce que je n'aie plus d'autre choix que de me trouver une femme consentante en priant pour que ce soit vite fini.

Un mélange de honte et de nausée me monte à la gorge. Je le ravale en vidant ma bière.

Mon visage me crame tellement que j'ai l'impression que la peau est sur le point de s'en détacher. Je jette ma bouteille dans les flammes.

— Je m'emmerde. On se fait une petite virée ?

Talon se met debout et cale le reste de sa bière en quelques rapides gorgées avant de balancer sa bouteille dans le feu.

— Putain ouais !

Rouler de nuit, c'est excitant. Malgré la lumière du phare, je ne distingue rien au-delà de soixante centimètres de ma roue avant. Toutes les conneries qui tournent en boucle dans mon crâne se dissipent sous l'effet de cette incroyable poussée d'adrénaline. Et, en cet instant précis, je cherche la bagarre.

— Attends, j'ai une meilleure idée.

Je me dirige vers ce qui reste de notre réserve de bois et j'en extrais quelques longues planches que je dispose de façon à former une rampe orientée vers le feu.

— Bordel, tu as perdu la tête ! lâche Talon, nettement trop fort à mon goût.

Le petit groupe de fêtards cesse de discuter et s'approche de ma rampe de fortune. Je jette les planches excédentaires dans les flammes, qui s'élèvent de plus belle.

— Rex, mon pote, tu ne pourras pas franchir ce feu. Il est trop haut, intervient Lane, notre guitariste, en se frayant un chemin à travers les spectateurs. Cette rampe ne te fera gagner que quelques dizaines de centimètres.

L'ignorant, je poursuis la construction de ma rampe. Je vérifie la pente, puis je monte dessus pour tester sa stabilité. Ça fera l'affaire.

Ty s'agenouille pour examiner ma construction.

— Lane a raison, mec. Tu ne passeras pas au-dessus des flammes.

Sans déconner ! Je me dirige vers ma bécane et je m'empare de mon casque, suspendu au guidon. Tout le monde y va de son petit commentaire sidéré. J'enfourche l'engin et, d'un coup de pied, je démarre le moteur de ma CRF 450.

Talon se précipite devant ma moto pour me barrer le passage.

— Tu vas te tuer. Ce feu fait un mètre cinquante de hauteur, deux mètres cinquante de largeur, et on est à des kilomètres d'un hôpital. C'est débile.

— Pigé. Maintenant, dégage.

— Tu as entendu les gars. Tu ne franchiras pas le feu, mon pote.

Je secoue la tête.

— Je ne compte pas le franchir.

Ses sourcils s'affaissent, et la confusion se lit sur son visage.

— Tu ne vas quand même pas passer à travers…?

Je fais vrombir le moteur en attendant qu'il libère le passage.

Il hurle un truc, mais je continue à donner des coups de gaz, de sorte que ses paroles se noient dans le grondement de ma bécane.

Il lève les bras au ciel et s'en va rejoindre les autres près de la rampe.

Un coup d'accélérateur, et je vire. Mon pneu arrière projette des cailloux et de la poussière. Mon esprit passe en revue les milliers de choses qui pourraient foirer. Si je ne prends pas la rampe au milieu, je vais plonger tête la première dans le feu. L'espace d'une seconde, je m'imagine grillé vif : être englouti par les flammes, privé d'oxygène, les brûlures atroces. L'excitation m'emballe le cœur et je savoure cette sensation familière. Le danger, l'éventualité de la mort, la douleur… : rien n'a son pareil. Même pas la drogue, le sexe ou le fric.

Après une bonne vingtaine de mètres, j'effectue un demi-tour pour me positionner face au feu qui flambe au loin. Le petit groupe de spectateurs disparaît en arrière-plan jusqu'à ce qu'il n'y ait plus que les flammes et moi.

—À nous deux, enfoiré.

Je mets les gaz, tout en gardant le frein enclenché.

Après un dernier coup d'accélérateur, ma bécane décolle si brusquement que la roue avant se soulève du sol. Je me penche pour prendre de la vitesse. Mon corps me démange, ma chair a envie de sentir la morsure de la chaleur. J'avise la rampe, qui paraît minuscule en comparaison du brasier rugissant.

Plus près, de plus en plus près…

Ma roue avant rencontre le bois. Je m'envole dans les airs. Je retiens mon souffle. La chaleur roussit mes bras et mes jambes nus. L'euphorie me gagne.

Puis c'est fini. Incapable d'anticiper mon atterrissage, je laisse mes pneus heurter le sol. Je dérape et j'atterris violemment sur la hanche et l'épaule avant de glisser dans un nuage de poussière et de cailloux.

La douleur me vrille l'épaule, c'est vachement bon.

—Tu es complètement taré! (Talon s'agenouille près de mon visage.) Abruti! Tu t'es cassé quelque chose, hein?

Je grogne en me tournant sur le dos. Non, j'ai l'habitude de la douleur. Rien de cassé. Une entorse? Possible.

Quelque part, tout au fond de moi, je sais que je devrais culpabiliser. Des gens comptent sur moi, dans le groupe et dans l'UFL, la ligue d'Ultimate Fighting. Mais cette préoccupation ne suffit pas à m'inciter à modifier mon comportement.

La souffrance, c'est tout ce que j'ai. Le seul truc qui me rappelle que je peux encore ressentir quelque chose. Je suis peut-être tordu, mais c'est comme ça.

Je me remets debout en m'appuyant sur les bras et je retire mon casque.

— J'y retourne. (Un petit tas de palettes attend encore d'être brûlé.) Avec davantage de flammes.

Talon m'assène un coup sur l'épaule, ce qui propage une douleur jusque dans ma nuque.

— Pas question, tête de bite. On a un concert demain soir. Tu es vraiment débile si tu imagines…

— T'es qui, toi ? Sa maman ? (Un des types complètement bourrés qui a cherché la bagarre toute la soirée se dirige sur nous en titubant.) Lâche les baskets à cette gonzesse.

Super, juste au moment où je commençais à m'amuser.

Talon vient se poster devant le gars.

— Qui est-ce que tu traites de gonzesse, salope ?

— Waouh ! (Le type vacille en riant.) Je pige. T'es pas sa mère, mais son petit ami, c'est ça ?

Je bande les muscles.

— Bordel, c'est quoi, ton problème ?

Mon sang se met à bouillir.

Le type se fend d'un large sourire à travers sa moustache et son bouc.

— Ouaip, pas de doute, vous couchez ensemble.

Talon et moi nous avançons sur lui alors que plusieurs autres gars viennent prêter main-forte à la grande gueule.

Maintenant qu'il a du renfort, il se redresse.

— Suceurs de bites, ajoute-t-il.

La rage m'inonde le corps. Je franchis les quelques pas qui me séparent de ce rondouillard. D'une ruade, je l'envoie sur le cul et je me mets à califourchon sur son torse.

Il y a des trucs que je ne supporte pas, que je ne tolérerai pas. Et ce crétin vient de poser le pied en zone interdite.

— Tu m'as traité de suceur de bites ?

Je prends mon élan et je lui balance l'avant-bras dans la mâchoire. Il tente de répliquer d'un crochet maladroit que je n'ai aucune difficulté à bloquer.

J'entends les remous d'une dispute dans mon dos, mais je les ignore ; je ne vois que ce type à travers les brumes de ma fureur et je fais pleuvoir les coups sur son visage. Une légère douleur à l'épaule et à la mâchoire m'indique qu'il marque des points, mais ça ne m'arrête pas.

Soudain on m'empoigne le bras par-derrière.

— Ne t'avise plus jamais de me dire ça. (Je me laisse emmener plus loin.) Vas-y ! Essaie seulement. Traite-moi encore de suceur de bites !

Ses amis l'aident à se remettre sur pied, et il se débarrasse de la poussière, le sourire aux lèvres.

— C'est tout, le petit coco à sa maman ? lance-t-il encore.

— Espèce d'enculé !

Je m'élance vers l'avant, mais Talon fait barrage de son corps.

— Rex, mon pote, calme-toi, putain.

Lane me tire en arrière.

Mes muscles brûlent d'envie de se battre, mais c'est la voix de la raison. Ce loser ivre n'en vaut pas la peine, et, à en juger par le sang qui s'écoule de sa lèvre sur son blouson de cuir, je pense que je me suis fait comprendre. J'abandonne le combat et j'essaie de me dégager des mains qui me retiennent.

Les gars me relâchent mais restent entre moi et le motard qui pisse le sang.

Grâce à l'adrénaline et à la douleur de ma chute, je me sens gonflé à bloc. Mes lèvres s'étirent lentement en un sourire, et je devine la lueur sauvage qui anime mes yeux quand je les pose sur Talon.

—C'était marrant.

Il me dévisage d'un air que je connais bien. Sourcils froncés, yeux plissés et légère moue.

Il pense que je suis dingue.

Il a raison.

Mac

—Génial, putain !

Les mots que je marmonne se perdent dans l'air tiède du désert. On est au début mai, et le climat se réchauffe déjà, annonçant des températures estivales éprouvantes.

J'enlève de ma bouche les mèches de cheveux balayées par le vent et j'engage ma moto dans l'allée. Je presse le bouton de la télécommande qui actionne la porte du garage et je lance un regard noir à la monstrueuse Harley stationnée à proximité.

Hatchet est là.

Après la nuit que je viens de passer, je ne suis pas d'humeur à me le coltiner. Avec un grognement, je range ma moto dans le garage.

Il est tard…, enfin tôt. Faire partie de la dernière équipe dans un club de Vegas, c'est galère. Je me suis fait empoigner les fesses, une nana bourrée a renversé son verre sur moi et une bande d'étudiants m'a fait du gringue ; maintenant par-dessus le marché il va falloir que je me tape ce bon à rien de motard. Je n'ai plus qu'à espérer qu'ils roupillent.

Je passe du garage à la maison et je me retrouve dans l'obscurité la plus totale. Surprise, je perds l'équilibre et ma poitrine se contracte.

—Merde !

Je déteste l'obscurité. J'actionne l'interrupteur le plus proche, et l'ampoule près du cellier s'illumine.

Trix sait qu'elle doit laisser la lumière quand je travaille tard. Du coup, je devine qu'ils dorment... ou plus exactement qu'ils doivent végéter dans un état semi-comateux.

L'espace d'une seconde, j'envie presque ma colocataire et son motard copain de baise. Ils ont sans doute sombré si profondément au pays des ivrognes que seul un coup de poignard pourrait les réveiller. Je m'autorise à imaginer que j'enfonce une lame dans la jambe de Hatch pour répliquer à un de ses sarcasmes de beauf. On peut toujours rêver.

Mon sourire s'évanouit et je laisse échapper un long soupir. Rêver, tu parles. Dans mon cas, il s'agirait plutôt de faire des cauchemars. Chaque nuit, je reste allongée la moitié du temps à lutter contre le sommeil de peur que mes rêves ne prennent la forme de souvenirs de mon ancienne vie, lorsque j'étais enfermée avec, pour seule compagnie, le désir de vengeance.

Je secoue la tête pour évacuer ces pensées et je me concentre sur le présent, sur mes besoins immédiats, à commencer par la faim.

Je fouille les meubles et le frigo à la recherche d'un truc à bouffer. Je secoue la boîte de céréales au chocolat. Vide. Les rouleaux fruités ? Disparus. Je tends la main vers un biscuit aux fraises et je m'empare d'un jus dans le frigo. *Bingo !*

L'odeur repoussante de la liqueur au melon émane de mon tee-shirt poisseux et me monte au nez. Comment les filles peuvent boire cette merde ? On dirait un mélange de sirop contre la toux et de bonbons acidulés. J'ai besoin d'une douche bien chaude, et fissa.

Je laisse la lumière allumée et je me dirige vers ma chambre en déchirant l'emballage du biscuit avec les dents.

— 'jour, Big Mac. (La voix de ma colocataire, rauque de sommeil, me provient du séjour.) Tu rentres seulement maintenant ?

Elle est affalée sur le divan, ses longs cheveux blonds en pagaille ; le corps massif et musclé de Hatch gît immobile entre ses jambes, et il a le visage posé sur son ventre.

Je me couvre les yeux, regrettant de ne pas avoir éteint la lumière de la cuisine. Maintenant ce sera impossible d'oublier cette vision d'épouvante.

— Hatch, ça te gênerait de virer tes fesses de mon divan ?

Il marmonne un truc et grogne. En l'entendant remuer, je tourne le dos, n'ayant aucune envie d'apercevoir ses bijoux de famille.

— Tu devrais revenir travailler au *Zeus*, gémit Trix. (Toute nue, elle semble se contorsionner de contentement sur mon foutu divan.) Les horaires sont mieux.

— Merci, mais oublie-moi. Tenir le bar en string et bas résille, c'est pas mon kif. Et les épilations maillot, ça fait un mal de chien.

OK, je continue à m'épiler, mais plus pour la même raison. Pas facile de dissimuler des poils roux.

Quand j'ai débarqué à Vegas, je voulais travailler aux *Agapes de Zeus*. Je croyais que ce serait difficile de me faire embaucher sans pièce d'identité. J'avais tort.

« Je m'appelle Mac Ellenshire. Je viens de débarquer en ville et je me suis fait voler mon sac. J'ai besoin de thune pour obtenir de nouveaux documents d'identité. Vous voulez bien m'engager ? » Je bombe la poitrine, je balance un clin d'œil, je remue des fesses. Hop, réglé.

J'y ai travaillé assez longtemps pour faire la connaissance de Trix qui m'a aidée en me fournissant un toit et de Hatchet qui m'a obtenu un faux numéro de Sécurité sociale et de faux papiers. Mes plans se déroulaient à merveille jusqu'à ce que la seule raison qui m'avait poussée à travailler là finisse avec une balle dans la tête. *Un détail.*

Je plante les dents dans la pâtisserie sucrée et friable, et je m'avance vers ma colocataire.

— Il y a une raison pour laquelle vous avez décidé de souiller le divan ?

— Désolée, coloc. Cette nuit, on a fait la fête dans un trou perdu. Lorsqu'on est finalement rentrés à la maison, j'en avais ma claque de voyager.

Pas possible : elle se fout de ma gueule.

— Il ne te restait plus que dix pas à faire pour rejoindre ta chambre, Trix.

— Ouais, dit-elle dans un long bâillement. Ça paraissait le bout du monde à 3 heures du mat'.

— J'ai la dalle, lance Hatch en traînant ses pieds nus devant moi tout en remontant la braguette de son jean.

La lumière tamisée ne m'empêche pas de remarquer que ses longs cheveux bruns négligés, ses larges épaules et sa peau hâlée lui donnent une parfaite allure de motard, même sans son blouson de cuir.

Il avise mes mains.

— C'est quoi, ton problème, à toujours bouffer de la nourriture pour les gosses ?

La vérité, c'est que là où j'ai grandi il n'y avait jamais de nourriture pour les gosses. Donc je me rattrape. Mais le pire truc à faire devant un type comme Hatch, c'est de lui avouer une faiblesse. Déjà qu'il sait que je me sers d'un nom d'emprunt, et que c'est via ses contacts que j'ai obtenu un nouveau numéro de Sécu et des papiers… Ça suffit largement.

Je relève la tête, avec une expression neutre.

— C'est quoi, ton problème, à obstinément refuser de te laver ?

Manifestement pas habitué à ce qu'on lui réplique, et encore moins une femme, il s'approche pour m'intimider, au moyen de sa taille ou de sa puanteur. Mais il ignore tout de moi et de la vie que j'ai menée. Ses pires péchés ne sont rien en comparaison des choses que j'ai vues.

Un sourire s'étire lentement sur mes lèvres.

— Qu'est-ce qui te fait rire, connasse ?

— Surveille ton vocabulaire, Easy Rider.

— Pouah ! (Trix nous rejoint d'un pas chancelant, emmitouflée dans une couverture.) Bordel, vous ne pourriez pas passer un moment ensemble sans vous prendre la tête ?

Il se tourne vers elle.

— Hé, Blanche Neige proposait justement de me préparer un bon petit déjeuner.

— Tu peux te le préparer toi-même, ton bon petit déjeuner, et de préférence chez toi.

Trix allume dans le hall, et je grimace en apercevant le visage de Hatchet. Son œil est jauni et tuméfié, sa lèvre est fendue, et sa joue arbore une combinaison inquiétante de violet et de bleu.

Il était plus que temps que ce type fasse le mariole avec la mauvaise personne.

— Qu'est-ce qui est arrivé à ton visage ?

— Une espèce de chochotte qui s'est montrée insolente. (Il hausse les épaules et croise les bras.) J'ai dû le remettre à sa place.

J'enfourne un nouveau morceau de biscuit en souriant.

—Tu l'as remis à sa place ? (J'indique son œil et sa joue.) Parce que… euh… d'où je suis on dirait plutôt que c'est lui qui t'a botté les fesses.

Un rire bref s'échappe de ma gorge.

Trix se tient campée devant lui, la main sur la hanche.

—Il ne s'est pas montré insolent. C'est toi qui as cherché la bagarre.

Il lui jette un regard mauvais.

—N'importe quoi! C'est lui qui a commencé.

—Espèce d'imbécile. (Trix secoue la tête.) Tu sais que ce type gagne sa vie en combattant, non ? Tu peux t'estimer heureux d'encore respirer.

Elle part en direction de la cuisine, suivie par Hatch.

Un professionnel ? Vegas est remplie de cogneurs professionnels, que ce soient des boxeurs ou des membres de l'UFL, mais je n'en connais que quelques-uns susceptibles de traîner avec le genre de personnes qui invitent des motards à leurs fêtes. Et j'ai développé un intérêt particulier pour un de ces types.

Je passe la tête dans la cuisine.

—C'est qui, ce professionnel ?

Trix se démène pour sortir une boîte de pizza du frigo tout en essayant de garder son corps à l'abri de la couverture.

—Un mec de l'UFL. Un colosse qui roule sur une moto tout-terrain…

J'ai le cœur qui s'emballe et la tête qui tourne.

—Couvert de tatouages. (Elle claque des doigts.) Ah ouais, son groupe joue dans ton bar !

—Rex ?

Ils se tournent d'un même élan vers moi.

—Tu connais cette espèce de flan ? demande Hatch.

Il traverse la pièce, avec une lueur dans le regard que j'observe souvent dans le miroir. Il veut se venger.

Je me tiens sur la défensive.

— « Flan » ? C'est lui qui t'a botté les fesses.

— Tu sais où je peux le trouver ?

— Même si je le savais, je ne te le dirais jamais. Je ne voudrais pas être complice d'un meurtre.

Il esquisse un sourire, ou du moins ce qui est censé s'en approcher, car la façon dont sa lèvre supérieure découvre ses dents ressemble davantage à une grimace menaçante.

— Ne t'inquiète pas, Blanche Neige. Je ne vais pas faire de mal à ton mec. Je vais m'assurer qu'il respire encore quand j'en aurai fini avec lui.

— Ce n'est pas mon mec. *(C'est mon frère !)* Et ne m'appelle pas comme ça.

Nous nous mesurons du regard quelques secondes avant que Trix tire sur son bras.

— Viens, Grincheux. Il est temps de rentrer. Je suis sûre qu'Atchoum et Prof s'inquiètent pour toi.

Il dégage son bras.

— Je vais réussir à le retrouver. On a un truc à terminer tous les deux. Hier soir, j'avais quelques bières de trop dans le nez, c'est pour ça qu'il a eu le dessus. (Trix l'emmène le long du couloir en direction de sa chambre. Il tend le doigt vers moi par-dessus la tête de sa copine.) Ça n'arrivera plus.

Il frise le comble du ridicule, c'en est risible. Rex, c'est un mètre quatre-vingt-trois de purs muscles. Il assommerait Hatch avant que celui-ci puisse comprendre ce qui lui arrive. Il faudrait qu'il soit débile pour s'en prendre à Rex.

Malgré cela, mon estomac se tord d'angoisse. Je déteste songer que quelqu'un lui en veut. Si seulement ils savaient ce qu'il a traversé…

Pour autant que je sache, il a réussi à garder son passé secret. Je le comprends. Mais Rex ne sait pas tout, en particulier pas le plus important. Si j'arrive à me lier d'amitié avec lui, alors je pourrai lui révéler cette part de son histoire qu'il ne connaît pas. Ce truc qui pourrait tout changer.

Il aurait ainsi quelqu'un à blâmer pour tout ce qu'il a connu, tout ce qu'il a enduré aux mains de monstres, tout ce qu'on a infligé à son petit corps et les horreurs inimaginables qu'il a subies. Je suis en sueur. Les murs se referment sur moi et je me sens à l'étroit dans ma peau.

Enfermée. Démunie.

Je me précipite vers ma chambre et je m'y barricade. Une sensation de claustrophobie me rend nerveuse. J'examine les fenêtres. Ouvertes. Toujours ouvertes.

J'inspire profondément l'air frais et je me rappelle que Rex est libre. Que je suis libre. Je me jette à quatre pattes près de mon lit et je passe la main en dessous à la recherche de la boîte.

Le métal rouillé m'érafle les paumes. Je grimpe sur le matelas, jambes croisées, et je soulève le couvercle.

La boîte contient des bouts de papier jauni, couverts de l'écriture désespérée d'un gamin – un gamin qui a enduré des choses qu'on rencontre dans les histoires d'horreur –, la preuve d'une existence pire que l'enfer.

J'avais la possibilité de mettre un terme à tout cela.

Mais je n'ai rien fait.

Je relis jusqu'au moindre mot, sans doute pour la millième fois. Je m'imprègne de son écriture, je revis son histoire et je me rappelle mon objectif.

Je peux lui donner ce qu'il n'a jamais eu.

Des réponses.

Je regarde le vide devant moi tandis que mes cauchemars se rejouent par bribes sur l'écran de mes paupières : du sang, en quantité importante ; le bleu lumineux de ses yeux qui me supplient ; les mots grommelés que je n'oublierai jamais.

La boîte. Notre secret.

Mes mains, minuscules et insignifiantes, ont tremblé pendant des heures après que je l'ai vu se faire embarquer dans l'ambulance qui a ensuite filé. Les sirènes ont continué à hurler dans mon crâne longtemps après. Je vois encore tout, j'entends encore tout dans mes cauchemars.

La bile me remonte dans la gorge et mon corps se révolte contre ces images. Je referme la boîte d'un coup sec et je la glisse sous mon lit. Les ombres s'avancent, me rappelant que la folie me guette.

Je m'empare de mon baladeur posé sur la table de chevet et j'enfonce mes oreillettes. Les doigts tremblants, je parcours une liste de chansons avant d'appuyer sur « Play ». C'est un enregistrement pirate, grésillant et distordu, mais peu importe. La musique m'apaise, et la voix de Rex repousse les ténèbres.

Après quelques heures de sommeil, j'irai peut-être le voir. Il ignore tout de ma présence, mais je me contente de poser les yeux sur lui, de me rappeler qu'il est en vie.

Et quand je l'aperçois ça ne loupe pas : la vie que je suis contrainte de mener m'apparaît alors sous un autre jour, et je me rappelle qu'il y a une autre existence que j'ai promis de racheter.

Chapitre 2

Noir comme mon âme et mes souvenirs
Le vide au-delà de la conscience
Rouge comme leurs maltraitances
L'homme que je suis doit nettoyer ce gâchis

Ataxia

Rex

Il est 10 heures lorsque je parviens à m'arracher suffisamment au sommeil pour rassembler mes esprits. Après tout ce cirque de la nuit dernière dans le désert, je n'ai pas réussi à dormir. Déjà que cet enculé de motard qui m'a traité de suceur de bites m'a contrarié, mais ne pas avoir eu la satisfaction de lui foutre une dérouillée…, j'en ai de l'urticaire.

Agité, habité par une furieuse envie de me battre, j'ai finalement dû capituler et prendre les pilules que mon psy me donne pour me calmer et m'aider à dormir. Je suis tombé comme une masse et je n'ai pas entendu le réveil.

Totalement sonné, je déambule dans mon appart comme un zombie. Putain, je déteste ces médocs ! Les rares fois où je les ai pris, je me suis réveillé avec une gueule de bois si terrible que j'ai juré de ne plus jamais en avaler. Mais voilà.

Alors que je suis en train d'ingurgiter mon mélange matinal de protéines, on sonne à la porte. Je n'ai pas souvent de visite parce que je refuse que les gens passent chez moi. À part un démarcheur, cela ne peut être qu'une seule personne.

—Un moment.

Je vais ouvrir la porte d'un geste vif.

C'est Emma, ma voisine.

—Salut.

Le sourire aux lèvres, elle dépose sur le sol le grand sac en toile qu'elle portait à l'épaule.

Je pose le bras sur le haut du chambranle pour étirer mon épaule endolorie.

—Tu pars déjà? demandé-je.

—Déjà? (Avec un gloussement, elle replace une mèche de cheveux derrière son oreille.) Il est 10 heures. (Ses grands yeux verts voyagent de mon visage à mon cou, avant de se poser plus bas.) Euh… encore merci pour ton aide.

Elle fixe l'encre sur mon torse et incline la tête pour déchiffrer les mots tatoués sur ma cage thoracique. Mal à l'aise, je résiste à l'envie de bouger pour éviter son reluquage en règle.

—Em…

Son regard remonte vers mon visage, mais elle s'arrête sur l'haltère d'argent qui traverse mon mamelon droit avant de glisser un coup d'œil sur celui qui pend du côté gauche.

—Emma.

Elle plante ses yeux écarquillés dans les miens.

—Oh, ouais, OK! Je m'en vais.

Ses joues se teintent de rose.

—J'enfile un tee-shirt et je t'accompagne en bas.

— Inutile. J'ai pigé. (Elle tire les clés de sa poche.) Voilà. Deux fois par jour, ce serait super mais, si pour toi ce n'est pas possible, une seule devrait suffire.

Je range les clés dans la poche de mon pantalon de survêtement.

— La nourriture de Kiki est toujours au même endroit?

Sa mâchoire s'affaisse dans un grand sourire.

— Oh, mon Dieu, ne l'appelle pas comme ça! Ouais, la nourriture de Miss Kitty est rangée sous l'évier.

Elle tend le bras et s'empare de son sac pour le mettre sur son épaule. Avec une grimace, elle retire quelques longues mèches de cheveux châtains coincées sous la sangle.

— Je m'en occupe, proposé-je.

Sans lui laisser le temps de protester, je prends le sac et je sursaute légèrement en ressentant une douleur sous la clavicule. Je repose le sac.

— Donne-moi une seconde.

Je laisse la porte ouverte, sachant qu'Emma n'entrera pas. Elle connaît mon mode de fonctionnement et respecte mes limites.

Le jour où elle a emménagé, elle est venue se présenter. En apercevant son jean, sa chemise en flanelle et ses bottines de marche, j'ai tout de suite compris qu'elle n'était pas du coin. Sans parler du fait que les personnes déracinées sont toujours plus sympas.

Ce qui est le cas d'Emma. Sympa, jolie et naïve à l'excès. Une provinciale dans la Ville du péché. Lorsqu'elle retourne dire bonjour à sa famille, je m'occupe de son chat, Miss Kitty.

Je vais chercher un tee-shirt et des chaussures dans mon placard. J'enfile le tee-shirt, mais j'emporte les chaussures jusqu'à la porte pour les mettre sur le seuil, avant de m'emparer de son sac avec mon bras valide.

—Encore merci, Rex. À charge de revanche.

—Ah ouais? (Je ferme la porte derrière moi.) Alors, rapporte-moi des cookies de ta mère.

Je souris en l'entendant glousser. De toute ma vie, je n'ai jamais rencontré une personne plus ouverte, pétillante et heureuse à tout point de vue. Elle est d'humeur légère, facile à vivre, c'est une chouette fille.

Alors que nous traversons la cour sous le soleil éclatant de la fin de matinée, elle met ses lunettes.

—Tu as un concert ce soir? demande-t-elle.

—Ouaip. Comme tous les dimanches soir.

Emma n'a jamais assisté à un de mes concerts. Elle s'y intéresse et je l'ai déjà invitée, mais elle se tient à l'écart de cette partie de ma vie, du groupe et des combats. Ce qui me convient. Avec elle, je peux me contenter d'être moi, et non T-Rex ou le chanteur d'Ataxia. Rien que Rex. Tout simplement.

Arrivée à sa Jeep Cherokee, elle ouvre le coffre, et j'y dépose le sac avant de faire un pas de côté pour qu'elle puisse refermer le hayon.

—Sois prudente. Je prendrai soin de Miss Kiki.

—Arrête de l'appeler comme ça.

Elle dépose un baiser sur mon torse.

Je ris en simulant une douleur.

—Pourquoi? C'est son nom.

—Miss Kitty. Pas Kiki.

—C'est ce que j'ai dit.

Je m'esclaffe.

Elle secoue la tête, puis me regarde en mettant la main au-dessus des yeux pour se protéger du soleil qui nous surplombe.

— Normalement je rentre mardi, sinon je t'appelle.

J'agrippe sa nuque et je l'attire pour lui donner un câlin. Elle m'entoure la taille des bras et me gratifie d'une brève accolade innocente.

— Bonne merde pour ce soir, ajoute-t-elle.

Elle hisse sa fine silhouette sur le siège conducteur et démarre le moteur.

Je hoche la tête et je la laisse sortir de son emplacement avant de l'observer tandis qu'elle quitte le parking. Ouais, c'est une chouette fille. Elle n'est pas à sa place à Vegas. J'étais certain que la ville la corromprait mais, même au bout de deux ans, elle n'a pas changé. Elle suit ses cours, elle étudie beaucoup, travaille encore plus, toujours le sourire aux lèvres.

Au fond de moi, une voix me murmure que je devrais lui proposer un rencard, et voir où ça nous mène. Elle est jolie d'une façon tellement pure. Immaculée. Sans taches. Quelqu'un qu'on doit protéger, et pas salir.

Et moi, je suis dégoûtant.

Alors que sa voiture a disparu depuis un bon moment et que je m'apprête à rentrer chez moi, j'ai l'impression qu'on m'observe. Ça m'est souvent arrivé ces derniers mois. L'instant d'avant, il n'y a rien, puis soudain on dirait que la pression atmosphérique se modifie et qu'un poids, épais et dense, s'installe autour de moi.

Je pivote le cou de gauche à droite, mais je continue à marcher, sachant que cette sensation finira par disparaître. Ça peut sembler idiot que je m'inquiète d'être observé, car je suis très en vue depuis des années, mais, d'une façon ou l'autre, cela est différent.

—Merde, je perds la boule !

J'en parlerais bien à mon psy la prochaine fois qu'on se verra, mais je n'ai vraiment pas envie d'ajouter une putain de paranoïa à la liste de mes syndromes et tourments.

—À ce rythme-là, ils vont finir par me placer dans une camisole de force.

Depuis que j'ai commencé à consulter mon thérapeute à l'âge de dix-sept ans, celui-ci s'efforce de comprendre d'où proviennent mes obsessions. Dès mon hospitalisation, alors que j'étais encore un gamin, j'ai entendu parler de souvenirs réprimés, d'histoires d'abandon et de syndrome de stress post-traumatique.

Dans mon souvenir précis le plus ancien, je me réveille dans un lit d'hôpital. C'est drôle. Je ne me rappelle pas avoir voulu mourir. J'ignore même pourquoi j'ai fait ça, si ce n'est pour éprouver la satisfaction de me marquer la peau et de regarder mon sang former une flaque. Les visions que j'ai de cette journée me reviennent uniquement par bribes, teintées des couleurs particulières du sang rouge vif sur ma peau pâle. Bizarrement, ces pensées ne suscitent que peu d'émotions chez moi.

Mais il existe deux autres flashs, très spécifiques : des cheveux orange flamboyant et des yeux gris clair. Des visions qui, elles, me procurent un sentiment de chaleur et de paix.

Il y a aussi des sons qui accompagnent les douces vagues orange et les yeux gris brumeux : un fredonnement réconfortant, des mélodies rythmées qui atténuent mon désarroi intérieur.

Ce sont les deux souvenirs auxquels je m'accroche. Ce sont eux qui me permettent de ne pas sombrer dans la folie les nuits où l'insomnie ne me lâche pas.

Putain, c'est délirant ! Mon thérapeute n'a pas de meilleure explication à fournir que des conneries à propos de mécanismes de défense et d'autoapaisement. Mais contre quoi je dois me défendre, qu'est-ce que je dois apaiser, si je ne me souviens de rien ?

Je ne suis pas d'humeur à emprunter la voie menant à l'absence de souvenirs, et je m'empare de mon portable en parvenant sur mon seuil. Je passe mes contacts en revue et, lorsque j'ai trouvé celui que je cherche, j'appuie sur le bouton d'appel. Je défais mes chaussures et je vais les ranger dans le placard.

— Rex ? (Blake semble à peine sortir du lit.) Quelles nouvelles ?

— Tu vas t'entraîner aujourd'hui ?

Je connais déjà la réponse. Ce type est une putain de machine de combat, et le prochain de ceux-ci pourrait représenter un tournant dans sa carrière. Il lui servira aussi à regagner la renommée perdue depuis quelques mois.

— Est-ce qu'on enseigne aux ours à grimper aux arbres ?

— Tu veux dire aux singes.

— Quoi, les singes ?

— On dit : « Est-ce qu'on enseigne aux singes à grimper aux arbres ? »

— Putain, c'est pas vrai que tu m'appelles un dimanche matin pour discuter de ces conneries ?

— Non, enfoiré, je t'appelle pour savoir à quelle heure je devrais être à la salle pour te démontrer que tu es une poule mouillée.

— Je me mets en route dans trente minutes.

—Ça marche. À plus.

Je raccroche, le sourire aux lèvres, soudain excité par la perspective d'une bonne session d'entraînement avant mon concert du soir. Je pourrai finir avec Blake ce que j'ai commencé avec ce type auprès du feu.

En arrivant sur le parking, je constate que les seuls véhicules présents sont ceux de Jonah, de Caleb et de Blake. Une fois entré au moyen de ma carte d'accès et du code, je traverse le hall tapi dans l'obscurité, qui donne sur la principale salle d'entraînement. Celle-ci est déserte, mais j'entends de la musique derrière la porte de la salle des poids.

Caleb m'aperçoit alors que je me dirige vers les vestiaires.

—Qu'est-ce que tu fabriques ici ? me demande-t-il. Je pensais que tu ne t'entraînais pas aujourd'hui.

Je tire sur l'anneau de ma lèvre.

—J'ai super mal dormi. Je me suis dit que ça pourrait me faire du bien.

—Content de te voir. Blake a besoin d'une bonne raclée. Va déposer tes affaires au vestiaire, on se retrouve là-dedans.

—Ça marche. Laisse-moi juste prendre une douche vite fait.

Il fronce les sourcils et secoue la tête. Il ne m'emmerde plus depuis belle lurette au sujet de mes douches à répétition. C'est plus fort que moi, j'ai l'impression d'être en permanence couvert de merde.

—OK. À tout de suite.

Il me donne une tape sur l'épaule.

Je grimace en sentant un élancement douloureux mais agréable.

Il se renfrogne.

—Blessé ?

— Non, je me suis juste cassé la figure en bécane hier soir. Rien de grave.

— Rien de grave. (Il me fusille du regard.) Si tu le dis. Comme la fois où ton doigt faisait un angle de quatre-vingt-dix degrés dans le mauvais sens. Tu veux dire ce genre de truc pas grave ?

— Tout va bien, je t'assure.

Il renonce avec un haussement d'épaules.

— Bref. On se retrouve dans la salle des poids.

Après une rapide douche brûlante, je franchis la double porte de la salle des poids au son du *Dead Memories* de Slipknot hurlé par les haut-parleurs.

— Pas trop tôt, déclare Blake en laissant violemment retomber sa presse à cuisses pour souligner son propos.

— Prêt à affronter une opposition digne de ce nom ? (J'esquisse un large sourire alors que les gars rigolent de ma vanne.) Je suis là. Allons-y.

— Hé, Rex, vas-y mollo avec cette épaule.

Caleb ne sait pas la fermer, on dirait un petit frère qui cafte. Ce type est mon meilleur pote, mais parfois il se comporte davantage comme une nana casse-pieds.

Jonah repose ses poids sur le rangement.

— Qu'est-ce qu'elle a, ton épaule ?

— Rien, réponds-je en adressant un regard noir à Caleb.

Blake se marre et s'avance sur moi, bras croisés.

— Rien ? Tu es sûr ?

— J'ai fait du *wheeling* avec ma moto hier soir. Sans doute un claquage.

— Ah bon ?

Il me balance un bon coup sur l'épaule.

Ouch ! Putain ! Je ravale le grognement qui monte et je me rapproche de lui.

— Tu vois, pas de problème. Mais si tu as les jetons tu peux toujours demander au Tueur s'il veut s'entraîner avec toi. Il est un peu plus de ton niveau.

Blake plisse les yeux, et je sens un large sourire me monter lentement aux lèvres.

— Va te faire foutre. Rendez-vous dans l'octogone d'ici à cinq minutes.

Blake quitte la pièce d'un pas lourd.

Jonah et Caleb ont les yeux rivés sur moi.

J'esquisse un geste de côté avec mon bras valide.

— Quoi ? C'est lui qui a commencé.

— Déconne pas, T-Rex. (Jonah se saisit de sa serviette pour s'essuyer le visage.) Si tu es blessé tu ne devrais pas t'entraîner.

— J'ai dit que j'allais bien.

— On ne dirait pas, intervient Caleb.

— Il a raison. Tu dorlotes ce bras…

— Bordel, depuis quand est-ce que vous êtes mes parents ?

Les mots que je prononce font naître une nouvelle douleur, différente, une douleur paralysante qui me donne vachement envie de ressentir quelque chose, n'importe quoi.

Caleb lève les mains.

— Du calme, frangin.

— Je ne suis pas ton frangin, ni ta meuf ou ton gosse !

La colère me dévore les entrailles, et je sais que si je ne me maîtrise pas je vais péter les plombs.

Cela m'arrive parfois, je ne comprends pas pourquoi ; une remarque ou une émotion met le feu aux poudres. Hier soir, c'était quand ce type m'a traité de suceur de bites. D'autres fois, c'est quand la discussion porte sur la famille et, dans le cas présent, c'est parce que j'ai l'impression de ne pas avoir mon mot à dire sur ce que mon corps ressent. Je me frotte les yeux et j'accueille un mal de tête.

— Ça va ? s'enquiert Jonah qui se tient juste devant moi.

— Ça boume. (Je grogne en essayant de reprendre mon souffle.) Je suis un peu à cran. Je me suis battu hier en faisant la fête, j'ai pas bien dormi.

J'ai aussi l'impression qu'on m'observe et je n'ai aucun souvenir de mon enfance... Bref, les conneries habituelles.

— Tiens tiens, tu t'es battu ? dit Jonah avec un sourire. Tu lui as réglé son compte ?

— Pas comme je l'aurais souhaité.

— Pas de sang versé, pas d'os brisés, tu veux dire ?

— Il y a eu du sang. Mais pas assez.

— Dommage. (Il s'en va.) Tu ferais mieux de te magner le cul pour rejoindre l'octogone avant que Blake te hurle dessus.

Il a raison. Je vais mettre toutes ces nouvelles émotions de merde dans mes coups.

— T'es prêt, tête de bite ? crie Blake depuis l'octogone, m'extirpant à mon enfer mental.

Je souris.

— Ouaip.

Mac

— Engin de merde ! (Je balance un coup de pied dans le pneu avant de ma Honda.) Aïe ! Flûte !

Je fais volte-face et je boitille jusqu'à la porte de service du *Blackout*, consciente que pour couronner mon début de soirée pourri, mon patron va me passer un savon parce que j'arrive en retard au travail.

Je n'ai pas pris le chemin le plus court, car je voulais rouler un peu dans un quartier en construction, donc désert. Ce qui m'a fait du bien, jusqu'à ce que je me rende compte en approchant du boulot que j'avais un pneu crevé. Pousser ma moto pendant plus d'un kilomètre n'a fait qu'accroître mon niveau de contrariété.

Mais je continue à me convaincre que je n'ai pas vu ce que j'ai vu. Rex n'a pas accompagné une femme qui sortait de son appartement en lui portant son sac de voyage. Il ne l'a pas escortée jusqu'à sa voiture avant de l'étreindre pour lui dire au revoir. Et il ne l'a pas regardée s'en aller avec un désir dans les yeux qui m'a serré le cœur et m'a retourné l'estomac.

Je passe devant chez lui en courant presque tous les jours et je ne l'ai jamais aperçu avec une fille de ce genre. Pas une seule fois.

J'ouvre la porte d'un coup sec et je souris d'un air satisfait en entendant le claquement de la poignée de métal contre le mur de brique. Après m'être emparée de mon tablier, je planque ma sacoche dans un casier.

— Tu es en retard, constate Mario, mon patron, à l'autre bout du couloir.

Je me tourne vers lui en haussant les épaules.

— Pneu crevé.

— Ben voyons. Tu es en salle ce soir avec Alexis. T'as intérêt à assurer. Il risque d'y avoir du monde. Ataxia passe à 20 heures.

Il se tourne et repart vers le bar.

— Super.

Ça ne me dérange pas de faire le service, mais je me sens à découvert à l'idée de passer la soirée en salle alors que Rex se trouve sur scène. Au moins, quand je suis derrière le bar, quatre-vingt-dix centimètres de bois bien résistant m'arrivent à la taille et jouent un rôle de barrière.

Le *Blackout* est une salle de concert typique de la région. L'endroit est sombre, avec des murs noirs et un sol de béton. Il a la forme d'un rectangle avec une scène sur un côté, des tables partout, et un bar qui court tout le long du mur. Rien de chic, ni de sophistiqué, mais l'acoustique en fait un des lieux les plus prisés par les musiciens de Vegas.

Lorsque j'arrive au poste des serveuses, Alexis s'y trouve déjà, occupée à tripoter ses ongles rose pétant.

— Salut, Mac. J'espère que ça ne te dérange pas, mais j'aimerais m'occuper du fond de la salle ce soir. (Elle indique son bas-ventre du doigt.) Mes règles. J'ai besoin d'une soirée calme.

Bordel! Je me retrouve donc devant, tout près de la scène.

— Ça marche, mais ne crois pas que tes règles vont te servir d'excuse pour ne pas en foutre une de la soirée. Je ne compte pas prendre des tables en plus.

Elle plisse les yeux.

— Qu'est-ce qui t'arrive ?

Je soupire bruyamment en secouant la tête.

— J'ai dû pousser ma moto pendant plus d'un kilomètre. Ça m'a mise en rogne.

— Merde ! Eh bien, ça promet d'être marrant comme soirée. À nous deux, on risque de faire fuir tout le monde si on sort notre fichu caractère.

Je m'esclaffe et je noue un petit tablier noir autour de ma taille. Un sifflement strident venu du bar me fait pivoter la tête.

Lucas, le barman, désigne un plateau de bougies électriques derrière lui.

— Prépare ta zone, Mac. À mon avis, le coup de feu ne va pas tarder.

Je peste, mais je me rappelle que j'ai besoin de ce fric, alors je me bouge les fesses. Je dresse les tables, posant une bougie sur chacune d'entre elles ; je prévois suffisamment de serviettes dans ma réserve et je m'assure que j'ai 50 dollars en petites coupures pour rendre la monnaie.

Deux heures plus tard, la salle est pleine de monde. J'ai été tellement accaparée par mon service que je ne sais même pas si les membres d'Ataxia sont déjà arrivés. Un autre truc que je déteste quand je sers aux tables : je dois m'occuper du groupe.

Chaque fois que je m'approche de Rex, ma langue enfle et je trébuche comme une adolescente ivre. Il ne me regarde jamais vraiment, ce que je ne lui reproche pas. Mais, même si je ne ressemble plus du tout à la fille qu'il a connue, une part de moi s'éteint lorsqu'il me traite comme une étrangère.

Je dépose la dernière de mes cinq bières sur mon plateau et je navigue à travers la pièce bondée en direction d'une table située tout devant. Un mouvement sur la scène attire mon regard. Je jette un coup d'œil discret et je remarque qu'Ataxia est en train de s'installer.

Machinalement, mon regard se pose sur Rex, et j'ai beau essayer de détourner les yeux, impossible. Il porte un pantalon de travail gris anthracite et des baskets noires. Son tee-shirt délavé avec l'inscription « As I Lay Dying » paraît trop petit d'une demi-taille ; étiré sur son torse et ses épaules, il épouse ses biceps couverts de tatouages. S'il levait les bras ne serait-ce qu'un peu, j'aurais un aperçu des méandres de son abdomen. Il porte une casquette de base-ball noire, inclinée juste ce qu'il faut pour mettre en valeur les deux petits haltères en argent dans son sourcil.

Je ne le quitte pas des yeux. Je sais que je devrais éviter de me faire repérer, mais, au milieu de la foule, je me sens à l'abri. Concentré, il installe le micro en se mordillant la lèvre inférieure. Il recule d'un pas pour vérifier la hauteur du pied, tout en tirant sur l'anneau de sa lèvre.

Il est tellement différent du garçon que j'ai connu, mais il est toujours aussi beau. J'aperçois ses immuables yeux bleus, même derrière tout le métal qu'arbore son visage. Mais ils recèlent désormais une certaine dureté, une lueur d'acier qui s'accorde à son expression, comme si la vie avait perdu de son éclat et qu'il s'était adapté à cette déception.

—Hé, les beaux nénés, tu comptes servir nos bières ou je dois venir les chercher?

Avec ses airs de comédien, un des gars de ma table rit de sa propre blague pourrie.

Je détourne les yeux de Rex pour aller servir les bières. *Rends-toi compte, Mac.* Ça pourrait être le grand soir, celui où je mobilise enfin le courage nécessaire pour aller lui parler. *Ouais bon.* Je me répète la même chose tous les dimanches où Ataxia joue, et je n'ai jamais fait plus que lui servir un verre.

Dire que j'ai attendu la plus grande partie de ma vie de le revoir et que, durant toutes ces années de solitude, j'ai fignolé mon discours, pour aujourd'hui ne pas me sentir la force d'agir. C'est pathétique.

—Tant que tu y es, tu peux m'en apporter une autre.

Après s'être enfilé la moitié de la bière que je viens de lui servir, l'abruti rote.

Je suis restée plantée là combien de temps?

—Ça marche.

Je me tourne et me dirige vers une autre table pour prendre la commande.

— Je sais pas ce que je préfère : la voir arriver ou repartir.

La table des crétins hors catégorie part d'un grand éclat de rire, et je jurerais avoir entendu des mains claquer.

En temps normal, je balancerais une réplique bien sentie pour fermer le clapet à ce connard, mais je ne suis pas d'humeur combative. Je ne parviens pas à me sortir de la tête l'image de Rex et de cette fille : sa silhouette imposante qui se penche sur la sienne, ses longs bras puissants qui l'enveloppent tout entière.

Je ne devrais pas m'en formaliser. Qu'il soit heureux, c'est le plus important. C'est la seule chose dont je me soucie depuis que je suis réapparue dans sa vie. Mais pourquoi est-ce que j'ai l'impression d'avoir perdu quelque chose ?

Des groupies s'accrochent tout le temps à ses basques, mais il ne leur a jamais manifesté plus qu'une attention polie. Je ne l'ai jamais vu partir avec une fille, et je le saurais. Je l'observe.

— Mac !

Une voix familière attire mon attention.

Je cherche d'où elle provient et j'aperçois Layla, une fille que j'ai rencontrée en février et qui vit à présent avec Blake Daniels, un ami de Rex qui combat aussi pour l'UFL.

Elle est vêtue de son habituel jean qui déchire, d'un tee-shirt de heavy metal et de bottes de moto.

— Hé ! (J'avise Blake, qui semble considérer d'un mauvais œil quelques types installés au bar.) Salut, Blake.

Il marmonne un bonsoir, et Layla lève les yeux au ciel.

— Ne fais pas attention à lui, m'explique-t-elle. Ces types ont commis l'erreur de poser les yeux sur moi.

J'imagine qu'ils ont oublié qu'en ma présence ils devaient conserver le regard rivé au sol.

Le sarcasme dans sa voix est manifeste.

— Exactement, approuve Blake, ces enculés doivent baisser les yeux.

Il détourne lentement son regard assassin des pauvres types qui doivent sans doute envisager de débarrasser le plancher pour échapper à son courroux.

— Tu ne porteras pas d'alliance et tu ne prendras pas mon nom, ajoute-t-il. Donc, la Souris, tant que ton petit ventre arrondi ne se verra pas, les mecs doivent savoir que tu es prise.

— Ventre arrondi ? Layla, tu es enceinte ? demandé-je.

Son visage se fend d'un sourire, et je l'imite à m'en faire mal aux joues.

Elle pose la main sur sa bouche et hoche la tête.

— Oh, mon Dieu, c'est incroyable ! (Je la prends dans mes bras.) Félicitations.

— Merci, on vient de l'apprendre il y a quelques semaines, et nous n'avons pas encore officialisé la nouvelle.

— Waouh, le Serpent va être père ! dis-je en secouant la tête avec un sourire.

— Tout à fait, commente Blake en passant un bras autour des épaules de Layla.

— Le boulot m'attend, mais on devrait se voir un de ces jours.

— Ce serait super, répond Layla. (Elle sort un stylo de son sac et griffonne sur une serviette.) Tiens, voilà mon numéro. On ira se prendre un café ou un verre…

— Pas d'alcool, la Souris. Et le café est exclu aussi.

Blake parcourt le bar du regard comme s'il était à la recherche de sa prochaine victime. Protecteur lui ? Pas qu'un peu.

— Oui d'accord, va pour un dîner arrosé d'eau, approuve Layla en enroulant une longue mèche de cheveux autour d'un doigt.

Je fourre la serviette dans ma poche.

— Ce serait sympa de dîner ensemble. Je vais…

Un accord de guitare électrique retentit dans les haut-parleurs. Je pivote vers la scène.

Via le micro, le rire profond de Rex me parvient aux oreilles telle une caresse sensuelle. Avant de travailler ici, je ne l'avais jamais entendu rire. Je n'oublierai jamais la première fois.

Je ne sais toujours pas pourquoi il riait, mais je n'avais jamais entendu un truc aussi extraordinaire. Je servais au bar, et il se tenait au bout du comptoir avec des potes. Je ne le quittais pas des yeux. Il avait la tête rejetée en arrière et il affichait ce sourire merveilleux. Sa totale insouciance m'avait époustouflée.

Je suis parcourue de jalousie quand je songe à toutes les personnes qui ont côtoyé Rex sous ce jour serein. C'est une facette de lui que je commence seulement à découvrir, et encore de loin.

— Merci d'être là ce soir.

Il s'exprime tout en riant, les yeux posés sur le guitariste qui affiche lui aussi un large sourire.

Leur bonne humeur est contagieuse, et je souris à mon tour.

— Pour changer un peu, on va débuter par une nouvelle chanson sur laquelle on a travaillé. Donc euh… (il plaque les premiers accords d'un morceau que je n'ai jamais entendu, avant d'être rejoint par la section rythmique) merci de ne pas me balancer de tomates si je la foire.

La chanson est rapide et puissante, et le public réagit avec enthousiasme. En articulant en silence, j'indique à Layla et à Blake qu'on se reparlera plus tard et je vais m'asseoir dans l'ombre sur le côté du bar.

Rex appuie les lèvres sur le micro et entonne le nouveau morceau. L'atmosphère de celui-ci, sombre et obsédante, pénètre l'âme. Il chante qu'il est enfermé, démuni. Dans la suite des paroles, il est question d'être coupé du monde, de ne pas pouvoir retrouver la liberté. Du sous-sol. Mon estomac se contracte violemment. Mais c'est au refrain que je pose la main autour de mon cou et que je lutte pour respirer.

Tant à dire quand nous sommes réunis
Mais la peur et la souffrance semblent infinies
Chaque soir où tu viens, tes murmures
Apaisent mon âme et mes blessures

C'est de moi qu'il parle ?

Chapitre 3

Le bleu du ciel qui s'allume
Une liberté à l'abri de la noirceur
Mais c'est le gris qui me consume
Et son réconfort me manque à chaque heure

Ataxia

Rex

— On s'en va, mec. (Blake se tient sur le côté de la scène, le bras posé sur les épaules de Layla qu'il serre contre lui.) Super concert.

Nous venons de terminer notre dernière prestation et nous démontons notre matos. Certains soirs, nous restons jusqu'à la fermeture du bar, mais pas aujourd'hui. Il est près de minuit et je suis mort crevé.

— Ouais, merci d'être venus. (Je dépose les câbles que j'étais en train d'enrouler et je vais m'accroupir devant eux.) Il est tard hein, Layla ? Les filles enceintes ne sont pas censées aller se coucher tôt ?

— Nous faisons une sortie en amoureux. On s'est dit que ce serait chouette de passer un peu de temps à deux avant l'arrivée du bébé.

Elle rejette la tête en arrière et sourit à Blake.

—Ça doit être la première sortie en amoureux de Blake, commenté-je.

J'en suis certain, sauf si tirer son coup dans les toilettes publiques compte pour un rencard.

Il plisse les yeux.

—Tu devrais essayer. Y a plein de filles dans le coin, astique-toi la bite et… ouch ! (Il regarde Layla.) Pourquoi tu m'as pincé ?

—Ce n'est pas parce que tu as supprimé ton statut de gros cochon que tu dois débaucher Rex. (Ses yeux noirs passent sur moi.) À propos, j'adore votre nouvelle chanson. Comment tu fais pour écrire de telles paroles ?

Mon pouls s'accélère. Je ne peux pas lui avouer la vérité… à savoir que mes rêves constituent ma source d'inspiration. Toutes les saloperies qui hantent mon sommeil se transforment en paroles de chanson.

—Je n'en sais rien, mais merci. Je suis ravi qu'elle t'ait plu.

Elle bâille.

—Bon, il faut que je ramène ma femme à la maison et que je la déshabille avant qu'elle s'endorme sur mes fesses, dit Blake en embrassant le sommet de son crâne.

Quel changement, tout ça grâce à une femme ! Il n'y a pas si longtemps, ce mec baisait des gonzesses à gauche et à droite, et il avait ses petits secrets ; maintenant il se prend pour Bon Jovi et il attend un mouflet. À croire qu'il est passé de vingt-cinq à quarante ans du jour au lendemain.

Je fais un *check* à Blake et je donne un câlin à Layla, puis ils disparaissent dans la foule clairsemée. Prêt à suivre le mouvement et à rentrer piquer un somme, je finis de ranger nos affaires. Lane m'aide, mais Talon et Ty se sont éclipsés avec une bande de filles. Quelque chose me dit qu'on ne les verra plus beaucoup d'ici à la fin de la soirée.

Après avoir chargé notre camionnette, réglé notre manager et comblé quelques fans avec des photos et des autographes, je me dirige enfin vers mon pick-up. Je consulte mon téléphone. *Putain!* Deux heures du mat'.

C'est loupé pour rentrer tôt.

— Espèce de…!

Une voix de femme furieuse retentit à l'autre bout de l'allée.

Je me penche de l'autre côté d'une benne à ordures et j'aperçois une grande fille aux cheveux foncés qui tourne en rond en boitillant et en proférant un chapelet d'injures. Apparemment, elle est en pétard contre la moto stationnée à un mètre de là.

Je devine que ma soirée est sur le point d'encore s'allonger.

Je m'avance sur elle, mais elle est trop accaparée par sa colère pour me remarquer.

— Besoin d'un coup de main?

Elle bondit et se tourne vers moi, les poings levés.

Je lève les mains et je m'efforce de ne pas éclater de rire devant l'attitude comique de cette fille qui dresse ses petits poings prêts à cogner.

— Waouh… tout doux, Lara Croft!

Elle laisse retomber les mains sur le côté et me dévisage.

— Rex… (ses sourcils s'affaissent) est-ce que tu… est-ce que tu me parles?

OK, peut-être qu'elle est furieuse et bourrée.

— Ouais, c'est à vous que je parle, sauf s'il y a quelqu'un d'autre dans l'allée qui fait des bonds dans tous les sens et hurle sur une moto. Mais un instant… Comment vous connaissez mon nom ?

Ses lèvres rose foncé s'entrouvrent, et elle plonge le regard dans le mien. Elle a quelque chose de familier, mais je ne parviens pas à identifier ce que c'est. Ses longs cheveux noirs tirés vers l'arrière s'échappent en partie pour retomber en vagues autour de son visage en forme de cœur. Le contraste de ses cheveux avec la pâleur de sa peau et ses lèvres sombres… Elle a l'air d'une poupée.

Je claque des doigts et je tends le bras.

— On se connaît !

Elle écarquille les yeux et prend une inspiration sonore.

— Oui. C'est moi…

— Désolé, je sais que tu travailles ici, et je me sens complètement nul de ne pas me souvenir de ton nom.

Elle sursaute comme si mes paroles l'avaient frappée physiquement.

— Oh euh… ouais. M… Mac.

— Mac. C'est ça. Désolé, je croise tellement de gens…

Une excuse minable, mais c'est la vérité. Je ne connais que quelques serveuses par leur nom. N'empêche que je me sens comme un con.

Elle hoche la tête à plusieurs reprises, le regard toujours rivé sur moi. Le silence s'installe, et elle ne me quitte pas des yeux.

Je me racle la gorge.

— Et puis… c'est la bécane de ton mec ?

Elle bat des paupières et secoue la tête.

— Non, euh… (Elle se tourne vers la moto.) C'est la mienne.

— La tienne ?

Elle repose d'un coup sec ses yeux plissés sur moi.

— Désolé, c'est juste qu'en général les filles ne…

— Ne roulent pas à moto. J'ai compris.

Elle s'agenouille pour examiner son pneu avant.

Je suis son regard. C'est alors que je constate que le pneu est à plat. Totalement à plat.

— Ah, crevaison, hein ?

Elle ne me répond pas, sans doute parce que ma question est débile.

— Il faudrait le regonfler, ajouté-je.

Je ne suis pas loin de me frapper le front en imaginant à quel point je dois paraître stupide.

Elle se passe les doigts dans les cheveux.

— Sans déc'.

Je distingue à peine les mots qu'elle marmonne, mais ils me font sourire.

— Ce que je voulais dire, c'est si je vous emmenais, ta moto et toi, vers une station d'essence pour que tu puisses ensuite reprendre la route ?

Je ne sais pas pourquoi j'offre mes services. Elle pourrait rentrer chez elle en taxi et demander à son petit ami de venir l'aider demain matin, pour autant qu'elle en ait un. À en juger par son apparence, avec ses jambes magnifiques et ses cheveux qui donnent envie à un homme de s'y enfouir, elle doit être prise.

Mais si c'était le cas pourquoi se retrouverait-elle ici toute seule dans cette allée sombre avec personne pour l'aider ? Bordel ! Si j'avais une copine, je lui remonterais les bretelles si elle se mettait dans une situation pareille.

Elle tente d'accrocher mon regard comme si elle voulait évaluer le sérieux de mon offre.

— Tu veux m'aider ?

— À moins que ton mec ne soit en route pour venir te chercher, je ne vois pas d'autre solution.

J'esquisse un geste vers la pancarte dans l'allée qui indique clairement « Pas de stationnement nocturne ».

— Je n'en ai pas.
— Pas de quoi ?
— De mec, qui vient me chercher.
— Bon, alors (j'écarte les bras et j'esquisse une révérence) il semblerait que je sois ton homme.

Elle écarquille les yeux et recule, entrant en collision avec sa bécane.

Qu'est-ce qu'elle a, cette fille ?

Mac

Du calme. Ne panique pas. Oui, le sujet d'une obsession vieille de quatorze ans se tient là à moins de cinquante centimètres de moi. Et il me parle. À moi !

J'ai d'abord cru qu'il me reconnaîtrait jusqu'à ce que je me rappelle que je ne ressemble plus à la rousse aux cheveux bouclés qu'il a connue. J'ai beau me regarder dans le miroir, je me sens toujours Gia en présence de Rex, apeurée et en danger.

— Vraiment, ne te sens pas obligé. Je peux appeler ma colocataire. Elle peut… (Je grommelle en me rappelant qu'elle travaille aux *Agapes de Zeus* jusqu'à 6 heures.) Merde !

Il glousse et fait jouer son anneau de lèvre plusieurs fois.
— Écoute, ce n'est pas très compliqué. J'ai une rampe à l'arrière de mon pick-up et des lanières pour fixer la moto.

Je le dévisage. Comment un gamin qui a traversé tout ce qu'il a traversé peut-il devenir un homme franc et sincère ?

Il n'arpente pas les rues en faisant le beau, il se met en quatre pour prendre des photos avec ses fans et il vient en aide aux inconnues dans les allées désertes. Incroyable.

Il remue sur place.

— Je ne suis pas un psychopathe, dit-il. Promis. En plus, on travaille quasiment ensemble. Tu peux dire à Mario que je te raccompagne, comme ça si tu disparais on saura que c'était moi.

Il semble tellement sérieux que je dois étouffer le rire qui bouillonne dans ma gorge.

Il arque un sourcil.

— Ça veut dire « oui » ?

— OK, tant que tu me promets de ne pas m'abandonner dans un fossé.

Lentement, il esquisse un sourire qui m'amène à prendre une brève inspiration. Mon cœur s'emballe. Bon sang, il est craquant quand il sourit !

— Marché conclu ?

— Marché conclu.

Nous nous dévisageons : je l'examine tandis que lui doit sans doute se demander pourquoi je ne parviens pas à détacher mon regard.

Il s'éclaircit la voix.

— OK, bon, je vais approcher mon pick-up. En attendant, si tu allais prévenir Mario que je te raccompagne.

J'opine et il se dirige vers son véhicule. Je fais comme demandé, en songeant que je ne saurais de toute façon pas lui refuser grand-chose.

Après un bref échange avec Mario, je suis de retour dans l'allée. Rex a installé ma bécane sur le plateau de son pick-up Cadillac bleu nuit. Il se tient debout sur l'énorme pneu du véhicule, en train de serrer une des lanières à cliquet pour que la moto reste bien droite. Subjuguée, j'admire le renflement de ses triceps et l'agilité avec laquelle il mobilise son corps comme s'il en connaissait la moindre parcelle et toutes ses fonctionnalités. Il se penche par-dessus la moto, et son tee-shirt se soulève légèrement, m'offrant une vue imprenable sur son flanc et son abdomen. *Bordel de merde!*

Je me mets à transpirer. Ma bouche devient sèche et mon ventre fait des culbutes.

—Hé!

Le son de sa voix attire mon attention.

—Prête? (Il saute en bas du pneu et ouvre la portière passager. Avec un balayage de la main, il fait une courbette.) Ton carrosse t'attend.

Je ris et je m'approche tout près de lui. Je m'arrête juste avant d'embarquer dans le pick-up, et mes yeux croisent les siens.

—Merci.

Pour m'avoir enfin remarquée.

—Pas de quoi. (Il me fait signe de monter dans le véhicule.) En voiture, princesse.

Il m'a appelée «princesse». Mon cœur vacille, trébuche, et je monte à bord. Installée dans le pick-up, je l'aperçois dans le rétroviseur qui vérifie une dernière fois les lanières. Je prends une grande inspiration et je m'abandonne au parfum de bois coupé et d'agrume qui imprègne la cabine.

Ça y est: je suis dans le pick-up de Rex et nous nous parlons. Mon cœur tambourine dans mes oreilles.

Est-ce que je lui dis qui je suis? Là, tout de suite?

«Merci pour le lift *hein, et tiens, à propos, je suis ta sœur adoptive, tu sais, celle qui avait promis de t'aider et qui n'a pas réussi.» Pouah!* Je me masse les tempes. Non, je ne peux pas lui balancer ça comme ça. J'ignore ce qu'il pense de

moi. Il se dit peut-être que je savais ce qui se tramait dans le sous-sol et que je n'ai pas remué le petit doigt. Peut-être qu'il me déteste à mort. Ce serait son droit le plus strict. *Oh, mon Dieu!* Mon estomac bouillonne. Et si c'était le cas?

Le pick-up oscille quand Rex saute de l'arrière et le contourne pour rejoindre le côté conducteur.

Il ouvre la porte d'un coup brusque et se glisse à l'intérieur.

—CB 900. Chouette bécane. Quelle année?

Reste calme. Ne va pas tout gâcher.

—1980.

Il tourne la clé de contact.

—Une pièce de collection.

—Pas vraiment. (Je me ronge les ongles en regardant par la fenêtre.) Plutôt une merde de collection.

Il sort de l'allée en marche arrière puis vire sur la route principale.

—C'est un pneu crevé, Mac. (Son rire diffuse une onde de chaleur depuis ma poitrine jusqu'au bout de mes doigts.) J'ai trouvé deux clous dans le pneu avant. La moto va bien; c'est les endroits où tu roules qui posent un problème.

Mes joues s'enflamment. Le quartier en construction. Ça doit être là que j'ai ramassé les clous. *Merde!* J'étais tellement obnubilée par Rex et son invitée nocturne que je n'ai pas fait gaffe au revêtement du sol sur lequel je roulais.

—D'accord.

—Gonfler le pneu ne servira à rien. Il faut réparer les trous.

—Quoi? Ah… alors, pas de station d'essence?

Il s'arrête au feu rouge et pivote légèrement pour me faire face.

— Non. Mais je te promets d'éviter le fossé et de te ramener chez toi. Où est-ce que tu habites ?

Oh merde ! Il va savoir où je vis. Et surtout que j'habite tout près de chez lui.

— Euh… pas loin de l'angle de la 67e et de Kelmore.

Il plisse les yeux.

— Sans blague ? C'est près de chez moi.

— Oh ! (Je ris d'une manière absolument pas naturelle.) C'est dingue.

Harceleuse. Psychopathe. Oui, oui et encore oui.

Au feu, il vire à droite et prend la direction de mon domicile.

— Ça fait combien de temps que tu travailles au *Blackout* ?

— Pas très longtemps.

Je regarde par la fenêtre latérale.

— Super.

Mon genou s'agite et je ne parviens pas à aligner deux idées de suite. Il tente de faire la conversation, et je pourrais me montrer polie en lui posant une question banale, mais je sais déjà tout sur lui. Sauf…

— Est-ce que ta petite amie voit d'un bon œil que tu reconduises des inconnues croisées au détour d'allées sombres ?

Je n'ose pas me retourner pour lire l'expression de son visage, j'ai trop peur de déceler de la tendresse dans ses yeux à la mention de sa petite amie.

— Pas sûr. Je ne…

La sonnerie de son portable retentit.

Je pivote et je le vois choper son appareil sur la console centrale. Qu'est-ce qu'il s'apprêtait à dire ?

— Enfoiré ! Merci de nous avoir aidés à tout ranger et à charger. (Il semble partagé entre la colère et l'agacement.) Ouais, eh bien, j'espère que la chatte en valait la peine.

Il grimace et m'adresse un regard d'excuse.

Je souris. J'ai vécu dans un environnement instable toute ma vie et j'ai eu ma dose de conversations viriles. Plus rien ne me choque.

— OK, on se parle demain. À plus. (Il clôture l'appel.) Désolé.

— Pas de souci. Je travaille dans un bar, tu as oublié ? (Je remarque l'endroit où nous sommes.) Oh, tourne à gauche ici ! C'est la neuvième maison sur la droite.

Le pick-up descend lentement la rue.

— Chouette quartier.

— Merci. Oui, c'est sympa, sauf que toutes les maisons sont pareilles. Le premier mois où j'habitais ici, j'entrais toujours dans la mauvaise allée.

— Je peux imaginer.

Nous parvenons chez moi, et, avant que le pick-up s'immobilise, mon sang se glace et mes muscles se tendent. *Merde, bordel de merde !*

La Harley de Hatch est garée dans mon allée.

Chapitre 4

La peur de ce que je ne vois pas
La rage de perdre le contrôle
Aucun d'eux ne vient me sauver dans le sous-sol
Au final je paie les dégâts

Ataxia

Rex

Je m'engage dans l'allée de la maison de Mac.
—Trop bien. C'est une Fat Boy ?
Droite comme un I, le dos écarté du siège, elle ne répond pas. Ses yeux écarquillés sont rivés sur la Harley que mes phares illuminent. Au moment où j'arrête mon pick-up, je pige.
Pas de mec, mon cul.
Même s'ils sont séparés, elle est manifestement assez stressée à l'idée que je la ramène chez elle en présence de ce type.
Je me tourne vers sa silhouette toujours immobile.
—Tout va bien, Mac. Tu ne risques rien. Le temps de décharger la moto, et je débarrasse le plancher.
Elle sursaute et pose vivement les yeux sur moi.
—Quoi ?
J'indique la Fat Boy de la tête.

— C'est ton mec ? Je ne veux pas t'attirer d'ennuis.

— Pouah ! (Les muscles de son visage se tordent comme si je venais de lui mettre une crotte de chien sous le nez.) Non, ce n'est pas mon petit ami. Plutôt celui de ma colocataire.

À voir la façon dont elle s'est raidie en apercevant cette moto, il est impossible qu'il n'y ait pas eu quelque chose entre elle et le type à la Harley. La tête penchée, je l'examine pour décider si je la crois ou pas. Non, elle ment. À moins que…

L'adrénaline se précipite dans mes veines et je serre le volant plutôt que les poings.

— Ce type est dangereux ? Il vous menace, ta coloc et toi ?

— Oh non ! Enfin, il n'a pas de manières et c'est plutôt un enfoiré, mais rien de plus.

Je desserre les mains, et mes épaules s'affaissent. *Merde ! À quoi je joue ?* J'ai perdu assez de temps comme ça. Je dois déposer cette moto, ainsi que sa conductrice, et aller me coucher.

— Tant mieux. Je vais décharger ta bécane.

Je saute en bas du pick-up et je contourne le plateau pour détacher les lanières à cliquet. Le grondement sourd de la porte du garage attire mon attention. Je jette un coup d'œil et je me retrouve bouche bée.

Mac a délaissé la sacoche qu'elle tenait comme un bouclier. Elle se dirige vers moi en balançant nonchalamment sa taille fine et ses hanches arrondies d'une manière très féminine.

— Je vais t'aider à la faire descendre la rampe.

Avec une facilité déconcertante, elle saute sur le pneu arrière du pick-up et enjambe le pourtour du plateau. J'essaie de ne pas me laisser distraire par sa silhouette splendide dans son pantalon noir moulant, ni par ses bottes de moto en cuir noir avec leurs lanières et leurs boucles, qui la rendent diablement sexy.

Elle s'empare de son côté du guidon et pose son autre main sur la selle.

Je l'imite.

—On y va mollo dans la pente.

Nous faisons doucement descendre la rampe à la moto, et, une fois au sol, Mac la relâche et je l'amène dans le garage.

J'installe la moto sur sa béquille et je désigne les lieux de la main.

—Tu sais ce qu'il manque ici ?

Ses sourcils se rejoignent, ce qui est extrêmement mignon.

—Quoi ?

—Une voiture.

Elle s'esclaffe, mais son rire est… je ne sais pas… crispé on dirait.

—Encore merci pour le *lift*.

Ah, donc elle me congédie ! Message reçu.

—Pas de quoi.

Je hoche la tête et je retourne vers mon pick-up.

Elle reste à distance tandis que je range mes lanières et que je repousse la rampe dans le plateau. Je lui jette de temps à autre un coup d'œil et j'aperçois son regard qui voyage entre moi et la porte d'entrée. Ouais, je suis certain que ce type est son petit ami, ou du moins un ex.

Je contourne l'arrière du pick-up et je lui adresse un ultime signe de la main avant d'embarquer.

—À un de ces quatre.

—Rex, attends.

Bordel, c'est la deuxième fois qu'elle prononce mon prénom, et ce son m'attire comme un aimant.

Elle franchit les quelques mètres qui nous séparent. Arrivée tout près de moi, elle penche la tête en arrière pour me dévisager. La lampe de sécurité au-dessus du garage m'offre un meilleur aperçu de ses traits. Ses sourcils sombres surplombent des yeux d'un brun clair proche de la couleur du sable. Je prends une profonde inspiration, et le parfum que j'avais déjà respiré dans la cabine du pick-up m'emplit les narines avec encore plus d'intensité : un soupçon de noix de coco et un truc sucré, comme de la crème à bronzer et un fruit exotique. L'odeur des vacances émane d'elle.

Elle dégage une mèche de cheveux de sa joue et la place derrière son oreille.

—Avant que tu partes…

Ses dents parcourent toute la longueur de sa lèvre inférieure rouge cerise, et je ressens soudain une envie dévorante de la goûter, qui m'incendie les entrailles avec une violence dévastatrice.

—Je dois te dire un truc. (De manière presque inconsciente, elle jette un regard rapide par-dessus son épaule en direction de la maison.) Ce n'est ni le lieu ni le moment, mais si je ne m'engage pas à te parler j'ai peur de ne plus jamais avoir la chance de t'adresser la parole ensuite.

Je le savais. C'est le moment où elle va larguer la foutue bombe qui expliquera son comportement bizarre. Elle ne me doit fichtrement rien. J'ai proposé de l'aider, elle a accepté, fin de l'histoire. Mais alors pourquoi je ressens la légère morsure du rejet quand elle me remballe ?

—Balance ce que tu as à dire ou tais-toi. Je t'ai juste filé un coup de main alors que tu étais dans la mouise.

Ses longs cils s'agitent à plusieurs reprises, et elle se penche plus près.

— Est-ce qu'on pourrait aller prendre un café ensemble un de ces jours ou peut-être…?

Le bruit d'une porte qui claque nous amène tous les deux à tourner la tête vers le garage. Un type que je reconnais immédiatement sort de l'obscurité.

L'enfoiré. Putain, quelle était la probabilité?

— Oh merde! lance Mac.

Elle me tourne le dos et s'avance de quelques pas pour se placer entre moi et le connard de la nuit dernière.

— Regardez-moi ça… (Il s'amène d'un pas nonchalant, vêtu d'un tee-shirt qui proclame fièrement son statut de motard.) Blanche Neige, je ne savais pas que tu étais intime avec cet amateur de miches de Dorothy.

Un feu me consume les entrailles. Je m'avance vers lui, mais Mac s'appuie contre mon ventre et mes hanches.

Je dévoile les dents.

— En fait, je suis assez content de te revoir, rondouillard. J'ai eu comme un goût de trop peu hier soir.

J'esquisse un autre pas vers lui. Un parfum de cocktail caribéen flotte juste sous mon nez. Sans quitter le trou du cul du regard, je me penche un peu plus tandis que Mac s'arc-boute au sol pour m'empêcher d'avancer.

— Ouais, je ne doute pas que tu aimerais bien m'embrocher, lâche-t-il, le regard mauvais. Mais j'ai un scoop pour toi, mon joli. Je ne fais pas dans les mecs.

Je me plaque contre le dos de Mac.

— Espèce d'enc…

— Dégage, Hatchet, lance Mac d'une voix ferme et incroyablement sérieuse. Rentre dans la maison. Tout de suite.

Il rejette la tête en arrière et s'esclaffe.

—Sinon quoi ? Qu'est-ce que tu comptes faire, garce ?

Une étrange sensation enfle dans mon estomac et se diffuse dans mon torse.

—Putain, m'immiscé-je, ne t'avise pas de lui adresser la parole, enfoiré ! C'est avec moi que tu as un problème. (Son regard voyage de moi à elle.) Et ne la regarde pas non plus, sauf si c'est pour t'excuser.

Je m'exprime à voix basse pour éviter que les voisins ne s'en mêlent. Le léger mouvement de ses lèvres indique que j'ai parlé suffisamment fort pour qu'il m'entende.

—Tiens tiens, on dirait que notre amateur d'hommes a changé de crémerie et a envie de goûter un peu de chatte.

—Ferme ton clapet, Hatchet ! intervient Mac.

J'en ai assez entendu. Le persiflage de cette enflure me dévore les entrailles comme de l'acide, et je m'apprête à lui bondir dessus pour avoir manqué de respect à une femme chez elle.

J'agrippe les épaules de Mac pour qu'elle bouge. Elle résiste, mais je la contourne sans problème.

—Rex, non !

Elle tente de me retenir, mais, en un rien de temps, je me retrouve face à Hatchet.

—À toi l'honneur, enfoiré. (Je souris, fiévreux, m'apprêtant à encaisser la douleur fulgurante qui s'annonce.) Regarde. (Je croise les mains dans le dos.) Je ne vais même pas lever le petit doigt.

Les yeux de Hatchet flamboient.

—Tu bluffes.

—Viens vérifier, tête de nœud.

Il arme son coude.

—Non !

La voix de Mac retentit. Elle se jette entre nous au moment où Hatchet balance son poing, qui atterrit sur sa mâchoire.

Elle s'affale par terre.

Il ouvre grands les yeux.

— Espèce d'enculé !

Je lui décoche un crochet du droit qui l'envoie vaciller en arrière.

Il réplique par un coup qui m'atteint en plein torse. Puis il cogne mon bras. Ensuite un autre coup pour ma mâchoire. Mais tout ce que je ressens, c'est la rage qui attise mes muscles.

Je fais enfin valser mes poings, assenant coup sur coup. Ma colère et mon instinct de protection s'abattent sur lui en une brutale déferlante de frappes punitives. Nous valsons tous les deux au sol, ce qui le place en position défavorable. Je le coince entre mes jambes. Il agite les bras.

Il s'épuise rapidement et ne réplique plus. Peut-être qu'il est sonné, mais je dirais plutôt qu'il n'a plus de jus. Ce qui ne m'empêche pas de continuer à faire pleuvoir les coups sur toutes les zones exposées de son torse. Jusqu'à ce qu'on me tire en arrière.

— Arrête !

La voix de Mac semble surgir de loin.

Je cogne encore. Et encore.

On tire plus fort sur mon tee-shirt.

— Rex ! Arrête !

Sa voix contient une peur qui se dépose au plus profond de mes entrailles, et mon agressivité se mue en inquiétude.

Je repousse cet enculé de motard et je me relève ; Mac s'agrippe au dos de mon tee-shirt. Le brouillard de colère se dissipe. *Merde, Mac !*

Je fais volte-face, la respiration lourde.

—Merde! Est-ce que... ça va?

Elle se tient la joue, et du sang coule sur sa main. Mon pouls grimpe en flèche, et je me précipite sur le rondouillard.

Elle s'accroche encore plus fort à mon tee-shirt.

—Rex, non. S'il te plaît. Arrête.

Elle doit être morte de trouille, mais on ne le dirait pas. Rien ne trahit son état d'esprit, en dehors de son poing serré sur mon tee-shirt.

Comment peut-elle être aussi calme après ce que cet abruti lui a fait au visage? Il a cherché la bagarre sur son allée de garage et a balancé un gnon sans s'inquiéter de savoir où celui-ci atterrirait.

Une sensation de malaise tourbillonne dans mes intestins. C'est autant ma faute que la sienne. Si j'avais tourné les talons pour filer comme une mauviette, rien de tout cela ne serait arrivé. Toutefois, sur quoi serait-elle tombée ce soir si je n'avais pas été là? Combien de fois doit-elle se farcir ce raté et ses conneries d'ivrogne?

Je me passe la main dans les cheveux. Je n'ai rien à voir avec cette fille. N'empêche que je dois réparer les dégâts.

Je retire sa main de mon tee-shirt et je l'emmène vers la portière passager de mon pick-up.

—Monte. Tout de suite.

Par-dessus sa main toujours posée sur son visage ensanglanté, ses yeux s'écarquillent.

—Je ne peux pas. Je... Où est-ce que nous allons?

—Aucune idée. Mais je ne te laisse pas ici avec ce taré.

Je jette un regard derrière moi pour apercevoir Hatch qui se roule par terre en gémissant. J'éprouve un sentiment de satisfaction.

—Ça va aller, dit-elle en dégageant sa main.

—Monte dans le pick-up, Mac.

—Je…

—Monte dans ce putain de pick-up ou je te jette sur mon épaule pour t'embarquer de force !

D'un bond, elle se précipite sur le siège passager.

—Brave fille. (Maintenant qu'elle est en sécurité, je passe devant Hatchet en sang pour aller appuyer sur le bouton de fermeture de la porte du garage avant de regagner mon véhicule en courant.) Bonne nuit, enflure.

Il me répond par un doigt d'honneur.

Je quitte au plus vite le quartier avant de me ranger sur le côté de la route.

—Tu saignes pas mal. (J'enlève mon tee-shirt pour le lui tendre.) Essuie-toi avec ça.

Elle ne réagit pas. Je lui jette un coup d'œil et je m'aperçois qu'elle détaille sans vergogne mon torse nu. En général, lorsqu'on m'examine de la sorte, j'ai envie de m'enfuir, mais un désir dans son regard m'attire. Elle ne perd pas une miette de mon corps jusqu'à ce que je me contraigne à revenir dans le présent. Je cligne violemment des yeux. *C'est quoi ça, bordel ?*

En ravalant le souffle d'excitation qui danse dans mes veines, je secoue le tee-shirt devant ses yeux.

—Prends-le.

Elle me l'arrache des doigts et l'appuie contre son visage.

—Merci.

Ses yeux remontent jusqu'à mon cou avant de se poser sur mon visage. Je m'empare d'un bout du tee-shirt pour tamponner une tache de sang sur son menton. Elle grimace.

—Je sais que c'est douloureux. (L'envie de continuer à lui nettoyer le visage est trop forte. Je laisse retomber la main sur ma cuisse.) Tu ferais mieux d'aller à l'hôpital…

— Non, s'il te plaît! (Une lueur de terreur traverse ses yeux clairs.) Pas d'hôpital.

— Merde, Mac! (Elle aurait sans doute besoin de points de suture.) Il y a beaucoup de sang.

Elle pose sa main libre sur la poignée de la portière.

— Hors de question. Plutôt m'enfuir. Je jure que si tu me conduis à l'hôpital je vais…

— OK, OK, très bien. *(Qu'est-ce qui lui prend?)* Pas d'hôpital.

Elle laisse échapper un profond soupir et se détend.

— Merci, je… euh… désolée.

Ce ne sont pas mes oignons, mais cette fille a un truc qui attise ma curiosité. C'est vrai quoi : quel genre de filles se jette devant un motard pour protéger un type qu'elle connaît à peine, avant de menacer de prendre ses jambes à son cou quand on parle d'hôpital?

— Tu voudrais m'expliquer?

— Je… j'ai peur.

Sa voix est tellement faible que je comprends à peine ce qu'elle dit.

Peur. Cette fille?

Rien de ce que j'ai vu chez elle jusqu'à présent n'indique la peur. Dans le fond de mon esprit, une démangeaison agaçante me rappelle qui je suis. Je vis pour combattre, je recherche les coups, la brûlure d'un tatouage et le pincement d'une aiguille, pourtant j'évite la seule chose sans laquelle la plupart des mecs ne peuvent pas vivre.

Ouais, je connais ça, les peurs irrationnelles. Si elle a vraiment la trouille, alors je ne veux pas insister après la soirée qu'elle a vécue. Ce qui ne me laisse plus qu'une seule option.

Mes nerfs sont pris d'angoisse. J'ai la poitrine contractée, le souffle court.

— OK, je t'emmène chez moi. J'ai une trousse de secours.

Bordel de merde ! Je démarre le pick-up.

Tout cela pourrait finir en désastre.

Mac

Une douleur lancinante m'irradie la joue. Le tee-shirt de Rex contre le visage, j'inspire profondément, savourant cette odeur de savon mêlée à sa sueur saline. Ce parfum me calme assez pour que je puisse rejouer en mon for intérieur la scène qui vient de se dérouler.

Je voulais juste protéger Rex. Me servir de mon corps comme bouclier était instinctif. Et je le referais sans hésiter.

Je serais prête à encaisser un coup chaque jour de ma vie si cela pouvait lui éviter de souffrir. Je ne laisserai plus jamais quelqu'un faire de mal à Rex, si je suis en mesure de l'empêcher.

Le voir prendre un coup aurait été plus douloureux que ce que je ressens en cet instant. Bon sang, depuis le temps qu'il est pro, je n'ai jamais assisté à un de ses combats. Je serais incapable de le voir se faire tabasser uniquement pour toucher un chèque.

Nous pénétrons dans le parking de son immeuble. Je me sens bizarre à l'idée d'entrer chez lui. Des fourmillements d'excitation se mêlent à l'anxiété et à l'appréhension.

Le pick-up fait une embardée quand il le gare, ce qui propulse une nouvelle douleur fulgurante dans ma joue. *Merde !* J'espère que je n'ai rien de cassé.

— Nous y sommes.

Il bondit hors du véhicule et se précipite vers la portière passager.

Je l'ouvre, et il me saisit le bras pour m'aider à descendre.

— Tout doux. Au moindre mouvement trop brusque, tu auras un mal de chien.

— Je vais bien, marmonné-je à travers le tissu que j'appuie plus près de mon nez.

L'éclairage de sécurité du parking m'offre un bel aperçu de ses tatouages. Un de ceux-ci en particulier, sur ses pectoraux gauches, attire mon attention. « Maman ». Un seul mot inscrit à l'encre sur un parchemin dessiné sur son cœur. Je détourne le regard alors que les larmes viennent me picoter les yeux.

Il enclenche l'alarme de son pick-up et, la main posée dans le creux de mon bras, il me guide à travers le complexe d'immeubles.

Je sais exactement où il habite, mais je traîne un peu pour ne pas le faire paraître. C'est lorsqu'il s'arrête net, non loin de sa porte d'entrée, que mes pieds me trahissent. Ayant déjà poursuivi mon chemin au-delà de la porte dans laquelle il introduit sa clé, je m'en vais trébucher contre lui.

— Waouh, ça va ?

Il resserre son emprise sur ma main pour me stabiliser.

Ce n'est pas là qu'il vit. *Où est-ce que nous sommes ?*

— Oh oui ! J'ai juste perdu l'équilibre un instant, mais ça va.

Il ne semble pas convaincu, mais il ouvre la porte et me fait entrer dans un appartement plongé dans l'obscurité. Un vent de panique me parcourt l'échine jusqu'à ce qu'il active un interrupteur.

J'expire un bon coup et je l'observe tandis qu'il traverse le petit appartement en direction de la cuisine.

—Installe-toi sur le divan. Je vais te chercher de la glace.

J'ai envie de lui demander où nous sommes, mais il comprendrait que je sais que ce n'est pas chez lui. Je parcours le séjour du regard. Tout ici est dépareillé. La table de la salle à manger est entourée de quatre chaises différentes. Un divan vert écossais de style causeuse constitue l'élément principal de la pièce ; une couverture de l'université du Nevada à Las Vegas est jetée sur le dossier. Sur la table basse, quelques bougies et un pot-pourri dénotent une touche clairement féminine. C'est l'appartement d'une fille. Je m'en vais examiner quelques photos encadrées sur une étagère toute proche.

—Assieds-toi, m'ordonne Rex.

Je sursaute en espérant qu'il ne m'a pas surprise en train de fouiner. Je me laisse tomber sur le divan, et il se presse près de moi. Il m'inspecte la joue, et je ne quitte pas ses lèvres des yeux. Son torse nu me donne envie d'examiner ses tatouages. Il y en a partout : sur son torse, son ventre, ses épaules, même sur son cou. Je sais que si je laisse mes yeux dériver plus bas je me perdrai dans la splendeur de son corps. Non, je dois rester focalisée sur ses lèvres.

Il se penche, et l'infime contact de la chaleur de son genou contre le mien m'envoie des picotements dans le ventre. Ma respiration se bloque dans ma gorge.

—Merde, ça fait aussi mal que ça ? demande-t-il en grimaçant.

Je parviens à hocher la tête, soulagée qu'il ait interprété mon hoquet comme une réaction de douleur plutôt que comme un signe révélateur du pur élan de plaisir que je ressens du fait de sa proximité.

Il pose ses longs doigts autour de mon poignet et m'écarte la main, éloignant du même coup le tee-shirt à l'odeur réconfortante. Ses yeux plissés luisent d'un éclat mortel, et il nettoie un peu de sang.

—Ouais, il ne t'a pas loupée.

Ses paroles émanent des profondeurs de sa poitrine, faisant vibrer l'air entre nous.

Une chaleur s'élève à l'intérieur de ma cuisse et remonte en rampant à un rythme affolant. Je me racle la gorge, craignant que ma voix ne se brise tant il est près de moi.

—Est-ce que… euh… j'ai une fracture?

Il lève la main vers mon visage et incline la tête pour m'examiner la joue. Lorsqu'il effleure du bout des doigts ma peau sensible, je résiste à l'envie de fermer les yeux et de me blottir contre lui. À la place, je reste scotchée à ses yeux d'un bleu parfait. Gamins, nous connaissions cette proximité. Les yeux dans les yeux, séparés par une quinzaine de centimètres tout au plus, je m'agrippais à son regard lourd de sens, tout comme en cet instant.

Mon cœur bat si fort que je ressens ses pulsations dans ma joue endolorie et que je les entends dans mes oreilles. Il appuie légèrement, mais je refuse de défaillir par peur qu'il ne rompe le contact.

Ses épais cils noirs viennent partiellement masquer ses yeux bleus.

—Putain!

Il fait rouler l'anneau de sa lèvre dans sa bouche et retire la main de mon visage. Son contact me manque aussitôt, et je résiste à l'envie de me jeter à genoux pour le supplier de revenir. Il rouvre les yeux, et la douceur que j'y aperçois me liquéfie les entrailles.

Je n'ai jamais vu de plus bel homme : des yeux aussi bleus que la glace, des cheveux noirs en épis ébouriffés comme s'il y avait passé les mains, la ligne de sa mâchoire puissante et virile qui mène aux lèvres les plus succulentes qui soient, pleines et ne demandant qu'à être mordues.

— Je ne pense pas que ce soit cassé.

— Hein ?

Ses mots interrompent le fil de mes pensées.

Il repose la main sur moi, mais cette fois celle-ci tient un sac de glace enveloppé dans un torchon.

— Là. Tiens ça contre ta joue. Ça devrait permettre de la faire dégonfler.

— Merci.

La sensation de froid me fait grogner ; je préférerais que ce soit sa main.

Ressaisis-toi ! Entretenir des pensées lubriques au sujet de Rex ne me réussit pas. Je dois me rappeler qui il est et la raison pour laquelle je suis ici. Une vague nauséeuse m'envahit. Je ne suis pas prête. Je rejette la tête en arrière sur le dossier du divan.

— Tu es une dure à cuire, Mac. (Il se relève et part dans la petite cuisine.) Tu as encaissé ce coup comme un mec.

— Ha ! Ouais…

Je suis contente d'avoir pris un coup à sa place. D'accord, ma joue me fait horriblement mal, mais cette douleur est relative. Savoir que j'ai évité ne serait-ce qu'un coup à Rex rend la chose plus facile.

Je perçois du remue-ménage dans la cuisine ; il semble à l'aise dans cet endroit, à croire qu'il le connaît bien. Qui habite ici ?

—Tu veux un truc à boire ? Il y a de l'eau, une espèce de jus rouge et… euh… (Je l'entends déplacer des choses dans le frigo.) Un café merdique.

—De l'eau, c'est parfait.

Il revient s'affaler sur le divan près de moi, une bouteille d'eau à la main. Il dévisse le bouchon et me la tend.

—Tiens.

Je me redresse et j'avale une petite gorgée pour ne pas avoir mal au visage.

—Aah, ça fait du bien ! Merci.

Alors que le silence s'installe entre nous, je me risque à demander :

—Chouette endroit. Ça fait combien de temps que tu habites ici ?

—Ce n'est pas chez moi. (Il gigote un peu, mais se ressaisit avant que cela devienne trop manifeste.) Mon appart se trouve un peu plus loin.

Nous sommes dans un autre appartement de son immeuble, dont il a la clé. *C'est quoi, ce truc ?*

—On est chez qui alors ?

Il évite mon regard.

—Une amie… euh… ma voisine. Elle s'est absentée de la ville pour quelques jours.

Mon estomac vacille. *Elle. Elle !* La fille de ce matin. C'est pour ça qu'il l'aidait à porter ses bagages. *Bordel de merde !* Il sort avec sa voisine. Il passe sans doute la plupart de ses nuits ici, dans ses bras ; ils se lovent l'un contre l'autre sur ce divan. Beurk… je me sens mal.

J'ai la mâchoire tellement contractée qu'une douleur lancinante se propage de mes dents à ma joue. La pièce se met à tourner autour de moi. Je ferme les yeux très fort.

—Oh non ! Je pense que…

Ouais, je vais gerber sur le divan vert pomme à carreaux de Mademoiselle Parfaite.

—Waouh, tu ne sembles pas dans ton assiette! (Il pose les mains sur mes épaules et m'invite à m'adosser.) Tu dois avoir une commotion cérébrale. Tu risques d'être malade, de vomir…, c'est pas drôle.

Je n'ai pas de putain de commotion! Je suis assise sur le divan de ta petite amie. Probablement là où vous… Oh non! Ne pas vomir, ne pas vomir.

—Tu es sûre que tu ne veux pas que je t'emmène à l'hôpital?

Sa voix contient une intonation nouvelle. De… l'inquiétude?

—Je vais bien. Je voudrais juste rentrer chez moi et dormir…

—Putain, c'est hors de question!

Je relève brusquement les paupières pour le dévisager. Ses yeux luisent de colère.

—Rex, je ne peux pas dormir ici chez ta…

—Je ne te le fais pas dire, tu devrais être à l'hôpital. Mais si tu refuses, alors tu dormiras ici.

—Ici. Chez ta…

—Ouais. Pourquoi pas? (Il indique le bref couloir qui mène vers une chambre que j'aperçois de là où je suis.) Il y a un lit, sans doute plein de trucs de gonzesse dans la salle de bains, et de quoi te changer. Ça ne dérangera pas Emma.

Emma. Voilà le nom de cette pouffiasse.

—Je suis certaine que si.

—Je pieuterai sur le divan, comme ça je pourrai te surveiller et te réveiller de temps en temps pour voir comment tu vas.

—Non. Tu n'es pas obligé.

Il hausse le sourcil orné d'un piercing, et je suis soudain curieuse de savoir ce que cela ferait de l'embrasser à cet endroit. *Beurk, arrête.*

Il hausse les épaules.

—L'hôpital alors?

—Non, je t'ai dit que…

—OK. Donc tu restes ici et je te réveille toutes les deux heures.

Il soutient mon regard. Les secondes s'écoulent.

J'esquisse un léger sourire.

—Si ce sont mes seules options…

—En effet.

—Tu es têtu.

—On m'a déjà dit bien pire.

Un sourire décontracté et tout aussi sublime se dessine sur ses lèvres.

—Très bien, je vais rester.

Il opine du chef et s'adosse dans le divan tout en posant les pieds sur la table basse et en croisant les bras.

—C'est réglé alors. (Il pivote vers moi.) Et c'est toi qui me trouves têtu. J'ai dû te supplier trois fois ce soir d'accepter mon aide.

Je contemple mes cuisses pour éviter son regard inquisiteur.

—Je n'ai pas l'habitude qu'on veuille m'aider.

En particulier venant de la personne que j'avais promis d'aider. J'aurais pu l'arracher aux maltraitances, si seulement j'avais été plus futée, plus âgée, plus consciente de ce qui se tramait. Si seulement je lui avais demandé, si je l'avais obligé à me raconter ce qu'il endurait. Bon sang, tous ces hommes! C'était un enfant, un gamin sans défense!

—Mac?

Je lève les yeux sur lui et j'aperçois son regard inquiet posé sur moi.

— Ouais ?

— Tu es de nouveau verte. Je pense que tu devrais t'allonger.

Il a raison. J'ai fantasmé sur tout ce que je lui dirais si je parvenais à l'aborder, sur tout ce que je lui demanderais si on se retrouvait un jour seuls à l'abri des regards. Et me voilà arrivée à ce jour, incapable de formuler une seule pensée cohérente.

Je me mets debout en lui tendant mon sac de glace.

— Tiens. Je pense que ça suffira. Tu devrais le poser sur les articulations de tes doigts.

Il fléchit plusieurs fois la main, sans témoigner le moindre signe d'inconfort.

— Non, c'est agréable.

« C'est agréable » ? J'ajoute ce commentaire à la liste des trucs qui méritent réflexion, mais pas ce soir. Beaucoup trop de choses sont arrivées, et j'ai besoin d'un moment pour digérer tout cela.

— OK, bon, c'était sympa de passer enfin un peu de temps ensemble. Merci de m'avoir secourue... trois fois.

Il affiche une expression sérieuse. Songeuse.

— Hé, dit-il en haussant les épaules, toi aussi, tu m'as secouru.

Non. Pas lorsqu'il le fallait vraiment. Mais je suis là pour me rattraper.

Chapitre 5

Le mal s'attaque à mon corps
Tout en caresses et en chuchotements
Je hurle pour que vienne la mort
Mais mes cris, personne ne les entend

Ataxia

Rex

La nuit se traîne. Après être allé chercher un tee-shirt chez moi, j'ai passé le reste du temps sur des charbons ardents, entassé sur ce minuscule divan, à regarder des rediffusions de *Tattoo Nightmares*. Cet endroit est trop petit. Il y a trop de murs. Je joue distraitement avec l'élastique à mon poignet.

Mac n'a pas bronché depuis qu'elle est partie sombrer dans la chambre d'Emma. Ça doit être chouette de pouvoir s'endormir n'importe où.

Moi ? Je ne découche pas, je ne fais jamais de nuit blanche et je déteste voyager. Le seul lieu où je peux me détendre totalement, c'est chez moi, un espace ouvert pour respirer et sans visiteurs. Un bâillement s'arrache de ma gorge. Je suis épuisé, mais il est exclu que je roupille cette nuit. Après le stupide fiasco de la soirée, j'ai la tête lourde et les pensées galopantes.

Même si le confort de mon appart me manque – une douche chaude, des draps propres et mon lit – je sais que c'était la bonne solution. À cause de moi, Mac souffre sans doute d'une commotion. Le moins que je puisse faire, c'est de sacrifier une nuit pour m'assurer qu'elle s'en tire sans tomber dans le coma.

J'ignore tout de cette fille, mais un truc chez elle me semble familier. C'est peut-être son attitude à la cool. Elle se comporte plus comme un mec que comme une nana. Je ne suis pas du tout habitué à ça. La plupart des filles que j'ai fréquentées pleurnichent quand la serveuse a oublié le citron vert dans leur cocktail. Même Emma est capable de démolir ma porte en hurlant comme une fillette quand elle est tombée sur une araignée dans son appart. Mais avec Mac pas l'ombre des exigences ou des réactions démesurées qu'on rencontre chez la plupart des femmes. C'est vrai quoi, elle a pris un gnon d'un mec sans chialer.

C'est une coriace.

Je parie que Mac se débarrasse elle-même de ses araignées, sans doute à mains nues.

C'est marrant que je ne l'aie pas remarquée plus tôt. On ne peut pas vraiment dire qu'elle passe inaperçue. *Merde !* Elle doit mesurer aux alentours du mètre soixante-dix-huit, et sa peau est pâle, mais rien de flippant, plutôt d'un genre qu'on ne voit pas chez les femmes ici à Vegas. Sa taille, sa peau claire et ses cheveux noirs forment une combinaison qui attire le regard. C'est une vraie bombe.

Et ses lèvres. *Bordel !* Je n'avais jamais vu de lèvres aussi naturellement sombres. Pleines, de la couleur des cerises. Et ce sourire. Les quelques fois où elle a retroussé les lèvres en réaction à un truc que j'avais dit, je l'ai senti jusque dans mes tripes. Ça et ses sourcils arqués par-dessus ses grands yeux, je n'ai jamais rien vu d'aussi sexy et effronté. Mon thorax se contracte et je laisse échapper un long soupir. Cette seule pensée me procure un élan d'énergie qui tout à la fois m'intrigue et me dégoûte.

Putain! Je me frotte le visage. Mon corps réagit à une femme splendide et je suis dégoûté? Ça ne peut pas être normal, ce truc. Mon thérapeute a une centaine de théories différentes, mais je ne peux en gober aucune. Je ne me rappelle pas grand-chose de mon passé, donc je préfère ne pas consacrer mon temps et mon énergie à comprendre. Je regarde uniquement vers l'avant. Et, pour une raison malsaine, être excité me rend en même temps malade. Je suis un homme de vingt-cinq ans. Baiser devrait être au sommet de ma liste des priorités, juste après respirer et avant m'alimenter.

Mais non. Je réprime au maximum mes besoins et je déverse mon surplus d'énergie dans mes combats et ma musique jusqu'à ce que je ne tienne plus. Et, quand je cède enfin à mes pulsions maladives, je m'en débarrasse rapidement avec une inconnue, le plus souvent rémunérée afin d'éviter toute connexion personnelle. Une fois soulagé, je déguerpis pour ne pas me sentir gêné, car chaque fois, peu de temps après avoir joui, je vomis. Ça. Ne. Loupe. Jamais.

Bon sang, je suis une épave!

Ressentant soudain l'envie pressante d'un shot de tequila, je pars fouiner dans la cuisine d'Emma sans faire de bruit, à la recherche d'un truc approchant. Pas de bière au frigo. Pas de vodka dans le freezer. Pas de bourbon dans le placard. Rien.

Je m'appuie contre le comptoir. J'ai la peau moite. Le manque de sommeil et le fait de me retrouver coincé dans cet appartement me rendent nerveux. J'avise le bloc de couteaux à proximité de ma main droite. Ceux-ci m'appellent, me supplient de marquer ma chair. J'imagine la sensation si je faisais courir les lames aiguisées sur ma peau en observant le sang s'écouler. Je pousse un grognement en laissant le poids de ma tête retomber entre mes épaules. Les cicatrices que j'ai aux avant-bras et sur l'intérieur des cuisses exigent leur dû. J'agrippe l'élastique à mon poignet et je le fais claquer à plusieurs reprises. Il m'égratigne l'épiderme, mais c'est loin d'être suffisant.

—C'est n'importe quoi.

Je me repousse du comptoir et je traverse le petit appartement en direction de la chambre d'Emma. Je jette un coup d'œil à l'intérieur et j'aperçois Mac endormie sur le côté, les mains jointes coincées sous le petit coussin décoratif qui berce sa tête. Couchée sur l'édredon, elle a gardé ses vêtements. Elle semble si paisible. Je vais attendre encore un peu avant de la réveiller et de la sortir du coma avec mes questions.

Je sors et je referme doucement la porte d'entrée dans mon dos. Un bref interlude chez moi devrait m'aider à rassembler mes esprits. Et puis j'ai de la tequila.

Je parcours les quelques mètres qui séparent l'appartement d'Emma du mien. J'entre, j'enlève mes chaussures sur le paillasson et je me dirige droit sur le meuble où je range mes alcools. J'en sors la bouteille de Patrón, j'enlève le bouchon et j'avale une rasade qui m'arrache la gorge. Je reprends ma respiration avant de boire une nouvelle lampée, puis une autre.

Je ne me suis jamais retrouvé aussi près d'une femme endormie, ce qui exerce des effets désastreux sur mon corps. Des trucs qui me mettent mal à l'aise. Des trucs que la plupart des gars accueilleraient avec plaisir. Mais pas moi.

Je fais claquer mon élastique à un rythme constant, l'alcool diffuse sa chaleur à travers mon organisme. Je m'enfile un autre shot jusqu'à sentir mon crâne s'engourdir. Parfait. Je me brosse les dents et je passe un tee-shirt propre avant de retourner chez Emma. Après avoir jeté un coup d'œil à Mac, je devrais être capable de pioncer quelques heures avec l'aide du somnifère *Señor* Patrón.

Me sentant nettement mieux, je verrouille la porte avant de reprendre place sur le divan d'Emma. Je zappe distraitement sur les chaînes de télé, et mes yeux tombent de sommeil. Je cale un oreiller à froufrous sous ma nuque et… *Putain, c'était quoi, ça?*

Je me tourne pour jeter un coup d'œil par-dessus le divan en direction de la chambre d'Emma. Est-ce que Mac est en train de parler à quelqu'un? Sa colocataire a dû l'appeler pour demander ce qui était arrivé au motard ensanglanté ratatiné sur son allée. J'entends de nouveau sa voix, qui me parvient depuis la chambre, cette fois avec des accents douloureux. Ce ne sont pas des pleurs, mais une supplique désespérée qui trahit une angoisse manifeste.

—Merde alors!

Je bondis du divan et je traverse l'appartement à longues enjambées.

Au moment où je pose la main sur la poignée, Mac pousse un hurlement qui me transperce les oreilles.

J'ouvre la porte à la volée pour la trouver plus ou moins dans la même position qu'auparavant, mais cette fois roulée en boule. Je pose un genou sur le lit et je me penche. Elle n'est pas au téléphone.

—Mac, réveille-toi.

Rien. Son corps est agité de soubresauts. Elle gémit mais ne répond pas.

Je saisis son épaule, sans doute un peu plus fort que nécessaire, et elle s'arrache à mon emprise tout en restant pelotonnée. Elle marmonne sur le même ton que j'ai perçu tout à l'heure. Elle fait un cauchemar.

— Mac, tout va bien. Réveille-toi. Tu n'as rien.

Je tente un nouveau contact, et elle tressaille sans s'écarter tout à fait.

— C'est moi, Rex. Tu es en sécurité. Réveille-toi, tout va bien.

Elle recommence à marmonner, et le dernier mot qu'elle prononce ressemble à mon prénom. Son corps bascule d'avant en arrière. Elle est toujours endormie. Elle a le menton collé aux genoux, de sorte que je ne distingue pas son visage. Elle grogne.

— Quoi ? Je... je ne t'entends pas.

Un sanglot s'arrache de sa poitrine.

— J'ai cru t'avoir perdu.

Hein ? D'accord, elle est vraiment en plein rêve. Je lui masse le dos pour doucement l'amener à se réveiller. Même au travers de son tee-shirt, la chaleur de sa peau sur ma paume me tord les entrailles.

— Réveille-toi, Mac. Tu rêves.

Le rythme de sa respiration se ralentit, et les muscles de son dos se détendent un peu.

— Je ne pouvais pas t'aider. Je suis désolée.

— Chut, tout va bien.

Cette scène me semble vachement familière, et pourtant totalement bizarre. Comme un air de déjà-vu... et non. J'ai peut-être ingurgité un verre de trop sur mon estomac vide.

Elle roule sur le dos, et je croise ses yeux dans l'obscurité. Ils sont grands ouverts, à l'affût.

— Mac, tu... Eh !

—Tu es là. (Elle m'entoure la taille de ses bras, me serre très fort et enfouit le visage contre mon torse.) Vraiment là.

Je lève les mains en les écartant, je veille à ne pas la toucher bien qu'elle n'ait manifestement pas le même problème que moi avec l'espace personnel.

—Ouais, euh... tu étais en train de rêver et...

Elle me relâche aussitôt et glisse à reculons jusqu'à heurter la tête de lit.

—Oh Rex, je suis absolument désolée! Je...

Elle pose ses doigts tremblants sur ses lèvres et secoue la tête.

—Non... pas de souci. Tu faisais un cauchemar. J'ai essayé de te réveiller.

Ouais, elle m'a sans doute confondu avec le type dont elle rêvait. C'est mon propre ego autocentré complètement dégénéré qui m'a fait entendre Rex. Il y a beaucoup de prénoms qui ressemblent à Rex. Comme... Tex... et... euh... *Ou est-ce qu'elle a prononcé mon nom?*

Mac

—Comment tu as su que je faisais un cauchemar?

Il passe une main dans ses cheveux noirs ébouriffés et hausse les épaules.

—Je... euh... je t'ai entendue.

«Entendue»? Une vague de panique se déverse dans ma poitrine. Je suis heureuse que nous soyons dans la quasi-pénombre afin qu'il ne puisse pas apercevoir le fard qui me monte aux joues.

—Qu'est-ce que j'ai dit?

Ses yeux croisent brièvement les miens avant qu'il aille contempler ses bottes.

—Je ne sais pas trop. Tu as plutôt grommelé. Tu as dit que tu étais désolée.

Il m'a entendue rêver de lui.

Oh non, non, non!

—C'est tout? (J'essaie de ne pas trahir ma panique.) Je veux dire, je criais?

Il m'est arrivé de bondir de mon lit, réveillée par mes propres cris. Il a dû avoir une bonne raison pour débarquer. J'espère que ce n'était pas ça.

Il se masse la nuque.

—Ouais, tu criais.

Je baisse le menton en grondant.

—C'est gênant.

—Tu ne dois pas être gênée. (Sa voix est douce, mais je suis malgré tout incapable de le regarder.) Le coup que tu as reçu t'a secouée, pas étonnant que tu fasses des rêves agités. Tu as dû faire un cauchemar où tu étais poursuivie par un ours rose grassouillet avec un bouc.

Je glousse en dépit du poids qui s'installe dans ma poitrine. S'il savait que mes cauchemars le concernent, que la culpabilité me ronge jusque dans mon sommeil…

Aussi loin que remontent mes souvenirs, j'ai anticipé cet instant…, celui où je me retrouverais en présence de Rex afin de pouvoir m'alléger de mon fardeau. Mais à présent j'ignore si j'en suis capable. J'ai toujours recherché d'abord la vengeance, ensuite l'absolution. Et me voici, à quelques dizaines de centimètres de lui, en possession d'informations qui pourraient sans doute lui apporter la paix qu'il mérite, mais, après l'avoir observé ces derniers mois, il me semble qu'il s'en est mieux sorti que moi. Je fais fausse route.

— Je me sens mieux. Je devrais probablement rentrer. Je ne crois pas que le coma me guette.

Je fais mine de poser les jambes par terre, mais il plaque une main ferme sur ma cuisse. Je le dévisage et, malgré les ténèbres, je devine la lueur de panique dans son expression.

— Ne pars pas. (Il fléchit légèrement les doigts comme pour appuyer son propos.) C'est juste que… euh… tu es fatiguée, il est tard, cet enfoiré s'est sans doute tapé l'incruste chez toi et tu ignores dans quoi tu vas mettre les pieds.

Je ne pense qu'à sa large main posée sur ma cuisse, et mes paroles se retrouvent coincées dans ma gorge.

Il mordille l'anneau en argent à sa lèvre, le faisant rouler entre ses dents quelques fois avant de le relâcher.

— Je connais ça, les mauvais rêves, poursuit-il. (Son murmure a une odeur d'alcool et de menthe, je me penche un peu pour l'inspirer.) Quand on se réveille, ce n'est pas marrant d'être seul. (J'approuve de la tête.) Reste.

J'examine les lignes anguleuses de sa mâchoire, ses lèvres pleines et le dragon tatoué aux couleurs chatoyantes qui remonte sur le côté de son cou : ses griffes, ses dents, ses piques, et l'expression féroce de son visage.

— De quoi tu rêves ?

Il retire sa main, et je regrette aussitôt d'avoir posé la question. Celle-ci m'a échappé, alors que je ne veux surtout pas me montrer insistante et risquer de le perdre de nouveau, à présent qu'il est là, qu'il me parle et me touche.

Un claquement sec attire mon attention sur l'élastique qu'il porte autour du poignet.

— Les rêves, ce sont des conneries. Des restes de la journée qui pourrissent dans nos crânes. (Le claquement devient plus fort.) Ça ne signifie rien.

— Entièrement d'accord.

Je ne suis pas d'accord, mais la tension qui émane de son corps m'oblige à lui mentir. Cela semble fonctionner, et le bruit de claquement cesse.

— Et toi, de quoi tu rêves ?

Sa voix est douce, désespérée.

— Des souvenirs du passé. Des trucs que je préférerais oublier, mais je n'y parviens pas.

De toi. Toujours de toi.

— Oublier. (Un rire dénué d'humour roule de ses lèvres, sec, rempli de sarcasme.) Tu crois que tes cauchemars cesseraient si tu ne te souvenais pas de ce qui était mauvais ?

— Je ne sais pas. J'espère.

Il pousse une profonde expiration, et ses épaules s'affaissent.

— Non, ce n'est pas comme ça que ça marche.

Seigneur, qu'est-ce qu'il raconte ? Il ne se souvient pas des mauvaises choses, mais il en rêve ? Je suis consciente de pousser le bouchon, mais il se confie et je ne peux pas laisser passer cette occasion de découvrir s'il va bien, s'il va vraiment bien.

— Tu rêves de choses mauvaises, mais tu ne t'en souviens pas ?

— Quelque chose du genre.

Ce n'est pas possible.

— Alors comment tu sais que c'est vrai ?

Il laisse retomber la tête dans ses mains et s'empoigne les cheveux.

— Je n'en sais rien.

Soudain je retrouve ce gamin, celui que j'allais voir nuit après nuit, dont je tenais la main sous une porte, pour lui offrir tout le réconfort que je pouvais du haut de mes huit ans. En chantant, en ravalant mes larmes pour me montrer forte. Rien que pour lui.

Je me rapproche en glissant et je pose la main dans son dos. Il se redresse de toute sa hauteur, les yeux rivés devant lui. Mes doigts se figent tandis que la peur m'écartèle entre deux options contradictoires : je redoute de laisser ma main là où elle est, mais je crains tout autant de la retirer. Les secondes s'égrènent et l'atmosphère devient tendue.

Il n'est plus ce petit garçon. Les circonstances l'ont endurci, l'ont contraint à survivre à un cauchemar qui hante encore son sommeil. Incapable d'échapper à la désolation de son champ de ruines, il est devenu un homme brisé.

—Je m'excuse. (Je laisse retomber la main avec réticence.) Je n'aurais pas dû…

—Est-ce que tu aimes la tequila, Mac ?

Il regarde toujours le vide qui lui fait face.

—Bien sûr, dis-je en hochant la tête.

—Je reviens tout de suite.

Il se lève. Il quitte la chambre, et je me penche pour le voir traverser le petit séjour et franchir la porte d'entrée.

Son départ évacue les pensées embourbées du passé et me ramène au présent.

Je saute en bas du lit et je me précipite vers la salle de bains. J'ai à peine actionné l'interrupteur que le miroir me renvoie mon image.

—Oh, waouh !

J'ai la joue encroûtée et gonflée. Sous mon œil, le bleu et le violet s'entremêlent. Et mes cheveux. L'horreur. Je m'humidifie les mains au robinet du lavabo et j'essaie de lisser les frisottis qui tentent d'envahir les mèches soyeuses de ma queue-de-cheval. Je tire les pointes sur mon épaule quand j'entends la porte d'entrée se refermer.

— Merde ! (Je replace mes cheveux aussi vite que possible et j'avise brièvement mon apparence.) Ça fera l'affaire.

En sortant de la salle de bains, j'aperçois Rex appuyé contre le mur qui jouxte la porte.

Sa grande silhouette emplit quasiment tout l'espace. Dans la lumière du couloir, ses yeux bleus semblent encore plus brillants que tout à l'heure. Stupéfaite, je les vois voyager de mes lèvres à mes yeux, descendre ensuite sur ma joue. Ils s'illuminent brièvement avant de se plisser puis de remonter vers mes cheveux, et de s'adoucir. Il incline la tête et agite une bouteille remplie d'un liquide ambré. Il m'adresse un léger sourire et arque un sourcil dans lequel sont plantés deux petits haltères. Mon ventre se réchauffe.

— Partante ?
— Évidemment.

L'alcool agit comme un sérum de vérité. J'espère seulement que nous serons assez solides pour gérer les révélations de celle-ci. Je me tourne vers le séjour, mais il part dans la direction opposée pour regagner la chambre.

Il grimpe sur le matelas et appuie le dos contre la tête de lit en croisant les chevilles.

Je reste dans l'embrasure de la porte, les pieds cloués au sol, plombée par le caractère intime de la situation.

Il se tourne vers moi, mais, dans la lumière tamisée, je ne parviens pas à déchiffrer son expression.

— Tu as changé d'avis ?
— Tu veux boire de la tequila au lit ?
— Tu connais un meilleur endroit ? (Il s'enfile une bonne lampée, puis aspire l'air à travers les dents.) Viens. (Il me tend la bouteille.) Ce divan est bon pour les nains. Je me suis juste dit qu'on serait plus à l'aise ici.

Je reste figée sur place : la pensée de me soûler au lit avec Rex engendre trop d'images, aussi confuses qu'alléchantes.

J'aime Rex. Je l'ai toujours aimé. Ces sentiments anciens, auxquels s'ajoutent désormais sa beauté sauvage, ses piercings et ses tatouages, déclenchent des sensations dans tout mon corps qui me mettent un peu mal à l'aise, mais n'en sont pas moins dévastatrices.

— Ne te tracasse pas, Mac. Aucun risque que je te touche. (Un rire profond émane de sa poitrine, ce son me submerge comme une huile bouillante.) Tu peux me croire sur parole.

— Je suis flattée, merci. (Je contourne le pied du lit pour prendre place à ses côtés.) C'est sympa de savoir que je ne dois pas craindre tes avances.

J'essaie de ne pas accentuer mon sarcasme, mais j'ai du mal à dissimuler mon amertume. Il ne me trouve pas attirante. Il préfère sans doute les petites blondes, du genre de Layla ou des dizaines de groupies décolorées qui se suspendent à lui comme une serviette humide. Bref.

Il me tend la tequila.

— Ouais, tu es en sécurité, crois-moi.

Je lui arrache la bouteille des mains et je presse le goulot à mes lèvres. Le liquide descend en brûlant, et je me force à avaler une autre gorgée.

— Bon sang, Mac, vas-y mollo ! (Il retire la bouteille de mes lèvres.) Tu sais ce que c'est que de gerber avec une joue entaillée ? Ça n'a rien de drôle. (Il s'enfonce le pouce dans le thorax, attirant au passage mon attention sur le coton tendu sur ses pectoraux.) Je suis bien placé pour le savoir.

— Beurk. (Je lui rends la bouteille.) Je déteste vomir.

— Moi aussi. Et si tu dégueules je dégueule. (Il rebouche la bouteille et la pose entre nous.) Donc on va se calmer.

Les bras croisés derrière la tête, il se laisse légèrement glisser pour s'adosser aux oreillers.

Je me tourne de côté pour lui faire face, la tête appuyée sur une main.

—Cette Emma, ta petite amie…

—Ce n'est pas ma petite amie.

—Juste ta voisine et ton amie?

—Hmm hmm.

—Tu m'as dit qu'elle n'était pas en ville. Il t'arrive de l'accompagner?

Les yeux toujours rivés au plafond, il fronce les sourcils.

—Quoi? Non. Pourquoi est-ce que j'irais avec elle?

—Est-ce que pour toi elle est plus que… plus qu'une amie?

—Mac, tu me demandes si je couche avec ma voisine? (Il pivote la tête pour me regarder.) Non. Je ne ferais jamais ça à Emma.

Pourquoi la tendresse avec laquelle il parle d'Emma me donne envie de démolir tous les meubles de la chambre?

—Elle est jolie. Pourquoi pas?

Il se redresse sur les coudes pour me dévisager d'un air sourcilleux.

—Comment tu sais de quoi elle a l'air?

Oh merde!

Je m'affale sur le dos et je contemple le plafond pour éviter son regard intimidant.

—Je pense avoir vu une photo d'elle dans le séjour.

Je mens, mais je croise les doigts pour qu'on l'aperçoive sur les photos du séjour.

—Oh!

Il se recouche également. Cela semble on ne peut plus naturel d'être ainsi allongée près de lui dans le silence.

— C'est une chouette fille, reprend-il. Les chouettes filles ne sont pas mon style. Et toi ?

— Moi non plus, les chouettes filles ne sont pas mon style.

Il émet un nouveau rire profond qui envoie des vagues de papillons dans ma poitrine.

— Hatch et toi, vous êtes sortis ensemble ?

— Non. Je t'ai dit que c'était le type avec qui couchait ma colocataire.

— Elle est stupide ou quoi ? Ce type est un connard.

Je glousse et je hoche la tête. Ouais, elle a le don pour se mettre dans des situations stupides.

— Trix a des goûts particuliers.

Il se redresse et se tourne vers moi.

— Trix est ta colocataire ?

— Ouais. Tu la connais ?

— Tu parles que je la connais. Tous les types du groupe la connaissent. (Il glousse.) Très bien même.

Je m'assois et je le scrute. Nous sommes si proches sur ce grand lit, uniquement séparés par cette bouteille de tequila. Je plisse les yeux, et la jalousie m'envahit la poitrine.

— Trix et toi ?

Tous ces matins où elle s'est épanchée sur le mec de la veille. À me raconter tous les détails obscènes tandis que je grimaçais et m'esclaffais. Et Rex était l'un de ceux-là ? *Bordel !*

— Moi et… Non. (Il secoue la tête.) Je connais Trix parce qu'elle traîne parfois à nos concerts. Je n'ai jamais couché avec elle.

Le soulagement inonde mes muscles tendus, et je me penche plus près.

— Jamais ?

Ses yeux dansent autour de mon visage.

—Jamais.

Sans réfléchir, je franchis le peu d'espace qui nous sépare. Mes lèvres effleurent les siennes, le métal de son anneau est plus chaud que je ne l'imaginais. Je frotte ma lèvre inférieure contre…

—Non. (Il appuie sur mes épaules pour me repousser.) Putain, ne fais pas ça!

Il s'est levé du lit et se frappe le ventre des poings.

Je pose la main sur ma bouche. *Oh merde! Je l'ai embrassé!*

—Tu peux passer la nuit ici.

Je ne parviens pas à identifier son expression dans l'obscurité, mais sa posture semble indiquer… de la souffrance.

—Je suis désolée. (Je ne pourrais pas le dire assez, ni assez fort ni avec assez de conviction pour qu'il comprenne à quel point je regrette.) S'il te plaît, je ne sais pas ce qui m'a pris. J'ai juste…

—Verrouille la porte derrière toi quand tu partiras.

Puis je ne vois plus que Rex qui s'en va à reculons avant d'entendre la porte d'entrée claquer.

Des larmes me picotent les yeux. Qu'est-ce que j'ai fait? Le soulagement ressenti en apprenant qu'il n'avait pas couché avec Trix, ses yeux bleus rivés dans les miens, l'odeur fraîche de sa peau combinée à son haleine de tequila, et notre proximité…: je l'ai embrassé. Oh non, ça craint! J'étais enfin parvenue à le voir seul à seul, et il avait commencé à se confier à moi. J'ai tout gâché.

Il ne voudra plus jamais me parler.

Chapitre 6

La douleur m'attire
Autant que le plaisir
Au milieu je suis la perversion
Dans mon enfer personnel

Ataxia

Rex

Bordel ! C'était quoi ça, putain ? Je ne l'ai pas vu venir. Je ne parviens pas à croire qu'elle a essayé de m'embrasser. Essayé ? Merde, elle m'a embrassé !

Cela a duré quelques secondes, même pas, et ma queue s'est éveillée à la vie en rugissant. L'infime contact de ses lèvres pleines couleur de cerise, le parfum du soleil et la volupté qui émanaient de sa peau, et je me suis mis en branle. Tout le sang de mon corps a aussitôt reflué vers deux endroits : mon estomac et l'autre, douloureusement manifeste sous ma braguette. J'arrive à la portière en m'étouffant quasiment avec la tequila qui remonte.

Je prends une profonde inspiration et je monte le volume de la musique dans mon pick-up. *Lost It All* d'Avenged Sevenfold hurle à travers les haut-parleurs, dans l'espoir que cela m'aide à me débarrasser de ce souvenir. Je vois encore la souffrance du rejet dans ses yeux et son air de panique absolue quand je suis parti. Mais aucune musique ne pourra effacer son parfum qui flotte encore dans l'habitacle ou le fourmillement qu'a laissé son doux baiser sur mes lèvres.

— Putain, qu'est-ce qui t'est passé par la tête, Mac ?

Personne ne me répond.

J'ai un don pour repérer les signes indiquant qu'une femme souhaite coucher avec moi. Il m'est même arrivé d'apprécier un léger flirt sans conséquence. J'y suis contraint afin de me protéger. Que penseraient les gens si je n'avais pas de temps en temps une fille au bras ? Combien de rumeurs seraient lancées si on ne me voyait jamais sortir en compagnie d'une femme ? Donc j'ai consenti des exceptions pour sauvegarder les apparences. Et je devine toujours quand une fille a envie de plus, quand le flirt ne lui suffit pas et qu'elle est prête à empocher les bénéfices annoncés.

Mac n'a émis aucune de ces vibrations habituelles : pas de regard à la « Vas-y, baise-moi là », pas de gloussements aguicheurs, pas tous ces trucs que font les nanas en se dandinant pour se transformer en féline, rien de tout ça.

Je me passe la main dans les cheveux et je me concentre sur la route. La charge d'adrénaline d'un seul baiser a annihilé le peu de plaisir que j'éprouvais. Un baiser sorti de nulle part, mais qui aurait pu mener quelque part. Et rapidement.

Mon pantalon me paraît toujours inconfortablement serré entre les jambes. J'ai besoin de me soulager sans tarder, sinon je vais faire demi-tour pour demander à Mac de s'agenouiller, ce qui ne fera qu'aggraver les choses. Je gémis en l'imaginant les yeux levés sur moi, les lèvres humides et dociles.

Putain de merde !

Il est presque 5 heures. Les boutiques de tatouage et de piercing sont fermées, mais le centre d'entraînement est ouvert. J'emprunte la sortie d'autoroute et je repars dans la direction opposée. Avec un peu de chance, personne ne sera encore là, et je pourrai passer quelques heures tranquille à cogner sur un sac et à dépenser mon surplus d'énergie en courant sur le tapis roulant.

Si je ne parviens pas à expulser ces envies de mon corps malade, alors autant m'épuiser pour ensuite les évacuer dans le sommeil.

J'ai le cerveau tellement embrouillé que je ne suis pas attentif à la route, même si ça n'a pas beaucoup d'importance. Je pourrais rouler les yeux fermés jusqu'au centre d'entraînement. Après avoir stationné mon pick-up, je marche d'un pas raide vers la porte, tête baissée, essayant de toutes mes forces de me concentrer sur autre chose que Mac.

Ce maudit baiser m'empoisonne encore toutes les parcelles du corps et de l'esprit. *Putain! Pourquoi elle a fait ça?* Ses lèvres avaient la sensation du velours ardent contre les miennes... « Bam! » Je pousse la porte des vestiaires si fort qu'elle s'en va rebondir contre le mur.

— Waouh! Qu'est-ce qui se passe?

Une manifestation de surprise qui attire mon attention.

Cameron Kyle, le nouveau patron de l'UFL, est là, un dossier à la main.

Il m'adresse un regard furieux.

— Carter? On dirait que tu t'apprêtes à arracher la tête de quelqu'un, mon petit.

Je ne suis pas ton petit, enflure. Il faut que je me calme. Cam est peut-être fringué comme s'il avait passé le plus clair de sa vie le cul au chaud sur un fauteuil de bureau, mais le champion poids lourds retraité de l'UFL a dominé l'octogone à son époque. Hormis le fait qu'il n'arbore plus le crâne rasé qui constituait son signe distinctif, il semble prêt à reprendre sa carrière exactement là où on la lui a arrachée et à défoncer le premier adversaire venu.

— Mauvaise nuit.

Je grommelle ces deux mots et je me dirige vers mon casier pour y prendre ma serviette avant de filer sous la douche.

— En fait, je suis content de te voir. (Sa voix me suit.) Je dois te parler.

J'acquiesce en grognant, mais la vision d'une fille aux cheveux noirs et aux yeux couleur de sable m'obsède.

— Un gros combat s'annonce. Dans deux semaines. (Le craquement du bois m'indique qu'il s'est assis sur le banc derrière moi.) Je recherche un poids welter.

Un poids welter ? Je me tourne et je m'adosse aux casiers, les bras croisés.

— Et Reece et Kobe ? Ils sont prévus à l'affiche depuis des mois.

Il pousse une profonde expiration et balance son dossier, dont les pages s'éparpillent sur le sol.

— Kobe. (Il secoue la tête avant de poser les yeux sur moi.) Cet abruti s'est fait coffrer hier soir.

Ma mâchoire s'affaisse.

— Sans déc' ?

— Sans déc'.

— Pour quelle raison ?

Il attendait impatiemment ce combat contre Reece, une revanche contre le Britannique qui l'avait mis KO à domicile.

— Vente de cocaïne.

Cette fois, j'en reste bouche bée. *Putain, l'imbécile !*

— Je me retrouve donc avec un combat sur les bras dans deux semaines, sans adversaire à opposer à Reece. (Il désigne de la tête le dossier par terre.) J'ai passé en revue les combattants qui peuvent être prêts d'ici à deux semaines, et la liste est courte. Après le boxon que Gibbs a foutu dans l'UFL, il y a eu du relâchement.

C'est vrai. Après le scandale avec Gibbs, de nombreux combattants UFL n'étaient pas certains d'avoir encore une organisation pour laquelle travailler.

— Merde, mec! Qu'est-ce que tu comptes faire?

Il m'adresse un regard de biais.

— Je te propose ce combat.

— Hein?

— Tu t'entraînes avec Daniels depuis trois mois. Je pense que tu es capable de te préparer en deux semaines pour affronter Reece.

— Impossible, dis-je en haussant les épaules. Je ne suis pas dans la bonne catégorie. Reece est poids welter tandis que moi, je suis dans le haut de la fourchette des poids moyens.

— Sept kilos, Carter. Tu n'auras aucun problème à perdre ça d'ici là.

Ouais, sans doute. En m'entraînant suffisamment, en suivant le régime approprié, en faisant plein de cardio. Sans oublier que ma carrière aurait bien besoin d'un petit coup de pouce. Depuis un bout de temps, je sers de partenaire d'entraînement à tout le monde. Ce serait chouette d'avoir mon combat à moi. Je préférerais que ce soit dans ma catégorie, mais tant pis. Qu'est-ce que j'ai à perdre? Au moins, ça m'occupera et ça m'évitera de penser à toutes mes salades.

— Ça marche.

Je lui tends la main.

Avec un large sourire, il se lève et la prend.

— Génial. Maintenant, va commencer à éliminer un peu de ce poids excédentaire.

Il ramasse ses papiers sur le sol et me laisse à ma douche et à mes pensées.

C'est bien. Mon dernier combat télévisé remonte à plus d'un an. Il n'existe qu'une sensation au monde qui surpasse celle d'un combat dans l'octogone, c'est de le mener devant quinze mille fans déchaînés et des millions de téléspectateurs. L'adrénaline d'une foule de cette ampleur est grisante.

Me sentant déjà mieux, je décide de consacrer l'essentiel des prochains jours à me préparer, et très peu au *Blackout*.

Mac

Le soleil se lève quand j'arrive enfin chez moi. Vu la distance qui sépare nos domiciles, un trajet en taxi ne m'aurait pas coûté une fortune, mais j'avais besoin d'air frais et j'ai préféré rentrer à pied. Je n'ai pas cessé de rejouer en esprit ce qui s'est passé avec Rex pour parvenir à la conclusion que j'avais tort. Je lui dois des excuses.

Je ne peux pas espérer qu'il comprenne ce qui se trame dans ma tête. Merde, moi-même, je n'y comprends rien. Après tout ce temps passé à l'observer, à m'inquiéter pour lui, à l'aimer de loin, mon corps a pris les commandes et a agi comme mon esprit ne m'y avait jamais autorisée. Et j'ai foncé tête baissée. C'était une erreur, et je me sens encore idiote de m'être laissée aller de la sorte.

Je travaille au *Blackout* depuis presque six mois et je suis parvenue à conserver mon sang-froid. Mais être si proche, sentir l'odeur sombre et épicée de sa peau, apercevoir sa langue qui joue avec l'anneau de sa lèvre…, c'était trop. Une surcharge sensorielle.

Je fais tourner la clé dans la serrure de ma porte d'entrée, qui s'ouvre sur une maison plongée dans le silence et la pénombre. Dieu merci, la moto de Hatch ne se trouvait pas dans l'allée. Non pas que j'aie peur de lui. Ce qui est arrivé hier soir, c'est juste parce que j'ai mis ma tête au mauvais endroit au pire des moments.

Je me dirige droit sur la salle de bains pour prendre une douche bien chaude. La porte de la chambre de Trix est ouverte, ma coloc doit être levée.

Je me penche dans l'embrasure.

— Hé! Pourquoi tu es si matinale?

Elle détourne le regard de la pile de linge qu'elle plie et écarquille les yeux en apercevant mon visage.

— L'enfoiré! C'est lui qui t'a fait ça?

Je lève les doigts vers ma joue gonflée et encroûtée.

— Oui et non. Je me le suis plus ou moins fait toute seule.

Elle s'approche et plisse les yeux pour évaluer les dégâts.

— Merde! Ça fait mal?

— Plus trop. C'est juste un peu douloureux.

Comme mon imbécile de cœur. *Pouah*.

— Il m'a raconté ce qui était arrivé. En sortant de la douche, je l'ai trouvé dans la cuisine, en piteux état, avec une boîte de tes glaces à l'eau pressée contre le visage. Il a dit que tu t'étais interposée entre Rex et lui, et que tu avais pris un gnon. (Elle plisse encore un peu plus les yeux.) Pourquoi tu as fait ça?

Pour protéger Rex.

— J'essayais de les arrêter.

— Du coup, Hatch te respecte plus que tout. (Elle lève les yeux au plafond.) Quel imbécile !

Elle retourne à sa pile de linge, et je la suis dans sa chambre. Épuisée, je m'affale sur son lit.

— Pourquoi tu es debout ? demandé-je.

— Mon horaire au *Zeus* change tout le temps. Hier j'ai pioncé toute la journée. Résultat, cette nuit, je n'ai pas pu dormir. (Elle plie des chaussettes.) Donc je me suis dit : tant qu'à être debout, autant faire la lessive. (Je bâille en plaçant un oreiller sous ma tête.) Alors comme ça, Rex et toi, hein ?

Un sourire salace s'étire sur ses lèvres.

— Non.

— Mais tu te l'es tapé hier soir, non ?

— Euh… Trix. Non, je ne me le suis pas tapé hier soir.

— Tu lui as taillé une pipe alors ?

— Non !

— Branlé ?

— Quoi ? Non !

— Vraiment ?

— Oui. Vraiment. Il craignait que je n'aie subi une commotion et il ne voulait pas me laisser seule. Il s'est comporté en parfait gentleman, il a même dormi sur le divan.

Elle balance deux piles de culottes riquiqui et de soutiens-gorge en dentelle dans son tiroir.

— Ben merde alors ! J'espérais obtenir des détails sur cet apollon. Il n'est jamais sorti avec aucune des filles du club. (Elle pivote sur les talons, son sourire lubrique de nouveau aux lèvres.) J'ai vu jouer son groupe à Coachella. Il a retiré son tee-shirt, donc je sais qu'il a un piercing aux tétons, mais j'aimerais savoir s'il en a… (elle hausse les sourcils) partout.

Partout ? Du genre… plus bas ? Non, il ne ferait jamais ça. Ou si ? À cette pensée, mon corps s'échauffe aussitôt.

—En fait, ce type ne traîne jamais au *Zeus* comme les autres membres de son groupe et certains gars de l'UFL. (Elle fait pendre une mini-robe si moulante qu'elle semble en caoutchouc.) Vraiment dommage. Il est trop canon.

—Rentre tes griffes, Trix. Rex est différent des autres types.

Je l'ai appris à la dure cette nuit. Combien de mecs refuseraient le baiser d'une femme ? Surtout un baiser qui pourrait déboucher sur autre chose ? Est-ce que j'aurais laissé ce baiser aller plus loin ? Les papillons d'excitation qui volent dans mon ventre confirment le « *Putain oui !* » qui résonne dans ma tête.

Comment suis-je passée d'un amour fraternel pour Rex à un désir de cette nature ? Si je suis honnête avec moi-même, je dois admettre que ce sentiment s'est construit au fil des derniers mois. Au *Blackout*, j'ai détourné des femmes de lui en leur répondant qu'il avait une petite amie quand elles m'interrogeaient. J'ai agi ainsi sous prétexte de le protéger d'éventuels abus, pour lui éviter de devenir juste un morceau de viande destiné à satisfaire les appétits carnivores des drones femelles de Las Vegas.

Une femme devrait être morte pour ne pas s'enticher de Rex. Il est à tomber, affable et tendre d'une façon qu'on ne rencontre pas souvent chez un homme. Même ses nombreux tatouages ne peuvent dissimuler sa beauté. Et il est… superbe. Il l'a toujours été, et aucune quantité d'encre ou de métal ne peut le masquer.

C'est pour ça qu'ils payaient pour lui.

Cette pensée me heurte de plein fouet, comme une boule de démolition qui réduit à néant toute idée d'avancement et me ramène à mon objectif initial : arranger les choses entre Rex et moi, respecter ma promesse de l'aider, même si j'arrive quatorze ans trop tard.

— J'ai besoin d'une douche. À tout à l'heure, dis-je en quittant la chambre avant qu'elle puisse apercevoir les larmes qui me montent aux yeux.

— À tout', me salue Trix d'un geste avant de replonger les mains dans son panier à linge.

Comment ai-je pu me comporter de façon aussi égoïste, bordel ? Mes sentiments n'entrent pas en ligne de compte. Il s'agit de Rex. Maintenant que nous avons discuté de nos cauchemars et que j'ai perçu son ambivalence au sujet des mauvaises choses qu'il a oubliées et des rêves dont il se souvient, je pense qu'il va plus mal qu'il n'y paraît. Vu de l'extérieur, il offre toutes les apparences d'un sportif et d'un musicien qui a réussi, mais serait-ce possible qu'il ne s'agisse que d'une façade masquant tout ce qui se passe à l'intérieur ?

Il a besoin de moi, tout comme naguère. Mais cette fois au lieu de s'évader de son présent il a besoin de réponses sur son passé. Des réponses que je peux lui apporter.

Arrivée dans ma chambre, je me déshabille et j'entre dans la douche. Le carrelage froid sous mes pieds envoie des décharges vers le haut de mes jambes. Je règle le jet pour qu'il soit brûlant et je tremble en attendant que l'eau se réchauffe.

— Ne dévie pas de ton plan, Gia.

J'ai été trop loin pour renoncer. Mes désirs égoïstes passent après lui. Quand je lui aurai donné tout ce que je peux, quand j'aurai partagé avec lui tout ce que je sais, alors je pourrai me construire une vie, une vie qui ne tournera pas autour de sentiments de culpabilité ou de colère. Je dois juste me rapprocher suffisamment de lui pour lui apprendre qui je suis. Je lui demanderai pardon pour ne pas l'avoir sauvé quand j'aurais pu et je lui révélerai ce qu'il ignore. J'espère juste que mes secrets me vaudront son absolution.

Ce matin, il m'a plantée, mais je ne vais pas baisser les bras. On a déjà progressé. Je vais de nouveau le voir seul à seul et, ce coup-ci, je lui révélerai tout.

Chapitre 7

Rêve ou réalité
Endormi ou éveillé
Frontières floues
Mes visions partout

Ataxia

Mac

Dimanche soir au *Blackout*, une semaine depuis que j'ai passé la nuit avec Rex. J'ai été occupée tous les soirs, accumulant les heures supplémentaires puisque je savais qu'Ataxia ne jouait pas et que je ne risquais pas de croiser Rex, mais cela ne m'a pas empêchée d'aller courir près de chez lui. La plupart des jours, son pick-up était parti de bonne heure, et jeudi j'ai remarqué que sa voisine était rentrée. Je me demande si elle s'est aperçue qu'une autre femme avait dormi dans son lit.

Je m'essuie les mains sur mon tablier et je jette un bref coup d'œil à la scène. Il n'est pas encore là. Je respire un bon coup. Ce soir, je cesse d'esquiver Rex, mais, malgré tous les encouragements que je me prodigue, mon cœur bondit encore dans ma poitrine à l'idée de lui faire face après notre baiser. Mon baiser.

L'heure de l'ouverture approche, et je n'ai pas encore reconstitué mon stock d'alcool. Je prends la clé et je me dirige vers la réserve pour aller y chercher les bouteilles quand la porte de derrière s'ouvre d'un coup. Je me retrouve paralysée, le pouls tambourinant, tandis que mes yeux s'ajustent sur ce visage familier. Talon, le batteur d'Ataxia, me sourit en passant devant moi pour se diriger vers la scène.

Bordel de merde! Je pose la main sur ma poitrine. *Calme-toi.* Je baisse les yeux et je me hâte vers la réserve. Rex pourrait débarquer à tout instant, et il est hors de question qu'il me trouve plantée là dans le couloir. Ma main tremble alors que j'introduis la clé dans la serrure. Quelques voix masculines murmurent dans mon dos et deviennent plus fortes comme si elles venaient vers moi. Mon cœur bat la chamade.

Heureusement, la porte s'ouvre juste avant que quelqu'un apparaisse au coin, et je me précipite dans la minuscule pièce en refermant derrière moi. J'allume et je m'adosse contre le mur de brique.

—Ressaisis-toi. Il va bien falloir l'affronter à un moment ou à un autre.

Je prends quelques profondes inspirations et je parcours le local tout en chargeant bouteilles et autres provisions sur le petit chariot à disposition.

Et s'il me haïssait? Je pourrais accepter son indifférence, mais pas son aversion. Le matin qui a suivi la nuit que j'ai passée en sa compagnie, j'aurais juré que rien ne pouvait m'empêcher de me confronter à lui. Mais ce soir, au club, devant tous ces yeux inquisiteurs, le sentiment d'insécurité a raison de mon courage.

—OK. On respire. On se concentre. Je peux y arriver.

J'agrippe la barre de métal froid du chariot, me préparant à quitter l'abri de la réserve. Et si je tombais sur lui en chemin vers le bar ?

Salut Rex, désolée pour ce baiser. Tu m'as bien fait comprendre que tu me trouvais repoussante, et d'ailleurs c'est moi qui me suis imposée. Pouah… Quelle humiliation !

J'appuie l'oreille contre la porte et je n'entends que le bruit étouffé des conversations des serveurs. Aucune voix masculine profonde. Parfait. Si je pouvais au moins l'éviter le temps de me retrouver derrière le bar, je devrais être OK pour la soirée. Ce qui me donnera tout le temps de répéter le discours que j'ai peaufiné toute la semaine dans ma tête. Ouais, je le prendrai à part après son concert pour m'excuser. En attendant, je vais filer les yeux au sol vers le bar. J'ai toute la soirée pour trouver une solution au reste.

Je tourne la poignée et je pousse la porte, qui ne bouge pas. *Quoi ?* Je fais jouer la poignée et je pousse de nouveau. Elle ne remue pas d'un pouce.

— Bloquée !

Un soupçon de panique s'insinue en moi. J'enfonce encore la porte et je fais jouer la poignée dans tous les sens, mais sans succès.

Merde ! Un poids s'installe dans ma poitrine et des frissons me parcourent le corps. Les murs semblent se tordre et se rapprocher de moi. *Respire et détends-toi.* Ça n'a rien à voir. Rien à voir.

J'expire longuement et je repousse mon angoisse naissante pour convoquer ma rationalité.

Il n'y a pas de verrou à l'intérieur, donc la porte s'est refermée sur moi de l'extérieur. D'accord, exactement comme lorsque j'étais enfant. Lorsque je suis restée prisonnière du placard pendant des jours. Sans lumière.

Dans un espace confiné. Avec une réserve limitée d'oxygène. *Putain!*

La panique me gagne tout entière. Mon estomac tourne sur lui-même et je m'appuie contre la porte pour lutter contre le vertige.

— Oh, mon Dieu, non! Pas ici. Je ne peux pas perdre les pédales ici.

La sensation familière des sueurs froides et de mon cœur qui s'emballe propulse à toute vitesse l'adrénaline dans mes veines.

Laissez-moi sortir. Je dois sortir!

Je cogne du poing sur la porte de bois. Une fois, deux fois, une troisième.

— Hé ho! (Ma voix se brise d'émotion sur ces deux syllabes.) Il y a quelqu'un?

J'appuie de nouveau l'oreille contre la porte. Rien. *Merde!*

Un faible geignement s'échappe de mes lèvres. Les souvenirs me submergent par vagues. Coincée. Seule. Effrayée. Consciente que personne ne va me venir en aide.

Mue par le désespoir, je frappe de nouveau.

— Au secours! Je suis bloquée. Il y a quelqu'un?

Personne. Comme toujours.

— Au secours! (Je frappe encore, plus fort.) Aidez-moi!

La sueur perle sur mon front. J'ai de la difficulté à respirer. Je n'ai pas assez d'oxygène. Je ne vois plus clair.

— Ne t'évanouis pas. Respire.

Je compte chacune de mes respirations, en essayant de ralentir leur cadence. *Un-deux-trois-inspire. Un-deux-trois-expire.* Ça ne marche pas. Je suis agitée de convulsions.

— S'il vous plaît, aidez-moi!

Je cogne avec le talon de ma paume. *Rien.*

Démunie. Inutile. Seigneur, je n'ai pas pu le sauver. Le protéger.

Je continue à frapper, mais je me sens vidée émotionnellement et je laisse tomber la main le long de mon flanc.

—Seigneur, s'il vous plaît…

—Hé! (Une voix s'élève de l'autre côté de la porte.) Vous allez bien?

—Quoi? Oui, s'il vous plaît! Je vais bien, mais… je suis enfermée.

J'essaie de maîtriser ma voix, mais je sens qu'elle trahit ma terreur.

—Chut, tout va bien. Ça va aller. Je vais vous sortir de là.

Mon corps se mue en pierre. *Rex.*

On secoue la poignée, qui ne bouge toujours pas.

—Hum, merde! Je vais chercher Mario.

—Non!

J'appuie les paumes et le front contre la porte. M'imaginer seule ici une seconde de plus…, c'est au-dessus de mes forces.

—Ne pars pas.

Silence… *Merde! Il est parti?* Je ressens des picotements sur le cuir chevelu et j'ai les mains moites.

—Mac?

Sa voix est douce et proche, comme si lui aussi se tenait appuyé de l'autre côté de la porte. Le son de sa voix suffit à m'apaiser. Je respire un bon coup.

—Ouais.

Nouveau silence.

—Tout va bien. Je ne bouge pas.

Sa voix est ferme et apaisante.

Mon cœur tressaille en réaction à ses paroles. Comme cela semble familier de se retrouver séparés par une porte et de se chuchoter des mots pour se réconforter, et apaiser les peurs. Est-ce qu'il s'en souvient ? Éprouve-t-il la même impression de déjà-vu ?

— Mac, tu as une clé ?

Sa voix, toujours douce, a pris un ton déterminé.

— Oui.

— Tu peux me la passer sous la porte ?

Je ne lui réponds pas, mais je me laisse glisser vers le bas. Et tout comme lorsque nous étions enfants je presse la joue au sol pour regarder par l'ouverture. J'aperçois le bout blanc de ses baskets, et ses yeux me manquent. Je pousse la clé à travers l'interstice sous la porte, et ses pieds reculent.

Le temps s'écoule à une allure d'escargot jusqu'à ce qu'il tende la main vers la clé.

Nos doigts se touchent.

Puis se figent.

Peau contre peau sous la porte ; un truc se produit.

Aucun de nous deux ne remue.

Je ne le vois pas, mais l'urgence d'établir un contact avec lui fait monter un mot à mes lèvres :

— Rex…

Rex

Exactement comme dans mon rêve.

Je suis séparé d'une personne qui compte pour moi, j'aimerais tellement enlever la barrière entre nous, mais je sais que c'est impossible. Les mains qui se cramponnent dans un espace restreint, et pourtant la sensation d'un truc trop grand pour mon cœur.

—Rex…

Ma respiration se bloque. La façon dont elle prononce mon prénom, la tristesse qui émane de ce simple mot, rend sa voix si jeune et désemparée. Si familière et pourtant… non.

Je reste le regard rivé sur l'espace où nos doigts se rejoignent. Le vernis violet foncé de ses ongles accentue la pâleur de sa peau.

—Tout va bien.

Ces trois mots tout simples résonnent dans mon crâne à la façon d'un gong. « Tout va bien. » Je meurs d'envie de poser la joue contre le sol froid pour essayer de la voir.

—Je vais te sortir de là.

De nouveau, ces mots me donnent l'impression d'avoir déjà été prononcés, mais quand ?

Avec réticence, je relâche ses doigts et je me relève. Je tourne la clé, et la porte s'ouvre d'un coup. Mac est assise sur le sol, les bras serrés autour de ses genoux relevés, la tête penchée en arrière, les yeux levés vers moi. Son regard est empreint de souffrance et de confusion.

—Ça va ?

—Mieux maintenant, souffle-t-elle.

Une lumière brillante luit dans mon esprit, et j'aperçois cette fille : ses cheveux orange flamboyant, ses yeux gris, sa peau pâle. La vision se dissipe avant que je puisse la retenir et la stocker dans ma mémoire. Je ferme les yeux pour la retrouver, je supplie qu'elle me revienne, mais autant essayer d'attraper de la vapeur.

—Putain de merde !

Je m'appuie contre l'embrasure de la porte et je me frotte les yeux.

— Qu'est-ce qui se passe ? (La voix de Mac est proche.) Tu es tout pâle. Viens. (Ses petites mains s'emparent de mon bras.) Tu dois t'asseoir.

— Non, je t'assure, ça va. (Je la dissuade d'un geste et je respire pour éloigner la sensation de vertige.) J'ai juste besoin d'un instant. Je pense que je me suis relevé trop tôt, ou quelque chose du genre.

Ou quelque chose du genre.

— Oh d'accord ! (Elle recule.) Prends ton temps.

Je n'avais jamais expérimenté un sentiment aussi puissant de déjà-vu. Les images paraissaient incroyablement réelles, ainsi que l'intensité des sentiments. Tout comme dans mes rêves, mais là je suis éveillé. Est-ce possible ?

La vision fugitive de cette petite fille avait presque les apparences d'un souvenir. Elle ne pouvait pas être de ma famille. Si j'avais eu de la famille, je n'aurais pas dû aller dans des foyers et des familles d'accueil après la mort de ma mère. Mais je dois connaître cette rousse de quelque part. J'ai l'impression qu'elle était importante pour moi. Une autre orpheline peut-être ? Pourquoi je ne vois que des parties de son visage ? Même dans mes rêves, je ne distingue que ses yeux, ses lèvres et ses cheveux, et uniquement par bribes.

— Hé mec, où est-ce que tu étais passé, bon sang ? On n'est pas tes roadies, Justin Bieber. Magne-toi le cul et viens nous aider à tout installer.

Lane me bouscule et glisse une cigarette entre ses lèvres. Son regard se pose sur Mac, qui se tient maintenant derrière son chariot de bouteilles.

— Mac, qu'est-ce qu'il y a ? Tu veux bien m'apporter une bière, ma jolie ?

Un grondement possessif menace de s'échapper de ma gorge, mais je le ravale. Même si je n'apprécie pas que Lane l'appelle « Ma jolie », elle ne m'appartient pas. Je me dis juste que c'est parce que j'ai de l'estime pour cette fille. C'est vrai quoi, ce n'est pas une groupie. *Merde !*

— Bien sûr, Lane. (Elle passe devant nous en poussant son chariot et me sourit faiblement.) À plus, Rex.

— Ouais, à plus.

Je l'observe tandis qu'elle disparaît en direction du bar, puis je me tourne vers Lane. Il a les yeux rivés au niveau des fesses de Mac, là où elle vient de disparaître. *Espèce d'enfoiré de mes deux.* Je lui assène un coup sur l'épaule, suffisamment violent pour faire valser la cigarette de sa bouche.

— Appelle-moi encore une fois Justin Bieber, Ducon, et je te brise les jambes.

Il se masse le biceps, bouche bée.

— C'est le bras avec lequel je barre mes accords, enculé !

Aux prises avec une frustration aussi déplacée qu'agaçante, je le laisse. Être sensible à une femme me met toujours mal à l'aise, mais un truc chez cette serveuse aux cheveux noirs roulant à moto me perturbe grave.

Il est plus de 2 heures, et j'achève d'embarquer notre matériel. Comme la plupart des soirs de concert, les autres membres du groupe se sont volatilisés soit pour rentrer chez eux, soit pour baiser. Voire les deux.

En général, je les engueule copieusement quand ils déguerpissent, mais le club était bondé ce soir, et nous avons décidé de jouer un concert supplémentaire. Nous sommes sortis de scène sous les chants d'une foule en délire. Les gars planaient tellement qu'ils avaient besoin d'aller un peu évacuer la pression avec l'activité de leur choix.

— Rex ?

Occupé à attacher nos amplis, je me tourne pour apercevoir Mac qui se tient debout près du hayon de mon pick-up. Elle gigote nerveusement.

— Hé !

Je m'accroupis pour m'asseoir sur le hayon ouvert. Ses yeux fusent vers l'allée sombre derrière le club, évitant les miens.

— Tout va bien ?

— Oh ouais ! (Elle replace quelques mèches rebelles de ses longs cheveux derrière son oreille.) Écoute, je n'ai pas eu l'occasion de te remercier pour ton aide tout à l'heure. Une minute de plus, et je m'évanouissais de panique.

Elle s'esclaffe, mais son rire semble artificiel, comme si elle se forçait.

Je hoche la tête.

— Pas de quoi.

J'ai mal aux bras tant j'ai envie de la serrer contre moi. *Putain, qu'est-ce qui m'arrive ?*

— Je voulais aussi m'excuser pour le… euh…

Malgré le peu de lumière dans l'allée, je vois ses joues pâles virer à l'écarlate.

Ça lui va bien, et je me demande une nouvelle fois pourquoi je ne lui ai pas prêté davantage attention par le passé.

Elle croise les mains.

— La semaine dernière, quand je… euh… C'était déplacé.

— Tu veux parler du baiser ?

À ce mot, son cou prend la même couleur que ses joues. Ce fard innocent attise une vague nauséeuse de désir dans mes tripes. Je déglutis pour la repousser et je tire sur mon anneau de lèvre pour m'empêcher de sourire devant sa réaction.

—Ouais. (Elle rive ses yeux dans les miens, l'air sérieux.) Je n'avais pas le droit de profiter ainsi de toi. Tu m'as aidée, et moi, je te remercie en te mettant mal à l'aise.

Je ne sais pas quoi répondre. Je sais bien que je devrais la remercier et l'assurer que cela ne se reproduira plus, mais mon corps meurt d'envie de revivre ce moment, une envie plus forte que la bile qui me monte à la gorge. Je suis peut-être encore en train de planer après le concert incroyable qu'on vient de donner. Ou alors c'est la conséquence du supplément de testostérone qui pompe dans mes veines après une semaine de huit heures d'entraînement quotidien. De toute façon, la sensation est agréable. Donc, on s'en fout, non ?

—Je me suis comporté comme un idiot en t'entraînant au lit avec une bouteille d'alcool. (Je hausse les épaules.) Qu'est-ce qu'une fille devait tirer comme conclusion ? Je t'ai piégée, puis je t'ai traitée comme de la merde pour avoir mordu à l'hameçon. Moi aussi, je suis désolé.

Un faible sourire illumine son visage.

—Merci de le prendre comme ça. Et, pour ta gouverne, je n'ai pas pour habitude d'embrasser tous les types qui me tirent d'embarras.

Bon sang, ses petites manières de fille timide sont adorables !

—Mac ? (Je laisse traîner son nom.) C'est quoi, ton truc ?

Sa tête tressaille un peu et elle relève le menton.

—Moi ?

—Ouais. Tu roules à moto, tu encaisses sans pleurer des coups destinés à un homme. Et à présent tu affrontes le type qui t'a traitée comme une merde. (Je lutte pour conserver les épaules droites malgré le poids de la culpabilité.) Alors que c'est moi qui te dois des excuses. Et pourtant… (j'esquisse lentement un sourire) tu rougis en parlant d'un baiser.

Elle pose les mains sur ses fines hanches, me foudroie du regard et sourit.

— Je ne rougis pas.

Je hoche la tête et je croise les bras.

— Ah bon ?

— Non.

— Très bien, parfait. Alors on va vérifier. (Et aussi satisfaire mon putain de besoin pressant et débile de revivre cet instant.) Raconte-moi ce qui s'est passé entre nous il y a une semaine.

Le fait que je sache que cela remonte à une semaine révèle sans doute que j'ai songé à notre baiser, mais je ne peux plus ravaler mes paroles.

Elle hausse un sourcil et se mord la lèvre.

— Hum, voyons si je m'en souviens. (Son regard glisse juste au-dessus de mon épaule et sa bouche s'arrondit en cul-de-poule alors qu'elle réfléchit.) Tu m'as reconduite chez moi, j'ai pris un gnon sur la joue, nous sommes ensuite allés dans l'appartement de ta voisine et tu as essayé de me soûler.

— Ce n'est pas le compte-rendu le plus fidèle des événements, mais je vais m'en satisfaire. Il manque encore la partie essentielle.

Celle qui fait bouillir mon sang et me donne envie de récidiver.

Elle s'approche d'un pas et redresse le menton pour lever les yeux sur moi.

— Je t'étais reconnaissante pour ton aide, alors je…

Je sourcille bizarrement en l'observant, dans l'attente que ses joues rosissent.

— Vas-y, tu y es presque, chuchoté-je. Dis-le.

Elle parcourt mon visage du regard, depuis mes yeux jusqu'à mon cou avant de revenir à mes lèvres. Son sourire s'évanouit.

— Je t'ai embrassé.

Elle pique un fard.

Ma queue se gonfle et la nausée me déchire les entrailles. Ses mots m'affectent de façon tellement contradictoire que c'en est grisant. Et même en cet instant, alors qu'elle s'est excusée et que je me suis promis d'éviter tout contact avec elle, je vais remettre le couvert.

Je saute du hayon et je fais un pas dans sa direction, réduisant à néant le peu d'espace qui nous séparait. Du bout des doigts, je m'empare de son menton et je lui relève le visage. Ses yeux papillonnent comme si elle s'efforçait de les garder ouverts, et ses lèvres se détendent. Les à-coups de sa respiration prouvent que l'effet qu'elle exerce sur moi est réciproque.

— On dirait que c'est en bonne voie de guérison, dis-je.

Je fais courir mon pouce le long de la balafre sur sa joue, qui est en train de cicatriser. Elle ne présente plus de croûte, et seule subsiste une vilaine marque rouge. Je caresse sa peau du doigt en appuyant légèrement.

— Tu es si douce.

Elle a le souffle coupé, et mon estomac menace de se vider. Incapable de m'arrêter, je suis tendu comme un ressort.

— Tu m'as embrassé pour exprimer ta reconnaissance parce que je t'avais aidée. (Je déplace la main de son visage vers sa nuque.) Je ne sais pas si tu te rappelles, mon ange, mais je t'ai encore aidée ce soir. (Je ne veux pas le dire. Je ne veux pas le désirer. *Mais merde, j'en ai besoin!*) Je crois que tu me dois un autre baiser.

Mes lèvres se consument de sentir de nouveau les siennes. Je mordille mon anneau.

Son cou se raidit et elle plisse les yeux.

— Mais… ?

— Je t'ai prévenue que j'étais un enfoiré. (Je fléchis les doigts sur ses muscles tendus.) Tu m'as pris au dépourvu. Ça n'arrivera plus.

Elle opine d'un coup sec et se dresse sur la pointe des pieds.

Je pousse un grognement en constatant à quel point elle est prête à me donner ce que je désire. Qu'est-ce qu'elle ferait d'autre si je le lui demandais ? Je ravale la salive qui inonde ma gorge et je l'attire vers moi.

Tout comme la première fois, nos lèvres s'effleurent avec hésitation. La chair chaude et malléable de sa bouche passe sur la mienne et s'attarde sur mon anneau. Elle recouvre celui-ci de ses lèvres et tire dessus, faisant palpiter ma queue.

— Voilà. (Elle recule en souriant.) Bonne nuit.

Elle pivote sur les talons et ouvre la porte de service avant de disparaître dans le club.

Mon cœur bat la chamade dans ma poitrine. Je suis patagé entre l'envie dévorante d'aller la retrouver pour la baiser de façon insensée et celle de me dénicher un endroit discret pour gerber.

Je ne me souviens pas d'avoir été aussi heureux à l'idée de dégueuler à condition que cela me permette de passer dix secondes entre les cuisses de Mac.

Je me frotte le visage et je m'empoigne les cheveux. Bordel, qu'est-ce que cette femme me fait ? J'ai rendez-vous demain avec mon thérapeute. C'est peut-être le moment de redoubler d'efforts pour vider l'abcès, ne serait-ce que pour pouvoir passer plus de temps avec Mac sans devoir m'enfuir chaque fois que les choses dépassent le stade des manœuvres de pelotage d'un élève de quatrième.

Le souvenir du contact de sa peau douce, de sa respiration précipitée et du goût de miel de ses lèvres... Hum ! Songer à tout cela maintenant me paraît à peine repoussant. C'est déjà un progrès.

Chapitre 8

Rêves pénétrants, visages changeants
Vagues de haine, soupçons de jouissance
Perversion purulente, entrailles pourries
Aucun remède à ma maladie

Ataxia

Rex

— Salut, Rex. (Mon psy sort la tête de son bureau et me fait signe d'entrer.) Viens.

Je me lève du divan en cuir de la salle d'attente, ravi de m'éloigner de la foutue musique de flûte qui s'échappe des haut-parleurs. Franchement, est-ce que cette merde aide les gens à se détendre ? Ça me donne plutôt envie de frapper un baba cool avec son instrument.

— Assieds-toi.

Il indique un des deux sièges rembourrés puis pivote pour s'emparer de son grand carnet de notes jaune et d'un stylo.

Je m'installe dans le fauteuil que j'occupe une fois par semaine depuis de nombreuses années. Je ne sais pas trop pourquoi je choisis toujours celui-là, mais quelque chose me dit que Darren Gale – avec plein de lettres derrière son nom – qualifierait mon comportement de TOC, ou d'un autre terme tiré de son jargon de psy.

— Alors ? (Il s'adosse dans son siège, jambes croisées.) Comment ça va ?

Au début, quand je venais ici, c'est à peine si j'ouvrais la bouche, et lui, il avait vachement plus de cheveux. Il m'a toujours laissé l'initiative de parler, sans jamais me forcer ; il pouvait rester assis en silence si c'était ce dont j'avais besoin. Souvent, c'était le cas. Désormais, il est pour moi ce que j'ai de plus proche d'une famille.

— Très bien.

Je donne une chiquenaude sur une boule de peluches qui se trouve sur le bras du fauteuil.

Il marque son acquiescement.

— Tu dors bien ?

Je hausse les épaules.

— J'ai dû prendre un peu de Trazodone la semaine passée, mais ça va mieux depuis.

— Des rêves ?

Il se met à griffonner.

— Ouais. Toujours les mêmes.

Il baisse les yeux et écrit sur son carnet.

— La petite fille ou les hommes ?

Mon estomac se contracte à la mention de ces rêves-là en particulier.

— La petite fille et celui où je suis coincé dans le noir.

Et parfois les autres.

— Est-ce que tu écris dans ton journal comme je te l'ai suggéré ?

Je fais « non » de la tête et j'examine le sol. Remplir des pages avec mes émotions ne me tente pas des masses.

— Enfin si, d'une certaine façon. Je m'en sers pour écrire des paroles de chansons.

— Ça t'aide ?

— Oui.

Pas vraiment.

Il dépose son carnet et son stylo sur le bureau, et s'adosse de nouveau dans son fauteuil.

— C'est bien. Tu fais une bonne utilisation des rêves. Ces rêves sexuels avec les hommes, qui…

— Stop. Je sais de quoi on parle.

— Rex…

Il m'adresse le regard que je connais bien. Celui qui signifie que tourner autour du pot n'aidera pas.

— C'est juste que… c'est déjà suffisamment pénible de rêver. Je ne veux pas en plus t'en entendre parler.

J'agrippe mon estomac, et la nausée me monte à la gorge.

Les rêves. Différents visages que j'aperçois par flashs. Des hommes plus âgés avec des yeux affamés, qui s'humectent les lèvres, qui tendent le bras pour toucher. Et toutes les sensations qui vont avec : la terreur, la souffrance, l'impuissance. Pendant des années, j'ai cru que ces rêves m'informaient que j'étais gay – même si je ne me sens pas le moins du monde attiré par les hommes –, mais pourquoi diable un adolescent rêverait ainsi de ces hommes-là ?

— Je comprends. Je t'assure. Mais s'il s'agit de vrais souvenirs, alors nous pourrions travailler sur le processus de victimisation qui découle d'agressions sexuelles plutôt que…

— Je ne suis pas une victime. Ce ne sont pas des souvenirs. C'est… c'est impossible.

Je tire sur mon anneau de lèvre pour empêcher mes doigts de toucher l'élastique à mon poignet.

— Ce n'est pas parce qu'il n'y a pas de preuve que cela ne s'est pas produit.

— Justement, j'en aurais parlé à quelqu'un à l'hôpital ou à l'assistant social du centre.

L'espoir revient petit à petit, libérant suffisamment mes poumons pour que je puisse prendre une grande inspiration.

Il n'existe pas de traces d'abus sur moi, rien que ma tentative de suicide à l'âge de dix ans après laquelle on m'a retiré des familles d'accueil pour me placer dans un centre pour enfants à problèmes.

Ses yeux s'adoucissent et expriment une compassion qui me fait royalement chier.

— Il y a des gens qui subissent des abus toute leur vie sans jamais en parler. Tu as essayé de mettre fin à tes jours, Rex. Il est important que tu te demandes ce qui pousserait un gamin de dix ans à commettre un tel acte.

Je n'ai pas essayé de me tuer. Du moins, je ne pense pas. J'ai conservé un vague souvenir dans lequel j'appuie une pièce de métal effilée sur ma peau, que je fais ensuite voyager le long de mon bras. C'est excitant. Cela m'avait procuré un immense espoir. Simplement, je ne me rappelle pas pourquoi.

— Si j'en crois ton avis de professionnel, on a abusé de moi et j'ai essayé de me suicider. Deux événements censés être vachement significatifs. Alors pourquoi je ne me souviens de rien ?

— Nous en avons déjà parlé, les enfants ont une autre façon de gérer les traumatismes que les adultes. Inconsciemment ils enferment les souvenirs traumatiques pour se protéger. Ce n'est pas que tu ne t'en souviennes pas ; c'est que ton esprit ne t'autorise pas à accéder à l'endroit où ils sont conservés.

Je pousse un grognement et je ferme les yeux. Je suis incapable d'accepter l'éventualité d'avoir été abusé par des hommes, par de nombreux hommes. Et les rêves sont si précis, avec ces sentiments conflictuels où je déteste ce qui m'arrive sans être capable de contrôler les réactions de mon corps au toucher. Je me mets à transpirer et je m'essuie la paume des mains sur mon pantalon.

Comment un être vivant peut-il accepter qu'un gosse dont il a la charge subisse ce genre de choses ? Mon Dieu ! C'est quoi, ce monde dépravé ? Et si mes souvenirs sont enfermés, le jour où ils se libéreront, qu'est-ce qui se passera ?

À fleur de peau, je suis gagné par l'envie de foutre le camp d'ici.

— Je suis malade.

Ces mots, que je m'adresse, sortent étranglés.

— Tu n'es pas malade. Tu étais un enfant innocent qui a fait confiance à ceux à qui on t'avait confié. (Ses mots sont remplis de colère.) Si je pouvais obtenir plus d'informations sur les différentes familles qui t'ont recueilli, faire mon enquête et découvrir ce qui t'est arrivé, je le ferais.

— Rien n'indique que ces événements se soient réellement déroulés. Ce ne sont que des rêves.

Les rêves d'un cinglé, d'un détraqué sexuel mentalement instable.

— Un rêve n'est pas qu'un rêve, Rex. Tout a une signification : ta peur de laisser les gens entrer chez toi, ton obsession de la propreté et de l'organisation. Tu ne laisses personne venir perturber le fragile équilibre qui t'aide à rester sain d'esprit. Tout cela signifie quelque chose.

Je m'enfonce les poings dans les yeux et je frotte. *Bon sang, quand est-ce qu'il va s'arrêter de parler ?*

— Tu adores la structure, poursuit-il, l'ordre, parce que c'est quelque chose que tu peux contrôler. Ne pas inviter de gens dans ton appartement te permet de préserver la sécurité de ton espace.

Arrête. De. Parler. Bordel!

— Et tes habitudes sexuelles… Des prostituées et des femmes faciles qui te permettent de satisfaire tes besoins sans lendemain. Cela aussi…

— Arrête avec tous tes bobards! (Je me penche vers lui et je pose le doigt sur mon torse.) Je suis un putain de malade! Et il n'y a pas d'explication, c'est comme ça. Tu as déjà envisagé cette possibilité?

Il plisse les yeux.

— C'est concevable mais peu probable.

— Peu probable? Ma mère était bipolaire, dépressive, et Dieu sait quoi d'autre. (Je secoue la tête, soudain irrité de ne pas avoir un seul souvenir d'elle qui ne provienne pas de son rapport d'autopsie.) Mes rêves, mes TOC, les trucs que j'inflige à mon corps, peut-être que c'est juste ce que je suis et que je n'ai pas d'excuse.

Il garde son calme, son expression est neutre; sans doute que mon emportement ne l'étonne guère. Il a déjà entendu tout cela. En l'absence de souvenirs concrets, la thérapie a pour résultat de me faire tourner en rond à poursuivre ma queue autour d'un gros vide abyssal.

Le petit bureau se resserre autour de moi, et ma respiration devient pesante. Le silence emplit l'espace entre nous. Les gens ne comprennent pas ce que c'est de ne pas avoir de passé, de ne pas avoir de racines, pas d'attaches. Des souvenirs pourraient au moins expliquer pourquoi je suis ainsi. Ce serait comme de découvrir le microbe qui est à l'origine de la maladie, ce qui permettrait de trouver un remède.

Un remède. C'est ça que je veux.

— Comment est-ce que je pourrais assumer des trucs que je ne peux même pas me rappeler ?

— Inconsciemment, tu te rappelles. Tes rêves sont la manière dont ton cerveau traite ces souvenirs.

— Non ! Je ne peux pas… le gérer. C'est trop.

Les mouvements de ma poitrine se font plus précipités, et je fais plusieurs fois rouler l'anneau de ma lèvre pour tenir mes doigts éloignés de l'élastique autour de mon poignet.

— Je comprends. Tu vas y arriver, mais seulement quand tu seras prêt. Pas en quelques jours, ni en quelques semaines. Cela prend des années, toute une vie pour tirer ce genre d'histoire au clair, et peut-être que nous ne découvrirons jamais le pourquoi. Mais, là maintenant, nous voulons faire en sorte que tu puisses gérer le présent. Pour cela, tu dois envisager la possibilité que tu aies été abusé sexuellement.

Je grimace et j'évite son regard ; j'en ai plus que ma claque de cette conversation.

Il expire pesamment.

— Et sinon comment ça se passe chez toi ? reprend-il. Tu as reçu quelqu'un ? Des amis ? Des femmes ?

Je me penche en avant, les coudes sur les genoux, la tête dans les mains. C'est ce genre de questions qui me fait prendre conscience que je suis loin d'être normal, que ma tête est complètement dérangée, mais surtout à quel point j'ai réalisé peu de progrès.

— Pas encore, mais j'ai… euh… Il y a une fille que j'aimerais bien inviter. Peut-être.

L'idée d'avoir Mac chez moi suscite des émotions contradictoires. *Ça pourrait être chouette. Non ?* Je prends une grande inspiration et j'essaie de ralentir mon rythme cardiaque.

— Une fille ? (Le ton de sa voix est devenu plus aigu, il semble piqué d'intérêt.) Parle-moi d'elle.

Je prends une autre grande inspiration et je me repositionne sur mon siège, un peu plus calme à l'idée d'aborder un autre sujet.

— Elle travaille dans un des clubs où je joue. Nous avons discuté, et, je ne sais pas, on dirait qu'elle me connaît depuis des années. Je ne parviens pas à l'expliquer.

— C'est chouette de fréquenter quelqu'un qui est à l'aise avec toi. Tu es un type intimidant, je parie que cela ne t'arrive pas souvent.

C'est tout ? Je ne lui fais pas peur, donc je l'aime bien ? *Quoi ? Je l'aime bien ?*

— Je suppose.

— Tu devrais peut-être l'inviter chez toi. Pas longtemps, mais qu'elle passe juste prendre un verre avant que vous alliez ailleurs ?

— Je ne sais pas.

L'inviter à passer, puis sortir pour un rencard ? Deux choses que j'évite depuis… eh bien… toujours.

— Rex, je sais que tu es mal à l'aise, mais tu es capable de beaucoup plus que tu ne crois. (Il expire pesamment et prend son carnet et son stylo sur le bureau.) Tu es prêt pour ton combat ?

— Ouais. J'ai perdu plus de trois kilos et demi ; le reste ne devrait pas poser de problème.

— Super. Je suis certain que tu vas l'emporter. Ce Reece fera sans doute dans son froc quand il comprendra qu'il va affronter le grand T-Rex.

Je rigole, et une vague de chaleur m'inonde la poitrine. Dépourvu d'une famille, je trouve dans les paroles de Darren ce qui se rapproche le plus d'une manifestation de fierté parentale. Ce n'est pas grand-chose, mais je le prends.

Nous parlons encore un peu de mon combat et, avant que je m'en rende compte, nous nous retrouvons à rire et à discuter des stats et des prévisions de l'UFL. J'apprécie cette conversation plus légère et je suis heureux qu'il ne nous ramène pas vers les trucs plus lourds.

— Je suis fier de toi, fiston. (Il me reconduit à la porte en me donnant une claque sur l'épaule.) Je sais qu'on dirait qu'il te reste un long chemin à parcourir, mais je t'assure que tu as déjà beaucoup progressé depuis ta première visite.

— Merci, Darren. (Je lui adresse un signe du menton.) À la semaine prochaine.

Alors que je traverse le parking en direction de ma voiture, je l'entends m'appeler :

— Pense à ce que je t'ai dit.

Je perçois le sourire dans sa voix.

Il veut dire sortir avec Mac. Je revois notre baiser d'hier soir, je songe à mon intention de redoubler d'efforts pour surmonter tous mes problèmes si cela me permet de passer plus de temps en sa compagnie. Et même si je me sens tanguer à l'idée que Mac soit chez moi sa visite pourrait constituer un premier pas pour que je me sente mieux.

Je suis un combattant. Je n'ai jamais reculé devant rien. Pourquoi y aurait-il une différence ici ?

C'est simple. Il n'y en a pas.

Mac

Il est 19 heures lorsque je m'aventure finalement hors de ma chambre. Une fois rentrée du boulot hier soir, je n'ai pas cessé de me rejouer le film de la nuit : celui où je me retrouve coincée dans la réserve et où Rex vient me secourir. En dépit de toute logique, je l'aurais cru frappé du même sentiment de déjà-vu ; j'en veux pour preuve la façon dont ses doigts se sont figés sur les miens et la pâleur de son visage quand j'ai prononcé les mots exacts que ceux qu'il employait il y a quatorze ans.

Ensuite, comme si cette brève connexion n'avait pas suffi, il s'est mis à flirter avec moi lorsque j'ai enfin eu le courage de m'excuser pour la semaine passée. Il a touché ma joue blessée et m'a demandé en plaisantant de l'embrasser de nouveau.

J'esquisse un grand sourire et je me mordille la lèvre au souvenir de l'excitation que j'ai ressentie quand son piercing m'a éraflé la bouche. J'ai éprouvé un désir dévastateur de lécher celui-ci du bout de la langue et de goûter Rex. J'ai dû m'en aller pour ne pas lui sauter dessus. J'ai malgré tout espéré qu'il me poursuive pour me coincer contre un mur dans une étreinte passionnée. Mais il n'a pas bronché.

Rex. Un mystère permanent.

À mi-chemin de la cuisine, j'entends du rock qui provient du jardin. C'est bien le style de Trix d'organiser une putain de fête un lundi. Je secoue la tête et je traverse le séjour en direction de la porte vitrée.

— Bordel de merde !

Hatch et quatre de ses potes motards sont affalés sur nos sièges de patio, chacun avec une fille sur les genoux. La table est jonchée de bouteilles de bière, de bouteilles d'alcool vides et de tout un attirail pour fumer des substances tant légales qu'illégales.

Trix et ses amies stripteaseuses sont cramponnées aux motards, composant un tableau parfait de personnes ivres et désespérées.

— Pas possible.

Je fais coulisser la porte, ce qui attire aussitôt leur attention.

Hatchet plisse les yeux.

— Blanche Neige! Tu viens te venger?

Son rictus m'indique qu'il blague, mais il est manifestement trop bourré pour réussir une vanne déplacée.

— Peut-être. Je verrai si tu sais te tenir. (Je pose les yeux sur Trix.) Ça fait combien de temps que vous êtes là à boire?

Elle écarte les mains en signe d'ignorance, cognant accidentellement la tête de Hatch au passage. Elle porte les doigts à son estomac pour les bercer.

— Waouh, Hatch! Tu as le crâne dur comme la pierre.

— Tu devrais le savoir, chérie. Tu es assise sur mes cuisses. (Il se masse la tête avec un temps de retard.) C'est une mesure de rétorsion parce que je m'en suis pris à Blanche Neige?

Le regard indolent de Trix voyage lentement de lui à moi.

— Oh ouais! (Elle lui donne une tape sur le côté du crâne.) Tiens. Voilà.

Je réprime un rire. À vrai dire, je ne suis pas fâchée contre Hatch. Il n'a pas voulu me frapper. C'était ma faute. À y repenser, Rex n'a même pas levé les poings quand il a vu qu'il allait s'en prendre une. Il s'apprêtait à encaisser. Comment pourrais-je être furieuse quand j'ai évité à Rex de prendre ce coup? En plus, Rex a bien rendu la monnaie de sa pièce à Hatch, comme le prouvent les deux yeux au beurre noir qu'il arbore encore.

— Prends une bière et viens t'asseoir.

Un des potes motards de Hatch approche une chaise vide de lui, ses yeux effectuant des allers et retours entre mon cou et mes hanches.

Répugnant.

— Non. (Je repose les yeux sur Trix.) Vous comptez sortir ?

— Ouais, on va aller à une fête plus tard. Tu veux nous accompagner ?

Elle a les yeux vitreux, et j'espère que ce n'est qu'une conséquence de l'alcool, et pas d'une autre substance dont font usage ces enflures.

— Je préférerais encore subir un frottis cervical chez Freddy Krueger.

Je repars à l'intérieur de la maison, et leurs rires étranglés et leurs jurons s'évanouissent quand je referme la porte derrière moi. Je me dirige vers la cuisine à la recherche d'un truc qui pourrait faire office de dîner.

Mon esprit dérive vers Rex, et je l'imagine chez lui en train de faire la même chose, de se préparer à dîner seul dans son appartement. J'ouvre une conserve de pâtes, j'en verse le contenu dans un bol que je place dans le micro-ondes. Ça me tape sur les nerfs, ce besoin de le voir, ou, à défaut de lui, au moins sa voiture ou son appartement. Poser les yeux sur quelque chose qui a un lien avec lui suffit à apaiser mon angoisse et à calmer la bête obsessionnelle en moi.

Le « bip » du micro-ondes interrompt le fil de mes pensées. Le bol me brûle les doigts, et je me précipite vers la table. J'en suis à ma deuxième bouchée quand j'entends la porte vitrée coulisser.

— Génial, marmonné-je dans mon bol.

J'espère que ce n'est pas le motard ivre aux longs cheveux qui m'a déshabillée du regard. *Beurk*.

— Tu as fait le boulot ? déclare un des motards dans un chuchotement qui serait certainement beaucoup plus atténué s'il n'était pas dans le cirage.

— Ouais, mec, c'est fait. Et mon fric, bordel ?

L'homme qui vient de s'exprimer semble furieux et ne fait aucun effort pour rester discret.

— Il a besoin d'une preuve avant de te payer. Tu sais comment ça fonctionne.

Un profond gloussement qui semble plus sinistre que drôle résonne dans la pièce.

— La preuve se trouve dans les annonces nécrologiques.

« Les annonces nécrologiques. » Il a tué quelqu'un ? Venant de cette bande, rien ne me surprendrait.

— Chut, ta gueule ! Si Hatchet nous entend discuter des affaires du gang ici, il nous fera passer un sale quart d'heure.

— Je m'en tape de Hatch. Je veux mon putain d'argent.

La porte coulissante s'ouvre de nouveau.

— Qu'est-ce que vous branlez, tous les deux ?

— Je vais pisser.

Un son de bottes sur la moquette s'évanouit dans le couloir.

— Je veux mon putain de fric, Hatch.

— Ferme ta grande gueule ! (Les mots grondés par Hatch sont suivis par les couinements d'un homme qu'on étrangle.) Tu ne parles pas de ces conneries quand nous ne sommes pas seuls, Tread. Pigé, bordel ?

Des halètements.

— Cette pute… et son mec… sont morts. Je veux être payé…

J'entends le craquement sonore d'un poing qui rencontre la chair, puis le bruit sourd d'un corps qui s'affale sur le sol. Mon estomac se retourne.

— Merde, Hatch ! Tu m'as brisé le nez.

À la voix nasale répondent des bruits de bottes partant dans deux directions opposées. Un meurtrier au nez cassé se trouve chez moi. Une pensée flippante.

Hatch débarque dans la cuisine d'un pas chancelant, manifestement sans se rendre compte que je suis assise à moins de deux mètres de lui. Il ouvre le réfrigérateur, prend une bouteille et la décapsule. Puis il se tourne, s'appuie contre le frigo et penche la tête en arrière pour avaler goulûment sa bière. Il en a éclusé la moitié lorsqu'il écarquille les yeux sur moi.

— Blanche Neige ! lance-t-il avec un regard noir. Ça fait combien de temps que tu es là ?

J'avale une cuillère de nouilles.

— Pas longtemps.

Il s'approche de la table. Je n'ai pas besoin de lever les yeux pour savoir qu'il a le regard vrillé sur moi. Je le sens.

Il se racle la gorge.

— Je te conseille d'oublier ce que tu viens d'entendre.

Je m'adosse à ma chaise pour l'examiner un instant. Cheveux bruns en bataille, tee-shirt noir et ce maudit gilet en cuir avec le logo de son gang brodé sur le torse. Tout en lui transpire le motard teigneux. Je hausse les épaules.

— Je ne vois pas de quoi tu parles.

— Brave fille ! (Il appuie une hanche contre le comptoir.) Alors je peux te faire confiance pour que tu fermes ta jolie petite bouche ?

Bon sang, ce type me tape sur les nerfs! Il me menace, là chez moi? Je laisse tomber ma cuillère dans le bol et je m'adosse sur ma chaise sans le quitter des yeux.

—Sinon?

Il sourit comme si je venais de lui lancer un défi.

—Je te la fermerai moi-même.

—Hum… (Je plisse les lèvres et je croise les bras.) Tu me menaces là?

Il continue à me dévisager et adopte une attitude qu'on pourrait qualifier de stoïque si ce n'était son mouvement de balancier provoqué par l'abus d'alcool.

—N'oublie pas ce que je sais sur toi, Mac Ellenshire.

Et merde! Il disposera toujours de ce moyen de pression. Je ne comptais de toute façon pas le balancer, mais le risque de voir mon secret révélé suffit à me persuader de jurer sur ma vie que je garderai le silence.

—C'est bon. Je ne dirai rien.

Je continue de manger, dans l'espoir qu'il me laisse à mon repas en conserve.

—Voilà une fille sensée.

Avec un grognement, il fait volte-face pour retourner dehors.

Ce mec et sa bande de mauviettes à moto ne me font pas peur. Je connais la peur et la souffrance, et ni Hatch ni son gang n'ont ce pouvoir sur moi. Une seule personne en est capable, et je pense qu'il est temps de lui rendre une petite visite.

Chapitre 9

D'argent, ses yeux
De feu, ses cheveux
Elle chante pour chasser ma peine
Je lui accorderais tout ce qu'elle veut

Ataxia

Mac

Assise sur ma moto, la tête penchée en arrière, j'examine les lieux. *Waouh!* Cet endroit est immense. Rien que le garage fait deux fois la taille de ma maison et, avec l'aménagement paysager tropical, on dirait une oasis dans le désert. Je me doutais qu'un pro de l'UFL ne vivait pas sur la paille, mais je ne pensais pas qu'il dépenserait son argent dans une maison ayant la taille d'un complexe hôtelier.

Est-ce que j'ai mal lu l'adresse? Je prends mon téléphone dans ma sacoche et je vérifie le texto de Layla.

—Ah ben ça alors! (Le numéro et le nom de la rue correspondent.) On n'a pas lésiné sur la dépense, Slade.

Je ne pouvais quand même pas dire «non» à Layla quand elle m'a invitée chez les Slade pour passer un moment entre filles. J'imagine que les mecs regardent le base-ball tandis que les filles restent assises à faire ce que font les filles.

Que font les filles d'ailleurs?

J'ai vécu en recluse la plus grande partie de ma vie, sans interactions autres qu'avec les médecins ou les thérapeutes. Nous avions des heures sociales, où je pouvais rencontrer mes congénères, mais les personnes avec qui j'étais enfermée n'étaient pas très versées dans la conversation, du moins du genre intelligible.

Je parcours les quelques pas qui me séparent de la porte d'entrée et je remarque les voitures devant le garage. Cadillac Escalade. Ma respiration se bloque dans ma gorge. *Rex.*

Une mutinerie de papillons explose dans mon estomac. J'espérais qu'il soit présent.

Je sonne à la porte ; la sonnette semble plutôt annoncer la reine d'Angleterre que Mac l'inconnue. J'en rajoute ?

La porte s'ouvre sur Raven, la femme de Jonah. Je l'ai déjà vue au *Blackout*, et ses yeux me coupent toujours la chique.

—Salut. Mac, c'est ça ?

Elle me gratifie d'un franc sourire.

Je hoche la tête, et elle me fait signe d'entrer.

—Oui. Raven ?

—Tout à fait. Layla m'avait prévenue que tu viendrais. C'est sympa de pouvoir compter sur une fille en plus pour diluer la testostérone.

Son attitude décontractée me fait rire. Elle semble tellement bien dans sa peau. Et j'adore vraiment son look : elle porte un joli legging de camouflage et un long chemisier gris qui pend à une épaule, et épouse un minuscule ventre de grossesse. Je la suis à travers l'énorme vestibule en forme d'arche jusqu'à une cuisine dernier cri.

Des voix masculines émanent d'une autre pièce, mais je ne parviens pas à identifier celle de Rex. Je me demande comment il réagira à ma présence. Peut-être qu'il sera contrarié s'il croit que je veux m'imposer dans son cercle d'amis, mais j'espère qu'il sera heureux de me voir.

—Mac, te voilà !

Layla bondit de son tabouret, une poignée de pop-corn à la main, et elle m'enlace.

—Évidemment. Tu sais bien que je ne louperais jamais une fête.

Elle m'entraîne jusqu'au comptoir en granit du petit déjeuner, rempli d'un tas de trucs à manger.

—Une fête ? Façon de parler. Avec nos fesses de femmes enceintes, ça ressemble plus à un rassemblement de grincheuses (sa main balaie l'air au-dessus du comptoir) en compagnie d'un buffet !

Raven s'esclaffe. C'est difficile de la regarder de si près. La couleur distinctive de ses yeux m'est étrangement familière. Je me masse la nuque dans l'espoir de dénouer mes muscles tendus.

—Tiens, nous avons préparé des cocktails sans alcool.

Layla pose devant moi un grand verre rempli d'un liquide rose frais.

—Mac, sur quoi tu roules là ? demande Raven en sirotant sa boisson. Une Honda ?

—CB 900.

—Facile à conduire ?

—Je dirais que oui. (Je goûte ma boisson rose. *Hum, pas mauvaise.*) Pourquoi ? Tu penses t'en acheter une ?

—J'aimerais bien. Jonah a une Harley, et je voudrais apprendre à conduire, mais son engin est énorme.

—Et c'est elle qui le dit. (Layla enfourne une mini-carotte qu'elle a trempée dans la sauce ranch et secoue la tête.) Désolée, Blake déteint sur moi.

Raven et moi éclatons de rire, et c'est la première fois que je me sens réellement liée à d'autres filles que Trix. Ma poitrine se gonfle de chaleur. C'est comme avoir des amies. De vraies amies.

Rex

—Putain de troisième *strike*, mes salopes!

Blake bondit du divan et tape dans la main d'Owen. Ils supportent les Mets de New York tandis que tous les autres sont des fans des Cubs.

—Les gars, vous ne reconnaîtriez pas du beau base-ball même si vos couilles baignaient dedans.

—C'est frais, Blake.

Axelle manifeste son dégoût depuis l'autre côté de la pièce, où elle est assise avec son téléphone sous le nez, occupée à rédiger un message.

—Merde! grimace Blake. Désolé, gamine. J'avais oublié que tu étais là.

Un rire tonne dans ma poitrine.

Blake me fusille du regard.

—Quoi?

—Je ne t'avais jamais entendu t'excuser pour avoir juré. (Je prends mon anneau entre les dents pour m'empêcher de rire plus fort.) Sans déconner, mec, j'ai qui là en face de moi?

—Ferme-la, enc… euh… ferme-la, c'est tout.

Blake reporte son attention sur le match.

J'avise la nourriture étalée sur la table basse: des chips, des trempettes et des petits hot-dogs enroulés dans la pâte. J'empoigne à deux mains ma grande bouteille d'eau pour me rappeler que ce combat vaut la peine de résister à la tentation. Je déteste faire un régime.

— J'ai entendu dire que Reece et son équipe arrivaient demain, intervient Jonah en enfournant une chips. (Il mâchonne en jetant un coup d'œil à Blake.) Wade aussi. Vous êtes remontés à bloc, les gars. Il va falloir vous tenir à carreau si vous les croisez.

— Et quoi encore ? (Blake lance un regard noir à son meilleur ami.) Tu crois que j'ai peur de cet enfoiré ? Il pourra balancer son petit cul dans tout le centre d'entraînement s'il le veut. Ça ne change rien au fait que le jour du combat il sera grillé.

— Ouais, je suis d'accord avec B., m'immiscé-je. Reece ne me posera aucun problème. (Avec toute l'eau que j'ai ingurgitée, ma vessie est pleine, et je me lève pour aller aux toilettes.) Ce sera moi, son problème, une fois que nous entrerons dans l'octogone.

Tous les gars marquent leur approbation en grognant, et je contourne l'énorme canapé d'angle pour me rendre aux toilettes.

La pièce explose en acclamations, et je me tourne pour apercevoir les Cubs réussir un *home run*. *Super !*

— Hé, les hommes ? lance Layla dans notre dos.

Blake se retourne, mais tous les autres gardent les yeux rivés sur la télé pour ne pas louper une miette de l'action.

— Je voudrais vous présenter quelqu'un, ajoute-t-elle, ce qui lui vaut l'attention de tout le monde.

Je me retourne et j'ouvre la bouche en esquissant un sourire.

Mac.

Elle porte un débardeur blanc moulant, et j'aperçois la trace de son soutien-gorge en dentelle noire à travers le tissu mince. Son jean délavé et serré constitue le parfait exemple d'une tenue décontractée mais vachement sexy, jusqu'aux bords un peu effilochés qui pendent sur ses bottes noires de moto. Ses cheveux longs sont détachés et retombent en désordre sur son super blouson de cuir noir. Sa peau pâle, ses lèvres d'un rouge cerise profond, ses joues rosies par le soleil, ou par le vent je n'en sais rien… : quoi qu'il en soit, elle est magnifique.

— Les gars, voici Mac. Je suis certaine que la plupart d'entre vous la connaissent du club. Mac (elle esquisse un geste englobant l'ensemble de la pièce), voici les gars.

Les yeux de Mac passent tout le monde en revue avant de se poser sur moi. Elle réussit à rester impassible, mais je ne loupe pas le léger écarquillement de ses yeux.

— Salut, les gars.

— OK, retournez au base-ball.

Layla saisit le bras de Mac et l'emmène, mais celle-ci ne me lâche pas des yeux jusqu'au dernier moment.

Caleb et le Tueur ne bronchent pas, le regard toujours rivé sur l'endroit où elle se tenait. Rien d'étonnant. Elle est superbe, elle ne passe pas inaperçue. Ses longues jambes et son allure stupéfiante la font ressortir du lot, même si elle n'est vêtue que d'un jean et d'un blouson de cuir.

— Jolie femme, commente Caleb avant de reporter son attention sur le match.

Un violent élan de possessivité me traverse le corps. *Nous ne sommes pas ensemble. Nous ne sommes pas ensemble.* Je répète ces quelques mots, dans l'espoir qu'ils me permettront de réprimer mon envie de balancer un direct à mon ami.

— Elle est maquée ? demande Caleb à Blake.

— Comment je le saurais, bordel ?

— Demande à Layla de me brancher.

— Quoi ? Tu n'es pas capable de proposer un rencard à une fille ?

— Si, mais demande d'abord à Layla de tâter le terrain pour moi.

L'envie de pisser disparaît, et je me rassois sur le divan.

— Elle a un mec, dis-je.

D'ordinaire, je suis un piètre menteur, mais ces quatre petits mots quittent mes lèvres sans le moindre effort.

Caleb me regarde.

— Ah bon ? Tu es sûr ?

Je hausse les épaules en faisant semblant de m'intéresser au match.

— L'autre jour, après le boulot, sa moto avait un pneu crevé, et son mec est venu.

Aïe, merde ! Une onde de chaleur m'emplit la poitrine en songeant à la vérité qui se dissimule dans mon mensonge. J'ai envisagé ce que cela ferait d'être l'homme de Mac. Une petite voix intérieure me murmure qu'elle mérite mieux. La honte que j'éprouve à l'égard de mes problèmes me hurle que je ne suis pas digne d'elle. Je laisse retomber la tête pour examiner la moquette, plombé par toutes les raisons pour lesquelles elle ne voudrait pas de moi.

Mais l'imaginer avec un autre m'est insupportable. Maintenant que j'ai senti ses lèvres sur les miennes, j'en désire plus. Mon corps réagit comme à son habitude, et mon excitation s'accompagne de nausée.

Je m'absente dans l'espoir qu'un peu d'eau froide aura le même effet qu'une douche glacée. J'emprunte le long couloir qui mène aux toilettes et j'entends des voix de femmes en provenance de la chambre de Jonah. Je m'arrête pour jeter un coup d'œil à l'intérieur et, par la porte ouverte, j'aperçois

Raven, Layla et Mac sur le lit. Raven est assise en tailleur, une main posée sur son petit ventre de grossesse. Layla est allongée sur le flanc, la tête appuyée dans une main. Mais mes yeux sont attirés comme des aimants vers Mac. Elle est sur le lit, une jambe repliée, l'autre pied par terre. Elle rit à gorge déployée, et son sourire me prive d'air.

Je me tapis dans le couloir pour écouter.

—Et toi, Mac? D'où est-ce que tu viens? demande Raven.

—Oh… euh… je viens d'un petit bled pourri. Vous n'en avez sans doute jamais entendu parler. C'est à environ deux heures de Vegas, au milieu de nulle part.

La voix de Mac s'adoucit, et j'imagine le rose qui doit lui colorer les joues.

—Chouette! (Layla se montre enjouée comme si elle essayait de dissiper le malaise de Mac. J'avais deviné que cette dernière semblait gênée.) Donc tu as de la famille pas loin.

Plusieurs secondes s'écoulent en silence, et je résiste à l'envie de jeter un coup d'œil par l'embrasure de la porte.

Un raclement de gorge.

—Je n'ai pas de famille. Mes parents sont décédés.

Un léger sursaut.

—Oh, Seigneur, je suis désolée! Je n'aurais pas dû…

—Moi pas. J'étais très jeune et je n'ai pas particulièrement gardé de bons souvenirs d'eux.

Mac a perdu ses parents? Possible. Cela pourrait expliquer sa force de caractère et son esprit d'indépendance, mais je n'aurais jamais cru qu'elle n'avait pas de famille. Nous avons plus de choses en commun que je ne croyais.

— Je compatis, intervient Raven. Ma mère et moi venons d'amorcer une relation il y a six mois. Quant à mon père, eh bien, je…

Je suis figé sur place, suspendu à ses paroles.

— Oui, je suis au courant, déclare Mac. Je pense que tu as fait ce qu'il fallait.

Elle semble en colère ?

Impossible.

— Exactement, répond Raven avec une détermination tranquille.

Nous sommes un trio de désaxés. Pas de parents, seuls au monde, en quête de quelque chose. Mais Raven s'est trouvé un avenir avec Jonah. Elle a rassemblé les pièces de son passé pour le réconcilier avec son présent.

Contrairement à Mac.

Elle n'a pas de famille, elle habite avec une stripteaseuse qui a des goûts affreux en matière de mecs et, de ce que j'ai vu, elle ne semble pas entourée d'amis. Elle n'avait même personne à appeler le soir où je suis tombé sur elle dans l'allée avec son pneu crevé.

Je lui ressemble peut-être à de nombreux égards, mais je pourrais facilement citer dix personnes qui laisseraient tout tomber si j'avais besoin d'eux. La tristesse me saisit aux tripes quand je me rappelle l'époque où j'étais seul, après avoir quitté l'hôpital et avant que je commence le kickboxing. *Merde !* Les souvenirs semblent si proches, comme à fleur de surface, mais pas assez pour les toucher. Seul le sentiment de solitude est vivace.

— Rex ?

Je relève brusquement la tête et j'aperçois les trois filles dans le couloir qui me dévisagent. Layla s'approche.

— Tu vas bien ?

— Oh ouais, je voulais juste voir si je pouvais vous enlever Mac une seconde.

Layla hausse un sourcil tout en esquissant un sourire.

— Bien sûr. (Elle se tourne vers Mac.) Si tu nous cherches, on retourne s'empiffrer.

Elle s'empare du bras de Raven et l'entraîne le long du couloir en direction de la cuisine.

Ce n'est qu'à ce moment que j'ai le courage de croiser le regard de Mac. Elle fronce les sourcils et incline la tête sur le côté comme si elle essayait de me percer à jour.

— Mac, je… euh… (Je me passe la main dans les cheveux. Pourquoi est-ce si difficile?) Si ça te dit, est-ce que tu aimerais venir, avec moi, pour…

— Oui, lâche-t-elle avec un soupçon de sourire dans la voix.

— Oui? Mais tu ne sais pas ce que j'allais te demander.

Elle hausse les épaules et se rapproche.

— J'ai deviné. Et franchement il n'y a pas grand-chose que je te refuserais.

Un sourire s'étire sur mes lèvres.

— Ah ouais?

Elle hoche la tête.

— Donc… (Je m'empare d'une mèche de ses cheveux, m'assurant au passage de lui caresser la joue du bout des doigts. *Tellement douce, putain!*) Si je te demandais de dévaliser une banque? Tu répondrais…?

— Oui.

— Hum.

Je laisse courir les doigts le long de son bras, nu puisqu'elle a ôté son blouson de cuir, et mon contact lui donne la chair de poule.

— Et si je te demandais ta bécane?

— Oui, lâche-t-elle, le souffle court.

— Vraiment ? Hum. (Je m'approche et je suis submergé par son doux parfum tropical.) Et... euh... (Je lui agrippe le menton et je fais pivoter sa tête vers l'arrière.) Et si je te demandais... ?

La chaleur de ses courbes voluptueuses se fait insistante contre mes côtes, et je deviens soudain extrêmement conscient de mes pulsations cardiaques. Je sens sa respiration précipitée sur mes lèvres, ce qui libère une euphorie sauvage qui me fait tourner la tête.

— Oui.

Elle se redresse sur la pointe des pieds et appuie les lèvres sur les miennes. Mais, à la différence des deux fois précédentes, elle fait glisser le bout de la langue le long de ma lèvre inférieure.

Cette chaleur humide allume un désir insensé qui me pousse à mettre les doigts dans ses cheveux. Elle sourit contre ma bouche avant de pencher la tête pour s'abandonner à moi. Je lâche un grognement dans sa bouche torride. Nos langues s'emmêlent, ce premier contact est si intense que mes yeux se ferment et que je la pousse contre le mur. Je serre violemment les paupières et je me fais bousculer par les vagues tant de mon dégoût que de mon envie furieuse d'en avoir plus.

Elle gémit et se cambre contre la cloison, elle plonge les doigts dans mes cheveux et les empoigne jusqu'à ce que mon cuir chevelu s'embrase. Une douleur cuisante exquise.

— Oh bordel, oui ! dis-je contre ses lèvres.

Ses dents me ratissent la langue avant de se refermer sur mon piercing. Elle tire dessus d'une manière possessive, une morsure animale qui m'oblige à l'écarter en lui tirant les cheveux. Elle me relâche, mais pour incliner la tête et me dévorer avec une intensité redoublée. La violence de ce baiser est anesthésiante.

Cela fait tellement longtemps que je n'ai plus embrassé une femme de cette façon. C'est faux : je n'ai jamais embrassé une femme ainsi.

Un bruit de voix me rappelle que nous nous trouvons dans le couloir de Jonah, et non dans l'intimité de notre propre chambre saturée de désir.

J'interromps le baiser sans lâcher ses cheveux.

— Putain, c'était chaud !

Je ne ressens pas la moindre bouffée de nausée, rien que le léger frisson de l'excitation.

— Quand est-ce que le match se termine ? demande-t-elle à bout de souffle.

Elle fait glisser la main de mes cheveux à mon torse.

— D'ici à une heure environ.

— Est-ce qu'on irait quelque part ensuite ?

Son empressement à reprendre là où nous en étions restés me rappelle que je lui avais proposé un rencard avant de la plaquer contre le mur pour l'embrasser.

Je recule d'un pas et je contemple sa position sexy, ainsi collée au mur, avec ses lèvres gonflées, d'un rouge plus lumineux que d'habitude. Son tee-shirt doit s'être un peu relevé dans le feu de l'action, car une parcelle de la peau de porcelaine de son abdomen attire mon regard. L'espace d'un instant, j'imagine ce que je ressentirais si je pouvais poser les mains partout sur sa peau. Je soulignerais la chair délicate de son nombril avant de glisser la main sur le devant de son jean et… *Beurk.* Un sentiment de répulsion me vrille l'estomac. J'agrippe mon tee-shirt et je ravale le goût aigre qui m'est monté à la gorge.

—Rex ? Qu'est-ce qui se passe ? demande Mac d'une voix pesante, soit de désir non assouvi, soit d'inquiétude.

Elle pose la main sur mon bras.

Je m'écarte en sursaut et je recule. Elle écarquille les yeux et lève les mains pour me signaler qu'elle ne représente pas une menace.

—Ça va, juste une crampe à cause de l'entraînement aujourd'hui.

Je ne devrais pas mentir, mais la vérité ne sort pas.

Elle me fixe du regard, sans sembler fâchée, plutôt comme si elle m'examinait.

Je relâche mon emprise mortelle sur son tee-shirt et je me force à sourire.

—Voilà. C'est passé.

Son regard me transperce.

—Tu es certain ?

—Tu as tout loupé, mon pote. (Caleb se dirige vers nous.) Blake vient de perdre 300 dollars contre Killian. (Il nous dévisage tour à tour, Mac et moi.) Qu'est-ce qui se passe ici ?

Le regard incendiaire qu'il m'adresse indique qu'il sait exactement ce qui se passe ici.

Il ne faut pas être un génie pour sentir les effluves du baiser débridé que nous venons d'échanger.

Merde ! Caleb avait des vues sur Mac, et là je donne l'impression que je viens de lui sauter dessus dans ce foutu couloir. Putain, c'est vrai, je viens de lui sauter dessus dans ce foutu couloir !

J'essaie de la jouer cool, je détends les épaules et je conserve une expression neutre.

—Rien. Je suis tombé sur Mac en me rendant aux toilettes. On s'est mis à discuter bécanes.

Il se départit de son air renfrogné. Il se tourne vers Mac qui semble près de siffloter.

— Je ne sais pas si tu te souviens de moi, mais on s'est quelques fois parlé au *Blackout*. (Il tend la main.) Caleb.

Elle pose les yeux sur Caleb, et l'expression de son visage s'adoucit.

— Mac. Oui, je m'en souviens. En général, un verre de Blue Moon, et de temps en temps un whisky-coca.

Il s'esclaffe, y mettant tout son putain de charme de cow-boy, et Mac lui rend son sourire.

Bordel!

— Ouais, bonne mémoire, réplique-t-il. On devrait sortir ensemble un de ces jours.

Et quoi encore?

Les yeux de Mac me fixent rapidement avant de se reposer sur ceux de Caleb.

— Je ne te mets pas la pression, chérie, précise celui-ci avec un lent sourire.

« Chérie » ?

— Je me dis juste que ce serait équitable, joli cœur. C'est vrai, tu en connais tellement sur moi, j'aimerais te retourner la faveur.

C'est moi, ou sa pointe d'accent sudiste vient de laisser la place à un parfait baratin de bon petit gars de la campagne ?

Putain, il la drague ! Une douleur palpite dans ma mâchoire, et les muscles de mon estomac se contractent. Il y a dix secondes, je lui roulais des pelles, et voilà que je ressens déjà une espèce de droit de propriété sur elle. Caleb est mon meilleur ami, mais je refuse qu'il exhibe son putain de cul-terreux autour de Mac. Ni ses mains ou ses lèvres d'ailleurs. Merde, pour un peu je lui arracherais les yeux rien que parce qu'il la regarde !

Des visions issues de mes rêves les plus atroces surgissent derrière mes paupières. La honte m'accable comme une coulée de boue et me rappelle ma nature profonde.

Celle d'un pervers. Un salaud. Un malade. L'exact opposé de Caleb, de sa famille idéale, de son éducation parfaite, de son charme du Sud. Lui pourrait la toucher sans que ça le rende malade, l'inviter chez lui, dans son lit. *Putain!*

—Hé, mon pote, ça va?

La voix de Caleb, passée de douce à parentale, m'arrache à mes réflexions.

Je relève la tête sans même me rendre compte à quel point j'avais laissé retomber le menton sur mon torse.

—Au poil, mec.

Il penche la tête pour me scruter.

—Tu es sûr? Je sais que tu dois perdre du poids, mais tu fais quand même encore gaffe à manger, hein?

Oh, pour l'amour du ciel, il ne lui manque plus que des putains d'ailes dans le dos et une auréole!

Je sens les yeux de Mac posés sur moi, mais je ne lâche pas Caleb du regard.

—Ouais, je vais bien.

Je veille à garder la tête haute, malgré mon envie pressante de me retirer et de les laisser concevoir leurs plans d'avenir à deux.

Il hoche la tête, semblant gober mes conneries, et prend son téléphone.

—Tiens, Mac, file-moi ton numéro. (Il lui tend son appareil.) On se fera une sortie un de ces quatre. Je t'emmènerai dans un endroit où quelqu'un d'autre nous servira des bières.

—Oh... euh...

Je la regarde avec horreur prendre son téléphone et pianoter sur le clavier.

C'était déjà la cata de penser qu'il serait mieux pour elle, mais en fait elle l'apprécie ? Et elle donne son numéro à mon putain de meilleur ami après m'avoir mis sa langue dans la bouche ?

Ça ne m'a jamais dérangé avec toutes les femmes que j'ai fréquentées, toutes ces nanas prêtes à se mettre à genoux pour me sucer avant de passer au suivant au bout de quelques minutes. Pourquoi là je me sens sur le point de devenir violent, bordel ?

Je ne la mérite pas mais je suis égoïste. Je la veux.

— Et voilà, dit-elle en lui rendant son téléphone.

Sans la quitter des yeux, Caleb fourre celui-ci dans sa poche.

— Je t'appelle cette semaine.

Il esquisse un clin d'œil – *putain, il lui a fait un clin d'œil!* – et s'en va en me tapant sur l'épaule.

Je baisse les yeux sur Mac qui me renvoie mon regard.

— Putain, c'était quoi, ça ? demandé-je, les dents toujours serrées.

— Aucune idée. Et si toi, tu me le disais ?

Sa mâchoire s'agite, et elle respire par le nez. C'est elle qui est fâchée contre moi ? C'est la meilleure !

— Je t'en prie, vas-y. (J'indique la direction que Caleb a empruntée.) Je ne te retiens pas.

— Tu lui as dit que nous étions en train de discuter bécanes !

— Et j'étais censé dire quoi ? Salut Caleb, j'étais en train d'enculer Mac à sec contre le mur. À propos, ça donne quoi, le match ?

Je ne veux pas lui révéler que Caleb s'intéresse à elle, même si elle l'a maintenant compris. Mais lui apporter la confirmation sur un plateau me donnerait l'impression de jeter le gant avant même le début de la compétition.

— Heureux d'apprendre que ces manœuvres de cow-boy fonctionnent avec toi. La prochaine fois qu'on sortira ensemble, je m'assurerai de porter mes jambières en cuir.

Ses yeux s'adoucissent et un sourire s'étire lentement sur son visage. Le regard qu'elle m'adresse est diablement sexy, et ça me démange de la toucher. Elle s'appuie contre le mur, à l'endroit exact où je l'ai plaquée un peu plus tôt.

— Tu es jaloux.

Je m'approche d'elle, suffisamment près pour l'empêcher de bouger, mais sans la toucher.

— Tu viens de donner ton numéro de téléphone à mon meilleur ami. Je ne suis pas jaloux, « joli cœur ». Juste furax.

Je croyais que ma piqûre de rappel du petit nom que lui a donné Caleb allumerait un incendie dans son regard et l'inciterait à s'en aller. Exactement comme je le mérite. Mais au contraire elle se mordille sa maudite lèvre tout en regardant les miennes. Mon corps réagit au quart de tour, et je suis à deux doigts de me frotter contre elle.

— Tu es jaloux.

Je me rapproche encore.

— Tu veux que je sois jaloux.

Ce n'est pas une question ; ma réaction à ses minauderies avec Caleb l'excite.

Un appétit dévorant luit dans ses yeux.

— Tout à fait.

— Pourquoi ?

—Pour que tu saches ce que cela fait.

—Tu es jalouse ?

Elle semble perdre pied un instant et elle lance un sourire qui pourrait paraître gêné.

—Je dois tout le temps être témoin des filles qui se jettent à ton cou.

—Mais... Quoi... tu m'observes ?

Le blanc de ses yeux se marque autour de ses iris couleur de sable, et elle écarte les lèvres. Elle hoche brièvement la tête, à deux reprises.

—Depuis quand ?

—Depuis un certain temps.

Un tel comportement de déséquilibrée devrait me faire détaler, mais j'ai plutôt envie de me rapprocher d'elle comme si un aimant d'instabilité nous ancrait l'un à l'autre.

Je tends la main et je fais glisser une autre longue mèche de cheveux entre mes doigts ; j'observe les ondulations naturelles devenir raides quand je tire, avant de reprendre leur forme initiale.

—Prête pour notre rencard ?

—Oui.

Elle me répond dans un souffle, et je suis forcé de me demander si elle ressent la même chose que moi.

—Fichons le camp d'ici.

Je lui prends la main et je l'entraîne dans le couloir sous son rire qui accélère mes pas.

Plus j'apprends à connaître cette fille, plus je me sens relié à elle d'une certaine façon. Nos cauchemars, notre peur panique des espaces confinés, notre absence de famille, et maintenant ce grain de folie.

Elle n'est pas si différente de moi. Je ne devrais peut-être pas lui dissimuler ma vraie nature quand nous sommes ensemble.

Je me demande ce que je vais encore découvrir en creusant davantage.

Chapitre 10

En chute libre
Tant à gagner
En chute libre
Plus de peur, plus de souffrance
En chute libre
Plus aucune prise
Hors de tout contrôle
Je me fous d'atterrir

Ataxia

Mac

Rex m'entraîne à travers l'immense maison de Jonah et de Raven Slade, et je glousse comme une adolescente stupide. Le fait qu'il me touche, qu'il témoigne d'un intérêt pour ma personne, je n'aurais jamais osé le rêver. Je ne me souviens pas d'avoir ressenti un tel bonheur. Non, pas le bonheur, plutôt la joie.

Nous traversons la cuisine, où nous croisons Raven perchée sur le comptoir et Layla assise sur un tabouret de bar, toutes deux occupées à se servir généreusement dans un plat rempli de nachos.

— Mesdames, merci pour votre hospitalité, mais j'emmène Mac, déclare-t-il avec un de ces sourires que je l'ai vu réserver à ses amis.

Layla est prise d'une quinte de toux comme si elle s'était étouffée en mangeant. Une fois qu'elle a repris son souffle, elle croise mon regard.

— Pas de problème. Elle s'amusera sans doute davantage avec toi. On ne fait pas grand-chose ici de toute façon, à part s'empiffrer jusqu'à l'évanouissement.

Elle profite du bref instant où Rex détourne le regard pour m'adresser un clin d'œil.

Lorsque j'ai rencontré Layla, elle a tout de suite deviné que j'en pinçais pour Rex. À l'époque, je ne savais pas trop s'il l'intéressait, alors j'avais réagi comme je le faisais avec chaque fille qui me posait des questions sur lui au bar. Je l'avais baratinée en prétendant qu'il était déjà pris. Ce qui n'était pas entièrement un mensonge. C'est vrai, avec toutes les merdes qu'il doit gérer au quotidien, il n'est pas réellement libre. Du moins, c'est ainsi que je le justifiais.

— Où est-ce que vous allez ?

Le regard soucieux de Raven voyage entre nous deux. Elle veille sur Rex.

Ces gens sont ce qu'il a de plus proche d'une famille. Je comprends leur désir de le protéger. Mieux que n'importe qui, je le comprends.

Ce qui a débuté comme un besoin d'alléger ma culpabilité est ensuite devenu une obsession d'être à ses côtés et, désormais, un amour indéniable et inconditionnel pour lui, qui consume tout sur son passage.

Mon cœur bondit dans ma poitrine. J'ai toujours aimé Rex. Mais depuis la nuit où il m'a réveillée de mon cauchemar j'ai senti un changement. Comme un verrou qui se mettrait en place. À cet instant, nous nous sommes unis l'un à l'autre. Pour toujours.

—Mac? (J'entends la voix de Rex tout près de mon oreille.) Tu as entendu Layla?

Je regarde celle-ci et je vois son sourire s'effacer quand je la dévisage de front.

—Quoi?

Elle plisse les yeux.

—Rien de grave. Mais… appelle-moi demain.

Rex se retourne pour dire au revoir à Jonah qui arrive à cet instant, et Layla remue les lèvres en silence pour demander: «Ça va?»

Un frisson d'excitation monte dans mon estomac. Je hoche la tête et j'esquisse un énorme sourire.

Elle tend résolument le doigt sur moi et mime: «Je le savais.»

Nous retenons nos gloussements, et je lance un regard par-dessus mon épaule pour apercevoir Raven qui sourit; elle a sans doute surpris notre échange muet.

Je prends mon blouson tandis que Rex fait un rapide passage aux toilettes. Après quelques adieux supplémentaires et un regard absolument dégoûté de Caleb, nous sortons et nous dirigeons vers le pick-up de Rex. Tout comme le premier soir, il m'ouvre la portière. Il contourne l'avant du véhicule d'un pas lent et rejoint le côté conducteur; je ne le quitte pas des yeux tandis qu'il monte sur le siège.

—Où est-ce qu'on va? demande-t-il.

Il met le contact et me regarde.

Ses yeux bleu clair contrastent avec ses cheveux noirs, et sa peau arbore un hâle parfait comme s'il venait de passer quelques jours à la plage. Mignon. Mais je me rappelle soudain quelles conséquences cela a eues pour lui d'être mignon lorsqu'il était enfant.

— Mac, mon ange, ça va ?

— Hein ?

Il m'a déjà appelée « mon ange », et, tout comme la première fois, je me sens parfaitement conne.

Un sourire tendre mais préoccupé erre sur ses lèvres.

— Tu t'enfermes toujours dans ta bulle.

Il ne connaît pas notre histoire ; sinon, je suis certaine que son esprit dériverait aussi vers le passé. Est-ce que je serai un jour capable de le côtoyer sans revenir en arrière ? Peut-être que si je lui parlais, peut-être que si je lâchais le morceau afin que nous puissions aller de l'avant, cela rendrait les choses plus simples ?

— Et merde ! (Rex se frotte les yeux du pouce et de l'index.) Tu penses à Caleb.

— Quoi ? Non ! (D'instinct, je pose la main sur sa cuisse.) Rex. Non. Je ne veux pas de Caleb.

Ses yeux bleus cherchent les miens.

— Je suis… J'ai des trucs en tête, continué-je, mais je t'assure que je ne voudrais pas être ailleurs qu'ici.

J'appuie sur sa jambe, et il laisse échapper un sifflement crispé. Craignant de lui avoir fait mal, je retire la main. Il garde les yeux rivés sur l'endroit où celle-ci était posée.

— Rex, je suis désolée. Je…

Sa main jaillit pour s'emparer de la mienne, et il tire d'un coup sec, amenant le haut de mon corps par-dessus la console centrale. Nos lèvres se rejoignent dans un baiser affamé. L'anneau de métal à sa bouche s'incruste dans ma chair. Sa langue fouette la mienne, me remuant les sangs dans un assaut violent. Je bouge pour le sentir davantage.

La chaleur de son torse m'effleure les mamelons, diffusant des électrochocs de désir vers mon bas-ventre.

Mue par un appétit dévorant, je laisse traîner les dents contre sa lèvre inférieure et je la mords. Il pousse un grognement et plonge les mains dans mes cheveux. Il tire dessus, me faisant mal au cuir chevelu. Il veut que je ralentisse la cadence, que je me calme, mais je ne contrôle plus rien. Mes sentiments pour Rex atteignent un point culminant, j'éprouve des sensations qui s'entrechoquent dans un tourbillon passionné et chaotique. J'en veux plus, je m'appuie contre lui jusqu'à en avoir mal à la poitrine. Mes mains parcourent son corps. Pour mes paumes hyper sensibles, le coton doux de son tee-shirt a la sensation du papier de verre. Je relève le tissu pour glisser la main dessous. Je rencontre la chaleur des muscles saillants de son abdomen. Si durs et lisses comme…

—Putain !

Il me repousse si violemment que je retombe sur mon siège et que mes épaules s'en vont cogner la portière.

—Je ne peux pas, ajoute-t-il en enfouissant la tête dans les mains pour se frotter vigoureusement le cuir chevelu.

La respiration pesante, je m'efforce à grand-peine de comprendre ce qui vient de se produire. Je suis désolée. Est-ce que j'ai… Qu'est-ce que j'ai fait ?

Il se rassoit et agrippe le volant avec une telle force que celui-ci grince.

—Je ne… Putain !

Je tends le bras et je pose la main dans son dos, avec l'espoir de le réconforter, mais il s'écarte vivement. Je glisse les doigts entre mes cuisses et je me recroqueville en sentant une vague amère de rejet se déverser sur moi.

—J'adore t'embrasser, lâche-t-il d'une voix si basse que pour un peu je n'aurais rien entendu.

—Et c'est mal ?

Tout ce que je veux, c'est réparer ce qui doit l'être. Je veux qu'il aille mieux, quelle que soit la souffrance qu'il endure en cet instant. Je veux faire en sorte qu'il ne souffre plus.

—Pour moi, oui.

Il se tourne enfin vers moi, et je dois résister à l'envie de battre en retraite en apercevant la guerre qui fait rage dans son regard. Tous mes instincts me dictent de le prendre dans mes bras et de le serrer, mais il a déjà refusé mon contact et je ne veux pas aggraver les choses.

—Ce baiser était différent des autres, précise-t-il en se détournant de moi pour regarder par la vitre.

Différent comment ? J'imagine que j'étais un peu plus entreprenante que les autres fois. Avant la scène du couloir, nos baisers n'étaient que de légers bisous. Je repense au baiser chez Jonah. Il m'a poussée contre le mur, m'y a plaquée avec son bassin. Qu'est-ce qu'il y avait de différent ? Sauf que… là maintenant, c'est moi qui me suis jetée sur lui. Il s'est senti agressé, et vu ce qu'il a traversé…

Je pousse un cri de surprise, avant d'aussitôt me couvrir la bouche. Mon exclamation et mon geste attirent son attention.

—Rex, je suis désolée. Tout s'est passé si vite, je n'ai pas réfléchi. Mes sentiments ont simplement pris le dessus, et j'ai perdu le contrôle. (Mes paroles se déversent de mes lèvres avec précipitation dans l'espoir qu'elles le retiennent.) Je dois davantage faire gaffe à toi. J'ai compris. Cela n'arr…

—Gaffe ? (Le bleu de ses yeux disparaît derrière la fente serrée de ses paupières.) Pourquoi est-ce que tu dis ça ?

Merde, je fais tout foirer !

La confusion règne sous mon crâne, je suis à la fois dévastée par le baiser et désespérée de trouver les mots justes.

— Tout cela va trop vite. (Je m'efforce d'adopter un ton désinvolte, très éloigné de ma réalité.) D'abord tu m'as secourue dans une allée sombre, puis tu m'as évité le coma après que je me suis fait mettre KO par un motard, et enfin tu m'as délivrée d'une réserve.

La mention de la réserve semble dissiper en partie la douleur présente dans ses yeux.

Un léger sourire s'étire sur mes lèvres.

— Et tout ça sans rencard, terminé-je.

Les commissures de ses lèvres se relèvent, et il cligne des yeux pour évacuer les restes de la tempête d'émotions qui dévastait son visage.

Je me tapote la bouche de l'index.

— Tu sais, je suis quasi certaine que tout super-héros digne de ce nom invite la fille après l'avoir sauvée.

— C'est faux. Tu regardes les mauvais dessins animés.

— Ouais, peut-être que tu as raison, mais, dans mon conte de fées, ça se passe comme ça. Ce qui signifierait que tu me dois… (Je compte ostensiblement sur mes doigts.) Est-ce que le fait de m'avoir sauvée des griffes de Caleb compte ?

Il cille et hoche la tête en signe de dénégation.

— Je ne t'ai pas sauvée des griffes de Caleb.

— Ah, mais tu ne perds rien pour attendre ! (Je me penche en avant pour murmurer, et je suis ravie de voir qu'il m'imite au lieu de s'éloigner.) C'est ton numéro de téléphone que je lui ai filé.

Il se tourne vers moi, mais cette fois son sourire est si large que j'aperçois toutes ses dents et les adorables plis sur le côté de ses yeux.

— Sans blague ?

Il se laisse retomber sur son siège, le menton relevé, tandis que les roulements profonds de son rire rebondissent en écho dans toute la cabine du pick-up. Je ferme les yeux et je m'offre quelques secondes pour m'imprégner de la beauté de ce son. Lorsque je les rouvre, il rit toujours, le regard droit devant lui.

— Caleb sera choqué quand il appellera pour entendre ta douce voix mais sera accueilli par la mienne.

Il enclenche la marche avant du pick-up.

Est-ce qu'il vient de déclarer que ma voix était douce ? Mon estomac fait un bond, et je sens une chaleur m'envahir la poitrine.

— Mais... attends. (Il se tourne vers moi.) Comment tu connais mon numéro ?

Oh oh !

Je m'éclaircis la voix, réfléchissant à toute allure.

— Je... euh... Mario me l'a donné après cette histoire de pneu crevé. Je comptais t'appeler pour m'excuser pour... enfin tu sais, mais j'ai finalement préféré le faire en personne.

— Vraiment ?

Non, je l'ai subtilisé à Mario il y a six mois et j'appelle parfois pour entendre ton répondeur.

— Ouais, acquiescé-je avec mon sourire le plus convaincant.

Il hausse les épaules et ne semble pas trop se formaliser du fait que non seulement je possède son numéro, mais qu'en plus je le connais par cœur.

—À propos de ce rencard… (Il quitte la longue allée de Jonah pour rejoindre le quartier alentour.) Tu aimes les montagnes russes ?

Cette question suffit à évacuer toute la tension présente.

—Tu parles, ouais.

Rex

Il s'en est fallu de peu. J'ai failli craquer et tout raconter à Mac. Lui avouer que j'avais un problème avec le sexe, que je ne couchais qu'avec des putes qui prenaient ce que j'avais à donner avant de repartir aussi sec et que je ne baisais jamais avec une femme sans avoir consommé de l'alcool afin de disposer d'une barrière entre les gestes que mon corps doit accomplir et la façon dont réagissent mes pensées. Du moins tout ça, c'était avant de rencontrer Mac.

Dieu merci, elle n'a pas insisté. Je ne sais pas trop pourquoi d'ailleurs. Au contraire, elle a laissé mourir la discussion en la réorientant vers notre rencard.

Elle prétend que c'est moi qui vole tout le temps à son secours, mais elle m'a déjà sauvé la mise en encaissant un coup, puis à l'instant en changeant de conversation.

—On va sur le Strip ?

Elle observe par sa fenêtre le lieu emblématique de Vegas, qui se trouve juste à la sortie de l'autoroute.

Il ne fait pas encore noir, mais, même sous le soleil, le Strip se détache contre l'arrière-plan neutre du désert.

—Ouais, j'ai… Ah… Il y a un endroit où j'aime bien aller, j'ai pensé que ça te plairait aussi.

La chaleur me monte aux joues, c'est bizarre de partager cette part de moi. J'ai deux facettes. Celle qui est publique, où je me produis devant une foule de fans déchaînés, que ce soit sur une scène ou dans une cage, et la face plus sombre que je garde pour moi. La plupart des types dont je suis proche ont des aperçus de ma psyché dérangée et les quelques putes que je paie pour me soulager ont été témoins des conséquences désastreuses qu'a le sexe sur moi, mais aborder le sujet volontairement avec quelqu'un ? Ouais, ça, c'est nouveau.

— Je suis intriguée.

— Je me dis que si tu conduis une moto tu dois un peu aimer les sensations fortes. On va aller tester ta témérité sur Insanity.

Je quitte l'autoroute et je me dirige vers la Stratosphere Tower, qui se targue d'avoir les trois manèges les plus sensationnels et terrifiants du monde.

— Insanity ? Qu'est-ce que c'est ?

Elle appuie la joue contre la vitre latérale pour essayer de regarder au-dessus des casinos qui apparaissent.

— C'est une attraction qui te suspend à près de trois cents mètres au-dessus de la rue et te fait tourner jusqu'à ce que tu vomisses ou que tu tombes dans les pommes.

Je serre les mâchoires, me préparant à des cris de fille en panique.

Elle se tourne vers moi, les yeux grands ouverts. Ça y est, la panique arrive.

— Ouais, putain ! (Elle fait des bonds sur son siège comme une gosse.) Allons-y !

C'est quoi, ça ?

— Vraiment ? Ça te tente ?

— Tu rigoles ? (Elle se penche en avant pour regarder à travers le pare-brise.) C'est tout près ?

J'indique la vitre de mon côté, là où se trouve la Stratosphere au loin.

— C'est par là.

Elle appuie la poitrine sur la console centrale pour regarder par ma fenêtre. Le parfum tropical enivrant de ses cheveux est si proche que je dois me retenir pour ne pas les empoigner et plonger le nez dedans.

Avant que j'en aie l'occasion, elle se rassoit sur son siège. Elle porte la main à son ventre et sourit.

— Je sens des papillons.

J'ai déjà eu un aperçu du côté « dure à cuire » de Mac, le garçon manqué qui s'interpose devant les motards, de son côté « morte de trouille » quand elle se retrouve enfermée seule dans une pièce, et même de sa facette plus douce après un cauchemar, mais cette Mac-ci, mignonne, excitée comme une enfant, c'est celle que je préfère jusqu'à présent. Elle manifeste une innocence que je lui envie, une joie insouciante que j'ai uniquement vue chez les autres, mais dont je n'ai pas le souvenir chez moi.

Nous nous arrêtons à l'entrée de la Stratosphere. Le temps que je m'arrange avec le voiturier, Mac m'attend déjà près des portes. Un large sourire aux lèvres, elle fait des bonds sur place.

— Allons-y, dis-je avec un sourire.

Je lui prends la main pour l'emmener à travers le casino de l'hôtel, dépassant la billetterie.

Elle me tire en arrière.

— Les tickets. (Elle indique la pancarte qui affirme clairement qu'il faut être en possession d'un ticket pour accéder à la tour et aux manèges.) Nous ne devons pas les acheter ici ?

— Non. (Je lui tire la main et je l'entraîne vers la rangée d'ascenseurs.) On me connaît. Comme je viens souvent, je paie un abonnement mensuel, et ensuite je fais ce que je veux.

Elle nous arrête de nouveau.

— Oh, très bien alors !

Elle plonge la main dans le petit sac qu'elle porte en bandoulière et en retire du liquide.

Je secoue la tête.

— Je n'ai pas besoin de ton argent, Mac. Range ça.

— Non, j'insiste. (Elle agite la liasse verte devant moi.) Prends-le. Tu ne dois pas payer…

Je lui empoigne la mâchoire et j'appuie le pouce sur ses lèvres. Putain, rien que la sensation de celles-ci sur mon doigt me donne envie d'y goûter de nouveau, mais je ne dois pas quitter la sphère amicale, plus pour son bien que pour le mien.

— Chut ! S'il te plaît, on ne parle plus de ça.

Elle hoche la tête et range son argent.

— Brave fille.

Je dois mobiliser toutes mes forces pour retirer la main de son visage et éviter de me perdre dans ses grands yeux, qui ont envie de plus. *Putain, je dois me ressaisir !* Quelques instants s'écoulent dans le silence.

Nous repartons vers l'ascenseur, mais, à quelques mètres, elle s'arrête de nouveau. *Quoi encore ?*

— Mac.

Je me tourne vers elle et j'aperçois ses joues enflammées et ses yeux écarquillés rivés sur les portes des ascenseurs.

— Qu'est-ce que c'est ?

Sa main est devenue moite dans la mienne.

— Les ascenseurs qui nous amèneront au sommet. C'est là que se trouvent les attractions.

— Ah oui! D'accord. (Elle remue sur place.) Est-ce qu'on peut prendre l'escalier?

Sa voix tremble.

« L'escalier » ?

— Hé! (Je resserre mon emprise et je cherche à croiser son regard.) Tu as changé d'avis? On peut faire autre chose si tu préfères.

Elle avise les portes des ascenseurs.

— Non, je veux le faire, mais… euh… (Elle plante ses yeux dans les miens.) Je déteste les ascenseurs.

Un sourire timide s'étire sur ses lèvres.

D'abord les hôpitaux, et maintenant les ascenseurs. Qu'est-ce que tout cela signifie?

— Ça va vite jusqu'au sommet. Et je serai tout près de toi.

Mes propos rassurants semblent un peu la détendre. Je lui fais franchir les quelques pas qui nous séparent des portes et j'appuie sur la flèche orientée vers le haut.

Elle s'éclaircit la voix.

— Il y a combien d'étages jusqu'en haut?

— Plus d'une centaine.

Elle pivote d'un coup la tête, croise mon regard, et j'aperçois des éclairs de panique qui brillent dans le brun clair de ses yeux.

— Une centaine?

Je me tourne pour la dévisager en face.

— Affronte tes peurs. Tu verras que ce n'est pas aussi terrible que tu le crois. (Un chouette conseil, mais qui fonctionne très rarement pour moi.) Tout ira bien. Je te le promets.

Son expression s'adoucit. Elle prend une profonde inspiration et hoche la tête.

La sonnerie de l'ascenseur retentit et les portes s'ouvrent, laissant passer un groupe d'ados gloussants au visage rubicond. Elle resserre à peine son emprise sur ma main.

— Tom, comment va ?

J'adresse un signe du menton au convoyeur de l'ascenseur, que celui-ci loupe certainement car il a les yeux scotchés sur la fille absolument sublime et visiblement nerveuse qui m'accompagne. La façon dont il la reluque aurait de quoi me foutre en rogne si ce type n'avait pas l'allure d'un grand-père.

Je la prends contre moi, et nous entrons dans l'ascenseur. Elle se crispe et traîne les pieds, mais elle parvient à entrer.

— Rex. (Il adresse un signe de tête poli à Mac.) Je vois que ça roule.

Il esquisse un sourire.

— Je ne peux pas me plaindre. (Je ne suis jamais venu avec une fille. Je suis certain que j'en entendrai parler la prochaine fois que je viendrai seul.) Emmène-nous au septième ciel.

— Ça marche.

Tom appuie sur les boutons, et nous entamons notre ascension vers le sommet de la Stratosphere.

Mac se colle un peu plus à moi.

— L'ascenseur se déplace à trente kilomètres-heure, explique Tom en regardant Mac. Ne soyez pas surprise si vous le sentez dans les oreilles.

Je manque de sourire quand juste à ce moment-là Mac bâille et appuie sur ses oreilles.

— La plate-forme d'observation, annonce Tom juste avant que la sonnerie de l'ascenseur retentisse et que les portes s'ouvrent. À tout à l'heure pour le retour.

Nous sortons, et elle pivote d'un coup vers moi ; un large sourire lui éclaire le visage.

— Ce n'était pas si terrible.

Je hausse les épaules.

— Je te l'avais dit.

— C'était rapide.

L'excitation se perçoit dans sa voix.

Je mordille l'anneau de ma lèvre pour ne pas sourire devant la fierté qu'elle ressent face à son exploit.

Je la suis vers la plate-forme d'observation aménagée de verre du sol au plafond, et elle pousse des cris d'exclamation devant la vue qui s'offre à nous. Cette fois, c'est elle qui m'entraîne vers l'ascenseur qui nous fera franchir les derniers étages qui nous séparent encore des attractions tout en haut.

Quelques minutes plus tard, nous nous retrouvons assis côte à côte sur *Insanity*, attendant que les sièges se remplissent.

Je vis pour ce genre de truc, pour ressentir cette adrénaline qui me rappelle que je suis vivant. Et partager cette expérience avec Mac est aussi angoissant qu'exaltant. Je n'ai jamais dévoilé cette part de moi à qui que ce soit, mais c'est plus agréable que je ne le croyais.

Le carrousel se met en branle, et elle agite les jambes en poussant un cri suraigu infiniment féminin.

— C'est génial !

Je suis fasciné d'observer la joie et l'excitation pures qui rayonnent d'elle : c'est grisant, inspirant et tellement beau que j'en ai mal à la poitrine.

Qu'est-ce que cette fille fabrique avec moi, bon sang ? Un truc change chez moi, un mouvement infime qui devrait être absolument évident, et pourtant je n'y pige que dalle. Tout ce que je sais, c'est que la compagnie de Mac est comme une drogue. Une dose a suffi pour me donner envie de plus.

De beaucoup plus.

Mac

— C'était trop bien !

Je saute sur place en battant des mains en réaction à l'élan d'adrénaline que j'ai ressenti en étant suspendue dans le vide au sommet de la Stratosphere aux côtés de Rex.

— On dirait que tu as apprécié ?

Il semble tellement détendu, on dirait qu'il descend d'une table de massage plutôt que d'une attraction extrême tournoyant à toute allure.

— Apprécié ? J'ai adoré ! (Je lui agrippe l'avant-bras.) On y retourne.

Il penche la tête, le sourire au coin des lèvres. Il ne refuse pas mon contact, et, si j'étais certaine qu'il me laisse faire, j'irais lui mordiller la lèvre inférieure. Je ne l'avais plus vu aussi relax depuis notre face-à-face dans le couloir chez Jonah et, puisque je ne veux pas qu'il se rétracte de nouveau, je garde mes avances pour moi.

— Ce n'était qu'un avant-goût. (Il esquisse un signe de tête en direction d'un tremplin entouré de barres et de câbles.) Tu es partante pour un truc encore plus fort, encore plus gros ?

J'ignore de quoi il parle, mais je ne pourrais rien refuser à Rex.

—Je suis toujours partante quand il s'agit de toi.

Il cille et son sourire s'efface un peu, mais pas comme s'il n'appréciait pas ce que je viens de dire, plutôt comme s'il ne comprenait pas. Je me tais pour lui laisser le temps d'intégrer mes paroles.

L'envie pressante de confier mon secret se faufile vers l'avant de mon cerveau. Il doit apprendre qui je suis, et une part de moi veut le lui dire dans l'espoir que cela m'aidera à dépasser la culpabilité et la honte que je traîne depuis toujours. Toutes ces années où j'ai cru qu'il était mort, sachant que c'était ma faute parce que j'avais agi comme la plus parfaite des idiotes. Merde, j'étais si jeune et naïve ! Si j'avais seulement fait ce que j'avais promis, si je l'avais sorti de là, il n'y aurait pas eu de secrets à dissimuler ni de honte à porter. Me retrouver ainsi avec lui me donne envie de me libérer de ce poids pesant, de tout balancer là tout de suite sans attendre pour ensuite savourer la sensation de soulagement. Toutefois, la peur, les crampes virulentes à l'estomac, les sueurs froides me font étouffer la vérité.

Je m'étais dit que, si j'en avais un jour l'occasion, je me confesserais et que je le supplierais de me pardonner. Et voilà que je l'ai. Mais quelles seraient les conséquences de ma confession sur ce moment que nous vivons ? Sur nous ?

—Bien, alors… (Sa voix est basse et rocailleuse, comme lorsqu'il est sur scène. Il rapproche son visage du mien.) Voyons comment réagit ta jolie petite bouche soumise à un peu d'action.

« Jolie petite bouche ». Mon estomac tressaille et je presse les genoux l'un contre l'autre en réaction à ses mots. Il s'empare brusquement de ma main et m'entraîne à l'intérieur. Après un bref échange avec quelques membres du personnel qui connaissent manifestement très bien Rex, nous enfilons des combinaisons de saut et on nous installe un harnais.

— Je ne vais quand même pas faire un saut à l'élastique depuis le sommet de la Stratosphere, hein ?

Monter sur une attraction à sensation, c'est une chose, mais sauter d'un immeuble en étant attachée à une corde, ce serait peut-être pousser mes limites un peu trop loin.

Malgré le harnais et sa combinaison grise, il est toujours craquant, incroyablement viril.

— Non, pas d'élastique. (Il tire sur quelques-unes de mes sangles pour s'assurer que je suis bien attachée, et ce geste suffit à me réchauffer la poitrine.) Juste sauter.

— Sauter…

Il hoche la tête.

— Depuis la Stratosphere ?

Un nouveau hochement de tête.

— Et on atterrit… ?

Ses profonds yeux bleus croisent les miens.

— En bas.

— Oh, mon Dieu ! (Je tire sur les sangles qui me font à présent suffoquer.) Oh, mon Dieu, mon Dieu, mon Dieu !

Il m'agrippe le menton et me force à le regarder.

— Tu vas adorer. Tu n'as jamais rêvé de voler quand tu étais enfant ?

Ma respiration se bloque dans ma gorge. Quand j'étais enfant, la seule chose dont je rêvais, c'était de Rex.

— Sans doute.

Il scrute mon visage, et je ne peux m'empêcher de me dire qu'il lit dans mes pensées.

— La poussée d'adrénaline que tu t'apprêtes à connaître, en tombant à soixante kilomètres-heure, c'est comme si tu volais.

Il a prononcé ce dernier mot avec une telle fascination que je suis forcée de me demander s'il a rêvé de voler quand il était gamin, de s'échapper dans le vaste ciel, là où personne ne pourrait le toucher, le retenir contre son gré, le garder prisonnier.

— Oh, et si tu ne te sens pas prête il n'y aucune obligation !

La tendresse de sa voix et son froncement de sourcils me font comprendre qu'il pense que j'ai peur.

Je renifle pour chasser mes émotions et je souris.

— Non, je vais bien. Promis.

Il continue à m'examiner, sans paraître convaincu. J'élargis mon sourire pour dissiper son inquiétude.

Cela doit marcher, car il semble se détendre et me rend mon sourire.

— Je passe en premier et, quand tu sauteras, je t'attendrai en bas. Ne t'inquiète pas, je vais te rattraper.

La façon dont il murmure ces derniers mots comme si nous partagions un secret fondamental sur le sens de la vie m'apaise.

— Prête ?

Je hoche la tête par crainte que mes paroles ne révèlent mes émotions.

Nous avançons ensemble, main dans la main, vers la plate-forme de saut. Sans un regard pour moi, il me lâche la main et suit les instructions. On accroche un gros câble au harnais de Rex et on lui fait signe de s'avancer vers le bord. Il me regarde par-dessus son épaule et articule en silence : « Rendez-vous en bas. » Puis il disparaît.

D'instinct, je me précipite vers l'avant, les mains tendues pour le ramener sur la terre ferme.

L'assistant me tire en arrière par le harnais.

— Waouh ! Pas si vite. Attendez qu'il ait atterri.

Quelques secondes passent avant que j'entende une voix parasitée sortir du talkie-walkie de l'assistant pour l'informer que Rex est en sécurité au sol.

— Parfait, c'est à vous.

Je m'avance vers le bord jusqu'à ce que le bout de mes bottes se retrouve à deux cent cinquante mètres au-dessus du vide. Toute trace de peur s'envole. Pas le moindre tressaillement de mes nerfs, ni de papillons dans l'estomac. J'ai l'esprit rivé sur une seule chose : rejoindre Rex.

Sachant qu'il va me rattraper.

Lorsque le préposé me donne son autorisation, je ferme les yeux. J'ouvre grands les bras et j'incline le visage vers le soleil chaud du désert. Avec une profonde inspiration, je plie les genoux et je pousse de toutes mes forces. J'effectue un saut de l'ange et je plonge en chute libre. Mon estomac se retrouve propulsé dans ma poitrine, ce qui entraîne une violente décharge d'adrénaline. Mon corps est assailli de vagues démentes, mais, à l'extérieur, le calme règne si ce n'est le vent furieux qui s'emmêle dans mes cheveux. Je tombe, je tombe, je tombe en une chute paisible.

Il avait raison. On dirait que je vole.

La gravité m'attire vers le bas, mais aussi l'inclinaison de mon cœur pour le seul homme à l'avoir un jour possédé. La tension sur la corde ralentit ma descente, mais avant que je puisse ouvrir les yeux pour voir où je suis je rencontre des muscles puissants, et deux bras se referment solidement autour de moi.

J'absorbe le choc et j'entoure ses épaules de toutes mes forces. Nous nous agrippons l'un à l'autre, et, en cet instant, je forme le vœu de ne plus jamais le laisser s'éloigner de moi.

— Tu m'as rattrapée, dis-je à bout de souffle à cause de l'adrénaline et de toutes les émotions qui m'étreignent.

— Je te l'avais dit.

Ses lèvres sont si proches que je sens son anneau contre le bord de mon oreille.

J'ai les mots sur le bout de la langue, mais je les ravale en même temps que la déferlante d'émotions qui menace de pulvériser tous mes barrages.

Je t'aime, Rex.

Chapitre 11

Autant vouloir saisir l'inaccessible
Ou chevaucher le vent
Te désirer est impossible
T'aimer est mon péché le plus grand

Ataxia

Mac

Nous retournons tranquillement chez Jonah après notre virée à la Stratosphere, et le silence entre nous n'a rien d'étrange. Je ne peux pas parler à sa place, mais moi, je me tais parce que des pensées dévorantes me ramènent à la sensation de ses bras autour de moi et de son souffle près de mon oreille, et me rappellent qu'il a tenu parole en m'attrapant ; à ses côtés, je suis en sécurité.

Nous sommes entrés séparés dans ce casino pour en ressortir ensemble, réunis par une expérience commune, et par infiniment plus. Du moins, c'est ce que je ressens. Et son mutisme m'amène à penser qu'il éprouve la même chose.

Je pose le regard sur le rétroviseur pour voir la Stratosphere disparaître lentement au loin. Le soleil qui se couche derrière les montagnes baigne tout d'une lueur violet et orange, celle de la satisfaction.

Il m'a ouvert la porte de son monde. Au-delà de l'apparente banalité de cet instant partagé, je mesure toute la signification pour lui de m'amener dans cet endroit. À la façon dont ses connaissances semblaient étonnées de me voir, j'ai compris qu'il m'avait dévoilé une part de son être. Et venant d'un type comme Rex ce n'est pas rien.

Son pick-up emprunte la longue allée des Slade et s'arrête près de ma moto, toujours garée là où je l'avais abandonnée. Il laisse tourner le moteur. C'est fini. Il est temps de rentrer à la maison.

Avec une profonde inspiration, je pivote vers lui et je manque de suffoquer.

Il a les mains agrippées au volant et les yeux rivés sur moi avec une intensité de prédateur.

— Je n'ai pas envie de rentrer à l'appart, dit-il en souriant.

Je hausse une épaule en réprimant l'envie de sourire à mon tour.

— Alors, ne le fais pas.
— Où est-ce que je devrais aller ?
— Viens chez moi.

Rex chez moi ? Merde, est-ce que j'ai laissé traîner mes vêtements par terre ? Il ne manquerait plus que je l'invite dans ma chambre au milieu de mes culottes sales.

Il baisse les sourcils.

— Le rondouillard sera là ?
— Normalement non. Aux dernières nouvelles, il avait des trucs à faire pour le gang. (Il doit sans doute être en train d'éliminer des gens.) On pourrait traîner près de la piscine.
— Tu as une piscine ?

L'excitation puérile contenue dans sa question me fait sourire.

— Ouais.

—Je te suis.

Il actionne le levier de vitesse, et je me retiens de me pencher pour lui coller un baiser sur la joue.

Je file plutôt hors du pick-up pour rejoindre ma moto. Je remonte la tirette de mon blouson et j'insère la clé dans le contact.

—Mac, qu'est-ce que tu fous, bordel ? lâche Rex par sa fenêtre ouverte.

Je le regarde et… Pourquoi est-ce qu'il a l'air fâché ?

—Hein ?

—Tu te moques de moi, là ou quoi ?

—Euh… non ? Ben, je sais pas. Qu'est-ce qui se passe ?

Il coupe le contact, et, en l'absence du grondement de son moteur, je l'entends marmonner :

—Putain, elle est sérieuse !

Il bondit hors du véhicule, ouvre la portière arrière de son côté et y prend quelque chose. Il contourne le plateau du pick-up, s'avance vers moi comme sur une proie, et je comprends aussitôt son problème.

—Oh !

Il me fourre un casque entre les mains.

—Mets ça.

—Rex, je ne vais pas loin.

Sans un mot, il me fusille du regard, un regard glacial qui m'incendie des pieds à la tête.

—J'aime le vent dans les cheveux, chuchoté-je d'un air gêné.

—Le vent ? Putain ! (Il cille et secoue la tête.) Pour commencer, c'est illégal. Ensuite, tes cheveux ne ressembleront plus à rien lorsqu'ils seront éclaboussés des restes de ton crâne et de ta cervelle éparpillés sur le bitume.

Je grimace et je prends le casque.

—Touchée.

—Ça t'arrive souvent ? De rouler sans casque ?

Je nie de la tête avant d'enfiler le casque. En vérité, je le fais de temps en temps. Les espaces confinés me font flipper, et tout ce qui se trouve sur ma tête me suffoque, mais le parfum propre et épicé du casque de Rex rend la chose supportable.

—Parfait. (Il ajuste la lanière sous mon menton et s'assure de la serrer avant de rabattre la visière.) Je te suis.

J'acquiesce, en me promettant de penser à ne jamais rouler tête nue quand Rex est dans les parages. Ou peut-être jamais plus.

Je fais vrombir le moteur, je replie la béquille et j'emprunte l'allée. *Il prend soin de moi.* Une onde de chaleur s'installe dans ma poitrine, et je souris à l'abri de la masse imposante du casque de Rex.

Nous traçons jusque chez moi, et j'anticipe déjà le sermon qui m'attend sur les limitations de vitesse et les précautions à prendre pour effectuer un dépassement. D'ailleurs, peut-être que je prends des risques dans le seul but de me faire sermonner.

Ouais, je kiffe grave le côté protecteur de Rex.

Je vire au coin de ma rue et je me retrouve aux prises avec une envie de hurler et de taper du pied comme un bambin contrarié. *Bordel de merde !* La putain de bécane de Hatch est garée dans l'allée.

Avec un geste manifeste de dépit et un effort herculéen pour garder mon calme, je gare ma moto. Rex s'arrête derrière moi, le cou tendu vers la Harley. Je passe la jambe par-dessus mon engin et je retire son casque. Il sort de son pick-up et me rejoint dans la rue.

—Je ne pensais pas qu'il serait là, dis-je en m'efforçant de supprimer toute trace de déception et de contrariété dans ma voix.

Il adresse un regard noir à la Harley, puis se tourne vers moi. Un truc s'agite dans ses yeux… Il hésite ? J'espère qu'il n'envisage pas d'entrer.

—Écoute, dis-je, on pourrait aller chercher un truc à manger, ou je ne sais pas… euh…

Flûte, trouve quelque chose, Gia. N'importe quoi.

—Quoi qu'on fasse, on ferait mieux de filer avant que le rondouillard se mette en tête de tabasser une fille, grogne-t-il en retroussant les lèvres.

—Ouais, faisons ça. Euh… où est-ce qu'on pourrait aller ?

J'enfile le casque pour lui prouver que je suis prête à le suivre n'importe où.

L'espace d'un moment, il adopte une expression pincée avant d'opter pour l'indifférence.

—Chez moi.

Sérieux ?

—Chez toi ?

Sans un mot, il fait volte-face et se dirige vers son pick-up.

—Allons-y. Laisse ta moto ici.

Je retire le casque et je sautille quasiment jusqu'à la portière passager du pick-up. Dans l'appartement de Rex, au milieu de ses affaires, j'en apprendrai tellement sur lui. Je me demande s'il s'inquiète aussi pour ses vêtements sales. Sans doute que non. Les mecs ont la réputation d'être des porcs, sans que cela paraisse les gêner le moins du monde.

Mon estomac fait des cabrioles, et mon corps est traversé par une excitation fulgurante et frémissante. C'est la deuxième fois aujourd'hui qu'il se dévoile. Mais je reviens durement à la réalité lorsque je me rends compte que…

Si seulement je pouvais rassembler le courage de faire pareil.

Rex

« Tu es capable de beaucoup plus que tu ne crois. »

Les paroles d'encouragement de Darren passent en boucle dans ma tête. Je veux aller mieux et j'avais prévu de suivre son conseil, et d'inviter Mac chez moi. Seulement je ne pensais pas que cela arriverait si vite.

Je résiste bien à la pression, mais remonter le chemin qui mène à mon appart avec Mac sur mes talons, c'est carrément tétanisant. Je me concentre sur ma respiration et je me remémore que la thérapie de mise en situation enregistre un taux de réussite de quatre-vingts pour cent. Pas si loin de cent donc. C'est presque parfait. Putain, c'est loin d'être suffisant !

La main tremblante, j'insère la clé dans la serrure. Je la retire ensuite pour éviter que les clés ne fassent du bruit et je me tourne vers Mac.

— Hé… euh… ça peut paraître stupide, mais… (je me passe la main dans les cheveux et je baisse le menton) ça te dérangerait d'enlever tes chaussures ?

Je risque un coup d'œil en espérant qu'elle n'est pas horrifiée par ma demande.

Elle penche la tête en souriant, comme si elle attendait la chute de ma blague.

— J'ai plutôt la hantise des microbes, continué-je, et… euh…

Putain, dis-lui juste la vérité ! Ça ne peut pas être pire que de lui faire croire que tu es une espèce de chochotte qui a peur des microbes. Je capitule avec un soupir et je tire sur mon anneau de lèvre.

— Rex ?

— Écoute, Mac, le truc c'est que je… merde. *(Je suis capable de plus que je ne crois.)* Je ne reçois jamais personne chez moi.

Elle écarquille les yeux et entrouvre légèrement les lèvres avant de les refermer aussitôt.

— C'est pour ça que je t'ai emmenée chez Emma l'autre soir, mais elle est rentrée, donc… Je voulais t'inviter pour voir ce que cela ferait d'avoir quelqu'un chez moi. Je me suis dit que, vu la situation ce soir…, ça me semblait être l'occasion parfaite.

Elle continue à me dévisager, les yeux encore plus écarquillés si c'était possible.

— Je mène une vie chaotique, et avoir mon domicile rien qu'à moi m'aide à m'ancrer. Ce n'est pas un comportement sain, et j'essaie d'y remédier, mais jusqu'à…

— Pas de souci. (Elle enlève une botte, puis l'autre. Les tenant à la main, elle redresse le menton et m'adresse un léger sourire.) Autre chose ?

C'est tout ? « Pas de souci » ? Au-delà de la surprise initiale, ma confession ne semble pas la déconcerter outre mesure.

— Non. (Je me passe la langue sur les lèvres pour masquer le sourire qui tente de se faufiler à la surface.) C'est tout.

Je me retourne pour ouvrir la porte et j'enlève mes chaussures avant d'entrer. Je sens la chaleur de son corps dans mon dos, ce qui déclenche mon alarme interne. Je ne suis pas seul chez moi. Je respire pour évacuer la panique naissante et je me dirige vers l'interrupteur. D'un « clic », tout le living s'illumine.

Je regarde derrière moi en entendant le halètement de Mac. Debout dans l'embrasure de la porte, elle pivote la tête pour examiner la pièce, bouche bée, les yeux grands ouverts.

Tu parles qu'elle n'est pas déconcertée.

Mac

Pas de murs. L'appartement de Rex est entièrement ouvert. Depuis sa cuisine jusqu'à sa chambre, tout est exposé. Rien à voir avec l'intérieur minuscule de sa voisine rempli d'affaires personnelles et de photos ; ici, on dirait davantage un musée, sans les antiquités.

— Laisse tes chaussures près de la porte et viens.

Sa voix semble étranglée, comme si chaque mot lui coûtait.

Mon cœur se contracte violemment en imaginant ce qu'il doit ressentir. Ceux qui ne connaissent pas son histoire pourraient penser qu'il a simplement peur des microbes et qu'il possède d'incroyables talents d'homme au foyer, mais pas moi. Non, je connais cette part de lui. Ce que j'ai sous les yeux, c'est le résultat des abus qu'il a subis.

Je range soigneusement mes bottes à côté de ses baskets noires et je m'avance dans la pièce. De ma vision périphérique, je le vois debout sur le côté, en train de m'observer, et je m'efforce dès lors de sourire malgré la vague de malaise qui monte en moi parce que je sais pourquoi il ne laisse jamais personne entrer ici. Il se protège.

— Rex, c'est fabuleux.

Je m'autorise à croiser son regard une fraction de seconde, en évitant de paraître menaçante, et j'aperçois une lueur de soulagement. Je me remets à examiner la pièce et je ne peux m'empêcher d'éprouver un sentiment familier.

Pourquoi ? Le mobilier est épuré et moderne, des divans en cuir aux lignes simples et des tables vides. Aucun bibelot, pas la moindre touche personnelle nulle part.

Vers la droite, se trouve une cuisine moderne, tout en acier inoxydable, depuis les appareils jusqu'aux plans de travail. Même sa chambre se limite à un lit bas et à deux tables de nuit sur lesquelles se dresse une simple lampe.

C'est fonctionnel. Tous les murs ont la même teinte gris clair, et le sol de béton traité est aussi gris, mais plus foncé. Mes yeux sont attirés par l'unique tache de couleur de toute la pièce.

Accrochée au-dessus de l'âtre, une peinture. Grande, plus de soixante centimètres de largeur, sans doute un mètre vingt de longueur, et comme tout le reste elle est sans fioritures. Orange, pareille à la couleur du feu qui pourrait crépiter dessous. Les larges coups de pinceau recouvrent le canevas dans un motif diagonal, pas tant comme des flammèches pointues, mais plutôt comme le flot apaisant des vagues. La couleur tranche avec l'acier présent dans le reste de la pièce. Je m'approche, me sentant attirée par l'aspect familier qui s'en dégage.

— J'adore cette peinture.

Il se racle la gorge.

— Merci. Je l'ai faite quand j'ai emménagé.

Sa voix reste distante, détachée, mais elle n'est plus aussi nerveuse.

C'est lui qui l'a peinte ?

—Tu l'as peinte? demandé-je en pivotant la tête dans sa direction.

Il hausse les épaules et ses joues rosissent.

—Ouais. Je trouvais qu'il manquait quelque chose dans la pièce.

Un sourire s'étire lentement sur mes lèvres en l'imaginant peindre. C'est logique : un type qui compose de la musique peut aussi être créatif dans d'autres domaines. Comment cela se fait-il que je l'ignorais?

—Tu en as d'autres?

Il s'avance de quelques pas vers moi, en levant les yeux sur son œuvre.

—Non. Juste celle-là.

Je suis son regard et j'examine la peinture. Plus je l'observe, plus je constate que les grandes vagues orange présentent de multiples aspects ; elles comportent de nombreux petits coups de pinceau et plus d'une dizaine de variations de couleur. C'est remarquable. On dirait presque des... cheveux.

Des cheveux orange, du gris...

Je comprends, et ma poitrine se contracte ; j'ai le souffle coupé. Mon estomac me remonte dans la gorge et mes jambes s'engourdissent. Les yeux rivés sur la peinture, celle-ci devient confuse à mesure que ma vision se trouble. J'ai les joues en feu et je suis submergée par le désir consumant de m'enfuir d'ici, ce que je ferais si je pouvais sentir mes maudites jambes.

Ce ne peut pas être...

La pièce redevient soudain nette, et je manque de m'affaisser sur les genoux. *Putain de merde! Gris et orange.*

Je l'ai déjà entendu chanter à propos de ces couleurs en me demandant s'il se référait à moi. Il est impossible qu'il se souvienne des mèches flamboyantes que j'avais enfant. Si lumineuses, de la teinte des carottes, autant dire que je ne passais pas inaperçue. Mon Dieu, la couleur qu'il a choisie pour son intérieur pourrait-elle avoir un lien avec moi ?

Soudain étourdie, je vais m'affaler sur les coussins fermes d'un fauteuil club noir.

— Mac ?

Il se précipite à mes genoux et me dévisage avec inquiétude.

— Oh, mon Dieu ! (Je me masse les tempes et j'essaie de dissiper le maelström de mes pensées.) Rex, je dois te dire un truc.

— OK. (Il s'assoit sur l'ottomane assortie près de mes genoux.) Vas-y.

La bile bouillonne dans ma gorge. Comment réagira-t-il quand il découvrira mon identité réelle ? Dans tous mes fantasmes, je l'ai imaginé me tendre les bras pour m'accueillir de nouveau dans sa vie comme une amie précieuse. Mais en cet instant précis je ne peux que me demander si ma présence n'aura pas pour unique résultat de lui rappeler la vie qu'il méprisait. Je l'ai enfin ici, près de moi ; il s'ouvre à moi, se confie à moi. Lui révéler qui je suis pourrait briser le peu de lien que j'ai renoué.

Mais il mérite de connaître la vérité. Et j'en mérite les conséquences, quelles qu'elles soient.

Je grogne et je lève les yeux sur lui. Il m'observe, dans l'attente, et… il semble terrifié.

— Rex, je…

Vas-y, Gia. Crache le morceau.

Il baisse le menton et se passe une main dans les cheveux.

— Tu flippes. Je comprends.

Flipper ?

— Non. Je veux dire oui, mais...

Un rire dénué d'humour résonne dans sa poitrine.

— Je parie qu'aucun mec ne t'a jamais demandé de retirer tes chaussures avant d'entrer chez lui, hein ? (Il se lève si vite et avec une telle vigueur qu'il heurte la petite ottomane qui recule de plusieurs dizaines de centimètres.) Merde ! Je savais que c'était une mauvaise idée.

Il s'en va rôder dans la cuisine comme un animal en cage, les muscles tendus ; son corps irradie de nervosité.

— Non, s'il te plaît. (Je bondis derrière lui.) Ce n'est pas ce que je voulais dire.

Je ne suis plus qu'à une cinquantaine de centimètres de lui quand il fait volte-face et se rapproche de moi.

— Putain, tu me prends pour un imbécile ? Tu crois que je ne devine pas que tu me trouves barjo ?

Il s'avance encore, et je recule en apercevant la guerre qui fait rage dans son regard. Mon dos heurte le comptoir de la cuisine, mais il continue d'avancer. Ses tendons font saillie dans son cou, donnant l'impression que le dragon tatoué est sur le point d'attaquer.

— Dis-le, Mac. Je veux t'entendre. Tu penses que je suis dingue.

Je cligne des yeux et je secoue la tête.

— Non. Pas du tout.

— Dis-le. Je sais que tu le penses, alors vas-y.

Il appuie son corps chaud contre le mien ; ses bras m'emprisonnent. Ses yeux passent de mes cheveux à mes lèvres.

— Putain ! lâche-t-il.

Je pose un coude derrière moi pour me stabiliser, car le haut de mon corps est ployé au-dessus du comptoir.

— Regarde, poursuit-il. Tu as peur de moi.

— Non, je n'ai pas peur, murmuré-je.

Il fait rouler sa lèvre inférieure dans sa bouche et la mord. Je ne peux éviter la réaction de mon bassin et je m'écrase contre sa cuisse.

Il relâche sa lèvre avec un sifflement de plaisir ou de douleur, je l'ignore. L'air renfrogné, il examine mon visage.

— Tu aimes les dingues.

— Hmm hmm. Je t'aime comme tu es.

Il m'échappe. Je le sens. Je ne veux pas le reperdre. Je me servirai de n'importe quoi, d'une pensée lucide, d'un plan, d'un truc que je pourrai lui dire et qui le ramènera.

— Tu me peins quelque chose?

Ses bras se détendent, mais il ne bouge pas ; je suis toujours coincée contre le comptoir.

— Je ne suis pas peintre.

J'incline la tête en indiquant le tableau orange.

— Je pense qu'il est assez clair que si.

Il fronce les sourcils sans détourner les yeux de mon visage. On dirait qu'il essaie de déchiffrer mon expression, à la recherche de la peur qu'il pense y déceler ou de la panique qu'il s'attend à voir surgir. Mais il en sera pour ses frais. Collée contre lui de la cuisse à la poitrine, je ne pourrais pas être mieux, ni plus heureuse.

Malgré mon désir de tout révéler, je suis contente de ne pas l'avoir fait. Me laisser accéder à son domicile a déjà été éprouvant pour lui, et ranimer le passé promet de le chambouler. Cela attendra un jour de plus.

Cette décision prise, j'esquisse un sourire en espérant qu'il va m'imiter. Son visage demeure impassible, mais il appuie le front contre le mien et s'écroule pratiquement contre moi avec un profond soupir. Au souvenir de la façon dont il a réagi à mon agression dans le pick-up, je réprime le désir de jeter les bras autour de ses épaules et d'enfouir le visage dans son cou, préférant plutôt poser les mains sur ses hanches. Il ne s'écarte pas.

Bien. Un premier pas.

Je ferme les paupières, nos fronts restent en contact.

—C'est quoi, son nom ? demandé-je.

—Hein ?

Ses mains glissent du comptoir à mes hanches. La chaleur de ses paumes, uniquement séparées de mon corps par le mince tissu de mon débardeur, propage la chair de poule vers le haut de mes bras.

—La peinture. Elle a un titre ?

Il hausse les épaules, puis se repousse en arrière pour aviser l'œuvre d'art derrière moi.

—Je l'appelle *Gia*.

Une sensation comparable au vent qui gonfle une voile m'emplit la poitrine. J'avais raison. Il se souvient. Quelque part, il se souvient de moi. Je laisse reposer mon front sur son torse.

—C'est beau.

Les larmes viennent baigner mes yeux. L'espoir d'un futur commun lorsqu'il aura appris la vérité, le soulagement de savoir que ce lien que nous avons partagé enfants n'était pas à sens unique. Lui aussi l'a senti. Oh, mon Dieu, je ne rêve pas !

—Écoute, je suis désolé d'avoir perdu mon sang-froid.

—Je comprends. (Je renifle mes larmes.) C'est OK.

Il me redresse le menton.

—Hé, tu pleures ?

—Non, je ne pleure pas.

J'efface la minuscule trace d'humidité qui menace de s'écouler de ma lèvre inférieure.

Il pose la main dans mon dos et me caresse de haut en bas pour me réconforter.

— Incroyable. Je ne pensais pas que cette fille savait pleurer.

Je me blottis plus fort contre lui, et il place son autre main autour de moi pour me serrer plus près de lui.

— Cette fille ne pleure pas.

— Très bien, mon ange. Je te donne une minute pour ravaler tes larmes et, quand tu auras fini, je vais nous dégotter un truc à manger.

Son corps est agité de tremblements ; je pense qu'il rit en silence.

Je penche la tête en arrière pour le dévisager. Fini l'air renfrogné, à la place un regard doux, et, oui, il rit.

— Ne te moque pas !

Il tousse pour tenter de masquer sans succès un nouvel éclat de rire.

Son sourire décontracté est contagieux, et je ne peux m'empêcher de glousser avec lui. La crise est passée, la tension dissipée, nous inspirons et expirons profondément. Nous sommes revenus là où nous en étions en entrant ici. Ou peut-être que c'est encore mieux ?

Je contemple son magnifique sourire. Ouais, incontestablement mieux.

Chapitre 12

La douleur est réelle
Les images le sont-elles ?
Comment les sortir
De ma cervelle ?

Ataxia

Rex

Prophétie autoréalisatrice. J'en avais entendu parler, sans en avoir jamais fait l'expérience. Je redoutais tellement que Mac ne pose le pied dans mon appart et ne se mette à me juger que j'ai fini par agir comme le taré que je ne voulais pas qu'elle pense que j'étais. La situation n'était pas bizarre jusqu'à ce que je la rende bizarre.

Belle façon de tout faire foirer, Ducon.

Depuis mon pétage de plombs dans la cuisine, les choses se sont améliorées. Mac est assise confortablement sur le divan, les jambes repliées sur le côté ; elle se passe distraitement les doigts dans ses cheveux noirs. Elle semble accaparée par les résultats sportifs que John Anderson annonce sur *Sportscenter*. Cela me réchauffe le cœur.

Elle a les yeux rivés sur l'écran, et je me demande si elle aime seulement le sport. Je n'ai pas songé à lui demander ce qu'elle voulait regarder, j'ai juste allumé la télé avant de m'éclipser. Si mon incompétence en matière d'hospitalité ne sautait pas encore aux yeux, cela devrait être le cas désormais.

— Tu préférerais regarder autre chose ? lui demandé-je depuis la cuisine.

Elle croise mon regard et cille comme si je l'avais réveillée.

— Non, c'est super.

Un léger malaise me picote la peau, mais je ne peux en identifier la cause. J'ouvre la porte du four et j'en fais glisser la plaque avec la pizza congelée « Suprême viande » que j'y ai placée trente minutes plus tôt. Le fromage fondu et la graisse qui s'écoule du saucisson et du pepperoni me mettent l'eau à la bouche. J'en ai tellement marre de ce foutu régime. Dès que le combat de ce week-end sera passé, je vais dévorer l'équivalent de mon poids en *burritos carne asada*.

— Tu as faim ?

Elle quitte l'écran des yeux pour me dévisager.

— Oui, depuis que j'ai senti cette odeur.

Elle quitte le divan et se dirige vers les tabourets de l'îlot de la cuisine.

— J'espère que tu n'es pas végétarienne.

Je coupe le mélange de pâte et de fromage avec la roulette, avant d'en déposer une part sur une assiette.

— Non non, j'aime la chair fraîche. (Elle croise mon regard.) Enfin, pas dans ce sens-là. (Elle pique un gros fard.) Flûte, je m'enfonce.

Je m'esclaffe et je dépose l'assiette devant elle avec une bouteille d'eau.

— On dirait que tu as passé trop de temps avec ta coloc.

Je m'empare d'un mélange de protéines que j'ai préparé plus tôt et je m'installe à l'îlot sur le siège à côté de Mac.

—En fait non, cela fait moins d'un an.

Elle mord dans sa pizza et laisse échapper un léger gémissement.

Je ne prête pas attention à mes intestins qui frémissent devant cette manifestation de plaisir.

—Ça fait longtemps que tu es à Vegas?

Elle s'arrête un instant de mâchonner avant de continuer, puis d'avaler ce qu'elle a dans la bouche.

—Neuf mois. Environ.

—Comment tu t'es retrouvée à partager un logement avec une fille comme Trix?

C'est un drôle d'assortiment. Trix rôde depuis toujours dans les bars où joue Ataxia. Ce qui ne semble pas être le genre de Mac.

—En arrivant en ville, je me suis dégotté un boulot de serveuse aux *Agapes de Zeus*.

Elle prend un filament de fromage de sa pizza et le glisse dans sa bouche; médusé, je contemple la façon dont ses lèvres pleines se referment sur le bout de ses doigts.

Je réprime un grognement et je lâche un « hmm hmm » évasif pour l'inciter à continuer.

—Je suis venue à Vegas à la recherche de quelque chose. Je pensais le trouver au *Zeus*, mais il était trop tard.

Elle hausse les épaules et prend une nouvelle bouchée, avec un air très désinvolte pour quelqu'un qui vient de lancer ce type de commentaire énigmatique.

—Qu'est-ce que tu cherchais?

Je veux savoir. C'est vrai, cette fille ne semble pas être du style à rêver de danses exotiques ou d'une carrière de meneuse de revue.

Elle pivote sur son tabouret pour me faire face.

—Toi.

Une poussée d'adrénaline fait chantonner mon ventre.

—Pardon?

Elle se plie en deux, et la musique légère de son rire emplit les airs. *Qu'est-ce que… ?* Elle pose la main sur sa poitrine et laisse échapper un long soupir, les yeux toujours rieurs.

—Je suis désolée. Tu aurais dû voir ta tête.

Après un hochement, elle retourne à sa pizza.

—Une comédienne. Très drôle.

Je souris à travers mon sarcasme. Cette fille est un peu étrange, marrante, mais définitivement barrée.

—Non, je suis venue à Vegas pour trouver la paix.

—À Vegas? Cet endroit est le parfait exemple du chaos incontrôlé.

Elle ouvre la bouteille d'eau et se recule sur son siège, les yeux droit devant elle, sereine.

—Ouais, ce qui ne me facilite pas la tâche.

—Je suppose que tu n'as pas trouvé ce que tu cherchais?

C'est alors qu'elle croise mon regard; un léger sourire se dessine sur ses lèvres.

—Pas encore.

Si seulement c'était aussi facile de trouver la paix, il suffirait de déménager ailleurs en laissant derrière soi toutes les merdes qu'on n'a pas envie d'emporter. Malheureusement, tous les bagages ne sont pas à main. Certains s'accrochent à vous, que vous ayez envie de les porter ou non. J'en suis la preuve vivante, mais je me tais; je laisse Mac le découvrir par elle-même. Bien que, si j'en crois ses cauchemars, je pense qu'elle le sait déjà.

—D'où est-ce que tu venais?

J'avale une rasade de mon mélange.

Elle dépose son morceau de pizza et me regarde.

— Tu n'en veux pas ?

— Non. Je cherche à perdre du poids. J'ai un combat ce week-end.

Elle pâlit.

— Un combat ?

— Ouais. UFL 94. Je suis à l'affiche avec Blake.

Elle pose la main à son cou et déglutit avec peine.

— Est-ce que tu… euh… Tu es obligé ?

Elle se fout de moi ?

— Ouais, Mac, je suis obligé. C'est mon boulot, sans compter que ce combat représente une grande chance pour ma carrière et m'ouvre des perspectives intéressantes.

Je ris en secouant la tête. Pourquoi semble-t-elle aussi nerveuse ?

— Tu devrais venir, ajouté-je.

Les yeux écarquillés, elle me dévisage bouche bée.

— Oui… euh… non ?

Je me penche en posant le coude sur le comptoir.

— Oui ou non ?

Un rire nerveux gargouille dans sa gorge.

— Non, je ne veux pas que tu combattes, mais oui, je viendrai.

— Tu ne veux pas que je combatte ?

— Je… euh… (elle examine ses genoux) je déteste te voir prendre des coups.

Elle doit avoir vu mes combats par le passé, mais le dernier qui a été retransmis en direct à la télé remonte à plus d'un an, avant qu'elle emménage à Vegas. Ce qui me rappelle qu'elle n'a pas répondu à ma question.

— Où est-ce que tu vivais avant de venir à Vegas, Mac ?

Je ne parviens pas à identifier ce sentiment, mais un truc cloche. Mon thérapeute dirait sans doute qu'accueillir quelqu'un chez moi pour une certaine durée ne peut que me rendre un peu parano.

La parano, je connais, cette sensation qu'on me regarde, même chez moi. Mac a dit qu'elle m'observait, mais bon sang, depuis quand ?

— Nothing, chuchote-t-elle.

— Hein ?

Elle se tourne pour me faire face entièrement.

— Avant, je vivais à Nothing[1], dans l'Arizona.

Sans déconner ? C'est là que j'habitais avant de venir à Vegas. C'est juste un bled sur la route entre Kingman et Vegas. Quelles sont les chances que Mac y ait aussi vécu ?

Je hausse les épaules, impassible, et je termine mon mélange liquide.

— Cette ville est aussi ennuyeuse que son nom ?

Je ne peux pas lui avouer que j'y ai également habité. Elle poserait des questions, et les seules réponses que je possède ne sont pas de celles que je veux partager avec qui que ce soit. Jamais.

— Tu n'y es jamais allé ?

La façon dont elle m'interroge me donne l'impression que c'est plus qu'une question.

— Pourquoi est-ce que je voudrais visiter un endroit qui s'appelle Nothing dans l'Arizona ?

— Ouais, hum. (Elle secoue la tête, prend sa pizza et la porte aux lèvres.) Tu as raison.

Lorsque Mac a terminé une nouvelle part de pizza, je range la cuisine. Elle me propose son aide, mais j'ai besoin d'être seul pour alléger l'angoisse qui frétille sous la surface.

---

1. Un lieu nommé Nothing (« Rien ») existe réellement dans l'Arizona, mais il s'agit plutôt d'une ville fantôme, uniquement constituée d'une station d'essence et d'un petit magasin, qui est désormais abandonnée. (*NdT*)

Elle reste assise à l'îlot. Nous parlons du *Blackout* et nous échangeons des histoires débiles au sujet de Trix. Je fais en sorte que notre discussion se limite au présent sans remonter trop loin dans le passé. À un moment, alors que je me sèche les mains, Mac se retrouve pliée en deux de rire, et je me penche en arrière pour profiter du spectacle.

—Elle est sortie à poil pour demander une cigarette ? demande-t-elle en affichant un énorme sourire contagieux.

—Ouaip, et elle ne semblait même pas gênée.

Mon Dieu, je ne parviens pas à la quitter du regard !

—Waouh, c'est perturbant, mais ça ne m'étonne pas du tout d'elle !

Elle doit sentir que je la scrute alors que son rire s'éteint, car elle croise mon regard.

—Je me suis bien marré avec toi aujourd'hui.

Je ne mens pas, j'ai vraiment eu du plaisir. Cela faisait tellement longtemps que je n'avais pas connu une journée qui ne soit pas consacrée au groupe, aux combats ou à tous les autres trucs qui me trottent dans la tête. Sans parler du sentiment de victoire que je ressens pour être sorti avec Mac et l'avoir invitée chez moi le même jour. Je suppose que Darren avait raison. Je suis capable de plus que je ne crois.

—Moi aussi.

Elle est si belle, encore plus maintenant que j'ai eu l'occasion de mieux la connaître. Dans les quelques moments où nous avons flirté et où j'ai délibérément posé les mains sur elle par accident, je me suis senti bien. Encore maintenant, je voudrais recommencer. Mon impulsion à lui caresser le côté du visage, à glisser les doigts dans ses cheveux et à m'emparer de ses lèvres me submerge, sans me dégoûter.

—Il se fait tard. (Elle se repousse de l'îlot et se relève de son tabouret.) Je ferais mieux d'y aller.

Non !

—Ouais. (Je jette un coup d'œil à l'horloge : 22 heures. *Merde !*) Je dois m'entraîner de bonne heure.

Elle quitte la cuisine pour rejoindre le séjour, et je prends mes clés. Je me convaincs que c'est OK de la laisser partir ce soir puisque j'aurai l'occasion de la voir dans quelques jours. Non seulement elle a accepté d'assister à mon combat, mais elle est même d'accord pour occuper un siège dans la zone de l'UFL réservée aux épouses. Cette zone est proche de mon coin, et, à voir sa nervosité, je serai ravi de la savoir prise en sandwich entre Raven et Layla.

J'éteins la télé en l'observant tandis qu'elle se dirige vers la porte d'entrée. La voir dans mon appart me rappelle tout ce que j'ai surmonté en un rien de temps depuis le match de base-ball chez Jonah. Le poids dans ma poitrine est toujours là, mais il n'occupe plus qu'une fraction de l'espace habituel. Je prends une profonde inspiration et je me laisse aller à cette nouvelle liberté.

Merde, ça fait du bien ! J'en veux plus.

À la porte, elle se penche en avant pour prendre ses chaussures et je me sens prêt à risquer un pas supplémentaire.

Mon corps prend mon cerveau de vitesse. En trois pas rapides, je suis dans son dos. Elle se redresse, inconsciente du fait que je me tiens juste derrière elle, et le parfum sucré des îles monte de sa chevelure pour venir flotter sous mes narines.

Je fais la seule chose possible.

Je me jette en avant.

Mac

— Oh, mon… Merde !

Je me retrouve comprimée face vers l'avant contre la porte de l'appartement de Rex. Le froid du bois s'infiltre à travers mon mince débardeur de coton tandis que je ressens la chaleur de son corps dans mon dos. Ma peau est parcourue d'un léger frisson de frayeur, puis je sens ses lèvres sur ma nuque.

— Désolé, mon ange. (Il grogne ses excuses contre la chair délicate sous mon oreille.) Il fallait que je te touche.

Je retiens un gémissement et je me concentre pour ne pas m'affaler dans ses bras. Il pose les mains sur les miennes, qui sont écartées sur la porte. Il entrelace nos doigts, les siens par-dessus les miens, et les amène au-dessus de mon crâne. Je me retrouve démunie. Bloquée par sa puissance et la position dans laquelle il me maintient.

— Rex…

Il fléchit le bassin contre mon cul. Ce pourrait être une réprimande, mais j'y vois plutôt une récompense. Un grondement de plaisir s'échappe de mes lèvres, et je relâche la tête pour l'appuyer sur son épaule.

— Ça va ? demande-t-il.

Il parcourt le côté de ma nuque de ses lèvres, laissant musarder ce fichu bout de métal qui m'inflige des élans de torture absolue.

— Ouais, juste… encore.

Son rire sonore et profond vient résonner dans mon dos, envoyant des frissons d'extase anticipée le long de mon échine. Je me cambre vers l'arrière pour qu'il me touche.

— Oh, putain ! dit-il en plaquant les hanches contre moi.

Cette sensation d'acier dans le creux de mes reins me coupe la respiration. Il ne m'a même pas touchée et nous sommes toujours habillés, mais, s'il répète ce mouvement quelques fois, je vais m'écrouler dans un orgasme fulgurant qui me privera de l'usage de mes jambes.

— Je t'explique comment ça va se passer, mon ange. (Il pose un long baiser traînant dans mon cou.) Je dois garder le contrôle. (Encore un lent baiser sur ma mâchoire.) Hoche la tête si tu piges.

J'opine vivement. *Tout ce que tu veux, je m'en fous, mais s'il te plaît ne t'arrête pas.*

Il fléchit ses mains, qui emprisonnent les miennes.

— Je veux qu'elles restent là. (Il appuie le nez contre ma nuque.) Putain, tu sens tellement bon!

— Rex…

— Silence.

Il gronde contre ma peau, mais cette fois sa réponse contient plus que de la faim. On dirait de la souffrance.

Je hoche de nouveau la tête et je me mords les lèvres afin de me taire. Il faut que ce soit parfait pour lui. Quoi qu'il se passe, je devrai faire abstraction de mes propres désirs pour lui faciliter la tâche.

— Il ne s'agit pas de prendre mon pied avec ton corps, précise-t-il, je ne suis pas seul dans cette histoire. (Il déplace le nez de ma tempe à mon oreille.) Tu dois me prévenir si je fais quelque chose que tu n'aimes pas. Là, tu pourras parler.

Je me perds dans les sensations de son corps vigoureux, qui épingle le mien. Je suis assaillie d'images mentales de ce qui va suivre, le corps en attente. La morsure vive de ses dents sur mon oreille m'éclaircit les idées.

— Hoche la tête si tu m'entends, mon ange.

Je m'exécute, et il me gratifie d'une violente poussée du bassin.

— Brave fille.

Je laisse retomber la tête en arrière et sur le côté, lui offrant mon cou pour signaler ma soumission. Il accepte mon offrande et plonge la tête pour me lécher et me sucer jusqu'à ce que je me tortille de désir. La chair de poule recouvre mes bras, et j'imagine tous les endroits auxquels j'aimerais qu'il consacre son attention.

— Putain, tu as tellement bon goût! (Il prend ma peau entre ses lèvres et la suce avec une férocité si intense que j'en ressens les soubresauts dans les tétons.) Je parie que tu as encore meilleur goût plus bas.

Il plie les genoux et s'enfonce entre mes jambes.

— Oui!

Je ferme la bouche pour ravaler ma réaction qui se dissout dans un gémissement.

Il fléchit les mains contre les miennes.

— J'espérais bien que tu me mettrais à l'épreuve.

Il pousse sur mes chevilles pour les écarter, et je m'exécute avec joie. Il glisse le genou entre mes jambes et appuie fermement. Tout près de l'endroit où je le veux, mais pas encore tout à fait. Cet avant-goût me rend dingue.

— Putain, tu es incandescente là-dessous! (Il s'infiltre, fait coulisser sa jambe d'arrière en avant, créant une friction délicieuse.) Tellement sexy, bordel!

Il déplace les doigts au-dessus de ma tête et m'agrippe les poignets d'une seule main, libérant l'autre. *S'il te plaît, touche-moi.*

Je me frotte les seins contre la porte massive dans l'espoir de soulager une part de ma frustration, mais cela ne fait que m'exciter davantage.

—Je te tiens. (Il vient placer sa main libre sur mon ventre entre la porte et moi. Il la glisse sous mon tee-shirt et la fait remonter jusqu'à mon soutien-gorge.) Je savais que ta peau aurait cette sensation. Douce.

J'aimerais lui hurler à pleins poumons de me toucher, de me pincer, de me faire mal, je m'en fous. Tout plutôt que cet enfer. Mais je patiente et je lui cède tout contrôle, quitte à suffoquer au bord de l'hyperventilation.

Il promène les doigts le long de la baleine de mon soutien-gorge et, comme avec son genou, il est tout proche.

Un infime grondement de privation s'échappe de ma gorge, et il glousse contre mon dos.

—Tu me fais confiance ?

Je hoche la tête, à plusieurs reprises, dans un grand mouvement démesuré. *Putain oui, je te fais confiance ! Plaque tes foutues mains sur moi !*

Il courbe les doigts sous le bonnet de mon soutien-gorge et remonte complètement celui-ci jusqu'à exposer un sein. Je me mords la lèvre pour éviter de hurler de plaisir.

Il prend mon sein dans sa main, le soupèse et se l'approprie.

—Parfait.

Sa cuisse robuste est fermement appuyée entre mes jambes, sa grande main m'enveloppe le sein, l'emprisonnant, et je suis submergée de sensations. J'écarte l'épaule et je presse le front contre la porte. Il me récompense en me malaxant le téton entre ses doigts, d'avant en arrière, d'avant en... *Oh oui, ça vient !*

Je me repousse, je me déhanche contre ses cuisses, à la recherche du degré parfait de pression. Il s'avance plus près, sans doute pour tenter de m'empêcher de remuer, mais il est trop tard. Il m'a poussée dans mes retranchements en combinant des manœuvres de domination qui m'amènent sur la voie de l'orgasme et un toucher à peine présent. Le contraste est enivrant. Magique.

—Mac...

On dirait un avertissement, mais je suis trop proche du dénouement pour ralentir la cadence.

Il resserre les doigts sur mon mamelon, et ce pincement douloureux diffuse une vague aveuglante de plaisir entre mes jambes. Je cambre le dos, je m'appuie contre sa main pour en avoir plus tout en remuant le bassin pour positionner sa cuisse là où je la veux.

Juste... un peu... plus près.

Je gémis de frustration, et soudain le contact de sa main disparaît.

—Non...

Je ne proteste pas davantage, car il glisse les doigts entre mes jambes, ce qui me fait suffoquer.

—Tu jouiras quand je te le dirai. (On ne dirait pas une exigence, plutôt une requête.) J'ai besoin que ce soit comme ça. (Il déplace ses longs doigts. C'est si bon, tellement bon.) Hoche la tête si tu as pigé.

C'était une question? Je suis aux abois. Je ne pourrais rien lui refuser, surtout pas maintenant.

Je hoche la tête et je sens aussitôt la morsure de ses dents dans mon épaule. Il gronde contre moi tandis qu'il appuie les doigts contre mon jean.

—Plus...

Merde, je sais qu'il veut que je ne parle pas, mais je suis si proche du but.

Il remonte la langue le long de mon cou jusqu'à ma mâchoire, et sa respiration devient haletante. Son cœur bat la chamade contre mon dos, et, pour la première fois, je me rends compte qu'il est aussi excité que moi.

Je tente de me libérer les mains, mais il ne les relâche pas. Je frotte les hanches plus bas contre sa main, en ondulant. Plus. Juste un peu plus.

Il gémit, un son profond, primaire, absolument torride.

—Et puis merde! lâche-t-il.

Il ouvre d'un coup le bouton de mon jean et glisse la main, d'abord dans le pantalon, puis sous la dentelle de ma culotte.

Ma respiration se bloque dans ma gorge, et mes yeux se ferment d'un coup.

—Ouch, bon sang! dit-il en frottant son érection contre mes fesses, en parfaite cadence avec le mouvement de piston de ses doigts.

Je fantasme en l'imaginant penché sur moi, ses tatouages ondoyant sur ses muscles, qui se contractent et fléchissent à chaque mouvement de son bassin. Je le vois venir s'emparer de ma bouche, nos langues s'emmêlent tandis que nous savourons l'autre jusqu'à la dernière goutte. La maîtrise incroyable qu'il aurait sur son corps tandis qu'il s'enfoncerait en moi encore, et encore, et plus fort avant de… Mon ventre se contracte et mes orteils se replient.

—Oh, mon…

Je rejette la tête en arrière au moment où l'orgasme me traverse. Une lumière aveuglante éclate derrière mes paupières, et l'intensité de l'instant m'anéantit en soubresauts de plaisir. Des vagues d'euphorie s'abattent sur moi, et je suis inondée de chaleur.

Réintégrant lentement mon corps, je prends conscience de la main de Rex qui ne se trouve plus entre mes jambes, mais qui est posée à plat sur mon ventre. Il a rapproché sa cuisse, qu'il appuie fermement pour supporter le poids de mon corps. Il me maintient en place.

Mes muscles me semblent gélatineux, et je m'abandonne contre lui. Il me libère les mains, et le picotement du sang qui rapplique vers mes extrémités est bizarrement enivrant.

Je redescends doucement sur terre et je reprends conscience de mon corps et de mon esprit.

Je devais juste me taire et lui abandonner tout contrôle. Au lieu de ça, je l'ai obligé – même si je n'ai pas dû insister beaucoup – à me procurer un orgasme. J'ai les joues en feu. Comment ai-je pu être aussi égoïste ?

—Rex, je suis… J'ai merdé, non ?

Il enfouit le visage dans mes cheveux et inspire profondément, mais ne répond pas.

—Rex ? (Je sens les battements de son cœur, son érection toujours dure comme la pierre et son souffle pesant dans mon dos.) Mon chéri, parle-moi.

Rien.

Chapitre 13

On prétend l'esprit plus fort que la matière
Avec le temps
La douleur va s'en aller
Mais j'ai beau supplier
Je souffre toujours

Ataxia

Rex

Qu'est-ce que j'ai fait ? J'étais tellement consumé par mon attirance pour le corps de Mac et par les sons délicieux qui émanaient de ses lèvres que le désir m'a fait perdre la tête. Encore maintenant, alors que je la serre dans mes bras et que j'ai la cuisse entre ses jambes, son corps agit comme un aimant.

La nausée me taillade sauvagement les entrailles. Je déglutis pour ravaler la brûlure acide à l'arrière de ma gorge. J'ai perdu le contrôle. La preuve se dresse, fièrement appuyée contre le creux de ses reins, palpitant en pleine conscience. Nous sommes seuls. Mon lit ne se trouve qu'à quelques mètres. Je me mords la lèvre pour empêcher mon bassin de basculer et ne pas céder au feu de ma perversité.

Mes intestins se tordent sous une douleur cuisante. Non. Je ne peux pas lui infliger ça. Je dois m'éloigner d'elle avant de commettre un acte stupide.

—Tu me fais peur.

Ses mots prononcés d'une voix douce me transpercent, ajoutant encore à ma honte.

Mon Dieu, elle doit me prendre pour un monstre ! Je lui ai plaqué le visage contre le mur, je l'ai maintenue prisonnière. J'ai tout fait capoter. C'était ma seule chance, l'occasion de me sentir normal avec une fille que mes excentricités n'effraient pas, et j'ai merdé, j'ai sali ce que nous avions en perdant le contrôle.

—Je suis désolé.

Je ne parviens pas à me détacher de la chaleur de son corps, je redoute la peur et la déception que je lirai dans ses yeux.

Elle me caresse légèrement l'avant-bras. Prudente.

—Tu n'as pas à être désolé. (Elle passe son autre main dans mon dos et la pose sur l'arrière de mon crâne.) C'est OK. Je suis là. Nous allons bien.

Ses paroles me submergent, et je pousse une expiration tremblante. Elle continue à me réconforter de ses caresses assurées et répétées. Mes muscles réagissent et se détendent un peu plus à chaque passage de ses mains.

—Je veux te serrer, poursuit-elle. Est-ce que je peux me retourner ?

La tension regagne mes épaules. *Me serrer ?*

—Laisse-moi t'aider, insiste-t-elle.

M'aider pourquoi ?

Conscient que je ne peux pas la garder toute la nuit coincée contre la porte, je laisse retomber les mains de son ventre et je recule. Incapable de la regarder, j'examine mes chaussettes. Je sens une infime perturbation de l'air et je devine qu'elle s'est retournée vers moi. Je n'ai jamais été aussi près de m'écrouler sous le poids d'un regard.

—Rex, tu n'as rien fait de mal, tu m'entends?

La colère qui sous-tend ses paroles semble déplacée.

La confusion, je comprendrais. La déception, peut-être. Mais la colère?

—Je…

Putain! Qu'est-ce que je peux dire? Je ne veux pas qu'elle soit fâchée.

—Regarde-moi, ordonne-t-elle.

Malgré la façon dont son corps a réagi à mon contact et ses suppliques pour en obtenir davantage, il est impossible qu'elle me désire, pas comme ça. J'accroche l'élastique qui m'entoure le poignet et je le fais violemment claquer. Je redresse le menton et je lui offre mon regard. Elle le mérite vu ce que je viens de faire. Ses yeux plissés examinent mon poignet. Je fais de nouveau claquer l'élastique, et elle sursaute.

—Qu'est-ce que tu…? (Elle me rend mon regard, et je me force à le soutenir. Elle semble avoir peur, mais pas de moi, plutôt pour moi.) S'il te plaît, dis-moi que tu ne regrettes pas ce qui s'est passé entre nous.

Regretter? Non. Je suis prêt à endurer cette guerre intestine rien que pour pouvoir la toucher, mais, dans le sillage de tout ce qui m'est arrivé, mon champ de bataille est un vrai charnier. La honte et la culpabilité surgies de nulle part me rappellent à quel point je suis dépravé. Tout cela me confirme que je ne suis pas assez bien pour qui que ce soit, en particulier pour elle.

—Je ne te regretterai jamais.

Le rouge de ses joues s'assombrit.

—Merci.

Je secoue la tête.

—Pourquoi?

—Parce que tu as eu assez confiance en moi pour me montrer comment tu obtiens ta dose d'adrénaline. (Elle baisse le menton et lève les yeux sur moi avec un sourire timide.) Je n'aurais jamais pensé que sauter d'un immeuble serait marrant.

Je hoche la tête en haussant les épaules. Ce changement de sujet semble me détendre un peu.

—Puis tu m'as amenée ici, tu m'as laissée entrer chez toi. Tu m'as offert à manger. (Elle s'avance d'un pas.) Mais surtout tu m'as fait suffisamment confiance pour me montrer ce dont tu as besoin. (Son regard est doux. Accueillant. Fier?) Je veux que tu saches que…

Un sourire lent et diablement sexy s'étire sur ses lèvres. Elle hausse un sourcil.

Ma respiration se coince dans ma gorge.

—J'ai aimé voir cette facette de toi. (Elle se saisit de ma mâchoire et fait courir le pouce le long de ma lèvre inférieure, s'attardant sur mon anneau. Elle suit de ses yeux flamboyants le parcours de son pouce.) Énormément.

Incroyable. Elle a aimé ça. OK, son corps a semblé apprécier, mais le corps peut être sacrément tordu. Il a des désirs que le cerveau ne peut approuver. Je suis bien placé pour le savoir.

—Tu ne me prends pas pour un monstre?

Elle lève son autre main vers mon visage et la garde à cet endroit.

—Ne me dis plus jamais ça.

—Je dis juste…

—Non. (Elle secoue la tête.) Je ne veux pas l'entendre. Quoi que tu penses de toi, cela ne correspond pas à ce que moi, je pense de toi.

—Mac, tu ne sais pas…

—Si, je sais! (Elle grimace et baisse le menton.) Je veux dire, je ne prétends pas détenir toutes les réponses. Ce que je sais, c'est… (Elle rejette la tête en arrière et me dévisage.) Je t'apprécie, ainsi que tout ce qu'on fait ensemble. Je t'apprécie exactement comme tu es, et rien de ce que tu fais ou dis ne peut changer cela.

Je prends le temps d'absorber ses paroles et je me rends compte alors que ce que je ressentais auparavant, cette sensation de dégoût et de ne pas être à ma place, a disparu. Comment fait-elle? Pour que je passe d'un état semi-suicidaire à un absolu… bonheur?

—Hoche la tête si tu piges, ajoute-t-elle.

Elle reprend mes propres paroles pour me rappeler avec malice qu'elle songe encore à nos batifolages.

J'expire, et l'ombre d'un sourire me titile les lèvres.

—Ouais, je comprends.

Je m'empare de ses doigts posés sur mon visage et j'en embrasse les jointures, avant de réitérer l'opération avec l'autre main.

—J'imagine que maintenant tu dois me reconduire chez moi, hein?

J'adorerais lui dire «non» et l'entraîner dans mon lit, mais mes nerfs sont à bout. J'ai surmonté plus de choses en un seul jour qu'en plusieurs années.

Je repense à ma séance avec Darren. Décoder le passé afin de construire un avenir meilleur. Peut-être que je n'ai pas besoin des souvenirs manquants d'une enfance perdue pour trouver ma guérison. Peut-être que j'ai juste besoin de quelqu'un qui me comprenne et m'apprécie pour ce que je suis, y compris ce qui est laid et dépravé.

Se pourrait-il que Mac, plutôt que mon passé, soit ma guérison ?

Il est tard quand je reviens chez moi après avoir reconduit Mac. Je l'ai raccompagnée jusqu'à sa porte en me disant qu'un baiser de bonne nuit ne ferait pas de tort.

Je me trompais.

Elle semble tellement affamée chaque fois que nous nous embrassons, comme si je ne pouvais jamais la combler quoi que je fasse. Je lâche un grognement en faisant jouer mes lèvres meurtries entre mes dents. Elle les suce avec une telle violence que je ne peux m'empêcher de me demander quel effet aurait cette succion sur d'autres endroits.

L'association du roulis dans mes intestins et de la palpitation douloureuse dans mon short fait grimper l'adrénaline. J'entre dans mon appartement et je retire mes chaussures sur le seuil. Je suis accueilli par le parfum persistant de fruit tropical et de lotion solaire, qui rajoute encore à mon excitation. *Putain !*

Une douche froide devrait me permettre de me vider la tête. Je dois consulter mon planning et passer en revue mes interviews de la semaine, mais, à ce rythme, je vais revoir les courbes de Mac toute la nuit.

Une fois dans ma chambre, je me rends dans la salle de bains, retirant mon tee-shirt au passage pour le jeter dans le panier. Un cyclone d'images de Mac a pris possession de mon esprit : je lui tiens la main, je l'enlace après son saut dans le vide… Les choses les plus banales me réchauffent le cœur.

Je me déshabille et j'ouvre le robinet. Je baisse le regard entre mes jambes et je grogne en apercevant l'étalage dégoûtant qui me nargue.

—Bordel!

J'entre dans la douche, et l'eau froide cogne ma peau échauffée. Toute la journée, ma queue a été une présence constante, à moitié gonflée et douloureusement consciente de la présence de cette femme splendide à mes côtés. J'ai eu beau essayer de l'ignorer, je ne pouvais pas m'empêcher de constater la façon dont mon membre se frottait à chaque fibre de mon boxer comme si celui-ci était fait de la soie la plus délicate. Puis à la porte je l'ai appuyé contre elle, cédant à ses suppliques insistantes.

J'incline la tête sous le jet d'eau. Je ferme les paupières, et elle est là, avec ses lèvres pleines couleur cerise qui me prient de l'embrasser, le souvenir de leur sensation contre mes doigts tout à l'heure, de cette chair soyeuse et malléable, tellement douce. Je prends mon anneau dans ma bouche, je suce le métal et cette morsure me fait gémir. Ses nichons, qui pesaient si lourd dans ma main tandis que je jouais avec ses tétons… J'imagine leur apparence. Je parie qu'ils ont la même teinte cerise sombre que ses lèvres.

—Merde, bordel!

Ma main glisse le long de la pente humide de mon ventre et j'agrippe ma queue. La honte et le dégoût ne peuvent retenir mon geste.

Elle ne mérite pas d'être le fantasme d'un pervers qui se branle en pensant à elle. Mon esprit s'envole sans autorisation pour concevoir toutes les choses que je lui ferais, ce qui décuple encore ma honte. En guise de punition, je m'astique violemment jusqu'à ce que ce soit douloureux.

Dégoûtant. Mal. Méchant.

Les mots tournent en boucle dans mon esprit, mais rien ne m'arrête. Je suis trop loin, trop empêtré, perdu dans cette maladie. La souffrance se mêle à l'humiliation, et mes pensées de Mac prennent la forme d'éclairs sauvages de domination sexuelle.

Je me jette contre le carrelage du mur, j'y appuie le front si fort que j'en ai mal.

— Pervers.

Je serre le poing, et ma propre impuissance me submerge. Mes orteils se recroquevillent sur le carrelage lisse tandis que mon corps se tient prêt. Je ne veux pas ça et j'essaie de retenir l'inévitable.

— Non.

Arrête !

Deux voix se disputent sous mon crâne. Le corps domine l'esprit. Je suis démuni. *Démuni.*

Un gémissement guttural, que je reconnais comme le mien, résonne dans la cabine de douche. Je me mords la lèvre au moment où je décharge, me rappelant que je n'ai aucun contrôle. Voilà ce que c'est : un cancer immonde qui me bouffe le crâne et me transforme en un monstre de dépravation sexuelle.

Et c'est tout ce que j'ai à offrir à une fille comme Mac.

Voilà la direction que j'empruntais aujourd'hui. Aujourd'hui, j'envisageais un nouveau rencard avec elle. Je m'imaginais l'avoir assise derrière moi sur ma moto ou, merde, la voir rouler à mes côtés. Mon cerveau m'a même permis de concevoir la plus effrayante des pensées en envisageant un truc exclusif. Une relation. Sans que ça me fasse flipper.

Je m'empare du savon et je commence par les bras ; je m'enfonce le pain de savon dans la peau et je récure jusqu'à ce que ça brûle.

— Merde répugnante !

Je me gratte le bras avec les ongles. Ça ne suffit pas.

Je tends la main vers la brosse à récurer que je garde dans la douche à cet effet et j'enfonce les poils durs dans la chair tendre sous mon bras.

— Putain, ouais !

Plus fort, plus vite, plus profond. Je frotte chaque parcelle de mon anatomie jusqu'à ce que mon corps soit écarlate et douloureux.

Dégoûté de contempler ma nudité et fatigué de cette bataille perdue d'avance pour me nettoyer, je coupe l'eau et je saisis une serviette. Même le coton doux a la sensation du papier de verre quand je m'essuie, mais, putain, souffrir, c'est tout ce que je mérite.

Je vais dans ma chambre et j'enfile un dessous de pyjama en flanelle. Je me laisse tomber sur le bord du lit, les coudes appuyés sur les genoux, et je me prends la tête dans les mains. Quand cela s'arrêtera-t-il ? Qu'est-ce qui cloche chez moi pour que je ne puisse même pas me branler en pensant à une jolie fille comme tous les autres mecs vaillants de la planète ?

Ma tête est un fouillis de conneries que je ne parviens pas à contrôler. Je prends ma tablette et je consulte le programme de la semaine, que mon agent de presse m'a envoyé. Je me concentre dessus en espérant que la monotonie de ce planning étouffera ma haine de moi, ne serait-ce que pour la nuit.

Chapitre 14

L'amour est une illusion
Nous désirons la vérité
Avant que j'y croie pour de bon
Il faudra me le prouver

Ataxia

Rex

Je me verse un mélange de protéines du mixeur dans un gobelet à emporter et je vérifie l'heure pour la dixième fois ce matin. Il est presque 8 heures. Je regarde par la fenêtre. Le bleu du ciel est lumineux ; il semblerait que s'annonce une de ces journées parfaites de Vegas.

Pas aussi parfaite qu'hier.

Je dissimule un petit sourire dans mon gobelet en absorbant une gorgée de cette boue épaisse. Depuis le réveil, j'ai envie d'appeler mon thérapeute. Maintenant que j'ai franchi les premiers obstacles avec Mac, je me sens prêt à aller plus loin. Mon cœur bondit en imaginant ce que « plus loin » avec Mac peut représenter.

Elle ne ressemble à aucune des filles que j'ai côtoyées jusqu'ici. Comme moi, elle n'hésite pas à affronter le danger, que ce soit en s'interposant dans un combat ou en conduisant sans casque. Elle a accueilli la perspective des attractions de la Stratosphere d'une manière totalement rafraîchissante, avec insouciance et ouverture d'esprit. Elle n'est pas du genre à éviter douleur ou risques parce qu'elle sait que la récompense est à la hauteur. Stupéfiant.

Je me dirige vers la porte, je la verrouille et je sors mon téléphone sur le chemin de ma voiture. Je parcours mes contacts jusqu'à trouver Darren et j'appuie...

— Salut, Rex.

Je suis à quelques mètres de la porte d'Emma quand elle sort de chez elle, avec son sac sur le dos et un mug de café à la main.

— Salut, Em. Tu pars en cours ?

J'attends qu'elle referme sa porte.

— Ouais, interro de biologie aujourd'hui. (Elle lève son mug en souriant.) Une dose supplémentaire de caféine. (Son regard voyage de ma casquette de base-ball à mes pieds.) Et toi, en route pour le boulot ?

— Ouaip. Veille de combat. (Je lève mon mélange de protéines en souriant.) Petit déjeuner énergétique.

Elle rit, et nous marchons ensemble vers le parking. Je ne peux m'empêcher de remarquer à quel point elle est différente de Mac. Elles sont belles toutes les deux et sociables, mais pourtant totalement dissemblables.

Je me demande comment Emma aurait réagi à ma requête de retirer ses chaussures si elle avait été à la place de Mac hier. Et est-ce qu'elle serait partante pour plonger depuis le sommet de la Stratosphere ? À mon avis, elle n'aurait pas apprécié que je la plaque face la première contre la porte pour la peloter.

Non, Emma est une gentille fille.

Au contraire de Mac. Elle est aussi dingue que moi, et, bordel, qu'est-ce que j'aime ça ! J'adore.

Nous prenons congé sur le parking, et je bondis dans le pick-up pour me diriger vers le centre d'entraînement. En route, j'appelle Darren pour lui demander conseil avant de faire tout foirer avec Mac.

Il n'a pas grand-chose à me dire si ce n'est qu'il est fier de moi et que je dois écouter mon instinct, quoi que cela signifie.

Lorsque j'arrive aux portes du centre, mon esprit carbure déjà à plein régime. Elle a paru apprécier la journée d'hier, en particulier mes agissements avant qu'elle parte, mais si je me trompais ? Les doutes me rongent et un soupçon d'insécurité s'insinue dans ma confiance.

Je viens de traverser le hall et je m'approche de l'entrée du centre d'entraînement quand j'aperçois un groupe de mecs qui ne sont pas des habitués. Sans doute nos adversaires. *Super.*

Je passe près d'eux en gardant les yeux au sol pour éviter l'inconfortable conversation où l'on souhaite la bienvenue à un type tout en lui promettant de lui faire cracher sa morve le lendemain.

— Wouf wouf.

Leur sarcasme d'un banal affligeant les plonge dans un rire hystérique.

Je m'arrête pour les regarder en levant le menton en guise de salut. Mon adversaire est entouré de quelques gars qui doivent être de son camp et qui ricanent en affichant un regard méprisant.

— Reece, dis-je.

— J'espère que tu es prêt pour demain soir, mon toutou. (Il s'avance de quelques pas vers moi.) Je compte bien t'envoyer dans les choux.

Quel crétin! Hors de question que je me laisse embarquer dans sa tentative minable d'échanger des amabilités.

—Ouais, eh bien, j'espère que tu vas vraiment essayer de me mettre KO. C'est pour ça qu'on s'entraîne après tout.

Sur ce, je les laisse, mais j'ai à peine fait deux pas qu'on me pousse dans le dos.

Un homme peut encaisser beaucoup de choses. Y compris les propos débiles. Mais quand un type pose les mains sur moi pour m'agresser? Putain, je réagis au quart de tour!

Je fais volte-face avec un regard mauvais. Reece esquisse un sourire qui dévoile une dent en or au beau milieu de sa bouche. Je manque de m'esclaffer. *L'abruti.*

—Je suis prêt à te démolir demain soir, dis-je, mais si tu tiens absolument à commencer tout de suite (j'ouvre les bras) je suis ton homme.

—Tu sais que je ne peux pas te toucher avant qu'on mette un pied dans l'octogone. (De la tête, il indique un gars trapu au crâne rasé.) Mais lui, il peut.

Je me tourne vers le chauve qui sautille sur place, apparemment tout excité à la perspective d'un combat.

—C'est toi qui m'as poussé?

—Ouais, espèce de fiotte. (Il vient se planter nez à nez devant moi.) Qu'est-ce que tu comptes faire?

Putain, je donnerais tout pour envoyer ce sac à merde au tapis, mais je sais que c'est exactement ce qu'il recherche!

—Rien.

Reece s'esclaffe.

—Quelle mauviette!

Je pivote vers lui, détournant le regard de l'excité du bocal qui me colle. Sans doute pas très futé comme mouvement, mais je ne vais quand même pas laisser ce type penser que ses menaces m'intimident.

— C'est quoi, ton problème, putain ? Tu devrais m'embrasser le cul pour me remercier parce que, grâce à moi, tu pourras combattre demain.

— Mon problème, mon toutou, c'est que tu cognes sur des sacs de frappe. Tu as dû supplier pour décrocher ce combat et améliorer tes stats inexistantes.

Les combats sont la seule chose que je prends au sérieux, et sous-entendre que j'ai perdu du poids pour pouvoir me battre dans une classe inférieure et engranger une victoire facile va au-delà de l'insulte.

— Je suis loyal envers l'UFL. (Je m'approche tout près de lui et je sens le grognement qui me monte aux lèvres.) Et je ne refuserais jamais une occasion de te réduire en bouillie.

Il me pousse.

— Vas-y, qu'est-ce que tu attends ?

Je me prépare à lever le poing.

— Arrêtez ! (La voix de Layla m'arrache à mon dilemme de frapper ou pas Reece. Elle s'avance d'un pas lourd vers nous en secouant la tête.) Dites-moi que je me trompe et que vous n'êtes pas en train de faire ce que vous semblez être en train de faire.

Ses yeux voyagent de moi à l'Équipe du Débile.

Je m'éloigne de Reece, tout en m'approchant de Layla. Je suis peut-être parano, mais je me sens un peu nerveux à l'idée qu'elle s'interpose entre nous. Et savoir qu'elle porte le bébé de Blake ne fait qu'accroître mon malaise.

— Tout va bien, Layla.

Je ne quitte pas des yeux le petit merdeux qui semble prêt à cogner la première personne qui s'approchera de lui. Putain, à quoi il joue ce type ?

— Si tu allais trouver…, poursuis-je.

— Oh là, attends un peu, mon toutou ! (Reece bombe le torse.) Layla, hein ?

Il parcourt le corps de Layla d'un regard lubrique, et je prie de toutes mes forces pour que Blake ne se trouve pas dans les parages.

— Vas-y, Layla, dis-je en me mettant devant elle, face à Reece.

Elle me contourne pour le fusiller du regard.

— Non, je n'irai nulle part.

— Tu l'as entendue, intervient Reece, elle veut rester. Arrête de jouer les empêcheurs de bander en rond.

Son groupe d'idiots se marre.

Mes muscles se contractent, et je m'apprête à défendre Layla.

— À ta place, je ferais gaffe à ce que je dis, Reece.

— Recule, mon toutou. (Il se pourlèche les babines.) Bon sang, quelle chaudasse !

Il esquisse un geste pour prendre la main de Layla. Je la fais reculer derrière moi.

— Bordel, pour l'amour du ciel, ne me dis pas que tu dragues ma femme !

La voix de Blake retentit dans mon dos. Avant que j'aie le temps de faire volte-face, il se retrouve devant moi, nez à nez avec Reece.

— Tu te pointes ici pour faire le malin devant mon ami et manquer de respect à ma femme ? Tire-toi de là, connard.

Blake s'est toujours montré protecteur envers Layla, mais, depuis qu'ils ont appris sa grossesse, il est hyper susceptible. À y repenser, c'est rare que je la voie au centre d'entraînement sans lui.

— Ha ! Ta femme ? (Reece s'esclaffe, imité par sa bande de demeurés.) Ce n'est pas parce que tu lui tapes sur les fesses qu'elle t'appartient. Sinon, la moitié des femmes de Vegas seraient à toi.

Ils rigolent tous comme un seul homme.

Je considère les combattants de mon camp comme ma famille. Nous nous serrons les coudes dans toutes les situations, et rien, pas même le combat d'une vie ou le risque de se faire virer, n'a plus d'importance. Blake a rentré les épaules. Ça va barder. Je bande les muscles et je fléchis les poings.

— Layla, dis-je par-dessus mon épaule, va-t'en. Tout de suite.

Elle agrippe le dos de mon tee-shirt.

— Non, Rex. Je reste et…

— La Souris, ma chérie, écoute Rex.

Le grondement sourd de Blake convainc Layla de partir, et je me sens enfin capable de respirer, sachant qu'elle est à présent hors de danger.

Je m'approche pour défendre les arrières de Blake lorsque j'aperçois quelques types qui s'arrêtent pour regarder le spectacle. Wade, l'adversaire de Blake, s'avance d'un pas raide vers nous et s'arrête tout près de ce dernier et de Reece, qui s'épient en chiens de faïence. La tension est palpable.

— Je te laisse une chance de t'en aller, Reece, grogne pesamment Blake.

— Ah ouais ? ricane Reece en penchant la tête. Eh bien, je n'ai pas apprécié que tu viennes t'interposer entre moi et une petite pipe d'avant-combat.

Oh merde !

Blake cogne Reece qui s'en va valdinguer contre ses potes. Ceux-ci s'avancent. Le petit merdeux, qui obtient enfin le combat qu'il recherchait, balance un coup. Je lui bloque le poing et le tords. Il s'affaisse au sol. Blake s'avance de nouveau sur Reece.

Wade entoure les épaules de Blake de ses deux bras.

—Ça n'en vaut pas la peine, mec.

—Lâche-moi, bordel!

Blake se dégage de son emprise.

—Daniels, avertit Wade en bondissant devant Blake et en le repoussant, ne fais pas ça. C'est exactement ce qu'il recherche.

Wade retient avec peine Blake qui plonge sur Reece.

—Il a manqué de respect à ma…

—Bordel de merde, qu'est-ce qui se passe ici?

Tous les yeux se tournent en direction de la voix furieuse de Cameron qui déboule sur nous. Dans son accoutrement de businessman, les poings serrés, les sourcils froncés, il donne l'impression d'être sur le point de se transformer en Hulk.

Il pousse Reece et vient le tancer.

—C'est toi qui fous la merde ici? (Un nouveau coup. Il indique le sol du doigt.) Je t'invite chez moi, putain, et c'est tout le respect que tu me montres? Espèce de petit enculé! Je pourrais te virer aussi sec. C'est ça que tu veux? Finis, les gros chèques pour te payer toutes ces traînées.

—Cam, mec. (Reece secoue la tête et lève les mains.) Je n'ai pas foutu la merde! Daniels m'a agressé.

Quelle fillette! Je vais vraiment m'amuser à lui foutre une dérouillée.

—Tu n'as pas foutu la merde? Tu as manqué de respect à mon assistante devant son homme, et tu trouves que c'est rien? (Il désigne Blake de son doigt charnu.) Il avait parfaitement le droit de te défoncer le crâne. (Il pivote et nous considère tour à tour. Son regard furieux aurait de quoi faire fuir la queue entre les jambes des hommes moins solides.) Ceux d'entre vous qui reçoivent leur chèque de cette organisation obéiront à ses principes. Loyauté. Honneur. Respect. Self-control. Si cela vous pose un problème, ramassez votre barda et dégagez.

— Ouais, enculé.

Les mots bien sentis de Blake s'adressent directement à Reece.

— Blake! (Cameron lui lance un regard, et l'intéressé hausse aussitôt les épaules.) Et si ce n'est pas votre centre d'entraînement… (Il foudroie des yeux les visiteurs tant du camp de Reece que de celui de Wade.) Quand vous êtes chez moi, vous m'obéissez, bordel!

Tout le monde hoche la tête sans piper mot.

— Je combattais pour l'UFL avant que vous enfiliez votre premier jockstrap, poursuit Cameron. Cette organisation mérite votre respect, ou du moins c'était le cas auparavant. Je compte la ramener là où elle était avant que Taylor Gibbs la sabote, ce qui veut dire que je vais écrabouiller toutes les grosses têtes qui se mettront en travers de mon chemin.

Le silence règne. Ce type ne s'en laisse pas conter. Il doit avoir été une vraie bête dans l'octogone. Je me promets d'aller visionner certains de ses anciens combats sur Internet.

— Nous organisons un combat à plusieurs millions de dollars demain soir. Ne venez pas tout foutre en l'air.

Sur ce, il fait demi-tour et regagne son bureau. Blake et moi attendons quelques secondes que tout le monde se disperse.

Blake s'avance vers moi.

—Je te le revaudrai, mon pote. Merci d'avoir veillé sur Layla.

Il tend son poing, et je lève le mien pour faire un *check*.

—Pas de souci, mon pote. Tu aurais fait pareil pour moi.

—Ouais, exactement. (Il croise les bras et sourit.) Qu'est-ce qui se passe entre Mac et toi ? Layla dit que vous commencez à vous fréquenter.

Je secoue la tête, essayant moi-même de comprendre ce qui se passe entre Mac et moi afin de pouvoir mettre des mots dessus.

—Oh merde ! (Il me frappe le torse.) Toi aussi, hein ? (Il rit si fort que toutes les personnes présentes se retournent.) Encore un qui s'en va mordre la poussière.

—Qu'est-ce que c'est censé vouloir dire, putain ?

J'ai un grand sourire, je pense que je devine ce que ça veut dire.

—Rien, mec. (Il me laisse en gloussant et en secouant la tête.) Je vais retrouver ma femme. Elle va adorer.

Ouais, elle ne sera pas la seule. Je dissimule mon sourire et je pars vers le vestiaire.

Comme si penser à Mac ne suffisait pas pour me faire planer, le laïus de Cameron ainsi que mon altercation avec Reece pour s'en être pris à ma famille m'ont boosté.

Les choses ne pourraient pas aller mieux, sauf en effectuant le prochain pas avec Mac. Me sentant plus fort et courageux que jamais, j'imagine à quoi pourrait ressembler le sexe avec elle. Je souris en accueillant l'infime sensation de nausée qui me tord les entrailles.

Peut-être que ce sera elle.

Ma guérison.

Chapitre 15

Je traverse les flammes
Le cœur battant, pris de vertiges
Nu, honteux et sans armes
Pour toi je suis prêt à tous les sacrifices

Ataxia

Mac

C'est drôle… Je ne ressens plus la même chose désormais en parcourant le contenu de la boîte. Rex n'est plus le petit garçon qui s'accrochait à moi pour survivre, et il ne correspond plus au souvenir vivace que j'avais gardé de lui. La relation que nous avions bâtie sur la peur et la vengeance semble à présent insignifiante. Aujourd'hui, nous possédons tellement plus. Avoir vécu des choses ensemble et nous être ouverts à nos vulnérabilités respectives nous ont permis de remplacer les anciens sentiments par de nouveaux. Meilleurs.

Certains d'entre eux bien meilleurs.

J'étais assise les jambes croisées sur mon lit, et je m'allonge. Passer du temps avec lui, être invitée dans son appart, la peinture… Mon cœur tressaille. Me dire que pendant tout ce temps il m'a gardée près de lui, tout comme je l'ai fait. Notre dévouement mutuel et notre amour transcendent les souvenirs. Il ne se rappelle pas Mac, mais il aime Gia. Réconcilier les deux signifiera le garder pour toujours : la petite fille qu'il aime et la femme qu'il voulait caresser.

Ma peau picote là où il a laissé errer les mains. La chair de poule me couvre les bras au souvenir du grondement de sa voix dans mon oreille. Avec sa stature imposante, il m'a plaquée contre la porte, il m'a soutenue avec une force tendre plus intime que toutes les expériences sexuelles que j'ai pu vivre. Même si je n'en ai pas connu tant que ça… Une fois libérée de ma prison médicale, j'ai voulu expérimenter tout ce que j'avais loupé : les films, la malbouffe et le sexe. Mais je n'ai jamais compris pourquoi on faisait tout ce foin autour du sexe, pourquoi les gens en parlaient comme s'ils ne pouvaient s'en passer. Maintenant je comprends. Les choses que Rex a suscitées en moi rien qu'en me touchant ou en prononçant quelques mots parfaitement choisis étaient incroyables. Un frisson me remonte l'échine. J'en veux plus.

Je suis addict à Rex.

En quelque sorte, je l'ai toujours été.

Mais pas de cette façon.

Je suis prête à le supplier, à m'agenouiller et à l'implorer de me prendre, de me commander et de me posséder uniquement pour son plaisir. Je me frotte le visage. Ça me paraît dingue.

Mais c'est la vérité.

J'aime Rex d'une façon indescriptible en mots, en chansons ou en poèmes. D'une façon inconditionnelle, absolue, et avec une obsession irrationnelle. Une forme d'amour née dans la souffrance, qui existe seulement pour unir et guérir ceux qui ont été brisés.

Je prends le nounours et je dessine le contour des lettres sur son tee-shirt.

—Comment savais-tu que ça finirait comme ça ?

L'animal en peluche ne me répond pas. Je le serre contre moi et je ferme les yeux. Est-ce qu'un jour je pourrai tenir Rex ainsi ? Ou, mieux encore, entortillé dans mes bras, les jambes emmêlées, avec le seul rythme de notre respiration pour nous tenir compagnie.

Le son métallique de la sonnette m'arrache au présent. Trix est au boulot et il n'y a qu'une personne que j'aimerais voir, mais il est occupé à se préparer pour son combat.

La sonnette retentit de nouveau. Quelles sont les chances pour que cet importun s'en aille si je ne bronche pas ?

On sonne une nouvelle fois, ce coup-ci en insistant de manière absolument horripilante. *Qu'est-ce que c'est ?*

Je jette l'ours sur mes oreillers et je bondis, résolue à offrir une leçon de savoir-vivre à ce maudit carillonneur.

Mes pieds claquent sur le carrelage du hall. Je saisis la poignée de la porte.

—Put… (Je suffoque, le regard fixe.) Rex.

Il porte un pantalon de survêt noir qui pend sur ses hanches et un tee-shirt de sport. Je suppose qu'il vient directement du centre d'entraînement. Habitée par une faim de loup, je dévore chaque miette de ses bras tatoués.

Il agite nerveusement les pieds et se passe une main dans les cheveux.

—Je rentrais chez moi. (Il lâche une longue expiration et croise mon regard.) Il fallait que je te voie.

Un sourire s'étire lentement sur mes lèvres.

—J'en suis ravie.

Il devait me voir. Me voir… *Merde !* Mes lentilles. Je baisse les yeux par terre et je retourne à l'intérieur.

— Euh... ouais, entre.

Merde! Je dois mettre mes lentilles avant qu'il remarque mes yeux.

La porte se ferme, et je suppose qu'il est entré derrière moi.

— Assieds-toi, je dois aller... euh... chercher... Je reviens tout de suite.

J'esquisse un pas en direction du couloir quand sa main chaude m'empoigne le bras.

— Attends.

Il me fait virevolter et appuie la bouche sur la mienne.

L'odeur épicée de sa peau me heurte aussitôt, et mes genoux se dérobent sous l'exubérance de son assaut. Sa langue m'envahit la bouche et, me dominant de toute sa hauteur, il m'incline vers l'arrière. Mes mains vont s'emparer de ses biceps.

Il mord et suce mes lèvres, il s'abreuve à ma bouche avec des grognements avides de satisfaction. Je l'attire plus près. Je ressens l'envie dévorante de l'avoir sur moi, en moi, autour de moi, de me faire consumer totalement – l'esprit, le corps, l'âme – par lui.

Avec les dents, je tire sur l'anneau de sa lèvre. Il grogne si profondément que j'en ressens les vibrations dans la poitrine, entre les jambes, dans le sang.

— S'il te plaît, continue. (Je garde les yeux fermés, mais je trouve sa mâchoire et je dépose des baisers le long de son cou.) Ne t'arrête jamais.

Il m'englobe les fesses de ses deux mains et les pétrit.

— J'ai envie de ceci, dit-il.

Je gémis et je lui réponds en me pressant contre lui, lui offrant ce qu'il désire. Toujours, tout pour lui.

— C'est à toi.

Je suis à toi.

— Et à personne d'autre, précise-t-il.

Il baisse la tête sur le côté et je lui suçote le cou, sachant qu'avec ses tatouages même le suçon le plus sombre ne se verra pas.

— Plus fort, demande-t-il. (Il glisse la main vers le haut et vient m'entourer la nuque pour me serrer contre lui.) Marque-moi.

Le plaisir traverse mon corps comme une torpille. Je fredonne à voix basse dans ma gorge tandis que mes dents et ma langue s'emparent de sa peau douce.

Il bascule le bassin, et son érection d'acier, que je sens contre mon ventre, me coupe le souffle. Je romps le contact à la recherche d'air, mais ses lèvres reviennent se poser sur les miennes. Les longues et profondes incursions de sa langue viennent prélever dans ma bouche le sel issu de sa propre peau. Mon appétit s'accroît et manifeste ses exigences gloutonnes. Rex s'empare de mon sein, le presse et tire sur mon mamelon. Il me griffe le corps tandis que je mets sa bouche à sac.

Je recule en titubant pour rompre le baiser, tout en gardant le menton baissé, les yeux rivés sur son tee-shirt.

— Je vais grimper aux rideaux, dis-je.

Sa main quitte mon sein et vient se poser sur mon dos pour m'attirer contre lui. Je suis soulagée de cette proximité ; ainsi il ne peut pas apercevoir mes yeux.

— Moi aussi. (Il respire pesamment.) Je n'ai jamais ressenti ça.

— Moi non plus.

J'ai tellement envie de lui que je glisse la main entre nos corps pour m'emparer de son membre en érection.

Il inspire à travers les dents, mais ne me repousse pas.

—Est-ce qu'on peut? demandé-je.

Je fais rouler impatiemment le front contre lui, avec l'espoir qu'il ne refusera pas.

Il m'embrasse le sommet du crâne.

—Oui, mais, comme hier soir, je dois le faire à ma façon.

Il semble gêné.

Mon estomac se tord.

—Je m'en fous. (J'appuie fort.) Tout ce qu'il te faudra.

—Je dois d'abord te parler d'un truc. Si on passe à l'acte, je dois être franc avec toi.

Je hoche la tête, et la douleur de l'excitation se mue en pincement de mes muscles contractés. Il veut être franc. Contrairement à moi.

—Oh, bien sûr, ça marche! Tu me donnes une seconde?

Il appuie le nez sur le sommet de mon crâne et inspire avant d'y presser les lèvres.

—Bien sûr, mon ange.

Je presse son membre une dernière fois, puis je me tourne et me dirige vers la salle de bains en gardant les yeux rivés au sol. Une fois à l'intérieur, je ferme la porte et je prends mes lentilles colorées. Avant de les placer, j'avise mon reflet dans le miroir.

Ce dont il doit me parler a clairement trait au sexe. Il m'a bien fait comprendre qu'il ne se rappelait pas son enfance, donc il ne peut pas s'agir des abus qu'il a subis. En temps normal, l'idée d'un partage cœur à cœur avec Rex aurait de quoi m'exciter, mais je redoute à présent que cela n'amène des émotions qui vont venir troubler l'ambiance électrique qui s'est installée entre nous.

Je me penche pour mettre mes lentilles brun clair. Une pensée, poignante et malvenue, s'abat sur moi : je me déguise au moment où il se dévoile.

La culpabilité pèse sur mes épaules. Mon esprit entre en effervescence pour justifier ma lâcheté. Tout lui dire ne fera que réduire à néant le peu de progrès que nous avons accompli. *Ou peut-être que tu as simplement peur qu'il ne te déteste.*

Chaque jour de mutisme ajoute vingt-quatre heures à ma trahison. Je vais lui parler et, quand il entendra mes explications, il comprendra pourquoi j'ai attendu aussi longtemps. Forcé. *Non ?*

— N'emprunte pas cette voie, Mac. Pas ce soir.

Je m'accroche au comptoir en respirant lentement. Mac n'a pas de secrets. C'est avec elle que Rex veut être. *Ne fous pas tout en l'air.*

Je me lisse les cheveux avec les mains et je m'en vais rejoindre Rex. Je traverse le séjour. Pas de trace de lui. Dans la cuisine ? Déserte. *Hum.*

Je me dirige vers la porte vitrée coulissante et je jette un coup d'œil à l'extérieur ; j'aperçois sa silhouette près de la piscine. Il se tient accroupi, les coudes sur les genoux, la tête entre les mains.

Je déglutis un bon coup pour me calmer et je fais glisser la porte. Le bruit attire son attention et il se redresse, mais sans s'avancer vers moi.

Je parcours la distance qui nous sépare et je m'arrête à quelques dizaines de centimètres de lui, m'assurant de ne pas empiéter sur son espace. Il observe pensivement l'eau de la piscine qui, dépourvue de lumière, semble noire.

— Tout va bien ? demandé-je.

Il indique d'un geste la table et les chaises près de la porte.

—On peut s'asseoir ? propose-t-il.

Je prends une chaise et je m'installe. Il s'empare de celle à côté de moi, la tourne pour me faire face et s'assoit.

—Il y a des… trucs… euh… chez moi qui ne sont sans doute pas comme chez les autres hommes que tu as connus.

Je sais.

—Rex, tu ne…

Il lève la main.

—Laisse-moi t'expliquer.

Je hoche la tête pour l'inviter à continuer.

Il s'enfonce les poings dans les orbites des yeux, puis les laisse retomber et pose les coudes sur les genoux comme il le faisait près de la piscine. Il offre ainsi une image de défaite absolue, et voir prostré un solide combattant de la trempe de Rex me tord les entrailles.

Il relève la tête pour croiser mon regard. Et, tout comme l'eau de la piscine, le bleu habituel de ses yeux semble noir dans l'obscurité.

—Tu es déjà au courant pour le… euh… pour mon appart et mon désir de contrôle…

—Je sais, Rex, mais cette discussion te met manifestement mal à l'aise. Je ne veux pas que tu te sentes obligé de partager quoi que ce soit avec moi.

Parce que cela me rappelle combien tu es fort, et moi faible.

—La façon dont je vois les choses, la direction que ceci – il agite plusieurs fois la main entre nous – prend… Je préfère sacrifier un peu de confort maintenant pour éviter la situation qui pourrait ou pas se présenter plus tard.

—La situation ?

Il expire et laisse retomber la tête entre les mains, avant de se labourer les cheveux avec les doigts. Je veux le réconforter, m'agenouiller à ses pieds, l'entourer de mes bras et tout prendre sur moi. Si seulement la force de mon amour et de mon désir pouvait effacer cette multitude d'horreurs, je jure que, s'il m'y autorisait, j'en serais capable.

Mais le moment n'est pas aux câlins ni aux aveux d'amour. C'est ma chance de me taire et d'écouter. Je me penche vers lui en plaquant la main sur ma bouche pour m'assurer de ne plus l'interrompre.

J'examine les couleurs sur ses bras, une infinité de petits dessins différents que je pourrais passer une année à étudier en continuant à découvrir chaque jour une chose nouvelle. Unique. Belle. Tout comme lui.

— Je consulte un thérapeute depuis que je suis gosse.

Il garde le visage orienté vers le bord de la piscine.

Je me sens réconfortée de savoir qu'il a quelqu'un à qui parler, mais je mentirais si je prétendais ne pas être un peu jalouse. J'aurais aimé pouvoir être là pour lui, être l'épaule sur laquelle il pouvait pleurer, sa personne de confiance. Être tout pour lui.

— Tu te rappelles l'autre soir quand nous avons parlé de nos cauchemars ? (Il me jette un coup d'œil par-dessous quelques cheveux plus longs qui lui retombent sur le front.) Mac, je ne peux pas… Merde, c'est impossible !

Il s'adosse dans son siège, en se couvrant les yeux de l'avant-bras.

Je me mordille les lèvres. Il souffre, il a mal, et ça me tue d'en être témoin. Je veux juste qu'on en finisse et qu'on puisse revenir à nous. À nous aujourd'hui.

Il pousse un profond grognement et il est de retour, les yeux posés sur les miens. J'aperçois le conflit qui s'y déroule, et, bon sang, qu'il est dur de soutenir son regard.

—Je ne me rappelle pas grand-chose de mon passé.

Voilà où il veut en venir.

—Quand j'avais dix ans, on m'a retiré d'une maison d'accueil. (Il s'exprime avec volubilité, comme s'il ne pouvait plus attendre d'être libéré de ces mots.) Le temps que j'ai vécu là était un… Tout ce qui s'est passé là et avant, c'est comme un brouillard.

Je me force à adopter un masque impassible tandis que mon cœur tambourine contre mes côtes.

—J'ai des flashs, des rêves récurrents. (Il hausse les épaules et fait tourner son anneau entre ses doigts.) Plutôt violents. Le mal. Tous sauf un.

Mon nez et mes yeux picotent sous le coup d'une émotion qui menace de se déchaîner. Mais je dois le laisser parler, lui accorder ce moment. Son courage est impressionnant, et je ne peux m'empêcher de l'envier.

—Mon psy prétend qu'un trauma issu de mon passé est enfermé quelque part sous mon crâne et me torture.

Comme si tout ce qu'il avait enduré quand il était enfant ne suffisait pas, il souffre encore. Je suppose que je m'en doutais, mais une part de moi espérait qu'il était possible de poursuivre sa route après avoir connu la laideur. Une carrière brillante, un groupe à succès, tous ses amis, il semble aller super bien. Mais ce qui se trame dans sa tête constitue la preuve de son passé.

Un passé dont il ne se souvient pas.

Un passé dont il ignore l'existence.

Un passé que je peux lui redonner.

—Je suis désolée. Tellement désolée.

Je tousse pour me débarrasser du sanglot qui remonte à la surface.

— Non. (Il se penche en avant et me replace une mèche de cheveux derrière l'oreille.) C'est comme ça. Hier, j'ai fait plus de progrès en une journée qu'en plusieurs années (il esquisse un sourire léger mais indéniable) grâce à toi.

Fin de la partie.

Je me couvre le visage des mains, incapable de retenir plus longtemps la vague d'émotions. Je pensais connaître la souffrance, l'angoisse, le chagrin, tous tellement déchirants qu'on a envie de mourir. Je me trompais.

Cela est pire.

— Waouh, Mac !

Il me soulève de ma chaise et m'amène sur ses genoux.

Je me recroqueville tandis que ma poitrine est secouée de sanglots. Il me serre plus fort, me masse le dos et prononce des paroles apaisantes que je n'entends même pas par-dessus les éclats de ma crise de nerfs.

Et je croyais que je ne pouvais pas me sentir plus mal ? Je suis consumée par la culpabilité de ne pas l'avoir secouru lorsque j'en avais l'occasion, et maintenant par la honte de ne toujours pas être assez forte pour tout lui révéler. Il a exposé ses faiblesses, il m'a ouvert la porte sans un regard en arrière, mais moi…, je ne parviens pas à lui dire la vérité.

J'ai été stupide de croire que ma venue à Vegas serait bénéfique pour qui que ce soit. Il affirme que ma présence l'aide, mais il ne parle pas de moi, Gia. Il parle de Mac.

Et Mac est une illusion.

Elle n'existe pas.

Putain, qu'est-ce que je fabrique ? Je voudrais hurler, m'effondrer et tout casser. Je deviens folle tandis que mes pensées virent au désespoir. Je m'enfonce les poings dans les yeux pour repousser cette frénésie. *Réfléchis.* J'ai parcouru tout ce chemin. Je ne peux pas une nouvelle fois abandonner, pas si près du but.

Mac n'est pas réelle : son numéro de Sécurité sociale, ses papiers, la couleur de ses yeux. Mais c'est elle qu'il veut – l'imposteur, la contrefaçon – pas moi.

À moins que…

Je pourrais devenir Mac de façon définitive, modifier mon nom légalement et continuer à me teindre les cheveux. Il sera plus difficile de porter des lentilles en permanence, mais ce n'est pas impossible. Le jeu en vaudrait la chandelle pour vivre avec Rex en gardant secrets son passé et notre histoire commune.

Mes pleurs s'apaisent au fur et à mesure qu'un nouveau plan prend forme dans ma tête.

— Pourquoi est-ce que tu pleures ? (Il me frotte toujours le dos en faisant des cercles.) Qu'est-ce que j'ai dit ?

J'essuie mes joues humides.

— Je déteste ce qui t'est arrivé. Tout.

— Ouais, mon ange, moi aussi. (Il me serre contre lui.) Mais les choses s'améliorent. Je suis ici avec toi, je te tiens dans mes bras, demain soir je vais livrer le plus gros combat de ma carrière et tu seras dans mon coin. C'est ce que j'essaie de te dire, Mac. Je crois qu'avec toi à mes côtés il n'y a pas grand-chose dont je ne serais pas capable.

Je me recule suffisamment pour apercevoir son visage ; il semble sérieux.

— Je te trouve incroyable.

Et tellement plus.

Il pose la main sur ma joue. Il me caresse la lèvre inférieure du pouce.

— Je veux t'embrasser, mais tu dois encore savoir un truc avant qu'on en arrive là.

Je prends une profonde inspiration et je hoche la tête.

— Par le passé, après que je… euh… en fait après le sexe, je suis parfois malade.

Quoi ? Quoi !

— C'est gênant, poursuit-il, je n'en ai jamais parlé à personne. Mais j'estime que si nous envisageons de passer du temps ensemble c'est important que tu le saches. Et que tu comprennes que, si cela se produit, ça n'a strictement rien à voir avec toi.

— Tu es malade ? Tu veux dire que… ?

Il hausse les épaules et baisse les yeux.

— J'ai des nausées, des haut-le-cœur, je vomis…

Le premier soir sur le lit, lorsque je l'ai embrassé, il a bondi d'un coup en se tenant le ventre. Le souvenir de ses crampes soudaines chez Jonah me revient aussi en mémoire ; il agrippait son tee-shirt au niveau de l'estomac. Et hier soir, lorsque nous étions en train de reprendre notre souffle, il a enfoui le visage dans mes cheveux sans dire un mot. Est-ce qu'il réprimait une envie de vomir ?

Je lui saisis le menton et je le force à me regarder dans les yeux.

— Je m'en fiche. Nous pouvons continuer comme tu veux quand tu le veux. La seule chose que je te demande, c'est une chance.

Il me dévisage durant quelques longues secondes, les sourcils froncés, puis se tourne pour m'embrasser la paume de la main.

— Tu l'as.

Je l'ai. Une chance. Un avenir. L'espoir d'une autre existence que la vie lugubre que j'ai connue jusqu'à présent.

On peut oublier le passé. À l'instar de Rex, je peux devenir une personne neuve qui ignore tout de l'histoire épouvantable de l'homme qu'elle aime.

Je baisse les paupières et j'appuie le nez contre son cou. Avec une force renouvelée, les yeux tournés vers le futur plutôt que vers le passé, je dis au revoir à Gia, la petite fille qui a été témoin de plus d'horreurs que la plupart des gens durant toute une vie.

J'inspire un bon coup et, le cœur serein, je laisse le parfum de la peau de Rex emporter mon ancienne enveloppe et l'enterrer pour de bon. Sa mission est terminée.

J'ouvre les yeux sur une nouvelle vie, celle que je choisis.

Ma vie avec Rex.

Ma vie sous le nom de Mac.

Chapitre 16

La bataille pour mon âme fait rage
Et si je cessais de lutter ?
Si finalement je me laissais aller ?

Ataxia

Rex

Rien dans ma vie, du moins dans les fragments dont je me souviens, ne m'a jamais semblé aussi bon que de tenir Mac dans mes bras. Elle a encaissé sans broncher toutes les conneries que je lui ai balancées à la figure. Je commençais à me demander si elle m'avait entendu, mais j'en ai eu la preuve quand elle a craqué.

Elle a pleuré.

Pour moi.

Pas parce qu'elle était dégoûtée par un homme qui vomit après le sexe. Pas parce qu'elle se demandait comment elle allait pouvoir se débarrasser de moi au plus vite. Au contraire, elle s'est blottie sur mes genoux en sanglotant comme s'il n'y avait pas de meilleur endroit au monde, comme si c'était le seul où elle voulait être.

Je n'ai jamais été désiré de la sorte. Je n'ai jamais réconforté quelqu'un.

J'aime ça. Merde, j'aime jouer ce rôle pour elle !

Blake qui pète les plombs au centre aujourd'hui, Jonah qui est prêt à quitter tout ce pour quoi il a travaillé…

Putain, je comprends parfaitement maintenant !

Le besoin insistant de la protéger, de la préserver de tout est bien présent, mais il y a autre chose : une pulsion égoïste de la posséder et de la revendiquer. Je pourrais briser celui qui essaierait de me l'enlever.

Son corps pelotonné tremble contre le mien.

— Tu as froid ?

— Non. (Elle renifle et souligne le contour des tatouages sur mon avant-bras.) Je ne crois pas avoir pleuré autant depuis que j'avais dix ans.

— C'était comment ?

— À peu près pareil.

— Non, je voulais dire c'était comment d'avoir dix ans ?

Elle rejette la tête en arrière, le regard furieux.

— Ce n'est pas drôle.

Elle a raison. Ma vanne est merdique, mais j'essaie de détendre l'atmosphère.

Je lui embrasse le crâne en souriant.

— Si, c'était drôle.

— Pas du tout. (Elle secoue la tête et se tasse encore un peu plus.) Je te fais mal ?

— Non, mais est-ce qu'on ne serait pas mieux sur le divan ?

— Beurk. (Elle grimace.) Pas le divan.

— Pourquoi ? Quel est le problème avec le divan ?

Son corps est soudain secoué de rires ; une musique qui libère une part de tension dans mes muscles.

— Crois-moi, tu préfères ne pas savoir.

— Donc on file direct dans ta chambre ?

L'ombre d'une nausée me traverse les intestins, la sensation coutumière de désirer un truc qui me rend malade.

Un long soupir s'échappe de ses lèvres, et elle se décrispe.

—Ouais.

Je devrais être chez moi en train d'essayer de dormir un peu, mais je sais que je resterais allongé à penser à elle. L'avoir dans mes bras me procurera sans doute plus de sommeil que je n'en ai eu depuis plusieurs semaines.

—Tu as mangé? demandé-je contre le sommet de son crâne.

—De la soupe.

—Tu es prête à aller te coucher?

Elle pivote la tête vers l'arrière pour me regarder, les sourcils froncés.

—Tu restes cette nuit? Je veux dire : ça ira?

—Je ne sais pas. Je n'ai jamais essayé, mais, comme pour toutes mes premières fois, j'aimerais que ce soit avec toi.

Je m'efforce d'être franc, mais, putain, je me sens comme une collégienne. Elle mérite de connaître la vérité, même si ça me met mal à l'aise de la lui avouer.

—Moi aussi, j'aimerais ça, répond-elle.

Elle descend de mes genoux, et j'éprouve toutes les peines du monde à la laisser partir. Je lui prends la main, et elle m'entraîne à travers le séjour.

—Laisse-moi d'abord prendre des trucs dans mon pick-up.

Je me penche pour déposer un infime baiser sur ses lèvres et je m'éloigne avant que les choses dégénèrent comme à mon arrivée.

—Je reviens tout de suite.

Je relâche sa main et je contemple ébahi ses hanches qui ondulent doucement tandis qu'elle se dirige vers la cuisine.

Dans sa tenue de jogging ample et son débardeur, elle est la femme la plus attirante que j'aie jamais vue.

Mon corps réagit, et je suis content d'avoir un peu d'espace libre dans mon pantalon. Je sors de la maison et j'inspire profondément l'air frais de la nuit. Mais j'ai beau essayer de me calmer, je ne peux pas la chasser de mon esprit. L'avant-bras me chauffe là où elle m'a touché, et mon torse est encore humide de ses larmes.

Ce soir, je serai au lit avec elle, occupé à l'embrasser et à la toucher, et, étonnamment, rien de tout cela ne me rend malade.

Au contraire, je pourrais être sur la voie de la guérison.

Après avoir récupéré mon sac de gym dans le pick-up, je retourne vers Mac qui m'attend à la porte. Elle a les bras croisés sur la poitrine, ce qui accentue la forme de ses seins et m'offre une vue parfaite sur la blancheur laiteuse de sa peau dévoilée par le décolleté de son débardeur. Ses épaules sont voûtées. *Pas bon signe.* Je m'arrête devant elle et je l'observe mordiller sa lèvre inférieure. Ouais, elle paraît vraiment mal à l'aise.

— On va trop vite ?

Je ne la ménage pas. Mais après toutes ces années où j'ai fait du surplace dans ma thérapie, et ces derniers jours où je dispose enfin d'un but, je refuse de lever le pied. Toutefois je ne veux pas lui imposer quoi que ce soit. Ça me ferait chier qu'elle me demande de partir, mais je respecterai sa volonté.

Elle ouvre grands les yeux et croise mon regard.

— Non. Pas trop vite. (Elle bat des cils et plisse les yeux.) Au contraire… trop lentement.

OK, j'avais pas capté.

Je l'attire dans mes bras et la serre fort contre moi, en faisant attention à ne pas l'écraser sous la puissance de tout ce que je ressens. Comment fait-elle ? Elle trouve toujours les bons mots dès que je me mets à douter de moi. À douter de nous.

J'ignore tout des relations humaines en dehors de l'octogone, ce lieu où l'on passe son temps à se foutre sur la gueule.

Elle m'entoure la taille de ses bras, et je la sens se détendre dans cette étreinte. Elle expire puissamment et me serre encore plus fort.

— J'ai l'impression de t'attendre depuis toujours, soupire-t-elle.

La voilà qui remet ça. Merde, cette femme est parfaite !

— Et moi, imagine-toi ce que je ressens. Je t'ai eue sous les yeux, mais j'apprends seulement à te connaître. (Je fais remonter la main le long de son dos jusqu'à cette zone chaude dans sa nuque et je la maintiens contre moi.) Tout ce temps perdu.

— Et si nous cessions de parler de ce que nous avons manqué ? (Elle pose le menton sur ma poitrine et lève le regard. Ses yeux – bon sang, ces yeux ! – de caramel clair, à nuls autres pareils.) Passons à ce que nous avons.

Je l'embrasse sur le front, et, quand je m'écarte, elle a les paupières closes comme si elle savourait ce contact.

Mon contact.

Les effluves de son parfum sucré des îles montent en volutes depuis son crâne, apportés par la brise légère. Je l'inspire, m'en imprégnant comme un gosse gourmand qui n'aime pas partager. Mon cœur palpite en sentant son corps appuyé contre le mien.

— J'ai une grosse journée demain, mon ange.

Je lui empoigne les fesses et je l'attire vers moi pour poser les lèvres sur les siennes. Elle sursaute. Je fais traîner mon anneau le long de la ligne de sa bouche, et elle gémit en s'affalant comme un poids mort.

—Ouais, il est temps d'aller au lit, ajouté-je.

Front contre front, elle acquiesce. Je lui prends la main et je l'entraîne dans la maison. Je m'immobilise à l'entrée du couloir, et elle prend le relais pour me guider le long du passage tapi dans l'obscurité. Nous longeons deux portes closes – j'imagine qu'elles correspondent à la chambre de Trix et à la salle de bains – avant de nous arrêter en face de la dernière.

Je me sens déjà enfermé. L'étroit couloir oppressant et l'absence de fenêtres activent ma phobie des espaces confinés. Je respire en priant de toutes mes forces pour que Mac ne m'emmène pas dans une chambre minuscule dépourvue d'air. J'efface un léger éclat de sueur sur mon front, et elle entrouvre la porte de quelques centimètres avant de la refermer aussi sec.

Qu'est-ce qui se passe ?

—Oh merde ! (Elle pivote sur elle-même et me fait face, les yeux écarquillés.) Est-ce que tu peux juste… euh… me donner une seconde ?

Je joue avec mon anneau de lèvre pour retenir un sourire.

—C'est le boxon dans ta chambre ?

—Ha ! (Elle baisse le menton.) Ouais. Je me sentirais mieux si tu me laissais un moment pour ranger.

—Bien sûr.

Je recule, et elle disparaît illico derrière la porte.

Ça n'a rien de surprenant. Ayant vu où je vivais, elle me croit sans doute incapable d'endurer un minimum de désordre. Je veux que la soirée se déroule sans accroc et, si le rangement de sa chambre y contribue, je suis prêt à patienter dans ce couloir qui a toutes les allures d'une cage à rats.

Je m'adosse au mur en face de la porte de sa chambre ; quelques instants plus tard, elle en sort.

— OK, c'est bon, déclare-t-elle.

Elle esquisse un pas de côté et ouvre la porte en grand.

Le tableau qui s'offre à moi ne correspond pas du tout à mes attentes. La chambre de Mac est simple et immaculée. Aucune déco en dehors d'une paire de lampes de chevet bleu-vert et d'un vieux fauteuil qui ressemble à un édredon. Pas de photos sur les murs, pas d'étagères, rien qu'une commode. Son lit est grand, tiré à quatre épingles et drapé d'un couvre-lit multicolore avec plein d'oreillers de couleur vive. Je parcours la pièce du regard... Tout est rangé.

Un autre truc qu'on a en commun.

Je pose mon sac sur le fauteuil.

— Je ne m'attendais pas à ça.

— Tu t'attendais à quelque chose ? Tu avais imaginé ma chambre ?

Elle penche la tête, à l'affût de ma réponse.

Je m'avance vers elle en plongeant les mains dans ses cheveux. Aussi doux que la soie.

— J'ai imaginé beaucoup de choses, mon ange.

Je baisse les mains, je lui caresse les cheveux et je laisse mes jointures lui frôler les tétons.

Son corps est assailli de frissons, et, vu ma proximité, je jurerais que c'est contagieux.

— À quoi tu t'attendais ?

— Des lumières noires, des posters de groupes de métal et de motos. (Je la tiens fermement par la taille pour lui faire comprendre que je suis aux commandes et que je veux qu'elle reste où elle est.) Mais tu aimes les couleurs vives. Qui l'aurait cru ?

Un rose pâle vient lui colorer les joues.

— Oh ouais, là où je vivais… euh… avant, il n'y avait pas de couleurs. Tout était blanc, ou en nuances de blanc.

Je glisse la main de sa hanche à son cul avant de remonter le long de son dos.

— Ça te va bien.

Nous ne nous quittons pas des yeux pendant des secondes, des minutes ; nous nous dévisageons tout en échangeant des intentions silencieuses. Mes entrailles se consument et mon cœur bat la chamade. La respiration hésitante, elle empoigne mon tee-shirt.

Soudain elle recule, et je la laisse mettre une distance entre nous. Sans me lâcher des yeux, sans sourire aguicheur, sans volonté manifeste de m'allumer, elle saisit le bord de son tee-shirt. D'un geste dénué d'effort, elle le fait passer par-dessus sa tête et le balance à ses pieds sur le tapis.

Je cligne des yeux avant de contempler ses seins parfaits, tout droit descendus du paradis. Mon estomac se contracte, mais cela reste supportable. Les bras le long des flancs, elle n'esquisse aucun geste pour me toucher, me laissant tout loisir de m'imprégner de sa nudité. Je déglutis violemment et je respire avec peine à travers la déferlante d'émotions contradictoires qui menacent de me submerger.

Je suis capable de plus que je ne crois.

Hier, je l'ai été ; ce soir, ce sera pareil.

Le bout de mes doigts brûle de parcourir sa peau crémeuse, de sentir cette chair de velours tandis que je prendrai le temps de mémoriser chaque centimètre carré, de toucher, d'explorer et de découvrir chaque courbe et chaque vallon.

— Viens, Rex.

Elle tend la main, et je m'en empare, me promettant de la suivre partout où elle le voudra si cela me permet de passer quelques minutes supplémentaires à respirer le même air qu'elle.

Elle m'entraîne vers le lit, et des sirènes retentissent entre mes oreilles. Danger. Perte de contrôle. Je me sens submergé par une envie pressante de la punir, de la rendre vulnérable, de la rabaisser pour qu'elle se retrouve démunie et désespérée, et me supplie de lui apporter un soulagement que moi seul, je pourrai lui procurer. Je grimace face aux images abjectes de domination qui défilent devant mes yeux et à l'excitation que celles-ci suscitent en moi. La honte se love autour de mes côtes, elle m'oppresse, me suffoque.

Je résiste, mais pas assez pour me libérer de son emprise.

Mac esquisse un signe de tête, l'inquiétude se lisant sur son splendide visage.

—Fais-moi confiance.

Je croise son regard et je n'y vois que de la tendresse, mais c'est en moi que je n'ai pas confiance. Je me suis mis à nu, j'ai dévoilé mes secrets et exposé mes insécurités. Et malgré cela elle me regarde comme si j'étais précieux. Ou apprécié.

Ça n'a pas de sens.

Comment une femme pourrait-elle s'intéresser à un type comme moi, et plus encore avoir envie d'être avec lui ? Je refuse de m'appesantir sur les « pourquoi », encore moins avec ma petite amie –*petite amie ?*– alors qu'un frisson de chaleur se répand lentement dans mon corps. Je me redresse pour laisser plus de place à cette sensation.

Petite amie.

Ouais.

Je croise de nouveau son regard et je lui prends la mâchoire.

—Je te fais confiance.

Elle hoche lentement la tête et appuie la joue contre ma main. Elle ferme les yeux. Ébahi, je contemple sa beauté, ses mèches noires soyeuses qui dansent sur sa peau et encadrent son visage d'ange.

Elle laisse glisser les doigts, de ma main posée sur sa joue jusqu'à mon poignet, et continue lentement vers mon avant-bras. Mon rythme cardiaque s'accélère et un soupçon de panique me picote la nuque. Avant que je puisse me soustraire à son contact, elle retire la main et ouvre les yeux, presque comme si elle sentait l'angoisse qui me guette. Même si j'ai besoin qu'elle se soumette à ma volonté, sa main me manque aussitôt.

Je m'oblige à soutenir son regard. Elle m'adresse un bref sourire rassurant, puis s'éloigne de moi à reculons. Je visse mes pieds au sol pour ne pas me lancer à sa poursuite.

Elle se tourne, pose un genou sur le lit et rampe vers le milieu du matelas. Elle se laisse ensuite retomber sur le dos et prend une inspiration hésitante. Sans un mot, elle reste ainsi immobile, sereine et incroyablement belle. Je suis fasciné par le va-et-vient de ses seins au rythme de sa respiration ; leur mouvement me berce jusqu'à l'hypnose. Mon regard descend vers son ventre duveté si féminin. Le battement léger de son pouls m'incite à aller savourer, toucher et me régaler de cette peau délicate.

À la regarder ainsi, les yeux clos, le souffle régulier, totalement soumise, je me sens appelé à poser les mains sur elle, ne serait-ce que pour me convaincre qu'elle est bien réelle.

Je m'assois sur le bord du lit, le regard rivé au sien. Le matelas bouge, ce qui l'avertit de ma présence, mais elle ne bronche pas. Putain, ce qu'elle est belle ! Jusqu'ici je n'avais pas compris à quel point j'avais besoin de tout ceci, besoin d'elle.

Je fléchis les poings, je meurs d'envie de la prendre avec sauvagerie, de m'imposer à elle, de l'attacher et de la faire hurler. Mon besoin de la protéger fait barrage à ces images, les repoussant pour les verrouiller à double tour.

Elle mérite un homme meilleur que moi, qui sera capable de la regarder les seins à l'air sans devoir affronter une multitude de visions dégradantes. Comment pourrais-je devenir cet homme ? En m'attaquant à mes problèmes, en faisant tout pour m'en libérer ? Je peux y arriver. Je le pense.

Je prends une grande inspiration et je me reconcentre sur elle. Une auréole gothique de cheveux noirs lui encadre le visage, et ses lèvres rouge cerise s'écartent au rythme de sa respiration. Un rose pâle lui colore le cou. Ses jambes remuent et se frottent l'une contre l'autre comme si elle cherchait à allumer un feu.

Putain, je ne l'ai même pas encore touchée, et elle est déjà excitée ! Docile, gisant offerte, elle aime ça.

Pénétré d'une forme inédite de pouvoir, j'ose un geste et je tends la main pour dessiner les contours de son nombril. Elle laisse échapper un murmure haletant de plaisir. Je dessine du bout du doigt des cercles aguichants ; sa peau est si douce que j'ai l'impression de caresser l'air.

Elle soulève le bassin à ma rencontre.

Je retire la main.

—Non.

Un soupir de dépit, et elle se laisse aller sur le lit.

—C'est bien. (Je repose les doigts sur elle, cette fois sous ses seins pour récompenser sa coopération.) Tu aimes quand je te touche.

—Oui.

Cette seule syllabe, frémissante d'impatience et de tension, suffit à accroître mon excitation.

Je prends une profonde inspiration pour essayer de m'ancrer dans le présent et je déplace le doigt, parcourant affamé sa chair douce, centimètre par centimètre, jusqu'à parvenir entre ses seins. Hypnotisé, je trace des cercles autour de chacun d'eux, tour à tour. Elle réagit au contact le plus innocent, et les mouvements de sa poitrine se font plus rapides. Je ravale un sourire suffisant. Ce pouvoir est enivrant.

Libérateur.

Addictif.

Délaissant le galbe de son sein, je glisse le doigt jusqu'à son mamelon pour en dessiner le contour, tout comme je l'ai fait pour le nombril. Elle arque le dos et grogne avec un désir si vif et une telle absence de retenue que ma queue vient s'appuyer douloureusement contre ma braguette.

Je réitère mon exploration, et elle se met à suçoter sa lèvre inférieure tout en grondant. Je me penche davantage jusqu'à ce que ma bouche ne soit plus qu'à un souffle d'elle.

— Donne-la-moi. (Je traîne mon piercing le long de la ligne de sa bouche, et, dans une infime suffocation, elle libère sa lèvre. *Vachement sexy.*) Elle m'appartient. (Je mordille sa lèvre qui prend une teinte rouge plus profonde.) Laisse-moi t'explorer.

Son corps se convulse, et ce tressaillement est porteur d'une énergie sexuelle inédite pour moi.

— Je t'en prie.

Je pars à la rencontre de ses lèvres et je pousse un grognement dans sa bouche accueillante. Putain, j'adore quand elle me supplie ! La voix dans ma tête me souffle que je dois être tordu pour me délecter ainsi de sa vulnérabilité, mais je l'ignore. Tenant son sein lourd en main, j'introduis la langue dans sa bouche. Sa saveur de miel m'invite à explorer plus loin, à en vouloir davantage. Je lui suce la langue, je lui mordille les lèvres, je prends tout ce que je peux. Elle incline la tête pour faciliter ma razzia et je prends tout ce qu'elle offre avec une satisfaction gloutonne.

Le bruit retentissant de mon cœur qui se fissure dans ma cage thoracique propulse l'adrénaline dans mes veines. Tout cela est nouveau pour moi, et mon esprit s'efforce de suivre la cadence. Appuyé sur un coude, je me penche au-dessus d'elle tandis que mes doigts libres mémorisent la sensation de ses courbes. Je descends ensuite la main, de la pente de son ventre vers l'évasement de ses hanches.

Un geignement émane de sa gorge. Je m'écarte et je remarque qu'elle s'agrippe de toutes ses forces à la couette.

—Ouvre les yeux.

Elle obtempère, et je dois me contenir en apercevant la guerre qui fait rage dans son regard. À quoi pense-t-elle ?

—Parle-moi.

—Je veux te toucher.

Je vérifie ses mains, toujours fermement agrippées à l'édredon.

—Ah bon ? C'est pénible ?

—Oui, lâche-t-elle d'une voix lézardée.

Le pouvoir que j'exerce sur elle me fait bander à mort. Savoir que d'une certaine façon je la torture me paraît si bon que j'en ai la tête qui tourne. Je me sens excité et j'oublie tout, en songeant qu'elle se retient de me toucher au point d'en être mal à l'aise. Mais dire qu'en plus, pour mon unique plaisir, elle refuse d'envisager un soulagement à son désir si intense et qu'elle en souffre ? Bordel, elle m'abandonne toute suprématie, du coup j'ai envie de tout lui donner.

Cette multitude de pensées me fait tourner la tête. Je refoule la confusion qui me gagne et je m'autorise à ressentir, à vivre l'instant présent et à en retirer le plus de bienfaits avant de perdre le fil.

Je me redresse et je balance la jambe par-dessus son corps pour venir enfourcher ses hanches. Ses yeux flamboient. Vue ainsi de haut, elle paraît si petite, démunie et absolument stupéfiante.

Tendant le bras derrière moi, je fais passer mon tee-shirt par-dessus la tête avant de le jeter par terre à côté du lit. Ses bras tressaillent, mais elle ne desserre pas les mains.

—Sage.

Je prends un moment pour remarquer que la peau pâle de sa poitrine est devenue rose ; ses seins bondissent à chacun de ses hoquets. Mais tout cela ne l'empêche pas d'obéir et de rester calme.

—Merci de m'offrir tout ceci, ajouté-je.

Elle esquisse quelques brefs hochements de tête, sans croiser mes yeux. Les siens restent rivés sur mon torse, voyageant sur mes piercings avant de descendre vers mes abdos. Je l'observe me dévorer du regard et je sens un désir frénétique flamber sous ma peau.

J'ai besoin de la sentir sur moi. Partout.

—Donne-moi la main.

Je tends la mienne à quelques centimètres de son poing, lui laissant le choix d'obtempérer ou pas.

Elle pose la main dans la mienne, et la moiteur de sa paume me confirme l'épreuve qu'elle endure. Je souris et je porte ses doigts à mes lèvres pour déposer un baiser sur sa peau humide. Incapable de me passer de sa saveur une seconde de plus, je fais glisser la langue du bas de sa paume vers son index jusqu'à la partie pulpeuse de son doigt avant d'en insérer l'extrémité dans ma bouche. Mes yeux luttent pour rester ouverts malgré la saveur salée qui m'inonde les sens. Elle grogne et ondule des hanches. Putain, son corps qui se tortille sous le mien, alors que je la maintiens en place de tout mon poids, c'est incroyablement torride !

Après avoir embrassé la pulpe de son doigt, j'abaisse lentement sa main le long de mon cou, puis de ma clavicule, pour finir sur mon torse et la poser sur les pulsations démentielles de mon cœur. Finalement, je lui libère la main pour lui rendre le contrôle.

Elle me dévisage, en quête d'une permission. Je hoche la tête, j'inspire profondément entre les dents et je retiens mon souffle. J'attends.

Enfin, après ce qui me semble une éternité, elle bouge. Elle glisse la main le long de mes pectoraux, tantôt dessinant le contour de mes tatouages, tantôt suivant son propre chemin. Elle se montre parfois douce, et d'autres fois elle s'autorise à me griffer avec ses ongles, ce qui communique la chair de poule à mes bras. Elle replie les doigts sur l'haltère accroché à mon téton et tire dessus. Je pousse un grognement en baissant la tête. Elle tire de nouveau.

Plus fort. Fais-moi mal.

Les mots se trouvent sur le bout de ma langue, mais, dans un ultime effort pour ne pas basculer totalement dans la perversion, je me tais. Nous avons déjà parcouru un long chemin ; lui avouer que j'aimerais qu'elle me fasse mal ne ferait que réduire à néant tous les progrès accomplis.

Une fois qu'elle a exploré l'entièreté de mon torse, elle repose la main sur le lit comme si elle attendait l'injonction suivante.

Je me sens envahi par l'espoir. Elle rend les choses si faciles. Pour la première fois, je me sens… normal. Je pourrais m'y habituer.

Je me redresse sur les genoux et je me dirige vers le bas de son corps en me dandinant.

—N'oublie pas que tu peux parler.

Elle acquiesce, comprenant que, si je la pousse au-delà de sa zone de confort, elle doit me le faire savoir.

Je m'empare de l'élastique de son pantalon, que j'abaisse. Elle soulève le cul et lève une jambe à la fois jusqu'à ce qu'elle soit uniquement vêtue d'une culotte en dentelle.

—Noire. Ma couleur préférée. (Je caresse l'intérieur de sa cuisse de mes jointures et je repose les doigts entre ses jambes.) Même si elle est très jolie, mon ange (je fais voyager mes doigts de haut en bas), je pense que ce qu'il y a en dessous est encore beaucoup plus beau.

Elle se mord la lèvre et se presse contre ma main.

—Reste sage.

J'abaisse sa culotte sur ses cuisses et j'obtiens mon premier aperçu intégral d'elle entièrement nue. Je manque d'air et je cligne des yeux en réaction à la vague d'excitation qui m'assaille violemment.

—Putain, regarde-moi ça !

Sa peau pâle et nue appelle mon toucher. Je fais courir les mains de ses chevilles à ses cuisses, déchiffrant la chair de poule qui en résulte comme si je lisais du braille. J'enregistre dans ma mémoire les endroits où mon toucher la contracte et ceux où elle réagit en semblant se fondre dans le lit.

J'ai l'eau à la bouche, une sensation familière quand je couche avec une nana, mais cette fois la salive ne s'accompagne pas de nausée. C'est une faim, pure, simple, une voracité animale.

Je relève sa jambe et la pose sur mon épaule, exposant ainsi totalement son intimité. Elle gémit en laissant rouler sa tête sur le côté. Un grondement sourd résonne dans ma poitrine, et je m'humecte les lèvres. Tout en elle, de la pointe des cheveux jusqu'aux orteils, est splendide et stupéfiant.

— J'avais raison. Tu es magnifique.

Sa respiration se coince dans sa gorge.

— Merci, commente-t-elle dans un murmure soumis et sincère.

J'embrasse le côté de son mollet une fois, puis une deuxième, avant de m'intéresser à l'intérieur de sa cuisse. Elle se tortille et cambre le dos.

— Tout doux, mon ange.

J'enfonce les doigts dans sa hanche pour la plaquer sur le matelas.

Elle grogne de frustration, mais elle hoche la tête, acceptant une fois de plus de souffrir pour mon plaisir. Je me demande ce qu'elle ferait d'autre pour moi, jusqu'où elle serait prête à aller si elle savait que cela contribuerait à mon bonheur.

Des visions tourbillonnent dans mon esprit : nos corps qui entrent en collision, des chocs violents peau contre peau. Je serre les paupières pour écarter ces pensées et convoquer un sentiment de paix. Je ne lui ferai pas ça. Je me contrôle. Totalement.

Je rouvre les yeux et je l'aperçois qui me scrute, dans l'expectative.

— Tu vas bien ?

— Ouais. (Je continue de caresser sa peau et je descends plus bas jusqu'à ce que mes épaules se retrouvent entre ses cuisses.) Plus que bien.

J'accroche son autre jambe sur mon épaule et je pique une tête pour venir la titiller de la bouche. Elle enfonce les talons dans mon dos et se soulève en offrande.

Je repousse son bassin sur le lit.

—Pas bouger.

Elle se laisse aller et écarte les jambes. Je plonge vers l'avant, je la goûte pour la première fois et je grogne de satisfaction.

Elle resserre fermement les jambes autour de mes épaules.

—Oh, mon…

—Chut…

Mon souffle sur sa chair lisse et humide la fait frissonner. Je souris et j'appuie la langue là où elle le désire le plus.

Je la dévore, je veux la sentir contre mes lèvres, mon piercing ratisse sa peau sensible et j'apprécie les sons délicats qui s'échappent de sa bouche. Encore, plus profond, je lui redresse les hanches pour positionner son corps dans le bon angle.

Un élan de désir se diffuse dans mes artères. Je baisse les paupières et j'imagine que la chaleur soyeuse que je ressens sur la langue vient m'envelopper la queue au moment où je la pénètre. Je mets de nouveau l'anneau de ma lèvre à contribution, qui la frôle à plusieurs reprises jusqu'à ce qu'elle se contorsionne.

Elle gémit, et ses abdos se contractent. Je tiens les rênes et pourtant c'est moi qui suis soumis à la torture. Je suis tout près du but, mais pas encore assez près.

Son corps réagit à chaque coup de langue que je lui administre, et sa poitrine sursaute au rythme de sa respiration précipitée, chacun de ses mouvements éloignant un peu plus mes démons. Après un dernier baiser à sa chair échauffée, je me retire. Elle proteste avec un geignement. Je prends un préservatif dans ma poche arrière et j'ouvre le bouton de mon pantalon.

Elle gémit et met son avant-bras sur les yeux.

— Mac, mon ange, regarde-moi.

Elle baisse le bras et me dévisage.

— Je veux que tu regardes.

Une demande tordue, autoritaire et dominante, mais j'ai besoin de sentir ses yeux sur moi et de rester connecté à mon désir. Je me noie dans ses attentes, dans son envie, dans son propre désir ; cela me permet de rester focalisé sur nous plutôt que sur les saloperies que je m'efforce de garder dans les ténèbres.

J'ouvre ma braguette et j'abaisse suffisamment mon pantalon pour lui montrer l'effet qu'elle exerce sur moi. Sans la quitter du regard, je déchire l'emballage du préservatif avec les dents et j'enfile celui-ci avec lenteur. Centimètre par centimètre, j'observe, subjugué, les yeux de Mac posés sur moi. L'envie se transforme en besoin, et le besoin en désespoir.

La queue à la main, je me caresse, et elle se passe la langue sur les lèvres.

— Retourne-toi.

Ses yeux délaissent mes hanches pour se précipiter vers mon visage, et elle fronce les sourcils.

— Mais je veux te voir.

Je ne l'ai jamais fait face à face. Je suis certain que j'y arriverai tôt ou tard, mais tout se déroule si bien que je me sens nerveux à l'idée d'essayer un nouveau truc.

— Mac...

— S'il te plaît. Je... C'est important pour moi. (Elle recule et s'agenouille, adoptant une position similaire à la mienne, à quelques dizaines de centimètres de moi.) Je ne te toucherai pas, je me tairai, tout ce que tu voudras, mais… est-ce que tu peux au moins m'accorder ça ?

Je t'accorderais n'importe quoi.

— Je vais essayer.

Ma voix n'est plus habitée par la même confiance, et elle doit le percevoir. Je lui caresse le côté du visage et je plonge les doigts dans ses cheveux.

— Viens par ici.

Elle se redresse et s'approche de moi à genoux jusqu'à ce que ma queue se presse contre son ventre doux. La chaleur qui émane d'elle, bien qu'atténuée par le préservatif, me donne un avant-goût de ce qui va suivre. Je grogne et je fléchis les hanches, impatient de pénétrer son corps délicieux.

Je l'attire vers moi et j'incline la tête pour poser les lèvres sur les siennes. Le mélange de sa saveur intime, que j'ai toujours sur la langue, et de sa bouche humide me retourne l'estomac, et je ressens l'envie dévorante de la baiser à sec, de la pilonner jusqu'à ce qu'elle me supplie à pleins poumons d'arrêter.

Non. Putain!

Je romps le baiser et je pose la main sur son sein avant d'aller embrasser celui-ci. Elle rejette la tête en arrière avec un soupir si délicat que je n'ai qu'une envie : le réentendre aussitôt. Pour décrocher cette récompense, je serais capable de voler, de me battre, de tuer. J'avale son téton pour le sucer, et elle suffoque bruyamment. Je serre les paupières de toutes mes forces.

Je ne veux pas lui faire mal. Hors de question.

Je ne lui ferai pas mal.

Passant d'un sein à l'autre, je me sers de ma langue, de mes dents, de l'anneau de ma lèvre, de tout ce que ma bouche peut offrir à ces bourgeons roses contractés. Elle s'incline vers l'arrière et va poser les mains sur mes épaules pour conserver l'équilibre. Elle plante les doigts dans ma chair, tenant bon.

Me tenant en place.

Me tenant…

Le fond de ma gorge est douloureux, et mon estomac exécute des embardées. Je tressaille, mais je parviens à ne pas la repousser.

Le mal se presse au seuil de mon esprit, il cherche à me priver de cet instant, à détruire le bien et à m'arracher toute chance de bonheur.

Je suis capable de plus que je ne crois.

Il le faut parce que désormais je ne me satisferai plus de l'alternative.

Je retire la bouche de son sein et j'agrippe sa nuque pour l'amener à se redresser afin qu'elle retrouve l'équilibre. Elle a les paupières tombantes et les lèvres écartées ; ses cheveux couleur de nuit retombent sur ses épaules, voilant sa peau blanche comme le lait.

— Ça va ?

Je ressens une chaleur familière en percevant l'inquiétude dans son murmure. Je n'y comprends rien, mais c'est délicieusement bon. Je souris en hochant la tête.

— Plus rien ne sera jamais pareil.

— Mon Dieu, Rex…

Sa main glisse de mon épaule à ma mâchoire, et le voile d'excitation quitte ses yeux. Elle me caresse la joue du pouce en posant sur moi un regard dont aucun être humain ne m'a jamais gratifié.

—J'espère que tu as raison.

Quel est ce regard ? Je l'ai déjà aperçu, chez Jonah lorsque Raven a les yeux ailleurs et la main posée sur le renflement de leur futur bébé. Je l'ai vu chez Layla lorsque Blake s'occupe d'Axelle, que ce soit pour lui prodiguer un conseil ou simplement tailler une bavette. Ce n'est pas de l'amour ; c'est plus concret. Tangible. Immunisé. Rien au monde ne peut l'atteindre.

Et celle qui me l'offre, c'est cette femme qui se trouve là, nue devant moi, qui me désire, qui est disposée à faire tout ce que je souhaite… Non seulement je me sens capable, mais je suis prêt.

Je glisse la main dans sa nuque. Ce contact possessif accélère son pouls contre ma paume, et ma queue palpite entre mes jambes. Elle laisse retomber la main de mon visage et prend une profonde inspiration.

Je l'attire vers moi pour déposer un léger baiser sur ses lèvres.

—Écarte les genoux. (Tout en maintenant mon emprise, je caresse sa nuque du pouce.) J'aimerais que tu puisses voir combien tu es belle. (Je glisse ma main libre le long de son bras en direction de sa hanche et j'insère le bout de mes doigts entre ses cuisses, vers cet endroit dont mes lèvres ont encore le goût.) J'aime que rien ne te dissimule à mon regard.

Un puissant gémissement gronde dans sa poitrine, et elle projette les hanches vers l'avant.

Je m'amuse de son enthousiasme, et j'ai bien l'intention de ne pas la faire attendre.

—Ouais, moi aussi, j'en ai envie. (Je glisse deux doigts entre ses jambes et je me mords la lèvre en sentant à quel point elle est prête.) Putain, tu es tellement humide !

Je plonge les doigts en elle et je m'arrête en les sentant compressés.

Je fais glisser le pouce de haut en bas sur le côté de sa gorge pour l'inciter à se détendre. Lorsque je sens qu'elle est prête, je fais coulisser mes doigts tranquillement pour lui donner l'occasion de s'habituer à cette intrusion.

Ses hanches se lancent dans un mouvement de va-et-vient asymétrique au mien. Elle en veut plus et je ne suis pas en mesure de le lui refuser.

Elle gémit lorsque je retire la main de la chaleur intérieure de son corps. Je me saisis l'entrejambe et j'avale le goût acide qui me remonte à la gorge avant de l'embrasser. Elle me suce la lèvre inférieure et mord mon anneau avant de le relâcher. Je suis crispé et incroyablement excité d'être arrivé aussi loin. Le reste est facile.

—Accroche-toi, mon ange, dis-je contre ses lèvres avant de libérer sa nuque pour m'emparer de son cul.

Je serre les genoux et je les glisse entre les siens afin qu'elle se retrouve à califourchon sur mes cuisses.

Elle a à peine le temps de poser les mains sur mes épaules que je m'enfonce en elle, au beau milieu de sa chaleur. Son cri strident s'en va résonner sur les murs.

—Merde, je suis désolé! (Je ne voulais pas lui faire mal. Je voulais y aller mollo, mais une fois que je l'ai sentie me prendre j'ai perdu le contrôle.) Dis-moi quelque chose.

—Ça va. (Elle hoche la tête.) Vraiment, je t'assure.

Je lui accorde une seconde dont elle n'a manifestement pas besoin, car elle plonge les yeux dans les miens et se met à remuer. Je lui agrippe les hanches pour l'immobiliser. Elle proteste, frustrée.

—Chut, mon ange.

Je me penche pour prendre son téton en bouche. Elle se détend et s'affaisse sur moi. Je me rue à l'assaut ; elle plonge les doigts dans mes cheveux et me maintient contre son sein.

Une main posée sur le lit derrière moi pour me soutenir, j'empoigne son cul de l'autre et j'appuie fermement. Je pousse un grognement contre son sein, et elle s'arque sur mon bassin.

— Oui.

Elle me tire les cheveux.

La morsure est si douce, tellement familière et répugnante. Je repousse la honte qui accompagne cette joie née de la douleur et je me projette en elle plus vivement. Plus fort. Chacun des puissants soulèvements de mon bassin représente à mes yeux une tentative de détruire la laideur qui refuse d'abandonner le combat.

Ma vision s'embrume ; les ténèbres me recouvrent les yeux. Des flashs, des images. Des mains qui touchent, qui violent. La honte dérisoire de se sentir démuni.

— Putain !

Mes hanches s'activent comme des pistons, mes mains lui égratignent la chair. Tenir bon, repousser, agripper, faire mal.

Merde !

L'ombre des mots murmurés. *Dégoûtant. Méchant. Vilain.*

— Laissez-moi tranquille.

La fragilité de ma voix me fait grimacer.

Ses muscles se contractent.

— Rex ?

Non. Ils n'auront pas ce moment. Il m'appartient.

Avec un rugissement guttural, je m'élance et je la pousse sur le lit. Je me rue sur elle, recouvrant son corps du mien.

— Je suis désolé.

Elle m'enserre de ses jambes posées dans le creux de mes genoux.

— Inutile. Je suis avec toi. Projette tout sur moi.

J'enfouis le visage dans son cou, et elle me serre contre elle. Elle pose les bras autour de mes épaules tandis que je mène la guerre aux visions hideuses qui refusent de céder du terrain.

Mes poumons se contractent. Pas d'air.

— Je ne veux pas te faire mal.

— Je souffrirai pour toi. (Elle tamise mes cheveux.) Prends ce que tu veux chez moi. Je te le demande.

Je me redresse et j'aperçois le feu de la détermination qui luit dans ses yeux.

— Je suis sérieuse, Rex. (Elle s'empare de mon visage et plante le regard dans le mien.) Vas-y, prends.

Sa résolution déclenche un besoin si profond que je pousse sur mes bras pour la dévisager de haut. Elle prend une longue inspiration, laisse retomber les mains sur le lit et hoche la tête.

Je me mordille la lèvre et je me rue en elle. Elle gémit, raillant mes démons intérieurs.

Mes hanches sont entraînées vers l'avant. Une fois. Deux fois. Plus fort. Plus vite.

Elle se cambre et adapte sa position. Elle repousse la tête en arrière dans l'oreiller. Ses jambes s'écartent encore un peu plus, offrant davantage de latitude à mes mouvements.

Je craque. L'effet combiné de son corps enflammé, assujetti à ma volonté, et de sa chaleur qui m'enserre m'excite.

Parfait, incroyable.

Ses yeux tombants sont rivés aux miens.

—Rex, je suis…

Je baisse le front et je mets tout mon poids dans mon bassin. L'intensité me consume les épaules et rend mes muscles douloureux.

Elle enserre mes hanches entre ses jambes et hurle mon nom. Elle enfonce les ongles dans mes biceps et entre en convulsion sous moi, autour de moi ; je le sens jusque dans mes veines.

Le désir prend le dessus, et je me presse en elle. Mes entrailles se contractent. La nausée se déploie dans mon estomac. Je la ravale et je lutte de toutes mes forces pour rester dans l'instant présent.

Son corps sous le mien se relâche. Je suis proche de l'orgasme et incapable de me retenir. Je ferme les yeux et je me mords la lèvre. Des éclairs aveuglants derrière mes paupières. Un sentiment de relâchement jaillit à travers tout mon corps. *Bordel !*

La tête me tourne ; une vague d'euphorie prive mes muscles de la force nécessaire pour supporter mon poids. Je m'affale sur elle, pantelant contre sa poitrine. J'attends les haut-le-cœur, le besoin pressant de purger mon corps de la laideur. Les secondes s'écoulent, mais rien ne vient.

Elle me serre tout contre elle en faisant danser ses doigts le long de ma colonne vertébrale.

—Rex, je… Tu vas bien ?

Est-ce que je vais bien ? J'expire longuement et j'opère un rapide tour d'horizon. Tout est OK. Pas d'envie de vomir à l'horizon.

—Je pense que oui. Et toi, ça va ?

Je lève les yeux, et un sourire rassasié se dessine lentement sur ses lèvres.

—On ne peut mieux.

— Tu es incroyable.

Je balaie ses cheveux terriblement excitants de son visage.

Elle se fend d'un large sourire et se masque le visage de la main. Un gloussement bouillonne derrière ses doigts.

Son rire joyeux me fait sourire ; je m'étonne encore de ne pas devenir malade.

— Des tas de trucs moches me sont arrivés après le sexe, mon ange, mais on ne s'était encore jamais moqué de moi.

J'enfouis le visage dans son cou, et mes lèvres absorbent les vibrations de son rire.

— Je suis désolée, ce n'est pas drôle. C'est juste que… (elle inspire entre les dents) je ne me rappelle pas avoir été aussi heureuse.

— Hmm.

Je fais courir les lèvres le long de son cou, m'imprégnant de son odeur.

Je suis toujours en elle. Chevilles croisées, elle m'entoure la taille de ses jambes. Je me retrouve coincé en elle, maintenu en place ; mes mouvements sont restreints. Une ombre de panique me parcourt l'échine, mais ne parvient pas à se matérialiser. Je suis en sécurité. Elle ne me fera pas mal. Je relâche les épaules en savourant le sentiment de liberté né de cette victoire. Une bataille après l'autre remportée dans la guerre pour mon avenir. Chaque fois avec elle.

Chaque fois grâce à elle.

— Rex ?

Toute trace de rire a disparu de sa voix, elle a soufflé mon nom, ce qui m'échauffe les sangs. Elle oscille du bassin pour se frotter contre moi.

Mon corps s'éveille à la vie, il se tient au garde-à-vous, prêt à mener une autre bataille. Confiant, plus solide et capable que jamais.

Je mordille le lobe de son oreille.

—Tu n'en as pas fini avec moi.

—Jamais.

Chapitre 17

Nouveaux débuts
Le passé, on n'en veut plus
Un futur à inventer
Pas moyen de se tromper

Ataxia

Rex

L'obscurité règne dans la chambre de Mac. Nos corps nus sont entortillés sur la couette. Seul le son d'une légère respiration près de mon oreille trouble le calme de la pièce.

Est-ce qu'elle s'est endormie ? J'ignore depuis combien de temps nous sommes ainsi. J'ai beaucoup réfléchi à ce qui s'est passé ce soir. J'ai pris le temps d'explorer son corps dans toute son intimité, et, lorsque nous avons finalement fait l'amour, cela n'avait rien à voir avec le choc violent des baises absurdes auxquelles je suis habitué.

J'ai vécu une révolution copernicienne, le genre de truc qui change un homme.

Je n'aurais jamais cru vivre tout ce que je vis avec elle. Et même si les visions et la honte ne me laissent pas tranquille, la présence de Mac atténue leurs effets. La plupart de mes expériences m'ont rendu malade, alors je préférais éviter toute sexualité ou la partager avec des filles qui ne signifiaient rien à mes yeux. Mais être avec quelqu'un qui compte pour moi rend les choses plus belles.

À y réfléchir, c'est logique. C'est vrai, il suffit de regarder Blake et Jonah. Ces types ont quitté leur existence de play-boy pour faire une putain de demande en mariage, tout ça parce qu'ils ont rencontré la femme qu'il leur fallait.

Si ces filles ont été leur guérison, est-ce que Mac pourrait être la mienne ?

Est-ce que je pourrais la fréquenter de manière régulière ? Des sorties au resto, au ciné ?

Un sourire s'étire lentement sur mes lèvres. *Bien sûr que je le pourrais.*

— Mac, mon ange ? (Je lui embrasse le crâne, et elle lève les yeux sur moi dans l'obscurité.) Tu dors ?

— Non, je réfléchis.

Elle m'embrasse le torse.

— À me virer de ton pieu ?

Je ne pense pas que je serais capable de partir là maintenant, même si elle me le demandait.

— Non, au contraire en fait.

Je ne pensais pas que ce serait possible, mais je ressens une chaleur encore plus intense dans la poitrine, je me sens encore plus comblé.

— Ah bon ?

— Hmm hmm.

— Écoute. Laisse-moi aller pisser fissa. Puis on va ramper sous cette super couette et tu m'expliqueras tout ce que tu veux sur le contraire tandis que je tiendrai ton joli cul tout nul entre mes mains.

Et tout cela sans signes précurseurs de vomissements. Incroyable.

Un rire profond résonne dans sa poitrine, et, bordel de merde, qu'est-ce que c'est sexy.

—J'approuve ce plan.

Elle remue pour se libérer de mon emprise, mais je resserre les bras autour d'elle.

—Attends un peu.

Elle reprend place contre moi. Silencieuse.

—Au sujet de ce soir, je sais que ce n'était pas l'expérience la plus douce pour toi. Je… euh… (J'expire et j'essaie de dire ce que je dois tout en préservant ma dignité.) Ça s'améliorera. Avec le temps, je pense que j'irai mieux.

Le sexe était incroyable ; j'espère qu'elle pige que je veux surtout signifier que moi, je compte m'améliorer.

Elle secoue la tête.

—Pas possible. Ça ne peut pas être plus parfait que parfait.

« Parfait » ? Avec ma main autour de sa gorge, avec mes dents qui lui mordaient la peau, alors que je la serrais jusqu'à laisser des marques. Elle trouve que ça, c'était parfait ? La chaleur me monte au visage, et je détourne la tête pour éviter ses yeux inquisiteurs.

—Tu peux me trouver folle, mais j'aime vraiment ton attitude au lit. J'aime la façon dont nous sommes ensemble. (Elle glisse le doigt de ma tempe à ma mâchoire.) Je ne t'ai pas toléré, Rex. J'aimais ça.

Comment est-ce possible ? Je refuse d'y réfléchir, préférant me concentrer sur la signification de ses paroles.

Je suis meurtri, et ce ne sont pas des vieilles blessures qui ont guéri en laissant des cicatrices, mais des balafres béantes, faites de sang et de tissus cellulaires. Et elle s'en fiche. Non seulement elle s'en fiche, mais en plus elle me comprend.

Son bâillement m'arrache à mes pensées.

— Merde, nous devons roupiller ! (Je me roule sur elle et j'enfouis le visage dans son cou.) Pour info, moi aussi, j'ai aimé ça. Beaucoup.

Elle me caresse la hanche avant de remonter la main dans mon dos.

— J'ai remarqué.

Je lui réponds par un large sourire et je dépose un chapelet de baisers de son cou à sa clavicule.

— Je n'arrive pas à m'éloigner de toi.

— La salle de bains n'est qu'à quelques mètres. Plus vite tu pars, plus vite tu seras de retour.

Elle me serre fort, contredisant ses propres paroles.

Ma bouche façonne un chemin vers ses lèvres.

— Moins de cinq minutes.

Je me redresse avec la ferme intention de battre un record de vitesse de vidange de vessie pour ensuite reprendre Mac dans les bras.

Elle râle, et je la sens qui remue derrière moi. Un léger « clic », et la chambre se retrouve baignée de lumière ; Mac se laisse retomber sur le matelas en grognant.

Je bascule les jambes par-dessus le lit et je prends un instant pour recouvrer mes esprits. Je laisse tomber la tête dans les mains et je me frotte les yeux. Putain, ces dernières semaines ont été éprouvantes, entre l'entraînement pour le combat et tous mes trucs à gérer. Je suis mort crevé. Après demain soir, je vais roupiller pendant une semaine entière.

Je fléchis les orteils sur la moquette. Merde, même eux sont ankylosés !

Alors que je m'apprête à me lever, j'aperçois quelque chose qui dépasse de sous le lit. Je cligne des yeux avant de les plisser sur la fourrure brune et le minuscule tee-shirt bleu.

À moitié caché, c'est difficile de dire ce que… *Un ours en peluche ?* Mes bras s'engourdissent. Je me mets à transpirer. Qu'est-ce que c'est que ça ?

Je me penche pour le ramasser. C'est une peluche qui a connu des jours meilleurs ; la crasse et le temps ont rendu sa fourrure poisseuse. Le petit tee-shirt bleu a été raccommodé par endroits, et les lettres « Las Vegas » en rouge sont effacées et craquelées. Ma poitrine se resserre sur mon cœur qui bat la chamade.

Ma main tremble. Je connais cet ours. Je serre l'animal si fort que mes jointures s'échauffent. Des visions. De mes rêves. Cet ours.

Oh non !… Mon corps s'enflamme. J'appuie le front dans ma main. *Respire… inspire, expire… inspire, expire.*

« C'est pour moi ? »

« Oui, il est vraiment doux… »

Ma respiration connaît des ratés. La petite fille. Je ferme les yeux, je sonde ma mémoire. Des cheveux orange, des yeux gris. Oui. La voilà. Je la vois. Nous parlons et… nous essayons de nous donner la main. Il n'y a pas beaucoup d'espace. Mon corps me fait mal. Mon cœur s'emballe.

« Je me suis dit que ça t'aiderait à dormir. »

« Merci, Gia. »

C'est son nom. Gia, la petite fille de mes rêves, elle m'a donné un ours comme celui-ci. Ou celui-ci. Mais comment est-ce possible ? La nausée me monte à la gorge. Je ravale la salive qui m'envahit la bouche. Bordel, qu'est-ce qui m'arrive ? Il ne faut pas que Mac me voie dans cet état.

Je me repousse du lit et je récupère mon pantalon. Je dois foutre le camp d'ici. Le vertige me fait vaciller. L'ours tombe au sol. Je me rattrape au lit.

— Rex ? (La voix de Mac, embrumée de sommeil, en total contraste avec la bourrasque qui se déchaîne sous mon crâne.) Tu t'en vas ?

Ayant enfilé mon pantalon de survêt, je suis à mi-chemin de la porte de sa chambre quand un carillon aigu résonne dans ma tête.

— Putain !

Je me couvre les oreilles, mais le son continue.

L'électricité statique vibre derrière mes paupières. Je tombe à genoux. Mon cœur explose dans ma poitrine, on dirait qu'il va me briser les côtes. Je meurs.

Une lumière vive transperce le noir. Un homme bien habillé, qui descend l'escalier menant au sous-sol. Vers moi. J'ai peur. Mes paumes sont moites. Je veux qu'il m'apprécie. Il me dit que je suis mignon. Mignon… Ce n'est pas bien.

— Rex !

Je l'entends. Elle est si loin.

Mes genoux vacillent. Faites que ça cesse. *Continue de bouger.* Ne jamais arrêter de bouger. L'immobilité, c'est la mort. Mon Dieu, je vais mourir ici en bas !

« Je vais te faire sortir d'ici. »

C'est elle. Ma Gia, elle voulait m'aider.

Je me souviens.

Je me souviens d'elle.

Des yeux semblables à des nuages d'orage, des cheveux comme le feu.

Des petites mains. Qui se tendent. Qui réconfortent. Les visions explosent en couleurs franches. Ce ne sont pas des rêves.

Mais des souvenirs.

Abandonné dans le sous-sol, brisé. Aucun réconfort, juste le bruit de mes sanglots. Je voulais écrire. Mon Dieu, je me rappelle. Je voulais tout coucher sur le papier, dans l'espoir que vider ma tête de toute cette merde l'empêcherait de m'empoisonner jusqu'à la mort. Tellement peur. Ça fait mal. Puis je l'entendais.

« Chut, tout va bien. Je suis là. »

Sa voix est si nette. Elle n'était qu'une enfant.

— Rex, parle-moi, putain parle-moi !

La voilà.

Elle m'avait dit qu'elle m'aiderait, mais l'aide n'est jamais venue.

Ses parents.

Ils les appelaient des « visiteurs ». L'un d'entre eux allait venir. Je devais me laver, me préparer. Mais j'en avais assez d'attendre d'être sauvé.

Ce n'était pas une tentative de suicide. Je ne voulais pas mourir.

Je voulais être laid.

Le métal rouillé. Qui m'appelait, porteur de promesses. Je ne voulais pas être mignon. Une fois que j'ai commencé à me marquer la peau, je n'ai plus pu m'arrêter. Le sang était addictif. La douleur... Un grondement sourd résonne dans ma poitrine. J'adorais la douleur. Creuser profond, c'était la réponse que j'avais trouvée. Ma délivrance. Les mains humides de mon propre sang, mon tee-shirt trempé, les cheveux maculés. Je m'en étais recouvert. Pour me cacher. Me protéger. Pas mignon. Plus jamais.

Puis le monde était devenu noir.

J'avais abandonné l'ours.

Un sanglot s'arrache de ma gorge, mais il me paraît si distant.

« Tu veux bien encore chanter ? »

« Qu'est-ce que tu voudrais ? »

Je plonge la tête entre les genoux et je la berce.

« N'importe quoi. Ta voix me suffit. »

Les larmes se déversent de mes yeux. Mon corps tremble sous l'afflux de souvenirs. Tous mes souvenirs.

« Je vais te faire sortir d'ici. »

Sa voix était mon refuge.

— Oh, mon Dieu, Rex! (Des bras m'entourent. Des sanglots déchirants dans mon oreille.) Je voulais te le dire.

Sa voix est de retour, mais à présent… c'est une femme.

Je retiens mon souffle.

De Nothing, Arizona.

Elle cherchait la paix.

Elle m'observait.

Impossible. Elle ne ressemble pas du tout à la fille que j'entrevoyais sous la porte. Ses yeux, ses cheveux.

Mais l'ours.

Ratatiné sur le sol, je me redresse pour essayer d'apercevoir quelque chose à travers la brume de mes larmes. Ses yeux. Brun clair. Elle porte mon tee-shirt, ses cheveux noirs flottent sur ses épaules. Ce n'est pas possible. Il ne peut pas s'agir de la même personne.

— Gia?

Elle porte les mains à la bouche. Les yeux écarquillés. Un gémissement s'échappe de derrière ses doigts.

Le temps se suspend.

La peau pâle, ses lèvres.

La réserve au *Blackout*. Ses rêves.

Ma guérison.

Mon refuge.

Ma Gia.

Mac

La souffrance. Je ne sens que de la souffrance. Déchirante, atroce. Ses yeux, vides, dénués d'expression. Qui me dévisagent à quelques dizaines de centimètres de hauteur.

— Parle-moi, dis-je en rampant vers lui à genoux.

Il tressaille, recule et se sauve.

— Non, ordonne-t-il. Ne bouge pas.

Je l'ai perdu.

— Laisse-moi t'expliquer…

— Tes yeux. Tes cheveux. (Il secoue la tête.) Tu ne lui ressembles pas.

Une douleur insupportable me vrille la poitrine. C'est elle qu'il aimait. Pas moi. Et, même si nous sommes une seule et même personne, lui ne considère pas les choses ainsi.

Je lève les mains.

— Laisse-moi t'expliquer.

Il ne répond pas, ses yeux morts ne me voient pas. Son corps est tendu, il se tient droit sur ses genoux, les bras fléchis, prêt à bondir.

Je baisse la tête pour retirer mes lentilles de contact. Il s'agite sur la moquette. *S'il vous plaît, mon Dieu, faites que ça marche ! Faites qu'il me voie.*

Avec une profonde inspiration, je ferme les yeux. Je peux le faire. Je dois le faire. C'est mon unique chance pour qu'il comprenne.

— Je voulais te le dire.

Sous le voile lourd de mes cheveux, je lève les yeux.

Il les scrute. Le sang déserte son visage ; même son torse semble pâle sous la myriade d'encres. Il secoue la tête.

— Non.

Je me rapproche vivement ; cette fois, il ne tente pas de s'enfuir. Il se penche.

Sans le lâcher des yeux, je m'arrête à une trentaine de centimètres de lui.

Une larme solitaire s'écoule de son œil et dévale sur sa joue.

— Gia.

— Oui, c'est moi. (J'ai un hoquet de soulagement, j'ai envie de parler mais j'hésite.) Je suis tellement désolée (mon cœur se contracte) pour tout. J'étais si jeune.

Les larmes s'écoulent plus rapidement ; ses lèvres tremblent.

— Tu dois me croire, continué-je. (Je déglutis et je vois le conflit interne remplacer le vide dans ses yeux.) Je ne savais pas.

Ses épaules se courbent vers l'avant, et il s'affaisse sur lui-même.

— Mais à présent tu sais.

— Oui.

Il plisse les yeux et penche la tête.

— Comment ? demande-t-il.

Je tends le bras sous mon lit pour prendre la boîte que j'y ai planquée avant que Rex entre dans ma chambre et que nous fassions l'amour. Ce n'était pas censé se passer ainsi. Pas après ce que nous avons partagé. Qu'allons-nous devenir à présent ?

Je pousse le vieux contenant métallique qui nous servait de lien et qui semble à présent être la lame qui nous séparera à jamais. Je recule pour lui laisser un peu d'espace.

— La boîte. Notre secret, expliqué-je.

Il cligne des yeux, son regard indique qu'il reconnaît la boîte, mais il n'esquisse aucun geste. Je prends mon courage à deux mains, terrifiée de ce qu'il fera quand il sera confronté à cette part de son passé. Il garde les yeux baissés sur la boîte.

—Après qu'ils t'ont emmené, j'ai cru que tu étais mort.

À ce souvenir, mes joues se trempent. Malgré mon jeune âge, je me suis sentie responsable de sa mort ; ce sentiment de dévastation me paraît toujours aussi vif quatorze ans plus tard.

Ses yeux, grands ouverts et terrifiés, plongent dans les miens. Il se souvient. Il tend le bras et tire la boîte vers lui avant de l'ouvrir. Il en sort tous les petits bouts de papier et les parcourt rapidement des yeux, à peine le temps de les apercevoir, sans même les lire.

L'une après l'autre, il sort les pages jaunies et les met sur le côté. Il croise les bras et avise la boîte d'un regard noir.

—Tu m'espionnes depuis combien de temps ?

—Dix mois, deux semaines, quatre jours.

Lorsqu'il détourne finalement son attention de la boîte, j'ai du mal à lui renvoyer son regard.

Ses yeux sont froids, il a le menton relevé et sa mâchoire est agitée de soubresauts.

—Tu es venue ici pour trouver la paix.

—Je suis venue pour te trouver.

—Tu es venue pour coucher avec moi.

—Non. Je te croyais mort. Quand j'ai découvert que tu étais toujours vivant, j'avais besoin de te voir de mes propres yeux, de savoir que tu allais bien et de te dire que j'étais désolée pour…

—De savoir que j'allais bien ? Putain, tu trouves que j'ai l'air d'aller bien ?

Il fourre ses mains tremblantes dans ses cheveux.

Toutes les raisons que j'avais de lui courir après me semblent soudain si égoïstes. Parler de tout cela, ressasser le passé, rien ne pourra apporter la paix. Cela ne fera qu'engendrer la destruction.

— Il faut que je sorte de cette chambre, lance-t-il.

Il bondit sur ses pieds et prend ses clés dans son sac, abandonnant le reste de ses affaires derrière lui. Il ouvre la porte d'un coup sec et se dirige d'un pas raide vers le couloir.

— S'il te plaît, ne pars pas comme ça. Laisse-moi une chance de t'expliquer. Je sais qui est responsable de ce qui...

Il fait volte-face.

— Responsable ! Ouais, petit génie, moi aussi je le sais. (Il me tance de toute sa hauteur et s'approche tout près de moi. Il a les narines dilatées et le visage écarlate.) C'est ta répugnante famille dépravée qui est responsable !

Je ferme les yeux dans l'espoir de bloquer la haine contenue dans ses paroles. Ce n'était pas moi. Je ne lui ai jamais fait de mal. Je sens un déplacement d'air, et, quand j'ouvre les yeux, il a disparu. Non, je refuse de le perdre une nouvelle fois.

Mes pieds heurtent le carrelage froid du vestibule et je franchis la porte à toute vitesse. À mi-chemin de son pick-up, il accélère le pas.

— Ne pars pas. (Je me précipite et je le rattrape au moment où il monte dans son véhicule.) Si tu voulais bien écouter ce que j'ai à te dire.

— J'en ai assez entendu, Mac ou Gia, ou quel que soit ton putain de nom. Laisse-moi tranquille, tu m'entends ? Espèce de salope psychopathe.

Le souffle coupé, je vacille sous la violence de ses paroles.

— Pourquoi... ?

Il bondit de son pick-up et vient se planter devant moi. J'ai déjà vu Rex faire pas mal de choses, mais je ne l'ai jamais vu aussi terrifiant.

— Tu n'as pas le droit de venir te balader tranquillement dans ma vie pour te mettre à tout réduire en miettes rien que pour soulager ta putain de conscience. Depuis le début, tu savais exactement qui j'étais ; tu m'as suivi, manipulé. (Il tend le bras en direction de la maison.) Baisé ! Tout ça pour quoi ? Pour être satisfaite de toi et passer à autre chose ?

— Non, tu me manquais, et le reste est juste arrivé par hasard.

Je grimace. Merde, bordel, pourquoi je ne parviens pas à dire ce que je veux ?

Il retrousse les lèvres et découvre les dents.

— Pas de hasard. De l'exploitation. Tu t'es servie de moi et tu le sais pertinemment. (Il se dirige vers son véhicule avant de se retourner pour pointer le doigt dans ma direction.) Si tu t'approches encore de moi, j'appelle les flics et je leur balance tout ce que je sais. Pour foutre toute ta maudite famille derrière les barreaux. Vous êtes des dégénérés. Tous autant que vous êtes.

Je baisse la tête.

— Pas moi. Je ne t'aurais jamais fait de mal. Je… (Je croise ses yeux, désireuse d'apercevoir leur couleur bleue même si toute l'agitation qui y règne ne m'évoque en rien le garçon que je connaissais.) Je t'aime.

Il vacille en arrière, se rétablit et me lance un regard assassin.

— Je te faisais confiance.

C'est douloureux comme un coup bas reçu en plein ventre. Je me plie en deux et je serre les dents sous le choc de la vérité crue.

— Je me suis confié à toi, reprend-il, et pendant tout ce temps… Tu m'as écouté sortir mes tripes et… Non. Non ! (Il vient remuer un doigt sous mon nez.) Ne t'approche pas, bordel !

Il fait volte-face, saute dans son pick-up et quitte le quartier en faisant crisser ses pneus, emportant mon cœur avec lui.

Je reste plantée dans mon allée, uniquement vêtue de son tee-shirt.

Voilà. Il est parti.

À présent il sait que je suis une menteuse, que j'ai exploité sa perte de mémoire et que je lui ai dissimulé son passé afin de satisfaire mon désir d'être avec lui.

Des larmes silencieuses coulent sur mon visage. Ma raison de vivre m'a été arrachée des mains. C'est terminé.

Chapitre 18

« Ils peuvent m'enfermer, mais ils ne pourront pas me garder ici pour toujours.
Je saurai le retrouver.
J'en suis sûre. »

Georgia McIntyre, dix ans

Rex

— Décroche, Darren. Décroche !
Le téléphone vissé à l'oreille, je stationne mon pick-up et je le mets au point mort.
« Bonjour, vous êtes en communication avec Darren Gale… »
— Bordel !
Je balance mon téléphone sur le siège passager. Mon crâne m'élance, mon cœur me fait mal, mes poumons se consument.

Je ne parviens pas à respirer. J'ouvre ma portière d'un coup sec et je marche d'un pas chancelant sur le parking. Le béton se déforme et vacille sous mes pieds. Je m'agrippe la tête et j'accélère l'allure. Mon estomac est un vrai champ de bataille. J'espère arriver jusque chez moi.

Je franchis la porte en trombe et je me précipite vers la salle de bains, me débarrassant de mes clés en chemin.

Je m'agenouille devant les toilettes, et les haut-le-cœur commencent.

Des mains, puissantes et implacables, me fouillent les entrailles. Un flot de bile cherche à se déverser. Je suffoque au-dessus de la cuvette. Les souvenirs affluent depuis les tréfonds de mon esprit.

« Ne t'inquiète pas. Je vais m'occuper de toi. »

Je vomis dans les toilettes. Mes muscles forment un étau qui m'enserre du dos à l'estomac et qui m'appuie sur les viscères. Je dégueule de nouveau. Mes yeux sont humides. Mon Dieu, j'en avais tellement envie ! Je voulais qu'on s'occupe de moi.

« Vous promettez de ne pas me faire mal ? »

Si jeune, putain, j'étais si jeune ! La gerbe se précipite dans ma gorge. Des filaments de crachat aigre pendent à mes lèvres.

« Je veux te faire du bien. »

Ils promettaient tous la même chose. Je n'avais personne. Maman était morte. On me trimballait d'une famille à l'autre, partout on me traitait comme un animal. Je n'étais qu'un gosse. J'aurais fait n'importe quoi pour qu'ils m'aiment.

N'importe quoi.

— Oh, mon Dieu ! Je le voulais tellement.

Mes doigts s'accrochent aux rebords de la cuvette ; le dos plié, j'expectore ce qui reste dans mon estomac. L'acide me brûle la langue.

« Tu es un gentil garçon, Rex. »

Ils savaient dire ce qu'il fallait, ce que je voulais entendre. J'étais malade comme un chien quand ils en avaient fini avec moi, j'étais à vif, brisé, sens dessus dessous, mais ces mots... J'étais affamé de les entendre.

J'aurais fait n'importe quoi pour eux, tout ce qu'ils demandaient.

Jusqu'à ce que… Il refermait la boucle de sa ceinture.

«Tu vaux ton moindre dollar, gamin.»

Je suis pris de crampes qui ne me lâchent pas. Ils payaient pour moi. Ce n'était pas de l'amour.

Ils ont menti. Je n'étais pas un gentil garçon. J'étais de la pire espèce. Dégoûtant. Pervers.

Indigne d'amour.

Je me relève et je me rince la bouche dans l'évier. J'aperçois mon image dans le miroir et j'examine mon torse nu. Couvert d'encre, différents proverbes, des pensées aléatoires combinées à des images artistiques que je trouvais cool à l'époque. Un fatras de conneries sans signification, qui ne sert qu'à prouver combien je suis tordu.

À une exception près. «Maman». Quelle est son histoire? Qu'est-ce qui était si horrible dans sa vie pour qu'elle ne puisse pas tenir le coup pour moi? Où était mon père?

Tant de questions, et pas assez de réponses. Je me masse le cuir chevelu et je plisse les yeux pour mieux voir. Ma peau se rétracte en imaginant ces mains partout sur moi.

Je m'empare de l'élastique à mon poignet.

«Clac!»

Pas de morsure.

Je le fais claquer plus fort.

«Clac!»

Rien.

Je plante les ongles dans le creux de l'avant-bras.

Ça chauffe.

Ouais, putain, ouais!

Je me mords la lèvre, j'accroche mon anneau et je tire vigoureusement avec les dents. Un gémissement sourd s'arrache de ma poitrine. *Encore.*

J'enfonce plus profondément les ongles pour les promener de nouveau le long de mon bras. La peau se fissure, le sang coule dans le sillage.

—Hmm.

Ça pique.

La pression dans ma poitrine s'apaise.

Alentour, tout se dissout. J'ai besoin de plus, de tellement plus.

Je me débarrasse de mon pantalon et j'ouvre le robinet de la douche en le positionnant au plus chaud. Je pénètre dans la cabine et je laisse l'eau bouillante venir cogner la partie la plus sensible de mon anatomie. Celle qui est la plus dégoûtante.

La douleur est intense, mais je m'oblige à endurer cette souffrance punitive. C'est ce que je mérite. C'est mon addiction.

Je débute par la tête, j'enfouis les mains dans mes cheveux et je tire, m'arrachant le cuir chevelu.

Je suis dégueulasse, à jamais souillé par les réminiscences du passé. Je m'égratigne le visage, puis le cou ; la morsure à vif est l'unique chose qui me maintient ancré. Mon torse, mes bras, mon ventre…, chaque centimètre carré de mon corps a été profané par la perversion.

Je frotte plus fort, plus vite.

Des mains m'empoignent et me caressent. Des lèvres sur mon cou. Un souffle chaud contre mon oreille. Ils sont partout. Tous les hommes qui se sont servis de moi, qui ont manipulé mes sentiments, qui m'ont privé de mon innocence, chacun d'eux a laissé sa marque.

Je veux qu'ils s'en aillent.

La peau s'accumule sous mes ongles, et le sang colore l'eau à mes pieds.

Encore. Débarrasse-t'en!

La douleur. Le sang.

Est-ce que j'en serai quitte un jour?

Mac

Cela n'a duré que quelques secondes. Des secondes pendant lesquelles je suis restée scotchée dans mon allée à regarder s'éloigner celui autour de qui j'ai bâti ma vie avant de comprendre qu'il était hors de question que je l'abandonne.

Sa pire menace, c'est d'appeler les flics? Parfait. Une amende, quelques mois de prison, une injonction d'éloignement, pas de souci.

Je l'ai déjà laissé tomber une fois. Je ne compte pas répéter la même erreur.

J'enfile un legging et mes bottes, et je cours vers le garage. J'enfourche ma bécane et je démarre le moteur.

— Allez, allez.

J'actionne la télécommande et je mets les gaz, prête à foncer hors du garage dès que cette foutue porte se lèvera. Lorsqu'elle est suffisamment haute pour me laisser passer, je quitte l'allée en trombe. Je ne me soucie pas de refermer la porte. Trix devrait bientôt rentrer, sinon tant pis. Plus rien n'a d'importance à ce stade, plus rien sauf rejoindre Rex.

Le vent mordant tourbillonne dans mes cheveux et me fouette le visage. Avec l'image de Rex à l'avant-plan de mes pensées, je grille un «Stop» et je roule à toute blinde jusqu'au parking de son appartement.

Je repère son pick-up, garé sur le côté. Un poids mort atterrit dans mon ventre en sachant que je suis responsable de cette situation. Je me redresse et je soulève la roue avant pour franchir le bord du trottoir. Je roule sur celui-ci pour entrer dans son complexe d'immeubles et je dirige ma moto vers son appart. Il n'a pas le droit de s'éloigner de moi, pas comme ça, pas sans me laisser une occasion de m'expliquer. Et si je dois défoncer sa porte pour le voir je ne vais pas me gêner.

Une fois chez lui, je descends de ma moto, prête à tambouriner comme une démente. Je lui accorderai une seule sommation.

Je prends de l'élan et je balance le poing sur la porte, qui s'ouvre sans effort.

—Qu'est-ce que…?

Non seulement elle n'est pas verrouillée, mais il l'avait laissée ouverte?

Il fait sombre à l'intérieur, comme si l'appartement était désert, mais ses clés gisent près du paillasson dans le vestibule. Pas de chaussures en vue non plus. Je déglutis et pénètre dans les lieux en refermant la porte derrière moi. La lumière extérieure éclaire faiblement la pièce à travers les fenêtres, et je ne l'aperçois nulle part.

Debout dans ce grand espace obscur et froid, je tends l'oreille. Quel est ce bruit? Les canalisations? Il est sous la douche.

J'avance à pas de loup en direction de la salle de bains quand soudain je me fige.

—Oh non, Rex…

Par-dessus ses haut-le-cœur, je perçois des sanglots sonores, incontrôlables. Ce chagrin me vrille le corps et je me plie en deux. Les mains sur les genoux, je respire au travers de la douleur paralysante que je ressens en entendant la sienne.

Et, tout comme naguère, le besoin de le réconforter me submerge. Je prends une profonde inspiration et je me dirige vers la porte. Il parle, il se marmonne à lui-même. J'appuie l'oreille contre le bois et je ferme les yeux, pour qu'il sente mon soutien.

— Je ne serai jamais propre, dit-il d'une voix brisée.

— Chut… je suis là. (Je parle trop faiblement pour qu'il puisse m'entendre, mais j'espère que quelque part dans son cœur il sent ma présence.) Je t'aime. Je t'aimerai toujours.

— Putain !

Un juron mêlé de souffrance et de surprise.

J'ouvre les yeux, et le rythme de mon cœur s'accélère. *Est-ce qu'il est blessé ?*

Des souvenirs du jour où il a été emmené par les services de secours couvert de son sang m'aveuglent, et je panique. Serait-il capable de recommencer sans personne pour se porter à son secours ? Non, je ne peux pas le laisser faire. Il n'a pas le droit de mourir.

Je tourne la poignée de la porte et j'entre dans la salle de bains sans réellement me rendre compte de ce que je fais. La pièce est grande et remplie de vapeur, je ne distingue pas où il est, je dois me diriger au son de ses faibles gémissements. Il ne doit pas m'avoir entendue entrer à cause du bruit de l'eau.

La vapeur commence à se dissiper et j'aperçois les contours d'une grande cabine avec une porte en verre.

Ainsi qu'une ombre dans le bas de la douche, que j'identifie aussitôt.

— Rex.

Il est recroquevillé, les bras autour des tibias, il se balance. Il ne semble pas remarquer ma présence, donc je m'approche.

Et je le vois.

Le sang.

Plein de sang.

Je me laisse tomber sur le carrelage et je me précipite vers la vitre, les mains écartées sur cette barrière transparente. *Oh non!*

— Oh, mon Dieu, Rex, qu'est-ce que tu as fait ?

Il cesse de se balancer mais ne lève pas les yeux.

— Rex. Parle-moi.

— Je devais me débarrasser d'eux.

Il serre les jambes contre son corps. Le sang s'écoulant de ses bras dessine des serpents rouges qui ondulent vers le bas de ses tibias tatoués avant d'être évacués par l'eau.

— Ils n'arrêteront jamais de me toucher, ajoute-t-il.

Les larmes me brûlent les joues.

— Ils ne peuvent plus te faire de mal.

— Si.

Pendant trop longtemps, j'en ai été réduite à voir Rex souffrir de loin, prisonnier derrière une porte ou enchaîné par notre passé. Mais tout cela ne pourra plus m'éloigner de lui désormais.

J'ouvre la porte de la douche et je vais le rejoindre à l'intérieur. L'eau bouillante m'assaille le dos. Je constate que la majorité de ses blessures sont aux bras et au cou, mais j'ignore ce qui peut se dissimuler sur les zones de son corps que je ne vois pas. Je cherche un couteau, un objet tranchant, mais mon rapide examen ne révèle rien. À travers la brume ambiante, je plisse les yeux sur les marques de sa peau. Des égratignures. On dirait qu'il s'est fait cela avec les mains.

Mue par un seul objectif, je traverse la douche pour le rejoindre et l'entourer de mes bras. Il se laisse aller à mon étreinte, mais sans relâcher son emprise sur ses tibias, préservant la sécurité de sa petite bulle.

C'est ce que j'ai toujours voulu faire quand nous étions enfants : le réconforter et le laisser pleurer sur mon épaule, dans l'espoir de pouvoir porter une part de son fardeau.

Je me tais, je me contente de le tenir contre moi tandis que l'eau nous martèle les os et que la vapeur tourbillonne autour de nous. Il semble si petit dans mes bras, fragile et précieux, une vie à protéger. Il tremble à chaque inspiration. De légers geignements s'échappent de ses lèvres. Mon esprit cherche ce qui pourrait l'aider tandis que mon corps, affalé contre le sien, s'abandonne à sa peine.

— Tu veux bien me chanter quelque chose ? demande-t-il.

Sa voix est si faible que je ne l'aurais pas entendue si je n'avais pas été aussi proche de lui.

— Bien sûr, toujours.

Je fredonne la mélodie de *Douce Nuit*, et sa respiration s'apaise.

Oui, ça marche. Je continue, cette fois avec les paroles, et il cesse de trembler. Je chante jusqu'à ce que l'eau de la douche soit froide et que la vapeur se soit dissipée.

Mes vêtements sont trempés et je frissonne. Mais, surtout, je dois le sortir de là afin de pouvoir examiner ses blessures.

— Je voudrais vérifier tes bras.

Aussitôt, son corps se contracte. Il recule et repousse mes mains. Lentement, il lève les yeux. C'est la première fois que je vois son visage depuis qu'il s'est enfui de chez moi, et une chose est certaine.

Ce n'est pas Rex.

Son regard est froid, mort, comme il m'est déjà arrivé de l'apercevoir, mais ici, c'est différent. Il me regarde comme une inconnue, une intruse venue lui chiper tout ce qui lui tient à cœur.

N'est-ce pas exactement ce que je suis ?

Une petite voix dans ma tête me souffle que je suis pire. Je suis l'ennemie. J'ai fait irruption dans la vie de Rex et, telle une voleuse, j'ai convoité sa paix, et je la lui ai dérobée. J'ai les mains moites et je me mets à claquer des dents de froid.

Il a raison. Je ne vaux pas mieux que mes parents.

— Va-t'en, profère-t-il d'une voix basse et menaçante.

Je recule précipitamment jusqu'à ce que mon dos heurte la vitre.

— Je ne vais pas te laisser dans cet état.

— Va-t'en, je t'ai dit !

Son cri résonne contre le carrelage des murs.

Il se relève d'un bond et je profite de cet instant pour examiner son corps nu à la recherche d'autres blessures. Son torse est écorché ainsi que l'intérieur de ses cuisses, mais il semble que ce soient ses bras et son cou qui ont le plus souffert. Il arrache un drap de bain au porte-serviette et s'en enveloppe le corps. Le blanc vire aussitôt au rose par endroits, mais il ne semble pas s'en préoccuper.

Il me regarde d'en haut, et je crapahute sur le sol mouillé pour me relever.

— Donne-moi cinq minutes pour m'expliquer, dis-je, ensuite je te laisserai, promis.

Il s'avance sur moi, les bras fléchis, les poings fermement serrés.

—Je ne veux rien entendre de ce que tu as à dire. Plus jamais.

Il quitte la salle de bains, et je le suis dans la partie de son appartement où se trouve le lit. Il ouvre un tiroir et en sort un pantalon de pyjama qu'il enfile.

Il m'ignore totalement et agit comme si je n'étais pas là.

Je déglutis et me tiens droite, j'ai un peu froid et je suis totalement perdue. Qu'est-ce qui s'est passé dans la douche? Il m'a laissé le tenir et lui chanter une chanson, mais maintenant il veut que je parte?

Impossible. Je suis trop fragile pour vivre sans lui, pas suffisamment forte pour le laisser partir.

Et, même s'il prétend se moquer de ce que j'ai à lui dire, je jure qu'il va l'entendre avant qu'on me traîne hors d'ici, menottes aux poignets.

—Cinq minutes. Est-ce que tu peux m'accorder ça? insisté-je.

Il ne répond pas.

—Mes parents étaient des gens monstrueux. Tu penses que je ne vaux pas mieux qu'eux, mais, avant ton départ, j'ignorais tout de leurs agissements. (J'esquisse un pas vers lui, et il me transperce du regard.) La boîte. Notre secret. Tu te rappelles?

Son regard aqueux et tempétueux est traversé par un éclair de compréhension.

—J'ai trouvé la boîte. Quand j'ai compris qu'il y avait eu des… (je secoue la tête, encore incapable de prononcer le mot aujourd'hui) abus, j'ai demandé des comptes à mes parents, Rex. J'ai enterré la boîte dans le jardin pour qu'ils ne puissent pas détruire son contenu, puis j'ai menacé d'aller voir les flics pour leur raconter ce que je savais.

Un frisson d'effroi me parcourt l'échine, au souvenir de la conception qu'avaient mes parents d'une punition. Je n'ai toujours aucune idée du temps que j'ai passé cloîtrée dans ce placard avec juste un seau et une boîte de céréales.

— Ils ont pris peur, ils m'ont enfermée dans un placard et se sont enfuis. Le Mexique ou le Canada, je n'en sais rien. Ils sont juste… partis.

Il fronce les sourcils, et je suis incapable de dire s'il ressent de l'inquiétude ou de la méfiance.

Peu importe, il se tait et écoute.

— Je suis restée longtemps dans le noir et le silence, puis un jour j'ai entendu du bruit comme si on saccageait la maison. Plusieurs hommes qui criaient, renversaient les meubles, à la recherche de quelque chose. Puis ils ont trouvé. Ils m'ont trouvée.

— Qui était-ce?

Sa voix tremble d'appréhension ou d'émotion, impossible à savoir.

— L'homme responsable de tes abus. L'homme pour qui travaillaient mes parents.

Je déglutis violemment, tétanisée d'enfin révéler ce secret que je trimballe depuis ce jour d'été qui a changé ma vie. Mes yeux piquent et se remplissent de larmes, et ma poitrine se contracte alors que je retiens le coup fatal. Mais, au point où nous en sommes, je n'ai plus rien à perdre.

— Rex, c'était ton père.

Chapitre 19

« Personne ne me croit.
Ils me gavent de pilules pour m'assommer,
Mais ils ne pourront pas effacer la vérité.
Je ne resterai pas enfermée toute ma vie.
Et quand je sortirai je m'assurerai qu'il paie
Pour ce qu'il a fait. »

Georgia Maxwell, quinze ans

Rex

Impossible. Elle ment. Obligé. Tout chez elle est un mensonge : ses cheveux noirs, la fausse couleur de ses yeux et les bobards qu'elle m'a servis en prétendant vouloir trouver la paix.

Ce n'est pas ma Gia.

C'est une arnaqueuse.

Je veux qu'elle sorte de ma vie.

— Va te faire foutre.

Elle grimace.

— Rex, écoute-moi. (Elle écarquille les yeux, dans un souci de soigner sa performance d'actrice.) Ton père biologique…

— Va-t'en de chez moi.

Je serre les dents jusqu'à en avoir mal, mes yeux s'enflamment d'une rage à peine contenue.

Elle secoue la tête et baisse le menton.

— Tu ne me crois pas.

— Pourquoi je te croirais ? Tu m'as menti sur toute la ligne depuis le premier jour.

Je m'avance vers elle, prêt à la secouer ou à la foutre dehors.

Elle sursaute mais reste fermement plantée devant moi.

— Je sais que ça a été difficile pour…

— Tu crois savoir ce que j'ai traversé ? Parce que tu as lu quelques putains de bouts de papier ?

— Non, si tu me laissais…

— Tu en as assez fait comme ça.

Les doigts du passé remontent le long de mon dos et m'entourent la nuque. Mes poumons se contractent, j'ai un haut-le-cœur. Je plonge furieusement les doigts dans mes cheveux.

— Je les sens, dis-je. *(Des mains partout. Qui me tripotent.)* Je sens leur odeur… sur ma peau… dans l'air. Je ne serai jamais libéré de tout ça.

Je ne parviens pas à respirer. *Faites-les sortir. Laissez-moi seul.*

Je balance le poing. Du verre se brise. La brûlure de la chair déchirée me mord les jointures. Je suffoque, je lutte pour retrouver mon souffle par-delà les souvenirs qui affluent. Le miroir au-dessus de ma commode est en mille éclats.

Je m'appuie sur le meuble et je baisse la tête. Du sang séché sur mes bras, du sang frais sur mes poings. Je ne suis plus ce gamin. Je ne le suis plus.

— Rex, murmure-t-elle en reniflant.

Je serre les poings pour éviter de la toucher. Je ne peux pas frapper une femme. Je ne le ferai pas.

J'incline la tête et je la transperce d'un regard assassin.

— Va. T'en !

Elle croise les bras, se ratatine sur elle-même et tremble tandis que les larmes coulent abondamment sur son visage. Le tee-shirt que je portais pour aller chez elle lui colle à la peau, trempé. Ses cheveux noirs sont plaqués sur sa nuque et ses épaules.

Elle est tellement différente de la petite fille de mes souvenirs. Je ne la verrai jamais autrement que comme la main qui m'a fait traverser l'enfer, la main qui m'a tenu compagnie sans jamais me sortir des flammes.

Je suis dévasté par la tristesse.

— Je veux que tu fasses demi-tour et que tu sortes de ma vie, bordel. Je ne veux plus jamais revoir ton visage.

Ses larmes coulent de plus belle, mais elle fait front en relevant le menton d'un air entêté.

— Auparavant, nous comptions l'un pour l'autre, rétorque-t-elle.

— Non. Gia comptait pour moi, mais elle est morte, remplacée par cette... (je l'ausculte des yeux avec dégoût, du visage aux pieds, et retour) salope égocentrique et menteuse.

Elle se plie en deux sous l'attaque verbale, agrippe son estomac, et un sanglot s'arrache de sa gorge.

— Oublie-moi. (Je me repousse de la commode et retourne vers la salle de bains.) Moi, je ne vais certainement pas me gêner pour t'oublier.

Au moment où mes pieds nus entrent en contact avec le carrelage de la salle de bains, je l'entends murmurer : « Je ne veux pas oublier. » Je claque la porte derrière moi, espérant de toutes mes forces qu'elle va débarrasser le plancher pour que je n'aie plus jamais à supporter sa vue.

Mac

L'envie de prendre mes jambes à mon cou me submerge. Je me débats pour respirer tandis que je me rends compte de l'énormité de ce qui vient de se produire.

Une fois de plus, il me quitte.

Mon cœur se contracte si fort que je m'agrippe la poitrine. Je ne parviens pas à respirer, à réfléchir ou à bouger, mais tout en moi me supplie de fuir cette désolation. J'ai besoin de mettre de la distance avec la seule personne qui a jamais été en mesure de me blesser, la seule personne à avoir possédé mon cœur si totalement que je ne suis pas certaine que celui-ci pourra survivre sans elle.

Rex a raison. Gia est morte. Elle est morte le jour où le sentiment de vengeance a pris le dessus. Mac est née par nécessité, et c'est l'espoir qui l'a maintenue en vie. Je m'empoigne les cheveux. Mon Dieu, comment croyais-je qu'il allait réagir en découvrant la vérité ? J'ai trop rêvé, j'espérais trop.

Tout ce que je voulais, c'était me racheter en lui racontant tout ce que je savais, lui offrir les réponses à ses questions, combler les vides de son passé.

Mais au lieu de ça j'ai recommencé. Il est dans cet état – en sang, en pleurs, brisé – parce que je suis revenue dans sa vie.

Je traverse son appartement comme un fantôme, sans sentir mes pieds, sans avoir conscience de mon corps. Le trajet de retour vers la maison se déroule dans un brouillard confus de phares et de noms de rues tandis que mes pensées sont restées auprès de Rex. Lorsque j'entre dans mon garage, je sais ce que j'ai à faire. Je me déplace dans la maison en pilotage automatique et, au bout de quelques heures, j'ai pris ma douche et enfilé des vêtements chauds et confortables.

Je me sens sereine alors que je remonte les couvertures de mon lit et que je dispose les oreillers en un bel alignement au sommet. Rex a rouvert d'anciennes blessures, a dévoilé ses peurs et m'a offert tout ce qu'il avait à offrir. Je revis les moments de tendresse, nos corps nus, soudés l'un à l'autre, qui se partagent et s'aiment. Les larmes me brûlent les yeux alors que je m'oblige à laisser ces souvenirs ici. Là où je vais, il n'y a pas de place pour eux.

Je m'empare de la boîte contenant ses écrits et de l'ours. Son sac se trouve encore sur mon fauteuil à l'autre bout de la chambre. Puisque je n'en ai plus besoin, je glisse le contenant de métal rouillé dedans, avec ses affaires, et je referme la tirette. Je lui ai rendu tout le passé qu'il a bien voulu accepter, et ce qu'il choisit d'en faire lui appartient désormais.

Vu ce que je m'apprête à faire, l'adrénaline devrait courir dans mes veines, car l'inconnu est aussi effrayant que libérateur. Pourtant, je ne sens rien. J'enfourne un maximum de choses dans un sac à dos et je griffonne un petit mot rapide pour Trix, accompagné d'un chèque pour le loyer du mois prochain.

Durant toute ma vie, j'ai cherché la rédemption, j'ai voulu donner à Rex tout ce que j'avais, toute l'information sur son passé afin qu'il puisse être en paix avec ses questions. J'ai échoué.

Il est temps de passer à autre chose.

Peut-être qu'il oubliera ; le temps réparera les dégâts que j'ai causés. Son bonheur compte plus à mes yeux que le mien, et, s'il peut le trouver sans moi, je pourrai mourir en paix avec mes démons, enfin délivrée d'une vie de culpabilité.

J'enfourche ma moto et je démarre.

Sans un regard en arrière, je prends la route avec pour seule compagnie mes pensées et le ronronnement du moteur. Laissant mon passé derrière moi, je dis adieu à Las Vegas.

Chapitre 20

« Des pièces insonorisées.
Enfermée.
Solitaire.
Encore. Encore. Encore. »

Georgia McIntyre, dix-sept ans

Rex

— Je ne sais pas, Rex. Tu es sûr que c'est une bonne idée de combattre ce soir ?

Darren m'examine, à la recherche d'un truc qu'il ne semble pas trouver.

Après le départ de Mac, ou après que je l'ai foutue dehors, j'ai appelé Darren, laissant message sur message. Finalement, à 5 heures, il m'a rappelé. Je suis assis sur le divan de son séjour depuis deux heures, passant en revue les souvenirs qui continuent à affluer. Il a écouté, m'a réconforté et m'a tenu compagnie dans le silence.

Pendant des années, nous avons disséqué mes rêves, ma perte de mémoire et mes manies. C'est le genre d'avancée qu'il espérait depuis toujours. Dommage que cette victoire psychologique me donne l'impression d'être dévoré vivant de l'intérieur.

Je suis épuisé mais je ne pourrais pas dormir. Je n'ai pas faim. Je ne sens rien. Totalement engourdi et ailleurs. Comme dans une expérience désincarnée, j'observe tout avec les yeux d'un autre.

— Je dois combattre. Je ne peux pas laisser tomber l'UFL. (Je m'exprime comme un automate.) Je n'ai qu'eux.

Il hoche la tête.

— Tu as vécu des journées incroyables, tu as accompli des progrès extraordinaires pour finalement… (Il secoue la tête avant de se frotter les yeux.) Putain, désolé! (Ému, il se racle la gorge et renifle avant de croiser mon regard.) Voilà que je m'y mets aussi.

Ouais, et même si je sais que ces paroles viennent du fond du cœur elles résonnent comme du bruit blanc à mes oreilles et me laissent de marbre.

— Je ferais mieux d'y aller.

Je me relève du divan et je me dirige vers la porte comme un spectre, présent d'une certaine façon, totalement absent d'une autre, un corps sans vie.

Il me dit de l'appeler en cas de besoin et me propose qu'on se revoie le lendemain à son cabinet. Je ne sais pas pourquoi. Je lui ai dit tout ce que je savais. Le passé est revenu; mes souvenirs ont été relâchés du coffre-fort mental où je les avais entreposés.

Et maintenant quoi?

Guérir est-il envisageable pour un garçon qui a été abandonné par sa mère et livré en jouet sexuel à des hommes avant de finir dans un orphelinat sans personne pour lui servir de famille?

Incapable de répondre à cette question, je traverse la journée comme prévu. De retour à mon appart, je nettoie le verre brisé et je range ma chambre. Je peux toujours compter sur l'ordre. La propreté extérieure masque la crasse qui s'infiltre à l'intérieur.

Après une douche brûlante, je me retrouve à fixer un gobelet rempli de mon mélange de protéines. Je dois avaler quelque chose, sinon je vais me faire démolir ce soir. Mon camp a besoin de cette victoire. Ils comptent sur moi. Je ferme les yeux très fort, j'ouvre la bouche et j'avale une solide gorgée. Mon estomac se révolte contre cette intrusion, et j'ai un haut-le-cœur. Je me force à terminer mon gobelet en priant pour que la mixture reste dans mon organisme.

Sur la route du centre d'entraînement, mes muscles commencent à se dénouer. Mes partenaires de combat ignorent tout de mon passé. Ils ne me considéreront pas avec pitié ou empathie, comme Mac et Darren le font. Le poids dans ma poitrine s'allège assez pour que je puisse prendre une bonne inspiration.

À leurs yeux, je suis seulement Rex l'homme, pas Rex le petit garçon.

En poussant les portes qui mènent au hall d'accueil, l'odeur du centre, un mélange de sueur et de mousse recouverte de plastique, m'inonde les sens, et la familiarité de celle-ci agit comme un baume sur mes nerfs. Ma respiration se libère à chaque pas qui me rapproche du vestiaire.

— Voilà notre poids welter. (Cameron se trouve en compagnie de quelques combattants du camp de Reece, le porte-bloc à la main.) Tu es en retard. Allons te peser.

Il pivote vers le vestiaire et me fait signe de le suivre.

C'est bien. L'ambiance familière d'un combat, c'est exactement ce qu'il me faut.

— Tu n'imagines pas à quel point j'ai hâte que tu bottes les fesses de ce connard prétentieux, lâche Cam par-dessus son épaule. Ce minable ne m'a pas lâché de toute la matinée.

Un sourire s'étire lentement sur mes lèvres.

—Compte sur moi.

Il franchit la porte et croise mon regard.

—Je sais que tu… Putain, qu'est-ce qui t'est arrivé?

Je me retends aussi sec.

—Trop excité pour dormir, c'est tout.

—Ah ouais? (Il considère mon cou et mes bras d'un œil mauvais.) On dirait que tu t'es battu avec un puma. C'est quoi ça, sur tes bras?

—Jardinage. Des égratignures.

Je mens comme un champion sur la provenance de mes égratignures. J'ai des années de pratique.

Ses yeux se réduisent à deux fentes serrées.

—Jardinage.

Il le répète comme s'il voulait me faire comprendre que mon mensonge a beau être crédible, il ne marche pas. Je reste stoïque.

—J'ai un combat à remporter. Ça te dérange si on arrête de perdre notre temps et qu'on s'y met?

—Bien sûr que non, mon gars.

Il reste là à me regarder, comme si son obstination allait m'inciter à me mettre à table.

Je croise les bras et j'attends. Les secondes s'écoulent, puis il renonce et s'avance dans le vestiaire. Je le suis et, pour la première fois depuis que j'ai trouvé ce putain d'ours dans la chambre de Mac, une lueur de satisfaction s'insinue dans mon état vaseux.

Mon existence se trouve entre les grilles de l'octogone: la sueur, le sang…, la douleur. C'est l'unique chose qui me rappelle que je suis vivant.

Quand l'essentiel du temps j'aimerais être mort.

Mac

Impossible de ne pas avoir l'impression d'être revenue à la case départ : je suis assise dans un bar rempli d'ivrognes belliqueux, une main posée sur une bière et l'autre agrippée au sac qui contient ce qui reste de mes affaires.

Même s'il est interdit de fumer dans les débits de boissons de l'État du Colorado, l'endroit est envahi par des volutes de tabac pestilentielles, et Dieu sait quoi d'autre. Manifestement, la loi ne s'applique pas à ceux dont la devise est «Vivre à fond ou mourir». Le bruit des verres qui s'entrechoquent et le raffut des rires virils se mêlent pour que cette plongée en eaux troubles corresponde à mes attentes. Tout, depuis les femmes qui se baladent à moitié nues et totalement ivres jusqu'à l'atmosphère de la salle, évoque une seule chose : je me trouve en plein territoire d'un gang de motards féroces et hors-la-loi.

C'est stupide. Je n'aurais pas dû venir ici. Dans mon sauve-qui-peut de Vegas, j'ai emprunté des autoroutes au hasard jusqu'à arriver en Utah, où j'ai aperçu le panneau : «Denver 748 kilomètres». Je me suis rappelé que Hatch avait parlé d'un bar situé entre Denver et Leadville avec un motel en annexe. J'ai décidé de m'y rendre. En attendant de planifier la suite des événements.

Je cligne des yeux pour aviser la rangée de bouteilles alignées contre le mur derrière le bar : différentes marques de tequila et de bourbon, pas une seule bouteille de vodka. Le barman ressemble à tous les autres types de ce bouge : trop de cheveux, trop de bide et trop de cuir pour tout faire tenir.

— Cuir et tenir. Ça rime.

J'étouffe un ricanement et je porte aux lèvres ma bouteille de bière tempérée. J'incline la tête pour engloutir le reste du liquide tiède en essayant de faire le compte de ce que j'ai bu. Je suis quasi certaine que c'était la cinquième, mais à voir la façon dont ma tête tourne j'en ai sans doute bu davantage.

Non pas que ça ait de l'importance. *Plus rien n'a d'importance.*

Mon cœur proteste en papillonnant.

—Non. Je ne t'écouterai plus jamais.

Stupide cœur avec ses plans stupides.

—Salut, Ann Wilson. (La voix du barman semble indiquer qu'il fume depuis la naissance.) Une aut' bière?

Je me tourne vers le motard crado.

—Ouais, pourquoi pas? (Je n'ai nulle part où aller et personne qui m'attend. Je pousse ma bouteille vide vers lui.) Comment tu m'as appelée?

Il tousse ou rit, sans doute un mélange des deux.

—Ne me dis pas que tu ignores qui est Ann Wilson.

J'esquisse une grimace songeuse.

—Aucune idée.

Il pose ses avant-bras sur le bar et se penche.

—Tu as quel âge, gamine?

—C'est pas poli de demander son âge à une femme.

Et révéler quoi que ce soit sur moi à un type qui semble avoir vu plus que son content de morts et de mutilations me fout une pétoche de tous les diables.

—Je suppose que tu as au moins l'âge de boire. Sinon, je m'en contrefiche tant que tu n'as pas d'ennuis.

Je ne confirme ni n'infirme. J'ai l'âge de boire, à peine, mais il n'a pas besoin de le savoir.

—Ann Wilson est la chanteuse d'un des plus grands groupes de la fin des années 1970, m'explique-t-il.

—Oh! (Ma tête tourne. Je lorgne d'un œil.) Lequel?

—Lequel? Tu te fous de ma gueule. Tes parents ne t'ont pas gâtée en te cachant ça.

Ha! Mes parents ont fait bien pire.

—Mes parents sont morts.

Sans doute assassinés, mais soit.

—Pas de chance, petite.

Je hausse les épaules.

—Pas vraiment. C'étaient des connards.

Derrière sa barbe et sa moustache épaisses, ses lèvres remuent sous l'effet d'un tic. Il se redresse et enfonce le coin de son torchon dans sa ceinture.

—Hé, Trek, c'est quoi le nom du plus grand groupe de rock féminin en 1978?

La voix de Trek, je suppose, retentit depuis l'autre bout du bar.

—Heart!

Le barman repose les yeux sur les miens.

—Heart. Ann Wilson. Tu as ses cheveux.

D'accoooord.

—Hum… cool.

Enfin, j'imagine.

Deux motards portant le blouson de leur gang s'installent sur des tabourets proches du mien.

—C'est quoi, cette merde?

L'un d'eux agite les doigts vers le barman, les yeux posés sur l'écran plat suspendu derrière celui-ci.

—Ça a commencé depuis plus d'une heure. J'ai parié un paquet de fric sur le combat principal.

Le barman se met à lui verser une solide rasade de bourbon.

—Une seconde.

Il pose le verre en face du type, me sert une nouvelle bière et tripote la télécommande.

Je hoche la tête pour le remercier et j'avale une longue gorgée. J'essaie de garder mes pensées focalisées sur l'avenir au lieu de m'appesantir sur les dernières quarante-huit heures, mais les souvenirs exercent leur pouvoir d'attraction. Son corps, si puissant, autour du mien, me serrant contre lui, tandis que je reprends mon souffle. Ses mains, capables d'assommer quelqu'un ou de composer une musique magnifique, qui me caressent de haut en bas. Nos cœurs qui battent au même rythme, comme si même la frontière constituée par les os, les muscles et la peau ne pouvait les empêcher de ne faire qu'un. *Arrête!* Il est parti, et les souvenirs ne vont pas le ramener.

C'est fini.

Je ne ressentirai plus jamais cela.

J'écluse une bonne moitié de ma bière, qui n'a aucun goût sur ma langue, mais elle fait le boulot.

La salle explose de joie. Mes yeux filent vers la télé. Il me faut une seconde pour comprendre ce qui excite les gens autour de moi, jusqu'à ce que…

— Oh merde !

Je cille pour m'assurer que je n'hallucine pas.

Le combat de Rex.

Rex

— Ne le lâche pas !
— Maintiens-le au sol, T-Rex !
— Prise du lion ! Fais-lui une prise du lion !

Les instructions que beugle mon équipe devraient normalement me motiver, mais ce soir ce ne sont que des mots. L'odeur du sang et de la transpiration, la poussée d'adrénaline du combat, la douleur ressentie à chaque coup…, les choses qui naguère m'auraient gonflé à bloc n'ont aucun effet.

Je serre les jambes pour enfermer Reece dans une torsion du talon.

— Abandonne, dis-je.

Reece se débat sous mon emprise.

— Va… te faire foutre.

Il me cogne la cuisse de sa jambe libre.

— Tu le tiens, Rex !

Les jurons confus de mon adversaire me parviennent malgré le tumulte des encouragements qu'on hurle depuis mon coin.

Je me sens faible. Fatigué. Mes muscles tremblent, ils sont fourbus. Mais je ne perdrai pas.

L'arbitre crie. Fin du round.

Je relâche Reece et d'un bond je me dirige vers mon coin. La foule rugit, mais ce sont des parasites à mes oreilles. Ma tête vibre. Je m'affale sur le tabouret, essayant de masquer mon épuisement. Malgré le boxon qui règne sous mon crâne, je ne laisserai pas tomber mon équipe. Je préférerais mourir sur place plutôt que de perdre ce combat.

— Regarde-moi. (Mon soigneur se tient accroupi devant moi et me nettoie le visage.) Petite égratignure.

Il appuie un objet en métal sur ma joue tout en tamponnant une coupure au-dessus de mon œil.

Pour la toute première fois, je ne ressens pas la douleur. Je me sens détaché, vide, insensible à sa séduction.

— Il a placé quelques bons coups.

À mes côtés, Owen hurle dans mon oreille pour se faire entendre.

J'essaie de me concentrer sur ses paroles.

— Sa jambe gauche est faible.

Jonah est là, accroupi devant moi, attentif à Owen. Il hoche la tête, ses lèvres remuent, mais je suis sourd à ce qu'il dit.

Mon soigneur me penche la tête en arrière. Je plisse les yeux face aux lumières vives qui surplombent l'octogone. Ma vision est constellée de taches. Je m'arrache à la poigne de mon soigneur sur mon menton et je cligne des yeux. Ma tête tourne. Les visages autour de moi deviennent flous, ils se déforment et s'étirent. Je me frotte les yeux. *Je suis salement amoché ?*

Je croise le regard de mon soigneur. Il parle, me demande si je vais bien. Son expression se mue en visions, en visages d'hommes, aux âges et origines multiples. Je ferme les yeux, et ces images défilent sur mes paupières. Mes dents s'entrechoquent et je repousse les images. Mon Dieu, il y en a eu tellement ! Je secoue la tête.

Il faut que je reste concentré sur le combat.

— Rex, mon gars. Parle-nous. (Jonah a la main sur mon épaule.) Ça va ?

— Ouais, ça va. Je vais bien.

Je m'exprime comme un robot, mais ils me répondent et semblent convaincus.

J'essaie de toutes mes forces de me focaliser sur la voix d'Owen. *Concentré.*

— … un coup de jambe latéral. Mets-le au tapis pour le forcer à abandonner.

OK. Je peux le faire. Je hoche la tête. *Abandon.*

C'est tout ce que ces dépravés voulaient de moi. Que j'abandonne, que je me soumette. J'étais un enfant, un gamin aux abois sans personne pour le protéger. Ils le savaient et ils s'en sont servis pour obtenir ce qu'ils voulaient. Je serre les poings ; mon pouls résonne dans mes oreilles.

—… tu représentes la mort qui s'avance. (La voix de Jonah dans mon oreille.) On le voit ; son camp aussi, ça ne peut pas leur échapper.

Quelqu'un doit payer, prendre des coups pour les années où j'ai été violé, agressé sexuellement, manipulé. En esprit, j'associe tous les visages et je les emballe avec des fils de peur, de désespoir et de honte. Je fais une grosse boule de ma colère et j'y ajoute le sentiment de trahison que je ressens après les aveux de Mac : les hommes, sa famille…, elle. Des démons qui exécutent les basses œuvres du diable. Tous autant qu'ils sont.

J'avise Reece de l'autre côté de l'octogone, je projette ce qui se trouve dans ma tête, ce qui s'enroule dans ma poitrine, ce qui me dévore les entrailles. Je mets tout sur lui.

Il va payer. Ce soir. Ce combat. Je vais lui foutre une dérouillée en guise de châtiment pour mon passé.

Le son de la cloche, et l'arbitre qui nous fait signe de rejoindre le centre.

La main d'Owen m'agrippe l'épaule.

—Vas-y. Tu as le combat entre les mains.

Le soigneur met de la vaseline sur mon sourcil et s'écarte. La salle explose en acclamations, leur enthousiasme survolté met le feu à l'air ambiant.

Mais j'ai les yeux rivés sur mon adversaire. Toutes les raisons pour lesquelles j'ai commencé à me battre sont insignifiantes. Tout ce que j'ai traversé aboutit à un seul instant, cet instant.

C'est l'occasion de me décharger de tout ce que j'ai retenu, de libérer les émotions que j'ai enfermées lorsque j'étais gamin et que j'avais tellement bien dissimulées que je ne m'en souvenais même plus.

Il est temps de s'alléger de ce fardeau, et quel meilleur endroit pour le faire que dans l'octogone ?

—Combattez !

Mac

Il tourne en rond dans l'octogone, les mains levées ; il a une légère égratignure au-dessus de l'œil. Je retiens mon souffle et je mets la main sur ma bouche tandis qu'un gémissement sort de mes lèvres.

Il n'a jamais été aussi beau. Jusqu'à cet instant, je ne m'étais pas rendu compte à quel point ça me manquait de le voir. Son adversaire lui balance un coup de poing. Rex l'esquive et enchaîne avec un coup de pied qui envoie le type au sol. Je regarde, fascinée, cette danse de la mort entre deux hommes en espérant qu'il ne la terminera pas blessé.

Toutefois, je l'ai blessé bien plus grièvement que n'importe quelle atteinte physique aurait pu le faire.

Je repousse la culpabilité et, sidérée, je vois Rex plaquer son adversaire au sol dans un entremêlement de bras et de jambes. Les gens poussent des acclamations et des cris. Il cogne et maintient sa prise. On dirait qu'il a le dessus. Je plonge les doigts dans mes cheveux. Encore combien de temps avant la fin ? L'arbitre fend l'air de la main. Le bar explose en salves d'applaudissements. Rex saute sur ses pieds et balance les poings vers le ciel. J'expire et mes épaules se détendent.

Il a gagné.

Des sentiments de fierté et de perte tourbillonnent dans ma poitrine, et je me débats pour prendre une profonde inspiration.

Je devrais être là, assise derrière Rex et son équipe, entre Layla et Raven, entourée de la famille de Rex, accueillie comme l'une des leurs, présente pour le soutenir. Mais au lieu de ça je suis ici, bannie, contrainte de quitter tout ce qui a jamais compté pour moi. Ma vie, mon avenir m'ont été arrachés des mains.

Jonah, Caleb et un type séduisant à l'allure de surfeur étouffent Rex. Ils l'enserrent et lui tapent dans le dos en le félicitant. Un présentateur s'exprime dans un micro avant de fourrer celui-ci sous le nez de Rex.

— Montez le son. (Je meurs d'envie d'entendre sa voix, ne serait-ce que pour une seconde. Le bar est trop bruyant. Je ne l'entends pas.) Hé, montez le son !

Personne ne prête attention à moi. Je me lève de mon tabouret et je me penche par-dessus le bar. *Merde !* Ses lèvres remuent et son torse se soulève sous l'effet de sa respiration hachée. Il ne sourit pas, mais il semble aller bien.

Je me laisse retomber sur le tabouret. Mieux que bien : il a l'air heureux.

Non pas que je m'attendais à ce qu'il soit dévasté par mon départ. Après tout, c'est lui qui m'a demandé de partir. Mais le voir en pleine possession de ses moyens, comme si le temps passé ensemble ne signifiait rien, me déchire le cœur.

Des larmes me piquent les yeux. Comment peut-il se montrer aussi insensible ? J'appuie la tête dans les mains et je me masse les tempes. Je ne peux pas. Je dois sortir d'ici.

Je m'en vais pêcher quelques billets dans mon sac et je les jette sur le bar. Une main s'abat sur mon épaule.

— Blanche Neige.

Mon dos se raidit alors que, dans le même temps, une onde de chaleur se diffuse dans ma poitrine en entendant cette voix familière qui ajoute :

— Qu'est-ce que tu fous ici, bordel ?

Je me tourne vers la silhouette massive aux larges épaules de Hatch qui, bras croisés, se tient juste derrière moi.

— Justement, je m'en allais.

Il me scrute, les yeux plissés, tout en ratissant de ses dents la barbichette sous sa lèvre inférieure.

— Qu'est-ce qui t'est arrivé ?

— Rien.

Ma tête semble peser une tonne, et je résiste à l'envie de la poser sur le bar.

— C'est pas l'impression que ça donne.

Il approche un tabouret de moi, tellement près qu'il enfourche quasiment le mien. Il repousse mes cheveux sur mon épaule et m'examine.

— Encore en cavale ?

Comment le sait-il ? Je lève les yeux au plafond.

— Hatch…

— Non. Tu te pointes ici, à mille lieues de Vegas, tu vas me dire ce qui se passe.

Je grogne et je cède au poids de ma tête en la posant sur mon avant-bras contre le bar. Mes yeux se ferment tandis que la fatigue et l'alcool exercent leurs effets de concert.

— J'ai dû partir. Je ne savais pas où aller.

Son souffle chaud contre mon oreille diffuse une odeur accablante d'alcool et de fumée.

— Tu ne peux pas te soûler comme ça dans un endroit pareil, Blanche.

Je souffle. Si seulement je pouvais roupiller quelques minutes.

—J'ai roulé dix heures. (Je bâille si fort que mes yeux s'emplissent d'eau.) J'ai les fesses en compote. Besoin de sommeil.

—Je pige, mais tu ne peux pas faire ça ici.

Pourquoi pas ? Je veux dire : qu'est-ce qui pourrait m'arriver de pire ? Me faire tuer et qu'on m'abandonne sur le bord de la route ? Au moins, je cesserais de souffrir et je connaîtrais enfin un peu de repos. *Aah, le repos !* Je prends une profonde inspiration, et lentement je cède au sommeil…

—Ça suffit. (Des mains m'agrippent fermement les épaules.) Tu viens avec moi.

Je le repousse et j'essaie de me concentrer sur lui d'un seul œil.

—Cinq minutes, Hatch.

Je ferme l'œil et je repose la tête.

—Hé, vise un peu autour de toi ! Regarde comment on te reluque. Tu vas bientôt me supplier de t'extraire d'ici.

—Hatch, mec, ça va ? s'inquiète le barman.

Je penche la tête en arrière et je le vois froncer les sourcils sur Hatch.

—Ouais, Zip. Mac est la coloc de ma meuf à Vegas. Je vais l'emmener à la piaule avant que ces idiots devinent qu'elle est en train de tomber dans les pommes.

Zip parcourt la salle des yeux. Je suis son regard courroucé. Sur le côté du bar, quelques motards m'observent en murmurant. J'en ai la chair de poule et je lance la main vers le blouson de Hatch.

—Ça y est, elle a pigé. (Hatch glousse. Il tend la main.) Les clés de la moto.

Je vais les pêcher dans ma poche. Hatch s'en empare et les lance à Zip.

— La Honda devant. Tu veux bien la ranger derrière pour la nuit?

Zip hoche la tête.

— Pas de souci. Fais sortir Annie d'ici.

Dans un sursaut d'énergie, je me lève. Une vague de vapeurs d'alcool me fait tourner la tête, et je vacille.

Hatch m'aide à garder l'équilibre.

— Tout doux. Tu vas grimper sur ma moto.

J'adresse un petit sourire à Zip, et il acquiesce en levant le menton. Hatch me fait traverser le bar bondé. La salle penche et il me tient plus près pour que je reste debout. Nous sortons pour regagner l'air frais de la montagne. Je prends une grande inspiration pour m'éclaircir un peu les idées.

Il me relâche et se dirige vers sa Harley.

— Monte.

— Pourquoi tu fais ça? (Je vacille sur mes pieds.) Tu ne m'aimes pas et je pense bien que je te déteste.

Même si, à ce stade, je ne suis pas en position de rayer qui que ce soit de ma liste d'amis.

— Tu as encaissé un coup. Sans chialer. (Il regarde autour de lui avant de reporter les yeux sur les miens.) Je ne t'aime pas mais je te respecte. (Un éclair luit dans ses yeux, mais il disparaît trop vite pour que mes pensées embrumées d'ivrogne aient le temps de l'interpréter.) Maintenant, pose ton petit cul sur cette bécane avant que je te renvoie chez toi avec un type qui, lui, ne te respectera pas.

Je préfère encore qu'un type que je ne supporte pas prenne soin de moi plutôt que d'être rejetée et exclue par l'amour de ma vie.

Je me traîne sur quelques pas, je mets mon sac sur le dos et je m'assois derrière lui.

— Je devrais prendre mon casque ?

Il met le contact, le grondement menaçant du moteur vibre tout autour de moi.

— Pas d'obligation de port du casque dans le Colorado.

La tristesse s'abat sur mes épaules. J'entoure Hatch à la taille et j'appuie la joue contre le cuir froid qui recouvre son dos.

— Parfait. Ramène-nous à la maison alors.

Chapitre 21

« Georgia McIntyre
Gia McIntyre
Mac In Tire
Mac Entire
Mac Ellenshire
RIP Georgia McIntyre »

                        Mac Ellenshire, dix-sept ans

Rex

Mon téléphone se met en branle sur la table de nuit et me tire d'un sommeil sans rêves. La double dose de Trazodone que j'ai prise hier soir m'a fait sombrer. Après avoir fêté la victoire de Blake et la mienne durant dix minutes à tout casser, mon corps a succombé à la fatigue.

Je cille pour relever mes paupières lourdes. Mon téléphone arrête de vibrer, et je laisse mes yeux se refermer. Les muscles en béton et le sang en mélasse, je replonge dans le sommeil. Un nouveau bruit de marteau-piqueur sur ma table de nuit, et je me force à rouvrir les yeux.

Bon sang, qui se donne tant de mal pour me joindre ?

Une voix dans le fond de mon crâne me chuchote que ce pourrait être Mac. Gia. Cette pensée incite ma main à délaisser la chaleur des couvertures. Mes muscles endoloris protestent à ce mouvement. J'oriente l'écran allumé vers moi.

Ce n'est pas elle.

Putain, il est presque midi!

Je fais glisser le doigt sur l'écran et je colle le téléphone à mon oreille.

—Quoi?

—Mec, où est-ce que tu étais passé hier soir, bordel? (Talon ne semble pas réveillé depuis beaucoup plus longtemps que moi, mais il a l'air d'avoir passé une nuit beaucoup plus agitée.) Mario a organisé un gros truc pour toi au *Blackout*.

Je m'en étais douté, mais il était hors de question que je me pointe là après ce qui était arrivé avec Mac. Je ne blaguais pas en affirmant que je ne voulais plus la voir.

Je roule sur le dos et je me frotte les yeux.

—Ouais, perdre du poids a eu raison de moi. *(Mensonge.)* J'étais épuisé.

—Ah! Trop fatigué pour fêter ta victoire? (Il glousse.) Petite nature.

Son insulte enjouée ne change rien à mon état de somnambule.

—Tiens, à propos, je me disais, lancé-je. Ça fait des années qu'on joue au *Blackout*. Il serait peut-être temps qu'on se déniche un nouvel endroit.

—Quoi? Tu déconnes, hein? Ce bar soutenait déjà notre groupe quand on se mettait encore du rimmel et du vernis noir sur les ongles.

Il n'a pas tort. Nous n'avons aucun motif valable pour arrêter de jouer dans cette salle, qui a toujours été notre plus grand supporter. Mais je ne peux plus y remettre les pieds.

—Juste une idée qui me trottait dans la tête.

— Ouais ? Eh bien, va la faire trotter hors de ton stupide crâne. Je suis d'accord qu'il nous faut du nouveau, et c'est justement pour ça que je t'appelle.

« Du nouveau ». C'est bien, du nouveau. Je trouverai un autre moyen d'éviter le *Blackout*. Peut-être simuler une gastro ? Ou la fièvre ?

— Hier soir, j'ai croisé Carl Simpson. Putain, Carl Simpson, mec, tu te rends compte ?

Une infime dose d'adrénaline se fraie un chemin jusqu'à mon cerveau. Cela fait plus d'un an que nous essayons d'entrer en contact avec l'imprésario de la *House of Blues*.

— Et ?

— Il a dit qu'il avait entendu parler du groupe. En bien. Il voulait savoir si nous serions intéressés par faire la première partie de Smythe à la fin de l'année.

Une once d'excitation s'insinue dans mon sang engourdi par les médocs. Je me rassois.

— Tu déconnes ? Smythe ? (Ils font un tabac pour l'instant.) Ils ne sont pas en train de terminer une tournée avec Five Finger Death Punch ?

— Ouais. Ils auront fini en novembre et ils ont accepté de terminer l'année par quelques plus petits concerts. Ça déchire, hein ?

Son enthousiasme est contagieux.

— Incroyable ! (Un spasme me secoue les lèvres. Un sourire ? Je n'aurais jamais cru que ça m'arriverait encore.) C'est bon, t'as gagné. Ataxia qui ouvre pour Smythe. (Je secoue la tête.) J'aurais jamais cru dire ça un jour.

— Donc, viens pas chialer pour un concert. Nous devons mettre les bouchées doubles pour élargir notre base de fans.

Compris. Nous ne pouvons pas laisser tomber le *Blackout. Putain!* Mon extase n'aura duré que quinze secondes.

Bordel, comment je vais faire si je la croise?

— On répète toujours ce soir?

Peut-être qu'à ce moment-là je pourrai proposer aux gars de prendre quelques semaines de relâche pour travailler sur de nouvelles chansons. C'est mon seul espoir de réussir à prendre un peu mes distances.

— Ouaip.

— Super. À plus.

— À plus.

Je me laisse retomber sur le lit et je me frotte le visage. Darren m'a prévenu que, pendant un certain temps, je risquais de me faire rapidement submerger et que je devais m'efforcer de rester dans le moment présent. Me concentrer sur la journée, l'heure, la minute en cours, tout ce qu'il faudra pour éviter de devenir dingue.

Tout en prenant plusieurs bonnes inspirations, j'écoute les indices fournis par mon corps. Le pincement à l'épaule me réclame de la glace. Même si j'ai gagné le combat, Reece m'a porté quelques bons coups. La méchante saillie encroûtée sur ma joue en est la preuve.

Mon estomac grogne. Fini, le régime, et après le combat d'hier soir mené le ventre quasi vide, je suis prêt à honorer ma promesse de burritos.

Maintenant que j'ai un plan pour les heures à venir, je sors du lit et je me traîne jusqu'à la douche. J'essaie de ne pas songer aux deux derniers jours. J'évite toutes les pensées qui pourraient me rappeler ce que je ressentais quand elle me réconfortait: ses bras autour de moi remplaçant le souvenir des mains qui prenaient jusqu'à plus soif.

Je mets la douche au plus chaud et je m'avance sous le jet, sans du tout regretter la seule autre personne que j'aie jamais autorisée dans cet endroit.

La seule femme qui m'a accepté pour ce que j'étais.

Pas de regrets.

Pas un seul.

Il est temps de passer à autre chose.

Mais comment ?

Mac

Il fait noir, je suis étendue sur le lit de Hatch. Une odeur de vieil alcool et de cendriers sales me remplit les narines. Le grondement sourd de ses ronflements résonne dans mon crâne, intensifiant les effets de ma gueule de bois. Pour autant que je m'en souvienne, je n'ai bu que les bières du bar. Dès que nous sommes arrivés ici, au refuge des motards, je me suis écroulée sur le lit de Hatch, et tout a basculé dans l'obscurité.

Dès le réveil, j'ai vérifié que j'étais toujours habillée. Heureusement mon soutien-gorge, mon jean et mon tee-shirt étaient en place. Je me frotte les yeux des poings. La poussière du trajet à moto se mêle au mascara de la veille. Mon estomac se contracte, et j'ai l'impression que mon cerveau va exploser.

Pourquoi est-ce que j'ai bu autant ? Le souvenir du visage de Rex me hante : ses yeux bleu cristal et ses cheveux noirs, sa multitude de façons d'être beau, lui qui prend son anneau entre les dents pour s'empêcher de sourire. *Rex qui sourit*. Quand je pense à tout ce que je lui ai pris : son bonheur, son avenir. Mes yeux se remplissent de larmes, et je repousse cette faiblesse passagère pour éviter l'effondrement total qui s'annonce.

Merde! Je ne peux pas craquer. Pas ici. Je hausse les épaules pour évacuer mon autoapitoiement et j'essaie de me concentrer malgré le flou de ma gueule de bois.

Je suis une imbécile.

Mon plan initial consistant à traverser le pays en m'arrêtant au hasard pour me soûler jusqu'à l'oubli n'était pas très futé. Où est-ce que j'aurais atterri si Hatch ne m'avait pas trouvée ?

Je m'humecte les lèvres. J'ai super soif. Mes intestins protestent et tournent en boucle sur eux-mêmes. Il faut que je mange, que je récupère ma moto et que je me dégotte un motel décent pour roupiller. Ensuite je concevrai un meilleur plan.

—Hatch! (Je lui frappe l'épaule du plat de la main.) Réveille-toi.

Il grogne et se tourne de côté pour me présenter son dos nu et tatoué.

—Je déconne pas. (Je le secoue.) J'ai besoin que tu me ramènes à ma moto.

Le ronflement qui me répond m'indique qu'il ne compte pas aller où que ce soit dans un futur proche.

—Merde!

Peut-être que quelqu'un d'autre s'apprête à partir et pourrait m'emmener. Je me relève du lit, et une douleur me vrille les tempes. Je me prends la tête entre les mains.

—Ouch.

Je chancelle à travers la pièce, trébuchant sur des bottes de moto et Dieu sait quoi d'autre. Il fait trop sombre. J'écarte les tentures épaisses, et le soleil lumineux m'indique qu'il est plus tard que je ne croyais.

Où est-ce que j'ai mis mon sac à dos ?

Je parcours les lieux du regard. Il n'est pas ici. Je fouille la pièce en soulevant des vêtements sales et en balançant un peu partout des emballages de nourriture.

— Hatch, où est mon sac à dos ? (Je ne me rappelle pas l'avoir apporté ici, mais, cela dit, la plupart de mes souvenirs de la soirée d'hier sont confus.) Merde, merde, merde !

Je quitte la chambre et je file le long du couloir pour rejoindre la pièce principale. J'y trouve un couple nu endormi sur le divan et une femme avachie inconsciente sur un relax.

Mais pas de sac à dos.

Celui-ci contient tout ce que j'ai : argent liquide, cartes bancaires, vêtements. S'il a disparu... Mon cœur tambourine et je me mets à transpirer. La bile me monte à la gorge. Je me précipite vers la cuisine, où je me penche juste à temps au-dessus de l'évier pour cracher le goût aigre.

Je n'ai rien, personne à appeler. La seule qui pourrait me venir en aide, ce serait Trix. Mais comment je pourrais lui expliquer que je suis dans le Colorado avec ce qui lui tient lieu de petit ami ? Je suis baisée. Complètement foutue.

— Salut, Blanche. (La voix de Hatch s'élève derrière moi.) Ça va ?

Je crache de la bile et je secoue la tête.

Il se marre. *L'enfoiré.*

— Où est mon sac à dos ?

Je veux juste me tirer d'ici. Ces deux derniers jours m'ont menée au seuil de ma tolérance physique et émotionnelle. Je ne peux plus rien encaisser.

— Aucune idée. Tu l'as laissé au bar ?

Il me tend une serviette en papier.

Je la prends, je me redresse et je m'essuie la bouche.

— Bien sûr que non.
— Tu n'as pas l'air en forme.
— Espèce de connard !

Un sourire se dessine lentement sur son visage orné d'un bouc.

— Viens. J'ai un truc qui te requinquera, et ensuite nous pourrons chercher ton sac.
— Me requinquer ? (Je parcours des yeux la cuisine dégueulasse, les bouteilles d'alcool ouvertes, la nourriture à moitié entamée.) Je ne pense pas que ton antidote de motard contre la gueule de bois me tente.

Je veux juste récupérer mes affaires et me tirer d'ici.

— Hé, tu veux retrouver ton sac et reprendre la route ?

Mon Dieu, oui ! Si tu savais. Je hoche la tête.

Il me fait signe de le suivre.

— Alors, viens.

L'estomac toujours noué, je le suis en direction de sa chambre, essayant au passage de repérer mon sac. Il y a de nombreuses portes fermées. Peut-être qu'un des types l'a pris dans sa chambre ?

De retour dans la chambre de Hatch, j'ouvre les rideaux et j'allume la lumière de la salle de bains pour encore chercher. Rien nulle part. *Merde !*

— Tiens, dit-il en me tendant un petit miroir carré.
— C'est quoi ?

J'ai bien ma petite idée, mais je ne peux pas croire qu'il pense que la drogue va m'aider dans ma situation.

— De la coke. Ça va faire partir ta gueule de bois. Et ça va te clarifier les idées.

Il rapproche le miroir.

— Non merci.

Je le plante là pour continuer mes fouilles.

— Tu as une meilleure suggestion ?

Le bruit qu'il fait en reniflant la poudre emplit la chambre.

Si j'en ai une ? La seule raison pour laquelle je toucherais à cette merde, ce serait pour m'empêcher de sombrer dans la détresse, ce qui sera nécessaire si je ne parviens pas à remettre la main sur mon sac.

Une vague de terreur me parcourt les nerfs. S'il a disparu, s'il a été volé, je suis à la merci de Hatch jusqu'à ce que… jusqu'à quand ?

Je l'observe se préparer une autre ligne et l'aspirer, cet enfoiré de motard qui déteste Rex et m'a tapé dessus.

Mais qui m'a sauvée hier soir.

Et c'est lui, mon seul espoir.

Chapitre 22

« Passé la majorité de ma vie en institution.
C'est fini.
Ils me laissent sortir.
Et une fois que j'aurai fait payer la personne qui m'a mise ici,
Je retrouverai mon frère. »

Mac, vingt ans

Six mois plus tard.

Rex

—Tu es sûre que ça ne te dérange pas ?

Je jette un coup d'œil vers Emma qui se tortille sur le siège passager, les mains jointes.

Elle pose ses yeux clairs sur moi.

—Oui. Ça va. Je suis juste un peu nerveuse. Tu sais, pour notre premier rencard, c'est une fameuse pression de rencontrer tous tes amis, ceux avec qui tu te bats...

« Rencard ». C'est vrai.

Mon dernier rencard était avec Gia, juste avant que mon monde s'écroule en posant les yeux sur un fichu animal en peluche. Je n'ai jamais rien vécu d'aussi dur que de remonter cette pente. Il m'a fallu des mois de thérapie intensive, trois fois par semaine, pour en arriver à aujourd'hui, et j'ai encore beaucoup de chemin à parcourir. Putain, c'est seulement ces dernières semaines que j'ai été capable d'arrêter de dire Mac en parlant de Gia!

Je suis reconnaissant envers Emma. Elle a été une chouette amie. Je l'ai invitée chez moi, on s'est même pelotonnés sur le divan pour regarder des films. Elle est cool, elle ne demande jamais plus que ce que je peux donner. Je suppose qu'il était temps que je l'invite à sortir pour un vrai rencard. Je me suis dit que ça pourrait m'aider à passer à autre chose. À aller de l'avant.

Donc voilà. Mais je ne peux pas m'empêcher de me sentir cafardeux.

J'apprécie Emma. Elle est belle, elle est gentille et drôle à sa façon. Je suis certain qu'avec le temps je pourrais ressentir pour elle les sentiments intenses que je ressentais pour Mac, avant que je découvre qu'elle s'appelait Gia.

Je laisse échapper un profond soupir et j'essaie de me détendre.

— Et toi, tu es sûr que ça ne te dérange pas? demande Emma en haussant un sourcil.

— Ouais. (Je hausse les épaules.) Jonah est beaucoup resté chez lui, et je n'ai plus vu Raven et le bébé depuis que je leur ai rendu visite à l'hôpital.

Étant donné tout ce qu'ils ont enduré à la naissance, Jonah n'a plus laissé qui que ce soit s'approcher de Raven ou du bébé pendant un long moment. Il a vraiment failli les perdre toutes les deux; il a encore ajouté une couche de surprotection à sa possessivité déjà volcanique.

— On n'est pas obligés de rester longtemps, ajouté-je. On passe dire bonjour, puis on ira manger un bout.

Elle hoche la tête avant de porter le regard par la fenêtre, et je ne peux pas m'empêcher de penser à Gia. Darren dit que je dois arrêter de comparer les deux filles et me contenter d'apprécier Emma pour ce qu'elle est plutôt que pour ce que j'aimerais qu'elle soit.

J'essaie. Mais la vérité, c'est que Mac me manque.

Il m'a fallu du temps, mais je comprends à présent que ses intentions étaient pures. Mon Dieu, toutes les choses dont je l'ai accusée : m'avoir menti, m'avoir traqué et m'avoir manipulé pour que j'éprouve des sentiments envers elle et qu'elle puisse ensuite me détruire.

Chaque soir dans mon lit, en attendant le sommeil, je me rappelle la sensation de son corps souple, le parfum tropical de sa peau qui me rendait fou de désir, ses mains qui me tiraient les cheveux quand nous nous embrassions, ou lorsqu'elle emprisonnait mon anneau de lèvre avec une telle fougue qu'elle en perdait presque tout contrôle. Mais elle réussissait à se maîtriser. Elle évitait de me toucher jusqu'à en avoir mal aux doigts, elle mordait ses lèvres pleines pour ne pas parler – uniquement parce que je le lui avais demandé – négligeant ses propres désirs pour satisfaire les miens.

Je me masse le thorax qui est douloureux.

Où est-elle maintenant ?

Je suis allé rechercher mes affaires chez elle quelques semaines après qu'elle a franchi le seuil de mon appartement. Je savais qu'elle ne venait plus au *Blackout*, mais j'espérais qu'elle soit encore en ville. Trix m'a appris qu'elle avait filé la nuit même en abandonnant son téléphone et la plupart de ses trucs. Elle avait laissé une note pour Trix, disant qu'elle était désolée.

Mon sac m'attendait. C'est seulement en rentrant chez moi que je me suis rendu compte que moi aussi, elle m'avait abandonné, tout comme mes souvenirs. L'ours et mes écrits. Je dois avoir fouillé chacun des compartiments de ce sac une dizaine de fois à la recherche d'un mot. Des paroles d'adieu, quelque chose, n'importe quoi. Je n'ai rien trouvé.

Mais je ne le lui reproche pas.

Je repousse mes pensées et la direction dans laquelle elles m'entraînent quand nous arrivons dans l'allée de Jonah. Il y a plein de véhicules, ce qui a manifestement pour effet de crisper Emma.

Gia ne serait jamais aussi nerveuse avec des gens, qu'elle les connaisse ou pas.

Putain! Arrête ça!

Je me gare et je vais lui ouvrir la portière.

Elle bondit dehors, ses espadrilles kaki ne font pratiquement aucun bruit en heurtant le béton. Elle redresse le menton et me regarde.

—Ne me laisse pas.

—Promis.

Je lui prends la main, et nous avançons vers la porte, qui s'ouvre.

—Hé, salut! Je vous ai vus arriver.

Layla esquisse quelques pas hésitants, les bras tendus; son ventre paraît énorme par rapport à sa frêle silhouette.

—Hé, salut, maman! (Je me penche et je fais de mon mieux pour l'enlacer avec le ballon de basket qui nous sépare.) Comment tu te sens?

Elle recule et pose un avant-bras sur son ventre.

—Hum… comme un pingouin rembourré avec un pamplemousse qui s'est mis là où je…

— La Souris, ma chérie. (Blake surgit derrière elle, la prend dans ses bras et lui caresse le ventre des deux mains.) Ne viens pas me faire croire que tu n'aimes pas porter mon enfant.

Elle incline la tête et lui sourit.

— Oh si, j'adore porter « notre » enfant !

Blake dépose un léger baiser sur ses lèvres, et mon esprit s'envole vers Gia. C'est incroyable comme un simple effleurement peut en dire autant qu'une incursion de la langue emplie de passion. Mes lèvres me picotent, avec l'envie de ressentir de nouveau cette sensation. Je prends mon anneau entre les dents pour couper la chique à la douleur.

— Et qui voilà ? demande Blake en se redressant et en attirant Layla à son côté, un bras par-dessus ses épaules.

— Oh oui ! *(Merde, je suis affreusement nul pour ce genre de trucs !)* Emma, je te présente Blake et Layla.

Elle se rapproche de moi et sourit.

Layla me glisse un regard empli de tristesse, qui me fait détourner les yeux. Elle s'éclaircit la voix.

— Enchantée de faire ta connaissance, Emma.

Layla m'a reproché la volte-face de Gia. Elle n'a pas compris ce qui s'était passé, et ça l'a mise en rogne de penser que je l'avais foutue dehors. Blake qui détestait apercevoir cette tristesse chez sa petite amie enceinte est venu me trouver en me sommant de tout lui expliquer.

Ce que j'ai fait. Dans les grandes lignes.

Une fille de mon passé qui a prétendu être quelqu'un d'autre pour se rapprocher de moi. Ils ont compris pourquoi nous avions rompu – la trahison et les mensonges sont difficiles à surmonter –, mais je sais que Layla regrette son amie. Ma poitrine se contracte et j'empoigne mon tee-shirt. *Bon sang, moi aussi!*

—Également, marmonne Emma en évitant le regard de Blake et de Layla.

—Eh bien, entrez! suggère Layla. Il faut que vous voyiez à quel point bébé Slade a grandi.

Elle pivote vers la maison, et nous la suivons à l'intérieur.

Même avant de pénétrer dans le séjour, je perçois le roucoulement de voix féminines. Je contourne le coin et je manque d'éclater de rire.

Emma glisse la main dans le creux de mon coude.

—Ooh, je n'ai jamais rien vu d'aussi mignon!

Je baisse les yeux sur elle avant de les reporter sur la scène hystérique qui se déroule devant moi.

Jonah, du haut de son mètre quatre-vingt-seize et avec sa carrure de bagnole, porte un truc rose flash qui lui enveloppe le corps de l'épaule aux côtes. Cela me rappelle la façon dont Gia portait sa sacoche, en travers de la poitrine, ce qui accentuait la forme de ses seins. Mais alors que le sac de Gia lui donnait un air canon le papier d'emballage de Jonah lui donne un air con.

Il sourit en contemplant le minuscule renflement se dissimulant derrière la mocheté fuchsia qui lui recouvre le torse. En levant les yeux, il remarque notre présence mais continue de sourire comme un idiot.

—Rex, mon pote, faut que tu voies ça.

Je m'avance et lui donne une tape sur l'épaule.

—Chouette châle, frangin.

Le sourire de Jonah s'affaisse légèrement, et il plisse les yeux.

—Ça s'appelle une écharpe de portage, tête de nœud.

J'étouffe un rire.

— Je me fiche complètement de savoir comment ça s'appelle ; tu as l'air d'un imbécile avec ce truc.

Blake tousse et se racle la gorge, la main sur la bouche.

Le regard noir de Jonah voyage entre nous deux.

— Pour ta gouverne, cette écharpe maintient en permanence ma fille contre mon torse.

Sa grande main est posée sur la petite bosse derrière le tissu.

Raven arrive et me fait un câlin. Tout sourires, elle est en beauté ; le surplus de poids provenant de sa grossesse n'a fait qu'ajouter quelques courbes exotiques à son apparence déjà irrésistible.

— Elle vient de passer neuf mois au chaud et à l'abri dans le noir, au son des battements de mon cœur. Nous voulons juste qu'elle continue à ressentir la même chose aussi longtemps que possible.

Jonah nous lance un regard furieux.

— Ça s'appelle l'attachement parental, bande d'enculés.

— Joey !

Katherine, la mère de Jonah, le réprimande depuis le divan.

— Et sachez que j'en ai commandé une autre, noire avec des crânes et des éclaboussures de sang. (Son visage s'adoucit et il baisse les yeux sur la bosse.) Tu vas adorer ça, hein, ma princesse ?

Je désigne le tissu flash couleur fillette.

— Cette petite bosse là-dedans, c'est le bébé ?

Son sourire s'élargit.

— Ouais, viens par ici. Tu dois voir ça.

Il écarte le bord du tissu et m'adresse un signe de tête pour que je jette un coup d'œil à l'intérieur.

Là, blottie sur elle-même comme la plus petite boule du monde, se trouve Sadie Slade. Jonah l'a prénommée Sadie parce que cela signifie « princesse » et qu'il a juré de la protéger comme si elle en était une. Avec ses cheveux noirs drus et son minuscule visage endormi et serein, elle ressemble comme un sosie à Raven.

— Waouh, elle est tellement petite ! m'exclamé-je. Qu'est-ce que je suis censé voir en fait ?

— Regarde, tu verras.

Il pivote afin que j'aie une meilleure vue.

De légers bruits, des grognements de bébé, puis… un sourire et deux petites fossettes se creusent sur ses joues rebondies avant de s'évanouir en même temps que son sourire.

— Là, tu as vu ?

La voix de Jonah trahit sa fierté et un amour que je n'ai jamais entendu chez mon vieil ami.

— Ouais, elle tient beaucoup de son vieux, hein ?

Je recule et je l'observe contempler sa fille.

— Elle possède les jolis traits de sa maman. (Il se balance lentement d'avant en arrière, presque inconsciemment.) Mais elle n'a pas pu échapper aux fossettes des Slade.

Je promène les yeux autour de la pièce : ces visages connus qui posent tous un regard aimant sur Jonah et le bébé. Raven est assise sur le divan avec sa mère et sa belle-mère, entourée de ses amis, et je me rends compte que cette petite fille ne devra jamais s'inquiéter de se retrouver seule. Même s'il devait arriver malheur à ses parents, elle aurait tout un tas de gens qui la chériraient et pourraient s'occuper d'elle comme elle le mérite.

Contrairement à moi. Et à Gia.

Je me sens terrassé de culpabilité et j'inspire pour ne pas me plier en deux. J'étais tellement furax la nuit où elle est partie. Elle insistait pour m'expliquer, comme si les mots pouvaient réparer les erreurs commises. Elle a dit qu'ils l'avaient enfermée dans un placard, où elle était restée jusqu'à ce qu'on la trouve. Elle n'était qu'une enfant. Que lui est-il arrivé au cours des années qui ont suivi mon départ ? Elle a été placée chez un membre de la famille ? Un parent en vie ? Est-ce que j'ai seulement pris le temps de réfléchir à ce qu'elle avait enduré ? J'étais si obnubilé par mon propre sort que je n'ai jamais songé à lui poser la question.

Tout ce que j'ai appris sur elle, c'était par hasard : sa peur des hôpitaux et des espaces confinés, son manque d'amis ou de relations durables. Ma tête tourne et je m'appuie sur le dossier du divan.

Elle voulait me le dire. Je lui ai jeté à la figure que je ne voulais plus jamais la voir, et elle m'a supplié de l'écouter. Pourquoi est-ce que je ne lui ai pas laissé sa chance ? Je me frotte le visage. Elle méritait une occasion de s'expliquer. Si elle l'avait eue, est-ce que cela aurait tout changé ?

Putain !

Cela pourrait tout changer.

Mac

J'ai froid. Je me ratatine sur moi-même dans l'espoir de me réchauffer, mais ce mouvement est douloureux. Le lancinement habituel dans mon crâne m'indique l'heure.

C'est le matin.

Putain, je déteste le matin !

C'est le seul moment de la journée où mon esprit revient suffisamment à la vie pour me résister. Alors il me tourmente jusqu'à ce que je pleure : des visions éclair, des souvenirs du passé, Rex quand il était gamin, puis homme, la vie que j'ai ruinée… à deux reprises. Le matin me fait penser aux nouveaux départs, le soleil qui apporte l'espoir d'une autre vie. Mais cela demande du travail, une force émotionnelle que j'ai perdue depuis longtemps. J'en ai ras le bol de l'espoir.

Tout me fait mal. Mes muscles ont l'air d'avoir été sortis de mon corps pour s'étirer et sécher au soleil. J'humecte mes lèvres asséchées et j'entrouvre une paupière. Il fait noir, mais le jour s'est peut-être levé. Les tentures épaisses du repaire des motards tiennent la lumière à distance.

— Dieu merci :

Je lève le bras pour passer un doigt dans mes cheveux coupés.

Il n'a pas fallu un jour pour que j'en aie marre que Hatch m'appelle Blanche Neige. Je lui ai expliqué qu'au naturel j'étais rousse, mais, avec mon manque de cheveux distinctifs, c'était difficile à prouver. Chaque fois que je me regardais dans le miroir pour y apercevoir ces putains de cheveux noirs, mon esprit retournait en arrière. Des images de Mac qui menaient à de plus belles images de Rex, mais qui débouchaient invariablement sur des larmes.

Avec l'aide d'une bouteille de vodka, j'ai congédié Mac et j'ai redonné une couleur rousse à mes cheveux. Une nouvelle couleur de cheveux, c'est une chose, mais un truc que j'ai appris, c'est qu'on ne peut pas ressusciter les morts. Gia a disparu depuis longtemps, et une simple boîte de coloration ne va pas la ramener à la vie. De toute façon, la petite fille dévastée ne cadrerait pas dans l'univers de Hatch.

Qui suis-je alors ?

Changer ma couleur de cheveux a été la dernière décision que j'ai prise toute seule. Désormais, on décide à ma place. J'appartiens à Hatch, littéralement, et je suis incapable de rassembler assez de jugeote pour m'en tracasser.

Il s'assure que je sois en sécurité, nourrie et défoncée. Vu que je vis entourée de motards, la première chose est importante, la deuxième est un besoin, mais la troisième est la clé de ma survie.

Après avoir passé quelques semaines coincée ici avec Hatch, sans argent ni moyen de partir, j'ai finalement cédé au désespoir. L'alcool a fait le boulot jusqu'au jour où ça n'a plus suffi. J'ai bu jusqu'à en perdre connaissance, mais les pensées de Rex continuaient à me tourmenter. Il me fallait un truc plus fort, comme les pilules qu'on m'obligeait à avaler lorsque je vivais en isolement. La coke, c'est pareil : amère au goût, elle procure un doux soulagement une fois qu'elle agit. C'est l'engourdissement auquel je suis accro ; les souvenirs deviennent flous et toute sensation est atténuée. J'ai essayé d'arrêter, de passer un jour sans en prendre, mais elle est devenue ma meilleure amie, elle me fait oublier que je l'ai perdu. Désormais, la came est la seule chose qui me permette de rester saine d'esprit.

Cette réflexion éveille mes envies intimes. Mon addiction exige sa dose. Je dois trouver Hatch.

Je roule hors du lit et je cherche ma culotte par terre. Je plisse les yeux pour distinguer les vêtements formant le tas qui jonche le sol. Mon choix s'arrête sur un des tee-shirts sales de Hatch, que j'enfile par-dessus la tête. Une vague de vertige s'abat sur moi, et je lutte pour rester debout.

—Putain !

Je me masse les tempes. Il doit être plus tard que je ne le crois. En général, je ne suis pas dans cet état avant l'après-midi.

Trébuchant sur des canettes de bière vides et des bottes de moto, je parviens finalement à la porte. Le beuglement d'une musique country et des voix graves me parviennent depuis l'autre côté de celle-ci. *Ouaip, c'est vraiment l'après-midi.*

Je titube hors de la chambre et le long du couloir qui mène au séjour. Mes yeux ratissent l'air enfumé, à la recherche de Hatch. Je le repère sur le divan avec une des traînées du gang qui l'enfourche. Comme d'habitude.

En quelques pas pénibles, je le rejoins. Je croise les bras sur le ventre pour ne pas révéler les tremblements qui m'affligent.

—Hatch, je peux te parler une seconde ?

Il lève les yeux pour m'adresser un regard noir.

—Je suis occupé.

J'avise la fille qui a les paupières closes et la tête penchée sur le côté comme si elle avait du mal à la garder droite.

—Euh... ouais, je vois. Désolée, mais il me faut une dose.

Son expression s'adoucit.

—Ah ouais ? Tu as mal ?

Je hoche la tête et je resserre les bras autour de mon torse.

Il donne une claque sur la cuisse nue de la fille qui sursaute.

—Lève-toi, ordonne-t-il.

Elle se débat, mais Hatch ne patiente pas et la pousse sur le côté ; elle retombe comme un poids mort sur le divan. Il me prend contre lui.

—Viens, Annie. On va s'occuper de toi.

« Annie ». Tous les motards ont adopté le surnom que Zip m'a donné quand j'ai chaviré dans cette existence. La rousse a rejoint leurs rangs, et le nom est resté.

Je me blottis contre lui avec reconnaissance, car j'ai l'impression que c'est la première fois qu'on prend soin de moi. Ma raison sait que le fait qu'il m'alimente en drogue et qu'en retour il se sert de mon corps quand il le désire, ce n'est pas la panacée, mais c'est plus que je n'ai jamais eu. Et pour l'instant cela fait l'affaire.

Quand je plane, les rêves se tiennent à l'écart. Le brouillard provoqué par la drogue apaise les démons, qui ne peuvent alors plus me rappeler tout ce que j'ai perdu.

Nous retournons à sa chambre, où il me laisse sur le lit avant d'aller vers son coffre. Les tremblements empirent, et je ne peux empêcher les muscles de mes jambes de tressaillir. Je me balance d'avant en arrière. *Continuer à bouger, ne pas m'arrêter.*

— Et voilà, ma belle.

Je lève les yeux, et il prépare une petite ligne de poudre blanche sur le bord de son pouce.

— Merci, Hatch.

Il tend la main et hoche la tête. Comme un enfant affamé à qui on offre à manger, je lui agrippe le poignet et l'attire vers mon nez. Je presse une narine et j'aspire la poudre blanche. Le fond de mon nez et ma gorge s'embrasent un instant avant de s'engourdir. Je reprends aussitôt mes esprits, et mes muscles se détendent.

— Encore, s'il te plaît, supplié-je.

Il me saisit le menton et appuie durement les lèvres sur les miennes. Une odeur de tabac froid et d'alcool m'inonde les sens.

— Tu es sexy quand tu supplies.

Il prépare une autre ligne, et je saute dessus, avide de l'agréable sensation de soulagement qu'elle va m'apporter, je le sais.

Il jette le petit sachet sur le lit à côté de moi.

— Vas-y mollo.

Je me rue sur le sachet et je m'en empare en le protégeant des mains.

— OK, promis.

Il incline la tête et me dévisage. À la façon dont son regard s'assombrit, je devine qu'il attend son paiement. Je prends une profonde inspiration et je me rappelle que j'ai marqué mon accord. Je ne déteste pas Hatch. Il m'a donné plus que je ne mérite. J'ai peur de le perdre.

Il bataille avec sa ceinture et ouvre la braguette de son jean. Il passe la main sur mes cheveux emmêlés.

— J'aime bien cette couleur, Annie. Elle te va bien.

Il empoigne ma chevelure, mais je suis trop engourdie pour prendre conscience de la douleur.

— Dépêche, précise-t-il. J'ai des trucs à faire.

Chapitre 23

Elle comble le néant
Une remplaçante, quasi parfaite
L'air heureux, je fais semblant
Mais ce n'est pas elle que j'ai en tête

Ataxia

Rex

— Em, je dois y aller. (Je dépose une série de bisous de son cou à sa mâchoire.) On prendra le petit déj' ensemble demain matin.

— Hmm…

Elle acquiesce et penche la tête pour laisser plus d'espace à mes lèvres.

Je souris contre son cou. Fréquenter Emma m'a beaucoup aidé dans ma thérapie. Elle est d'accord pour qu'on ne précipite pas les choses, et elle m'a permis de me décrisper sur le plan des contacts physiques avec les femmes.

Après ma dispute avec Gia, quand j'ai compris ce qui m'était arrivé, la culpabilité et la honte m'ont donné envie de me trancher la bite. Il me fallait un truc qui me rappelle en permanence à quel point j'étais dégoûtant, une matérialisation physique de ma maladie.

Le piercing en lui-même n'a pris que quelques secondes, mais la sensation du poids de l'haltère entre mes jambes me rappelle ce que je ne ferai plus jamais. Le chemin que je n'emprunterai plus jamais.

Elle proteste quand je m'écarte de son cou.

— Est-ce qu'un jour tu resteras ?

Elle a les joues rouges, le souffle court.

Non.

— Peut-être.

Je ne peux pas lui avouer la vérité. Face à elle, mon corps ne réagit pas comme il le devrait. C'est pour ça que j'aime être avec elle. Je ne dois pas m'inquiéter de bander juste parce qu'elle me regarde d'une certaine manière. Je ne dois pas avoir peur d'être soudain submergé et de la balancer face contre mon lit pour tirer mon coup.

Avec elle, je suis en sécurité.

Elle est en sécurité.

Contente.

Heureuse ?

— Je ne pige pas. (Elle abat les poings sur les coussins fermes du divan.) Ton lit est, genre, à dix mètres du mien. C'est quoi, le problème ?

Son lit. Ces deux mots restent suspendus lourdement dans les airs et apportent des vagues de souvenirs : j'étais assis à cet endroit précis, j'avais l'impression que j'allais sortir de ma peau, tandis que Mac était profondément endormie comme une princesse gothique. Puis le bruit de ses cauchemars, et elle s'était jetée dans mes bras en se réveillant.

Mon estomac se tortille de culpabilité. Moi. Elle rêvait de moi.

Nous nous trouvions à proximité, et je n'avais pas la moindre idée qu'elle était la petite fille de mon passé.

Gia, mon sauveur dans le noir.

Je voulais tellement me souvenir. Je me sentais perdu, privé de mon passé. Et maintenant que j'ai tout retrouvé je rendrais tout sans hésiter pour avoir l'occasion de passer une nuit de plus avec Gia.

—Rex! (Emma m'agrippe la cuisse, et je me dégage d'un coup sec.) Qu'est-ce qui se passe?

Je secoue la tête.

—Rien, désolé.

—Écoute, j'ignore ce qu'il y a, mais parfois j'ai l'impression que tu… je ne sais pas… tu vois quelqu'un d'autre?

—Euh… non. Je ne vois personne d'autre.

Du moins pas physiquement. Mon cœur appartient à une autre, mais cela ne signifie pas que je ne peux pas être heureux avec Emma.

Elle se mordille la lèvre inférieure avant de lever les yeux sur moi.

—Je croyais que vous les hommes, vous ne pensiez qu'au sexe, tu vois? C'est vrai, ça fait un moment qu'on est ensemble, et tout ce qu'on fait, c'est s'embrasser.

Putain! Présenté comme ça…

—Je te jure que je ne coucherais jamais avec personne dans ton dos.

La frustration me titille les nerfs. Je suppose que tôt ou tard je devais m'y attendre, mais je n'ai pas envie de raconter mon passé à Emma, pas maintenant. Jamais, bordel!

—Qu'est-ce que…? (Elle plisse les yeux.) Attends, Rex, tu es gay?

Mauvaise. Question.

—Va te faire foutre!

Je me barre du divan, mon pouls tambourine dans mes oreilles.

— Oh non, attends, je ne voulais pas... (Ses yeux sont emplis de larmes.) Je suis désolée. C'est juste que...

— J'ai capté. Tu crois que parce que je ne te baise pas tous les jours à te faire grimper aux rideaux, alors je suis gay.

Elle sursaute à mes paroles.

— Non.

— Tu as raison, Em. Lorsque je sors d'ici, il y a des femmes qui font la queue pour me tailler une pipe avant que je me couche.

Un sanglot s'arrache de sa gorge.

— Pourquoi est-ce que tu pleures ? continué-je. C'est ça que tu veux entendre, non ?

— Non.

— Mais pour toi je suis l'un ou l'autre. Soit une bite ambulante qui baise toutes les chattes qui bougent, soit gay.

— Je suis désolée. J'essaie juste de comprendre.

— Comprendre quoi ? Je croyais que les choses étaient simples entre nous.

— Oui, mais j'en veux plus.

Plus. *Merde !*

Je soupire et j'examine la table basse. Je ne peux pas en faire plus, pas avec elle, peut-être avec personne. Une voix dans ma tête me chuchote qu'il y a une fille à qui je donnerais plus, mais je l'ai chassée.

— Je suis désolé.

Je la regarde et j'aperçois ses magnifiques cheveux châtains, son doux visage et ses yeux innocents. Innocente. Gentille. Pas la moindre trace de folie. Elle mérite mieux. *Bon sang, qu'est-ce que j'avais en tête ?*

— Em, je ne peux pas en faire plus.

Elle prend une inspiration tremblante.

— C'est moi ? Je ne t'attire pas ou…

— Non. C'est moi. (Je dois lui donner quelque chose. Elle mérite quelque chose. Mais quoi ?) On reste amis ?

C'est merdique, mais je le pense. Je ne veux pas la perdre.

Elle lève sur moi ses yeux pleins de larmes, et un petit sourire se dessine sur ses lèvres.

— Bien sûr. Nous serons toujours amis.

La sincérité de ses paroles me serre le cœur. Merde, c'est une chouette fille, exactement l'opposé de ce qu'il me faut.

Je me penche pour déposer un baiser rapide sur son front, puis je pirouette pour m'en aller.

Une fois dehors, l'air frais me fouette le visage. Je plonge les mains dans mes cheveux et je prends quelques bonnes inspirations. C'était ce qu'il fallait faire. Peut-être qu'elle souffre maintenant, mais autant couper les ponts avant que les choses dégénèrent.

Je pensais que ce serait impossible de vivre une relation avec Gia. C'est vrai : comment entretenir une relation avec une fille qui connaît tous les détails intimes et honteux de mon existence ? Au minimum, ça ferait bizarre. Mais peut-être que je me trompais.

Gia n'a pas essayé de lutter contre mes démons, de leur faire courber l'échine ou de les forcer à se soumettre. Elle les a étreints, les a acceptés comme une part de moi, elle m'a aimé malgré eux et a même sans doute été jusqu'à les aimer.

Et c'est cet amour et cette acceptation qui les ont calmés et apaisés, qui les ont rendus plus dociles.

Après tout, à quoi sert le mal s'il n'a rien à combattre ?

— Merci d'être venus ce soir. (J'essuie la sueur de mon front avec un bandana que je remets ensuite dans ma poche.) Pour ceux d'entre vous qui nous ont écoutés, mais qui n'ont pas la moindre idée de qui nous sommes… (Une foule de plus d'un millier de personnes nous acclame pour demander une autre chanson.) On s'appelle Ataxia.

Les lumières s'éteignent, c'est le signal pour que nous vidions les lieux pour laisser la place à Smythe.

Le concert a été époustouflant. Jouer dans la *House of Blues* était un de nos rêves, et nous l'avons réalisé. Nous avons tout donné sur cette scène, et le public en redemande.

Je descends les marches pour rejoindre les coulisses. Talon, Lane et Ty me suivent en direction de notre loge. Dans la foulée du concert, je plane tellement que je ne remarque pas la présence d'un petit groupe de filles dans un coin jusqu'à ce que leurs gloussements les trahissent.

Des groupies. Incroyable.

Eh bien, au moins les gars passeront du bon temps ! Quant à moi, le programme, ce sera quelques bières pour évacuer le rush d'adrénaline, puis retour à la maison pour une bonne douche bien chaude. Je prends une bouteille fraîche dans le seau en forme d'abreuvoir que le bar nous a préparé.

— Comment ça va ?

Je reconnais la voix féminine qui a surgi derrière mon épaule. Je me tourne avec un grand sourire.

— Trix, quelles nouvelles ? (Je la serre vite fait contre moi.) Je vais bien. Et toi ?

Aucun de nous deux ne pose la vraie question. *Comment ça va sans Mac ?*

Elle claque la langue et opine du chef.

— Ça va. J'ai une nouvelle coloc.

Elle hoche la tête de biais en direction d'une fille qui, pour faire simple, est habillée en sous-vêtements et hauts talons ; elle papote avec notre batteur.

— Chouette.

J'avale une longue gorgée de bière.

Elle passe les doigts dans ses cheveux blonds désormais ornés d'une mèche mauve clair.

— Et toi ? demande-t-elle en haussant un sourcil.

— Rien. Pas de nouvelle coloc.

Elle plisse les yeux.

— Tu sais ce que je veux dire.

Je hausse les épaules.

— Je vais bien.

Non, je ne vais pas bien. Elle me manque.

— Tu veux une bière ? proposé-je.

— Oui, merci. (Elle prend la bouteille fraîche que je lui tends et tripote l'étiquette.) Hatch était en ville ces jours-ci.

— Dommage.

J'esquisse un large sourire.

Elle glousse et baisse les yeux, le rose lui montant aux joues. C'est quoi, ça ? Trix qui est gênée ?

— Ouais, euh… il a parlé de… (Elle secoue la tête et ses épaules s'affaissent.) Merde !

Une sensation désagréable se distille lentement dans mes tripes.

— Quoi ?

Elle ne me regarde pas.

— Je ne sais pas. Je devrais sans doute me taire, mais…

Lane vient la rejoindre et l'attire contre lui.

— Les Trix[1] ne sont vraiment pas pour les enfants, lâche-t-il.

Il se penche pour lui murmurer quelque chose à l'oreille, et elle simule un sourire, mais avec une expression inquiète. Normalement, elle est toujours pétillante, elle se marre tout le temps ; la voir aussi mal à l'aise me rend anxieux. Il se passe un truc.

— Lane, tu nous laisses une minute ?

Je ne quitte pas Trix du regard.

Elle écarquille les yeux.

— Très bien, tu peux commencer la nuit avec lui, concède-t-il en lui donnant une tape sur les fesses. Mais tu la termineras avec moi.

Cet idiot me ferait lever les yeux au plafond si le comportement de Trix ne me tracassait pas autant.

Une fois qu'il est parti, je m'approche d'elle.

— Qu'est-ce que tu disais à propos de Hatch ?

Elle est sur des charbons ardents, elle gigote d'un pied sur l'autre, ses yeux voyagent dans tous les sens.

— Il est resté quelques…

— Arrête tes conneries, Trix. Ça, tu me l'as déjà dit.

Mes muscles sont tendus, et je serais capable de défoncer le mur du poing.

— Il a merdé.

— Qu'est-ce que ça veut dire ?

Je crache ma question à travers les dents.

Elle se mord la lèvre, et ses yeux deviennent humides.

— C'est Mac.

---

1. Marque de céréales dont la publicité met en scène un lapin qui cherche à subtiliser les céréales aux enfants… sans succès, car «Trix, c'est pour les enfants». (*NdT*)

Ma tête tourne et je vacille. « Hatch a merdé. C'est Mac. » Ça veut tout dire et son contraire, mais ça n'annonce rien de bon.

— Quoi. À propos. De Mac ?

Ma mâchoire est assaillie de soubresauts en imaginant toutes les horreurs dont un type comme Hatch est capable.

— Je ne savais pas à qui m'adresser. (Le ton désespéré de sa voix accélère encore mon pouls.) Hatch est en cavale pour un truc grave. Il n'a pas voulu me raconter, mais il a dit qu'il devait s'éclipser pendant un moment.

— Trix, je te jure que si tu ne m'expliques pas tout de suite quel est le rapport avec Gia, je me mets à démolir cette pièce.

— Qui est Gia ? réagit-elle.

Je bondis en arrière et je balance ma bière à travers la pièce. Le verre vole en éclats, et le liquide ambré s'égoutte sur le mur. Un des mecs hurle « Rock'n roll », et les filles poussent des cris de joie.

Trix ouvre grands les yeux et lève les mains.

— OK, écoute-moi seulement avant…

— Parle, putain !

— Hatch m'a appris comment elle allait.

Les mots se déversent précipitamment de sa bouche.

— Et comment cet enfoiré saurait comment elle va, bordel ?

Elle se masse la nuque et grimace.

— Je pense que tu connais la réponse.

Quoi ? Non. Gia avec Hatch ? Le type qui l'a mise KO dans sa propre allée ? Ce merdeux de motard qu'elle ne supporte pas ?

Je pousse un grognement et je m'affale sur une chaise toute proche, comptant les mois qui se sont écoulés depuis la dernière fois où je l'ai vue. Elle a passé tout ce temps avec lui ? Et quoi… il doit s'éclipser ? Pour quelle raison ?

—Continue.

Je réprime un grondement. Je dois en apprendre davantage, mais, bordel, je ne sais pas si je vais pouvoir gérer ce qu'elle s'apprête à dire.

—Mac vit dans le repaire des motards avec Hatch. Il a dû s'enfuir et il veut que personne ne soit au courant de sa disparition, ni ne sache où il va. Il s'est arrêté pour passer la nuit à Vegas et prendre un peu d'argent pour le voyage. C'est à ce moment-là qu'il m'a raconté.

Mac, ma Gia… avec lui ?

—La seule raison pour laquelle il m'a dit tout ça, c'est qu'il s'inquiète pour elle. Je suppose qu'elle est plutôt mal en point et qu'il s'occupe d'elle.

—Ben voyons !

Putain d'enfoiré de merde ! J'espère qu'il va se désintégrer dans un trou noir au milieu de nulle part.

Elle pose la main sur mon genou, et je m'aperçois qu'elle s'est accroupie à ma hauteur.

—Je ne sais pas ce que Hatch a fait pour devoir s'enfuir, mais c'est grave.

Comment Gia a-t-elle pu se fier à un type pareil ? Est-ce qu'elle était désespérée au point de remettre sa vie entre les mains d'un enragé du style de Hatch ?

Je bondis de ma chaise.

—Où est-ce qu'elle est ?

Elle secoue la tête et se remet debout.

—C'est ça, le problème. J'ignore totalement où se trouve leur repaire. C'est comme un putain de secret entre motards.

Je réfléchis au moyen de le localiser, mais peine perdue.

— Il n'a jamais indiqué où il vivait ? Laissé échapper des indices ?

— Oui et non. (Elle adopte un ton sérieux qui m'extirpe de mon état de choc.) Tu sais pour qui Hatch travaillait, non ?

— J'en ai rien à foutre.

Elle souffle.

— Eh bien, tu devrais.

— C'est un dealer. Je n'ai pas besoin d'en savoir plus pour conclure que ce type ne vaut rien de bon.

Elle secoue la tête et examine le sol.

— Je pense qu'il est pire que ça.

— Il a travaillé pour qui ?

— Il travaillait directement sous les ordres de Dominick Morretti.

Je lui lance un regard.

— Tu es sûre ?

— Oui. Il s'en vantait tout le temps. Quand Dominick a été tué, Hatch râlait parce qu'il craignait de se voir priver de leur repaire.

— Tu veux dire que Morretti est le propriétaire de la planque des motards ?

— Était le propriétaire. Mais quand il est mort...

— Raven a hérité de tout.

Je me frotte les yeux en repensant à la réception de mariage de Jonah et de Raven. Dominick dissimulait toutes ses activités illégales à plusieurs milliards de dollars dans l'immobilier, le plus souvent dans des tours résidentielles réservées aux gens immensément riches. À sa mort, Raven a hérité de tous ses avoirs, mais elle les a vendus pour fonder le Nid de Raven. *Merde !*

— Trix, j'ai besoin de toutes les infos que tu pourras me donner. Il n'a jamais dit où il passait le plus clair de son temps ? La moindre supposition serait utile pour débuter les recherches.

— Tu veux mon avis ? Le Colorado. Lui et ses potes parlaient tout le temps du *Cochon du diable*. C'est un bar, leur lieu de prédilection en quelque sorte.

— Le Colorado. Un autre endroit qu'il aurait pu mentionner ?

Elle secoue la tête.

— Non, mais je te préviendrai si j'entends quoi que ce soit. (Une larme menace de s'échapper de son œil lourdement maquillé.) Encore une chose. Je ne sais pas si c'est important, mais, quand il était ici, il a dit un truc qui m'a semblé bizarre. Il a insisté sur le fait qu'elle « dépendait de lui » et que ça l'embêtait de la laisser.

Une femme comme Mac ne peut dépendre de personne. C'est un mensonge. Pas possible autrement.

— Je ne sais pas ce que ça veut dire, Rex, mais je crains qu'on n'ait pas beaucoup de temps.

Putain !

Je prends mes clés et mon téléphone dans mon étui de guitare, et j'enfile ma casquette de base-ball noire. Je suis déjà parvenu à la moitié du couloir quand j'entends les talons hauts de Trix qui résonnent dans mon dos.

— Où est-ce que tu vas ?

Je ne sais pas encore, mais si nécessaire je vais écumer le pays pour retrouver Gia. Mû par l'urgence de la situation, je me mets à courir.

— Rex ?

— Je vais la ramener à la maison.

J'ai appelé Jonah en chemin et je ne suis donc pas surpris de le trouver sur son seuil à mon arrivée. Il n'est pas loin de minuit. Le témoignage de son amitié et de sa loyauté me réchauffe aussitôt le cœur, mais cette sensation s'évanouit rapidement quand je me rappelle la raison de ma venue.

Je me gare et je me précipite vers lui.

— Jonah, merci pour...

— C'est quand tu veux, mec, tu le sais.

— Raven est debout ?

— Sadie a une poussée de croissance, donc elle l'allaite toutes les heures. Ouais, elle est debout. (Il me fait signe de le suivre à l'intérieur.) Viens, elle est dans le bureau.

Je préférerais décamper à toute vitesse en hurlant mes instructions, mais me faire botter le cul par Jonah ne servira qu'à différer mes recherches.

— Ma puce, Rex est là.

Jonah m'entraîne dans le bureau, et, une fois à l'intérieur, je comprends pourquoi.

Raven a le visage penché sur l'ordinateur, la main posée sur la souris. Elle lève à peine les yeux pour les reporter aussitôt sur son écran.

— Salut, j'essaie de retrouver des fichiers ayant trait aux opérations immobilières ; je me souviens de les avoir vus sur ce disque. Si Dominick employait ce Hatchet, il y a une grande chance pour qu'il ait financé l'achat de leur planque ou qu'il ait cosigné l'acte. Il possédait tout un tas de propriétés et il conservait des dossiers très détaillés.

Ses yeux bleu-vert parcourent l'écran au rythme des clics de souris. Je suis rongé par le remords. Ils veulent m'aider alors qu'ils ne disposent pas de toutes les infos. Pas encore.

J'entre dans la pièce et je traîne une chaise pour m'asseoir près d'elle.

— Avant tout, je dois vous avouer un truc.

De l'autre côté de Raven, Jonah appuie la hanche contre le bureau, bras croisés.

— Qu'est-ce qui se passe ? demande-t-il.

— Mac n'est pas celle que vous croyez.

Dans l'attente de la suite, Raven et Jonah posent les yeux sur moi.

— Il y a longtemps, elle était ma sœur dans ma famille d'accueil, mais, puisqu'elle a changé d'apparence et de nom, je ne l'avais pas reconnue.

Raven se couvre la bouche et lève les yeux vers son mari avant de les reposer sur moi.

— Il y a environ six mois, quand j'ai découvert qu'elle m'avait menti, j'ai… (je hausse les épaules) je l'ai foutue dehors. Quel que soit le pétrin dans lequel elle s'est mise, c'est ma faute. (Cette vérité douloureuse me fait suffoquer.) Putain ! Elle avait totalement changé. Mac ne ressemblait plus du tout à la petite fille rousse dont je me souvenais. Son vrai nom, c'est Georgia McIntyre. Je ne sais pas…

— Qu'est-ce que tu as dit ?

La voix de Raven est devenue glaciale. Son visage a perdu ses couleurs.

Jonah lui prend la main.

— Ma puce ?

— Je disais que je ne savais pas grand-chose à son sujet, sauf que…

— Son nom ? (Raven se penche vers moi, le regard perçant.) Comment elle s'appelle ?

Je regarde Jonah et il hoche la tête.

— Georgia McIntyre.

— Oh, mon Dieu !

Elle porte la main à la bouche et fait pivoter son fauteuil vers une boîte derrière elle. Courbée en deux, elle fouille dans les dossiers avant d'en extraire une épaisse enveloppe en papier kraft. Les mains tremblantes, elle parcourt son contenu, en extrayant des piles de documents.

Elle me tend un dossier.

— Ouvre-le.

Debout, elle se colle contre son mari.

Putain, qu'est-ce qu'il y a dans ce dossier pour qu'elle flippe à ce point ?

Je tourne la première page. J'ai aussitôt le souffle coupé en apercevant le visage familier issu de mon passé. La chair de poule me couvre la nuque. Mon cœur bat à tout rompre dans ma poitrine.

Ma Gia, la petite fille aux cheveux orange flamboyant et aux grands yeux gris. Ses lèvres pleines sont une version miniature de ce qu'elles sont devenues, et ses joues pâles arborent un rose juvénile.

— Comment tu… ? (Je regarde Raven, désormais blottie dans les bras de son mari, le visage appuyé contre son torse.) Je ne comprends pas.

— Lorsqu'il est mort, j'ai récupéré toutes ses affaires. Il y avait tellement de noms : des femmes et quelques enfants. J'ai supposé qu'il gardait des notes sur les femmes qui travaillaient pour lui. J'ai tout gardé pour le Nid de Raven, juste au cas où quelqu'un ait besoin d'infos. Je ne sais pas. Cela paraît stupide, mais tous ces noms étaient attachés à une vie. Ça me semblait mal de tout jeter. Tu as parlé de cheveux roux. (Elle secoue la tête.) J'ai reconnu le nom.

— Établissement psychiatrique Ridley. (Je feuillette les pages et j'aperçois quelques notes manuscrites.) Délires. Hallucinations. Psychotique ?

Je baisse le menton sur le torse alors qu'une vague de honte s'abat sur moi. Je l'ai traitée de tous les noms le soir où j'ai découvert son identité réelle. Je me suis gouré sur toute la ligne. Elle n'est pas différente de moi, elle est traumatisée par une vie qu'elle n'a pas choisie, à cause de personnes qui avaient une conception totalement corrompue du rôle de parent.

Mais un établissement psychiatrique? Je m'efforce de relier les éléments. Sur la photo, elle ne semble pas beaucoup plus âgée que lorsque je l'ai connue. Elle a dû être remise à un tuteur. Mais pourquoi? Il existe tellement de façons d'abandonner un enfant. Pourquoi l'enfermer?

Au fond du dossier, je trouve sa fiche de renseignements. « Georgia McIntyre. Huit ans. Parents décédés. » Mes yeux volent vers le bas de la page.

« Confiée à un tuteur légal.

Signature.

Dominick Morretti. »

—Bordel, c'est quoi ça? (Je laisse tomber le dossier et je bondis de mon siège. Je tends la main vers les pages incriminées.) Comment…?

Je secoue la tête.

Jonah ramasse le dossier par terre, et j'observe avec horreur son regard suivre le même parcours que moi. Son visage se creuse. Les yeux écarquillés.

—Putain de bordel de merde!

—Jonah? (Raven lui prend le dossier, le lit et, au bout de quelques secondes, se blottit dans les bras de son mari.) Comment est-ce possible?

—Je l'ignore, ma puce.

Le regard de Jonah croise le mien, et j'y lis la haine qu'il ressent pour le père biologique de son épouse.

Je suis abasourdi. Sur le cul. Dominick et Mac sont liés ? Et comment une putain d'ordure comme lui a-t-elle pu devenir son tuteur légal ? Elle serait passée de ses parents machiavéliques au monde répugnant d'un proxénète égoïste pour être ensuite envoyée dans un établissement psychiatrique, avant d'atterrir dans mes bras ? Et maintenant Hatch ? Merde ! Dire que je pensais avoir morflé. Je ne peux même pas commencer à concevoir les choses que Gia a vues, à quel point elle a souffert.

À quel point elle souffre encore sans doute.

—Nous devons la retrouver, dis-je.

S'il n'est pas trop tard. Pourquoi je ne l'ai pas laissée s'expliquer ? Elle m'a supplié de l'écouter. Je ravale le monceau d'émotions qui m'obstrue la gorge.

—Je dois la ramener chez elle, ajouté-je.

Raven s'arrache des bras de Jonah et reprend sa place devant l'ordinateur. Elle efface les larmes rebelles qui coulent sur ses joues.

—Tu as la moindre idée de l'endroit où on devrait chercher ? s'enquiert-elle. Est-ce que Hatch a parlé d'une ville, d'un restaurant, d'un numéro d'autoroute ?

Je prends le siège le plus proche pour regarder par-dessus son épaule.

—Trix a mentionné le Colorado, mais elle n'était pas certaine. Elle a aussi dit qu'elle a entendu les gars parler d'un endroit qui s'appelle le *Cochon du diable*.

Elle clique, retire un disque et en insère un autre.

—Bien, c'est un début.

La tension pèse sur mes épaules. Qu'est-ce que j'aurais fait si Trix ne s'était pas confiée à moi ? Et si Raven et Jonah n'étaient pas disposés à m'aider ? Je ne l'aurais jamais retrouvée.

—Merci, Rave, je...

—J'ai tout gardé dans l'espoir que je pourrais m'en servir pour réparer certains des dommages causés par Dominick. (Elle m'adresse un bref regard par-dessus son épaule, l'habituelle lueur de ses yeux bleu-vert est froide et déterminée.) Nous allons la retrouver, puis nous dénoncerons tous les coupables pour qu'ils ne puissent plus maltraiter qui que ce soit.

« Maltraiter » ? *Elle pourrait être blessée ?*

Mon genou remue, il est urgent de la retrouver.

Je ne sais pas dans quel merdier Gia s'est fourrée, ni pourquoi elle a fini par traîner avec un gars qui lui a éclaté la joue. Cet enculé de motard, qui est également un ancien homme de main du type qui l'a placée dans un asile. Cet afflux d'informations me donne le tournis. Trop de questions, mais pour lesquelles je m'assurerai d'obtenir des réponses une fois que je l'aurai retrouvée.

Une fois que je l'aurai contre moi.

Et que je l'aurai embrassée.

Et que je lui aurai dit que je l'aime.

Chapitre 24

« Je compte les jours qui me séparent de ma vengeance.
Je ne suis pas une meurtrière, mais cet homme doit payer
Payer pour ce qu'il a fait à Rex
Payer pour ce qu'il m'a fait.
La liberté passe par la mort de Dominick Morretti. »

Mac, vingt ans

Mac

Vendredi soir, et toujours pas de nouvelles de Hatch. Il est parti travailler pour le gang il y a une semaine, et il n'est pas revenu depuis. Il avait dit qu'il n'en aurait que pour une nuit.

Les autres types qui vont et viennent dans le repaire chuchotent. Ils parlent d'un boulot qui a mal tourné. Est-ce que Hatch était impliqué ? Est-ce qu'il est mort ?

Mes muscles se contractent ; chaque sursaut me fait mal aux os. Assise jambes croisées sur le lit, je me balance d'avant en arrière. Je prends les coins de la couverture et je la resserre sur mes épaules. S'il ne revient pas, qu'est-ce que je vais devenir ? Je suis fatiguée, mais je n'arrive pas à dormir sans faire de cauchemars. Pires que jamais, ceux-ci ne me lâchent pas, et je finis par me réveiller au milieu d'une flaque de transpiration.

Impossible. De m'arrêter. De trembler.

Je dois bouger. Marcher. Courir. Dormir. Putain, je ne sais pas quoi faire !

Je n'ai jamais tenu le coup aussi longtemps sans une dose. La nausée me révulse l'estomac, et je ravale le vomi qui me monte à la gorge. Les draps trempés de sueur frottent contre ma peau nue comme des lames de rasoir. Tout fait mal. Combien de temps vais-je tenir ainsi ? Mes dents claquent de froid. Je perçois des voix rauques à travers la porte. Peut-être que ces types ont quelque chose pour moi. N'importe quoi.

Je n'ai pas d'argent, mais cela ne m'a pas empêchée de trouver d'autres moyens d'obtenir ce que je souhaitais. J'ai l'impression que des marteaux-piqueurs munis de couteaux dansent la sarabande le long de ma colonne vertébrale. Je vis l'enfer.

Je ferme les paupières. Je m'imagine dans les bras de Rex, il m'embrasse le crâne et me promet que tout va s'arranger. Je fais semblant qu'il m'aime. Mes muscles se détendent insensiblement, et je m'imprègne du confort des bras de mon Rex imaginaire.

Un filet humide s'écoule du coin de mon œil, suivi d'un autre. Je serre les paupières dans l'espoir de repousser la tristesse.

—Tu me manques tellement.

Mes lèvres desséchées articulent les mots, mais ma voix me semble aussi morte que moi.

Je voulais seulement l'aimer. Même l'aimer à distance vaut mieux que de ne pas être du tout avec lui. J'ignore depuis quand je ne l'ai plus vu. La drogue embrume ma notion du temps et mon instinct de préservation.

Inutile de continuer à nier ce qui m'arrive.

Ce que je m'inflige à moi-même.

Depuis que j'ai quitté l'appartement de Rex, j'ai emprunté le chemin qui mène petit à petit au suicide. Que je ne sorte pas un flingue pour en finir ne change rien à l'affaire : il s'agit de la mort lente d'une femme faible.

Reconnaître cette évidence m'amène à pousser un long soupir qui me soulage. *Ouais, je le sais depuis toujours.* Coucher avec Hatch, faire semblant que c'était parce qu'il s'inquiétait, parce qu'il prenait soin de moi…, quelle blague ! Quelque part, je savais que ce mode de vie finirait par avoir ma peau.

J'y vois soudain clair, et mes yeux s'ouvrent d'un coup. J'y suis, la fin de ma souffrance, de mon désir pour une personne qui me déteste, de ma quête perpétuelle de rédemption qui s'est achevée en ultime persécution. La peine capitale.

Et je refuse de continuer un jour de plus sans lui.

J'ai mal depuis le centre de mon être, et mon âme exerce ses griffes contre ma chair. Mon estomac fait des embardées et je laisse pendre ma tête par-dessus le bord du lit. Un jean sale de Hatch gît en boule au pied de la table de nuit branlante. J'avise la poche d'où une petite fiole sort la tête juste au-dessus de la couture.

Je pousse sur mes orteils et je tends le bras pour la prendre. Je saisis le verre froid dans ma main fiévreuse et tremblante, et je me ratatine en boule tout autour. La guerre fait rage dans mon corps, la faim et le manque annihilent ce qui reste de mon envie de vivre. Mais la bataille est de courte durée, car la dépendance chimique exprime sa demande inflexible.

Je m'empare du miroir sur la table de nuit et je roule sur le ventre pour me préparer une petite ligne. Celle-ci semble un peu différente, plus sombre que d'habitude, mais je suis trop désespérée pour m'en soucier. Je m'humecte les lèvres et je présente la poudre sous mon nez. Je dois rassembler toutes les forces qui me restent pour éviter que ma main ne tremble.

Mon addiction prend le dessus, je suis démunie. Comme si je m'observais depuis l'autre côté de la chambre, je regarde avec horreur la drogue s'infiltrer dans mon corps. Ma tête s'arque vers l'arrière, un geignement extatique s'échappe de ma bouche. Le soulagement, instantané et agressif. C'est différent et tellement mieux, pas la défonce habituelle mais un truc plus apaisant ; je laisse retomber le front sur le lit.

Encore.

Une nouvelle ligne, puis une autre. Je baigne dans une chaleur tranquille. C'est tout ce que j'ai toujours désiré. La sérénité.

Je ne parviens plus à garder la tête droite. Mes pensées s'envolent en crépitant jusqu'à ce qu'il ne reste plus que moi et la défonce. Je m'allonge en me demandant pourquoi j'étais si inquiète auparavant. Soudain plus rien n'a d'importance en dehors de la minuscule fiole que je tiens serrée entre les mains.

Dans le but de me réconcilier avec mon passé, mes yeux se ferment lentement. Je convoque son visage.

Il me sourit avec un air bienveillant et indulgent.

— Tout va bien, Gia. Je te pardonne.

Mon cœur se gonfle et ralentit, incapable de prendre toute la mesure de sa clémence.

— Je t'aime, Rex. (Des larmes brûlantes coulent de mes yeux vers le lit.) Je n'ai jamais cessé de t'aimer.

— Tu peux te laisser aller maintenant, mon ange.

Le souffle léger… le pouls ralenti… Le monde devient noir.

Paisible.

Rex

« Continuez sur la 285 en direction de Leadville. »

La voix monocorde du GPS est la seule qui résonne dans le 4x4 de location.

Jonah, Blake et Caleb ont gardé le silence pendant la majeure partie du trajet. Alors que nous traversons les montagnes du Colorado, le vol de Vegas à Denver me semble déjà remonter à une éternité. L'adrénaline donne le tempo dans mes veines, de plus en plus vite à mesure que nous prenons de l'altitude. Chaque moto qui passe met le feu à mes tripes. Pourvu qu'elle aille bien. *Putain ! Pourvu qu'elle aille mieux que bien.* Sinon, je ne sais pas ce que je vais faire.

— Rex, mon pote, tu roules à près de cent soixante kilomètres-heure.

La voix de Caleb s'élève du siège arrière, me rappelant qu'il y a d'autres vies en jeu que celle vers laquelle je fonce.

Dès que Raven a déniché la vieille ferme du Colorado dans la liste des propriétés de Dominick, j'ai appelé pour réserver mon vol. Jonah a insisté pour m'accompagner et convoquer des renforts. Je ne voulais pas l'éloigner de sa famille pour nettoyer le foutoir dont je suis la cause, mais avec un grand sourire il s'est emparé de mon téléphone pour réserver quatre billets. Nous avons pris le premier vol du matin.

Je lève le pied de l'accélérateur et j'essaie de me détendre. Inutile de débouler comme des énergumènes assoiffés de sang dans le repaire d'un gang de motards.

— Quand nous y serons, vous resterez dans la voiture et je vais...

— Hors de question. Nous irons ensemble, déclare Blake de son ton sans appel.

Sur le siège passager, Jonah est occupé à rédiger un texto.

— J'approuve.

— Si nous y allons ensemble, ils pourraient nous voir comme une menace, dis-je. Laissez-moi y aller en éclaireur, déjà pour vérifier qu'elle est bien là, qu'on soit sûrs qu'il s'agisse du bon endroit.

— Nous voir comme une menace? (Blake donne une ruade dans le dossier de mon siège.) Bordel de merde, mais nous sommes une menace!

— J'approuve toujours. (Jonah balance son téléphone sur la console centrale.) La merde qu'a laissée Dominick est encore fraîche. Elle dégouline de partout, même à présent que cet enfoiré se trouve six pieds sous terre. Ma chérie s'est donnée pour mission d'effacer les conséquences des agissements de ce trou du cul. Pour moi, cette expédition, c'est une occasion de l'aider. (Il se tourne vers moi.) Autrement dit? Nous représentons une menace.

Je ne trouve rien à redire.

— Layla pleure la disparition de Mac depuis si longtemps que je serais heureux de dévisser le premier venu si cela permet de sécher les larmes de ma femme, renchérit Blake. En plus, Mac est une chouette fille. Elle mérite mieux que ça.

Elle mérite mieux. Est-ce que je pourrais être ce mieux ? Mes mains serrent le volant, et j'appuie sur le champignon. Je ne sais pas si je peux l'être, mais, bordel, je le veux.

— Va pour la menace, terminé-je.

Je n'ai de toute façon pas grand-chose à perdre. Si je ne ramène pas Gia, si je ne parviens pas à réparer les torts que je lui ai causés par mon comportement, alors je me retrouverai coincé à mi-chemin d'une guérison, en partie malade, jamais totalement rétabli.

— Ne t'inquiète pas, frangin. On te laissera entrer le premier si ça te fait plaisir, ajoute Caleb avec un sourire dans la voix.

Les pins défilent dans le flou alors que nous quittons les villes de montagne plus densément peuplées pour entrer dans les régions arides. Selon le GPS, nous sommes à moins de quinze kilomètres de la ferme.

— Regarde ça, mon pote.

Jonah indique un panneau au loin.

Une face de porc avec des cornes qui annonce le *Cochon du diable*. Mon estomac se contracte. Ça doit être ça. Nous sommes au bon endroit.

— J'adore ta femme, mon pote, m'exclamé-je.

Sans elle, je serais toujours chez moi en train de ruminer comme un con, et Gia serait seule. À souffrir.

« Prenez la prochaine à droite à North Glengrove. »

Le GPS braille dans le silence de la voiture.

Je suis les indications jusqu'à ce qu'une vieille bâtisse rustique aux allures de ranch nous apparaisse. Une série de motos sont stationnées devant. J'agrippe le volant et j'accueille la brûlure que je ressens dans les jointures. Hatch est peut-être en cavale, mais j'ai hâte que certains des motards là-dedans fassent la connaissance de mon poing.

— C'est parti, les gars, déclaré-je.

Plusieurs « Ouais, putain ! » et « On y va ! » résonnent avant que nous sortions de la voiture. L'air frisquet de la montagne ne ralentit pas mon allure, et j'avale l'allée poussiéreuse qui conduit à la porte. Je ne vois pas les copains, mais je sens la tension qui émane d'eux dans mon dos.

Je frappe trois fois du poing sur la porte.

— Tu penses qu'ils sont déjà debout ? Il n'est que 8 heures, précise Caleb.

— Eh bien, on va les réveiller. (Blake me dépasse et cogne violemment sur la porte, une fois, puis une deuxième.) Debout, enfoirés de motards !

Il recule avant de balancer la semelle de sa botte sur la porte.

Celle-ci s'ouvre enfin.

— C'est quoi, ce bordel, espèces de bouseux ?

Le long canon d'un fusil se retrouve braqué sur le front de Blake.

Je pousse celui-ci sur le côté et je prends sa place.

— Vous avez quelqu'un qu'on connaît, dis-je. Nous sommes venus la chercher.

Le motard plisse ses yeux bouffis de sommeil.

— Vous faites tout ce raffut pour une pouffiasse ?

Un grondement jaillit de ma gorge.

— Tu l'appelles encore une fois comme ça et je t'enfonce ce flingue dans le cul, m'exclamé-je.

Jonah s'avance, et le motard relève le menton, les yeux écarquillés. Dans un grognement, mon visage s'illumine d'un sourire satisfait.

— Vous êtes flics ? demande-t-il en nous dévisageant tour à tour.

— Est-ce que j'ai l'air d'un flic ? rétorqué-je.

J'ai les muscles tendus. Je suis prêt à foncer sur ce gars, sachant que Gia est là quelque part à l'intérieur. Je n'ai pas le choix.

Il examine mon visage, depuis l'anneau de ma lèvre jusqu'au piercing à mon sourcil.

— Quoi alors ? Tu recherches ton ex et tu penses qu'elle est ici ? (Il se gratte la barbe qui lui couvre la joue.) Plein de gonzesses vont et viennent, rien ne dit que celle que tu cherches est ici. Et si elle y est rien ne dit que tu vas apprécier ce que tu verras.

— On court le risque, rétorque Blake. Bouge.

— Putain, vous avez perdu la tête si vous croyez que je vais vous laisser entrer ! (Il sort de la maison et fait quelques pas vers nous.) Qui est-ce que vous cherchez ? Je vais voir si je peux la traîner dehors. On n'a pas envie d'emmerdes avec les putes.

Mon bras s'apprête à faire ravaler sa langue à cet enfoiré, mais Caleb me retient.

— Elle s'appelle Mac, précise Jonah. Cheveux noirs, peau claire. (Il croise les bras comme s'il s'efforçait aussi de ne pas poser les mains autour du cou de ce type.) Elle traîne avec Hatch.

— Hatch n'est pas là. Il a une meuf, mais ce n'est pas la même fille. Sa nana a les cheveux roux.

Une vague de rage me dévale les veines. Je bouscule le motard pour entrer dans la ferme. Un bras m'entoure la gorge. Je me libère et je balance le poing. Motard au tapis. J'ignore le bruit de la rixe qui se poursuit dans mon dos ;

je n'ai aucun doute que les gars pourront neutraliser un seul type.

Je traverse à grandes enjambées ce qui a les apparences du séjour pour me diriger vers un couloir. Des chambres. Au taquet, je débute par la première porte. Verrouillée. Je prends mon élan et j'enfonce le talon dedans. Le bois de piètre qualité vole en éclats et la porte s'ouvre.

Un grand gaillard bondit de son lit.

—Bordel…? éructe-t-il.

Je parcours la chambre du regard et j'aperçois deux filles recroquevillées contre la tête de lit. Pas de cheveux roux. Le type prend à peine le temps d'enfiler son pantalon avant de me foncer dessus.

—Tout doux, raclure. (Blake est arrivé derrière moi. Il pousse violemment le gars et l'envoie valser au sol. Il se tourne vers moi.) Je m'en charge. Va chercher ta nana.

Je me dirige sur la porte suivante. Fermée elle aussi. Je balance un coup de pied, la porte s'ouvre. Le type qui dort là ne bronche pas. Je m'avance à pas rapides vers le lit. Il est seul.

Porte suivante. Je joue avec la poignée.

—Gia! Tu es là?

Je recule et je mets tout mon poids dans un coup de talon qui ouvre la porte en grand. Cette chambre est plus sombre que les précédentes. Les fenêtres sont masquées. Je cille pour essayer d'y voir clair.

Sur le lit, couverte sous la taille par un mince drap, gît une femme à la peau translucide de fantôme et aux cheveux d'un roux ardent.

—Gia!

Je me précipite; elle ne bouge pas. Putain, on dirait qu'elle est morte!

Je veux poser les mains sur elle, mais je retiens mon geste avant de toucher sa peau parfaite. Du vomi séché est incrusté sur sa bouche et sur l'oreiller.

—Merde, Gia !

Je lui caresse le bras et je pose la main sur sa joue. Sa peau est moite mais chaude. Elle est vivante, à peine. Il ne reste plus rien d'elle. Ses os font saillie aux jointures, ses joues sont creuses.

Une petite fiole en verre gît près de sa main ouverte. Vide. Elle fait une overdose.

—Appelez les secours !

Mon Dieu, s'il vous plaît ! Faites que je n'arrive pas trop tard.

Ma gorge se gonfle de tout ce que j'ai à lui dire, de toutes les excuses que je dois lui présenter.

—Mon ange, réveille-toi.

Je glisse la main derrière sa nuque et ses épaules pour la prendre sur mes genoux. Son corps fragile, nu et vulnérable est flasque dans mes bras. Je la tiens contre mon torse, je plonge le nez dans ses cheveux. Un soupçon de fruit tropical et de noix de coco m'emplit les narines.

—C'est ma faute. Je suis tellement désolé, Gia.

Je la berce en chuchotant, en priant, en implorant.

—Ne m'abandonne pas. S'il te plaît, mon ange, je ne peux pas vivre sans toi. (Les larmes me brûlent l'arrière des yeux.) Ne me laisse pas vivre un jour de plus sans toi.

Caleb déboule dans la chambre.

—Mec, on doit… Waouh ! (Il se retourne et lève une main.) Désolé, frérot. Je ne savais pas qu'elle serait…

—Je ne bouge pas. (Je me racle la gorge.) Il lui faut une ambulance.

Jonah entre dans la chambre avant d'aviser le couloir.

— On ne peut pas rester ici, déclare-t-il. On a réveillé la bête.

Il s'avance et je la serre contre moi. Tel un animal féroce, je tuerai quiconque essaiera de me la reprendre.

— T'inquiète, mec, ajoute-t-il. Je ne vais pas la toucher. (Il remonte le drap pour couvrir son corps nu.) On doit déguerpir. Tout de suite.

Je fais de mon mieux pour serrer le drap autour d'elle avant de la soulever. Elle est légère. Trop légère. La culpabilité me comprime la poitrine.

Je m'éloigne des chambres sur les traces de Jonah et de Caleb ; nous nous dirigeons vers des bruits de lutte. Blake fait face à un groupe de motards à peine réveillés et à moitié habillés. Ils bloquent la sortie. Je l'ai déjà ramenée jusqu'ici, il faudrait une putain d'armée pour m'empêcher de partir sans elle.

— On s'occupe de ces types. (Jonah s'avance vers la porte d'entrée.) Dès que tu entrevois une ouverture, vas-y, fonce. N'hésite pas. On se retrouve au pick-up.

Je hoche la tête et j'embrasse le crâne de Gia en espérant qu'elle se sent en sécurité. Je déteste songer qu'elle a vécu avec ces types – l'odeur d'alcool, de sueur et de cigarettes dans toutes les chambres –, d'autant que c'est moi qui l'ai poussée à cette extrémité.

Je progresse lentement vers la porte tandis que Jonah et les autres font de leur mieux pour contenir la demi-douzaine de motards en colère dans une moitié de la pièce. J'attends en observant, conscient que l'heure tourne.

Depuis combien de temps est-elle comme ça ? Même avec des soins, est-ce qu'elle s'en sortira ?

Je frotte le nez dans ses cheveux.

—Gia, si tu m'entends, je ne vais plus jamais te laisser repartir. Bats-toi pour moi, mon ange. Accroche-toi et lutte.

Un gémissement gronde dans sa poitrine, si léger que je le sens plus que je ne l'entends.

—C'est ça, Gia. Parfait. Continue à te battre, continue à te balancer.

La pièce n'est plus que poings et grognements. Quelques motards sont aux prises avec Blake, Jonah et Caleb.

La porte… En quelques grandes enjambées, j'y suis. Je regarde derrière moi. Deux motards valsent au sol, et Jonah en cogne un autre qui s'affale lourdement.

Ils n'ont pas besoin de moi. Je franchis le seuil en direction du 4x4. J'ouvre la portière arrière et je grimpe dans le véhicule avec Gia.

À la lumière du jour, elle paraît plus mal en point que je ne le pensais. Ses lèvres sont bleues et fendillées, la peau soyeuse autour de ses yeux est devenue noire.

—Allez, allez, allez. (Ils doivent se magner le cul.) Plus qu'une ou deux minutes, tiens le coup, mon ange.

La porte d'entrée s'ouvre à la volée, et les gars trottinent vers la voiture. Nous avons réussi. Nous l'avons récupérée.

Le plus dur reste à venir.

Chapitre 25

« L'amour vaut la peine de tuer.
L'amour vaut la peine de mourir.
Et ils pensent que je suis folle. »

Mac, vingt et un ans

Rex

Le GPS de la voiture de location nous guide vers l'hôpital le plus proche. Je suis content que nous ne devions pas effectuer le trajet de deux heures jusqu'à Denver. Elle mourrait probablement dans mes bras avant d'y arriver. Je serre le corps fragile de Gia tout contre moi.

— Hôpital Saint-Vincent, annonce Jonah.

Il arrête le 4x4 juste en face des doubles portes au-dessus desquelles le mot « Urgences » s'affiche au néon.

Les pneus crissent, et Caleb ouvre la portière pour bondir dehors.

Je replace le drap sur Gia du mieux que je peux et je la transporte à l'intérieur.

— Il nous faut un médecin, lancé-je. Tout de suite.

L'infirmière d'âge moyen qui se trouve au bureau appuie sur le bouton de l'intercom.

—Infirmière d'accueil aux urgences, préparez-vous. (Elle contourne rapidement le bureau en direction d'un fauteuil roulant.) Posez-la ici. Je vais l'amener.

Je resserre mon emprise.

—Non. Je l'accompagne.

Ils vont devoir me l'arracher des bras s'ils croient que je compte la lâcher.

—Monsieur ! (La femme prend une voix sévère.) Nous ne pouvons pas l'aider si vous ne la lâchez pas.

—Je l'amènerai moi-même.

—Je vous conseille de…

—Conseillez tout ce que vous voulez, il ne la lâchera pas, intervient Caleb dans mon dos.

L'infirmière soupire et pivote vers le couloir.

—Venez.

Je la suis jusqu'à un lit entouré de rideaux coulissants. Un rapide examen m'indique que les autres lits semblent vides. Parfait. Elle recevra plus d'attention.

—Allez-y, posez-la ici.

Elle se déplace dans l'espace confiné pour prendre du matériel médical.

Je la pose sur le lit et je repense à ce que Jonah a dit à propos de Sadie. Il la porte contre lui pour que, même dans son sommeil, la petite puisse entendre un autre cœur qui bat, sentir la chaleur de ses parents, savoir qu'elle est en sécurité. Je m'assois sur le lit et je m'allonge, m'assurant que la joue de Gia reste appuyée sur mon torse. Mon cœur bat la chamade, si fort que, même dans sa léthargie, je sais qu'elle l'entend. Qu'elle le sent.

Deux infirmières débarquent précipitamment avec une table à roulettes. Elles m'ignorent et vérifient les paramètres vitaux de Gia.

— Qu'est-ce qui lui est arrivé ? demande l'infirmière de l'accueil.

— Overdose, je crois, mais je n'en suis pas certain. Je l'ai trouvée dans cet état il y a environ une heure.

— Son nom ?

Je déglutis violemment.

— Georgia McIntyre.

— Date de naissance ?

Je secoue la tête.

— Je ne sais pas.

— Âge ?

— Vingt-deux ans, peut-être vingt-trois.

Peut-être qu'elle a fêté son anniversaire dans ce trou à rats avec Hatch. Je lui embrasse le crâne. Est-ce qu'elle me pardonnera un jour ?

— La pression artérielle est faible. (L'infirmière lui examine la main.) Cyanose. Nous devons l'intuber. (Elle déchire un emballage stérile.) Monsieur, vous pouvez rester à proximité, mais, si nous ne la mettons pas sous respirateur, elle risque de mourir.

Après un dernier baiser sur son crâne, je la fais rouler de mes bras. Elle retombe sur le dos, la poitrine exposée. Mon torse se contracte en apercevant son extrême pâleur. Je couvre sa nudité, et des larmes me brouillent la vue.

Les infirmières introduisent le tube dans sa gorge.

— Il nous faut des analyses sanguines, tout de suite.

Une infirmière prend une fiole et des seringues, et je bouge pour qu'elles puissent bénéficier d'un meilleur accès à son bras.

— Est-ce qu'elle va s'en tirer ?

S'il vous plaît, dites-moi qu'elle va s'en tirer.

— Elle n'a pas assez d'oxygène. Nous ignorons depuis combien de temps elle est dans cet état, donc seul l'avenir le dira. (Ses yeux pleins d'empathie croisent les miens.) Elle est dans le coma.

— Le coma ? Quand est-ce qu'elle en sortira ?

Ma voix se brise en imaginant ma vie sans Gia.

— Ça dépendra d'elle. Nous l'aiderons à respirer, nous lui donnerons des médicaments pour neutraliser les effets de la drogue, mais nous ne pouvons rien faire de plus. Ensuite, ce sera à elle de lutter. (L'infirmière prélève un tube de sang et se met à en remplir un autre.) Elle peut s'estimer heureuse que vous l'ayez amenée tout de suite. Quelques heures de plus...

Elle secoue la tête.

Je prends sa petite main et je lui embrasse les jointures. *Je suis tellement désolé, Gia.* Tout cela est ma faute.

— Tu sais que nous n'avons pas envie de te laisser, mec.

Jonah se tient appuyé contre le mur de la petite chambre d'hôpital ; il semble avoir besoin d'une bonne nuit de sommeil.

— Ouais, je sais.

Je me sens déjà assez coupable d'avoir retrouvé Gia en plein coma pour absorption d'héroïne. Je ne veux pas en plus contraindre Blake et Jonah à rester éloignés de leurs familles.

— Ça va, je vous assure, insisté-je. Vous devriez partir.

— Tu vas rester combien de temps ?

— Ils ont dit qu'ils allaient la transférer à Denver.

Elle dort, le visage paisible, à l'exception de ses traits creusés. Mais, même ainsi, elle est magnifique.

— Tu vas attendre qu'elle reprenne connaissance, je suppose ?

— Il faut que je sois présent à son réveil. (Je prends sa petite main dans la mienne.) Elle a peur des hôpitaux.

On frappe un léger coup sur la porte derrière moi. Je me tourne et j'aperçois Blake qui garde respectueusement ses distances.

— Je peux entrer ? demande-t-il.

Je hoche la tête et me retourne vers Gia.

— J'ai parlé à Hodgeson, déclare Blake.

Il s'avance dans la chambre pour se poster de l'autre côté du lit face à moi.

Le lieutenant Dave Hodgeson a aidé mon pote à coincer les types qui l'ont dopé plus tôt dans l'année. Blake l'a appelé pour lui soutirer des renseignements de première main sur le lieu où pourrait se trouver Hatch et sur la raison de sa fuite.

J'espère qu'il a obtenu de bonnes infos. Dès que Gia se réveillera et sera stabilisée, je vais me lancer sur les trousses de cet enculé de rondouillard pour lui rendre la monnaie de sa pièce. Plus vite on le retrouvera, plus vite je pourrai le tuer.

J'avise Blake.

— Alors ?

— Le type est en cavale pour homicide. Il a exécuté une espèce de contrat.

Le fils de pute ! Ma mâchoire se contracte, la colère et la peur tourbillonnent dans mes entrailles. Elle a vécu à la colle avec un meurtrier. Je me pince l'arête du nez, pour essayer de conserver mon calme, et je force mon esprit à se concentrer sur ce qui est important : sa santé. Je veux qu'elle se réveille pour pouvoir lui hurler en pleine face que se fier à un type comme Hatch ne risquait pas de l'aider. À quoi elle pensait, bon sang ?

— Qui est-ce qu'il a abattu ? s'enquiert Jonah d'un ton frustré.

— Dave n'avait pas le droit de me fournir trop de détails. Tout ce que je sais, c'est qu'il a apparemment tiré sur un membre d'un gang rival. (Il se gratte la mâchoire et hausse les épaules.) Je suppose que ces mecs ont leur propre conception de la justice. Les flics rendraient service à Hatch en le coffrant. Il courrait le risque de devenir le jouet sexuel d'un camarade de cellule, mais je pense que ce serait déjà mieux que de subir une ablation des globes oculaires au couteau à beurre.

Mon estomac se contracte d'inquiétude. C'est le genre de types avec qui elle a partagé sa vie ? Mon Dieu, n'importe quoi aurait pu lui arriver.

— Dave a donné une idée de l'endroit où pourrait se trouver Hatch ?

Je me dis que tuyauter le gang rival pourrait me rendre service. Ça réglerait le compte de Hatch sans que je doive me salir les mains.

Putain ! C'est quoi, mon problème ? Je ne serais pas mieux que lui.

— Ils ont entendu dire qu'il serait à Vegas. Son option la plus évidente serait le Mexique. (Blake pose les yeux sur moi.) Ils vont le coincer.

Je prends une grande inspiration et je serre la main de Gia plus fort entre les miennes. Je ne vais plus jamais la quitter et je ne la laisserai plus jamais s'approcher du rondouillard. Les flics et un gang de motards notoire sont à ses trousses ; mieux vaut laisser le soin aux premiers qui le retrouveront de l'éliminer de la circulation.

— Merci, B. J'apprécie que tu aies passé ce coup de fil.

Il acquiesce du menton.

—Pas de quoi. Je te tiens au courant si j'entends quoi que ce soit. (Il baisse la tête en esquissant un geste vers Gia.) Faut mettre cette fille en sécurité. Pour éviter que cet enculé ne revienne pour elle.

—Ha! (Jonah étouffe un rire.) Je ne sais pas, frérot. J'aimerais qu'il essaie. J'adorerais accueillir ce type comme il le mérite.

Blake se marre.

—Sans blague. Tu peux compter sur moi pour t'accompagner.

—À moi l'honneur.

Mes mots flottent pesamment dans les airs pendant quelques instants de silence durant lesquels je m'imagine punir Hatch pour mon erreur. *Putain!*

Caleb entre dans la petite chambre, le téléphone vissé à l'oreille.

—Très bien. Merci. (Il raccroche et range son appareil dans sa poche.) Le vol décolle dans deux heures. Nous devrions partir.

Ils se fendent chacun de leurs adieux et de leurs souhaits. Caleb s'avance vers le lit et pose un instant la main sur l'épaule de Gia avant de se tourner pour s'en aller. Blake le suit.

—OK, frangin. (Jonah me tape sur l'épaule.) Je vais t'expédier au plus vite des vêtements et d'autres trucs. Appelle-moi s'il te faut autre chose.

Je hoche la tête sans quitter Gia des yeux.

—Elle s'en sortira, ajoute-t-il. C'est une battante.

—Merci, mon pote.

J'espère qu'il a raison. S'il y a bien un moment pour se battre, c'est maintenant.

Le bruit des pas de Jonah résonne dans le couloir avant de s'évanouir. Mes pensées vont vers Hatch. Il y a de grandes chances pour que je ne le revoie jamais. Il finira mort dans une chambre de motel au Mexique ou abattu en pleine rue, mais je ne peux pas m'empêcher de ressentir un furieux besoin de vengeance. Je secoue la tête pour me libérer de ces pensées et essayer de rester positif.

Afin d'accorder toute mon attention à Gia.

— Rien que nous deux, mon ange. (Je lui presse la main.) T'aurais pas envie d'ouvrir ces charmants yeux gris ? J'adorerais les voir. (J'embrasse le creux de son poignet avant d'appuyer le front dessus.) Tu me manques.

Seuls me répondent les « bip » des moniteurs et le ronronnement des machines qui respirent pour elle. Je ferme les yeux.

— Allez, Gia. J'ai besoin que tu te battes.

Je pense aux souvenirs retrouvés de mon passé.

— Quand j'étais dans le sous-sol, quand un visiteur en avait terminé avec moi, qu'il était rassasié, je restais seul dans le noir. (Je relève la tête mais je porte sa main à mes lèvres pour raconter mon histoire contre sa peau douce.) Je restais assis là, désorienté, confus, souffrant davantage intérieurement que dans mon corps meurtri. Je me rappelle… je me rappelle que je souhaitais que les ténèbres m'engloutissent. Je suppliais pour qu'elles m'absorbent et que je disparaisse. Cela semble tellement stupide à présent. (Les volutes du passé rampent sur ma peau alors que je me souviens de cette sensation.) Je n'avais pas peur du noir. Je voulais me précipiter dedans, m'y cacher, y vivre. Puis j'entendais une voix si douce que je me rappelle avoir songé que si le paradis avait une voix, ce serait celle-là.

C'est incroyable tout ce temps passé sans me souvenir, alors qu'à présent cela me semble si vivace. Dans ma tête, j'entends quasiment la Gia de huit ans qui me chante ses cantiques de Noël. La chaleur de sa voix me réchauffe la poitrine. Elle représentait tout pour moi, elle était l'unique lumière que j'avais dans le noir.

— Seule ta voix m'arrachait au néant. Lorsque je l'entendais, j'en voulais plus, je voulais me battre pour la paix qu'elle apportait. Sans toi, mon ange, je ne m'en serais jamais sorti. J'aurais laissé les ténèbres m'emporter, je n'aurais pas résisté.

Je veux jouer le même rôle pour elle. Lui montrer qu'il y a de l'espoir au-delà des ténèbres. Tendre la main et l'arracher au lieu où elle se trouve.

Je rampe sur le lit. Je me fraie un chemin à travers les tubes d'intraveineuse et les câbles du moniteur, et je prends son corps flasque dans mes bras.

— Je sais que tu te trouves pour l'instant dans les ténèbres. Tu as mal et tu laisses cette obscurité t'apaiser. Je suis passé par là, mon ange. (Je me blottis contre elle afin que mes lèvres soient toutes proches de son oreille.) Mais je vais t'y arracher. Tu m'entends ? Écoute ma voix, Gia. Souviens-toi. Ne laisse pas les ténèbres t'emporter. Souviens-toi de moi. Tape du pied, balance des coups, bats-toi pour la lumière. Je serai là. Peu importe le temps que cela prendra, je serai là.

J'embrasse tendrement sa tempe et je pose sa tête contre mon torse.

Elle doit revenir. Il le faut.

Dix jours de coma.

Je suis passé par toutes les émotions possibles et imaginables, depuis la frousse paralysante de ne plus jamais apercevoir ses yeux gris jusqu'au transport de joie de me dire qu'au moins elle respire encore.

Et maintenant ? Maintenant, je suis en colère.

J'aimerais reprocher à quelqu'un, à tout le monde, l'épreuve qu'elle traverse. Me le reprocher, c'est facile. Hatch est le suivant sur ma liste de merde, et souvent le soir, quand je me blottis sur le lit d'hôpital contre Gia, je m'endors en m'imaginant torturer cet enculé de rondouillard la prochaine fois que je le croiserai. Je reproche aussi à ses parents de l'avoir bousillée, quoi qu'ils aient fait pour ça. Mais le plus dur, c'est de lui en vouloir à elle.

Je ne parviens pas à croire que la Mac que j'ai appris à connaître, que la Gia que je connaissais quand j'étais gosse, ait voulu s'imposer cette épreuve intentionnellement. Sur le plan mental, elle est la personne la plus solide qui soit, et seuls les esprits faibles deviennent accros aux drogues.

Je me rends à la seule fenêtre de sa chambre d'hôpital et je regarde le soleil se coucher sur Denver. Il semblerait que la journée ait été belle. Je n'ai pas mis le pied dehors depuis que l'hélicoptère nous a amenés ici il y a une semaine. Une semaine.

Le médecin affirme que chaque jour qui passe réduit ses chances de s'en sortir. *Bordel !*

On frappe à la porte.

—Oui ? Entrez.

Une des infirmières habituelles entre dans la chambre en poussant un chariot.

—Salut, Rex. Comment va notre patiente aujourd'hui ?

Elle s'avance et entame sa vérification routinière des moniteurs et des données vitales.

— Salut, Bridgette.

Je me déplace vers le bord du lit et je reste tout près comme chaque fois que quelqu'un, médecin ou infirmier, vient la voir.

— Rien de neuf. Parfois, quand je lui tiens la main, je la sens tressaillir.

— Super. (Elle place un stéthoscope sur la poitrine de Gia.) Tu te fais désirer par ton homme là, Gia ? Et si la prochaine fois tu ouvrais les yeux pour lui ?

Je souris devant le ton badin, genre conversation entre filles, qu'elle adopte pour s'adresser à Gia comme si celle-ci était présente dans la pièce. Une boule se forme dans ma gorge.

— Tout semble stable. (Elle remet la main de Gia sous la couverture et arrange sa blouse d'hôpital à hauteur de la poitrine.) Peut-être qu'on pourrait te laver les cheveux demain. (Elle lisse ceux-ci et place une mèche derrière son oreille.) Qu'est-ce que tu en penses ?

Ma poitrine se contracte à l'idée qu'il s'agit là de la réalité de Gia. Des gens qui s'adressent à son visage inanimé et un tube qui lui sort de la bouche pour qu'elle puisse respirer.

Réveille-toi, mon ange. S'il te plaît.

Mac

Je suis dans le sous-sol. Celui de ma maison d'enfance, ou du moins je le pense. C'est difficile à dire parce qu'il fait tellement noir. Je trébuche en tâtonnant contre les murs de béton froids. Il n'y a rien. Pas de fenêtres, pas de portes, pas d'escalier. La pièce est vide.

J'oublie un truc important mais j'ai beau me creuser les méninges, je ne trouve pas. J'angoisse, je ne tiens pas en place. Je suis nerveuse. Mais pourquoi?

Me retrouver coincée dans ce petit espace sombre me fait paniquer. Ma peau fourmille de sueur. Mais tout comme quand on tourne en rond dans un couloir sombre, lorsque j'essaie d'isoler les raisons de mon malaise, je n'arrive à rien: aucun souvenir du passé, aucun projet d'avenir.

Je me replie dans le coin, en boule. La seule chose que j'aie ici, la seule chose que j'associe avec une sensation, c'est la voix.

Je patiente, je tends l'oreille à la recherche de la voix qui apaise mon agitation. Ce sont les moments pour lesquels je vis, pour entendre ces histoires et les mots qu'il me chuchote en me disant à quel point je lui manque. À quel point il a besoin de moi.

Il ressent tellement de choses. Je le perçois à la manière dont il s'exprime. Si seulement je pouvais trouver le moyen de le rejoindre. J'ai essayé de parler, même de crier, mais les murs ici sont trop épais. Il ne m'entend pas.

Un grondement sourd résonne, en provenance d'un endroit lointain. Je réduis mon esprit au silence et je me concentre. Pourvu que ce soit lui. J'entends le son étouffé de sa voix.

Non, un instant. Plusieurs voix.

La sienne et une autre. Il ne s'adresse pas à moi, mais à quelqu'un d'autre. Au moins, il est tout près. C'est déjà ça.

— Merci d'être venue, Rave.

À qui parle-t-il?

— Elle semble si paisible.

Ma respiration se bloque en percevant cette voix connue.

— Mon Dieu, je suis désolée! ajoute-t-elle.

C'est une femme. Elle paraît tellement triste.

— Tu n'y es pour rien, Rave.

Rave? Je la connais. Mais d'où?

— Non. C'est la faute de Dominick. Tout ceci.

La colère et les flammes de la vengeance m'embrasent le sang.

— Je l'ai tué, mais il ne mourra jamais, décrète-t-elle.

La voix de la femme exprime une rage que je ressens également dans ma poitrine.

— Je veux juste qu'elle revienne.

C'est lui, mon ange dans cet enfer.

— Je sais, Rex. Moi aussi.

Ma tête picote et mes mains sont engourdies.

Rex. Rex?

Des images explosent derrière mes paupières: des yeux bleus, des mains qui s'agrippent sous une porte, des bras et un torse couverts de tatouages, et son sourire.

Oh, mon Dieu! Rex!

Je me précipite vers les murs du sous-sol. Je suis là. Il faut qu'il le sache. Je frappe des paumes contre le mur implacable. *Rex, aide-moi!* Je longe le mur à toute vitesse et je parviens à un coin. Mes mains cherchent une fissure, un défaut dans la cuirasse qui pourrait mener à la liberté; j'ai déjà essayé, mais je ne trouve pas d'échappatoire.

Je m'agenouille. Les souvenirs affluent en vagues harassantes: l'ours, ce sous-sol, Dominick, et Hatch. *Oh non!* J'étais morte. Je suis morte, et pourtant Rex est là.

Je ne veux pas dire au revoir. Je ne suis pas prête à lâcher. Tout ce temps, il m'a dit de me battre, de m'arracher aux ténèbres, mais ses mots étaient du charabia. Je comprends maintenant. Il veut que je revienne vers lui.

Que je me batte pour lui. Que je me batte pour nous.

Avec une force décuplée, je pousse, je jette mon poids contre les murs. Mon poing cogne plus dur, mais sans succès. Je hurle et je tape dans la masse solide. Un grognement de frustration explose dans ma gorge.

— Gia, mon ange, je suis là.

Rex! Je me débats plus vigoureusement, je propulse mon corps contre les ténèbres qui nous séparent. Je frappe du pied sur le mur résistant. Une fois, deux fois. Je cogne, je pousse, je crie, je hurle et je rue pour m'échapper.

— Oui, c'est ça. Bats-toi. N'abandonne pas, mon ange.

Un cri de guerre sauvage jaillit de mes lèvres. Je cours d'un bout à l'autre, projetant mon corps contre les murs.

— Tu vas y arriver, maintenant pousse de toutes tes forces. Repère-toi à ma voix, Gia.

J'écoute, je ferme les yeux et je me concentre sur sa voix.

— Souviens-toi de moi. Souviens-toi.

Je me souviens.

— Vas-y, bats-toi!

Mes muscles se contractent. Un tremblement prend naissance dans mes tripes et gagne en puissance. Je rassemble mes forces.

Je me souviens de toi, Rex.

Une dernière poussée surgie du plus profond de moi, un rugissement guttural, et je me retrouve soudain libre, dans une lumière vive. Ma gorge est en feu. Des bras se referment solidement autour de moi.

— Oui, mon ange. Putain ouais, tu l'as fait!

Son visage est enfoui dans mon cou; je n'aperçois que ses cheveux noirs et je sens son souffle contre mon oreille.

— Mon Dieu, oui ! Tu l'as fait.

Je me sens faible et je suis incapable de bouger. J'essaie de parler, mais quelque chose bloque mes paroles. J'essaie de l'arracher. Des femmes en blouse bleue se précipitent dans la chambre. Rex s'écarte, des larmes se déversent de ses yeux fatigués. Les femmes retirent quelque chose de ma bouche. Je réagis en grimaçant et je suffoque à la recherche d'air.

Épuisée, je force trois mots hors de ma gorge. Les seuls qui comptent.

— Je me souviens.

Chapitre 26

J'ai vécu cloîtré dans le vide
Une mort sans tombeau
Mais ta lumière qui me guide
M'a ramené vers toi

Ataxia

Mac

Plusieurs infirmières s'affairent autour de mon lit d'hôpital. Mes nerfs grouillent d'angoisse. Je rapproche les pieds et je me recroqueville, les mains serrées. Je suis blottie contre le flanc de Rex ; seule la puissance de ses bras autour de moi me maintient en un seul morceau.

Qu'est-ce que je fais ici ? Désorientée, je veux fermer les yeux, prier pour m'enfuir au loin et me réveiller dans le lit de Rex, enveloppée dans son étreinte.

Une infirmière tend la main vers mon bras.

Je l'esquive dans un sursaut.

— Ne les laisse pas m'attacher.

J'ai la gorge rauque et je perçois à peine ma voix par-dessus le vacarme qui règne dans la chambre.

Mais Rex m'entend. Ses bras tressaillent autour de mes épaules, et il m'attire plus près de lui.

— Écoute-moi bien. (Il parle contre ma tempe, et ses mots vibrent sur ma peau.) Je ne laisserai personne te faire quoi que ce soit, si ça ne te convient pas à cent pour cent. (Il pousse du nez contre mes cheveux.) Hoche la tête si tu me comprends.

Je hoche la tête et j'enfouis le visage contre son torse.

Il a raison. À l'agencement de la chambre, je devine que je me trouve dans un hôpital qui a pour but de soigner les gens, et non de les enfermer, de les ligoter et de les droguer, prétendument dans leur intérêt.

— Ils doivent t'enlever ton intraveineuse.

Il éloigne mon bras de mon corps à l'intention de l'infirmière, mais sans relâcher son emprise sur mon biceps, me rappelant qu'il est présent et qu'il a la situation bien en main.

Je tremble tellement que même mes entrailles paraissent frissonner. Je scrute mon environnement, méfiante à l'égard du moindre uniforme. Je désirais plus que tout quitter les ténèbres, mais me réveiller dans un hôpital m'amène à regretter la sécurité de ma prison de béton.

Rex se penche et appuie les lèvres sur mon crâne.

— Dis-moi quelque chose, mon ange.

Une jeune infirmière me tripote le bras. Ses yeux se posent sur les miens et elle me sourit comme si elle me connaissait. Je cille et je retourne enfouir mon visage contre le torse de Rex alors qu'elle retire les sparadraps et fait glisser le tube hors de ma veine.

L'odeur stérile de l'antiseptique et les murs vert mat me donnent une furieuse envie de m'enfuir. S'ils s'amènent avec une seringue ou une attache… je vais craquer. Il faut que je foute le camp d'ici.

L'infirmière remplace l'intraveineuse par un morceau d'ouate et une bande de sparadrap.

— Georgia peut…

— Ce n'est pas mon nom.

J'ai réagi machinalement, mes joues s'enflamment. Mais c'est la vérité.

Georgia est morte. Je m'appelle Mac.

Une boucle de cheveux roux me retombe dans les yeux. Lentement, je tire sur les mèches claires et les enroule autour de mon doigt. Des visions de ma dispute avec Rex défilent devant mes yeux. J'inspire entre les dents, et un gémissement remonte dans ma gorge.

J'ai quitté Vegas. Mac est morte.

Le bar, Hatchet, le gang de motards. Oh, mon Dieu, les drogues ! Ma respiration s'accélère, s'alignant sur mon rythme cardiaque. Hatch est parti. J'étais tellement malade et…

Je suis morte. Annie est morte dans le lit de Hatch.

L'infirmière interroge Rex du regard avant de le reporter sur moi.

— Tu te souviens de ton nom, ma jolie ? Tu peux nous dire comment tu t'appelles ?

— Je ne suis pas cette fille. (Georgia, Mac, Annie, aucune d'entre elles.) Non.

Je secoue la tête, ce qui me vaut un nouveau regard empathique de l'infirmière.

Si je ne suis aucune d'entre elles, alors qui suis-je ?

Rex se racle la gorge.

— Est-ce que ce serait possible d'avoir un instant à deux ?

L'infirmière considère Rex avec étonnement.

— Toutes ces personnes autour d'elle, ça la met mal à l'aise, explique-t-il. Elle a traversé beaucoup d'épreuves et je veux m'assurer qu'elle va bien.

Elles le dévisagent, les mains suspendues en pleine action. L'une d'elles, une grande brune aux yeux gentils, s'avance vers le moniteur à côté de mon lit.

— Ses paramètres semblent bons. Nous reviendrons plus tard effectuer quelques tests.

Elle fait signe aux autres, et elles quittent toutes la chambre en file indienne.

En entendant la porte qui se referme derrière elles, l'emprise mortelle qui me comprimait les poumons se desserre, et je prends une grande inspiration.

— Je veux rentrer chez m… euh…

Je n'ai plus de chez-moi.

Il pose sa main, chaude et réconfortante, sur ma mâchoire. Je regarde ses doux yeux bleus, si clairs que je remarque immédiatement que les ombres qui s'y trouvaient ont disparu.

— Putain, mon ange, tes yeux m'ont manqué! (Il m'embrasse le bout du nez, ce qui détend un peu plus mes muscles contractés.) Je vais te ramener chez toi. Dès qu'ils te donneront le feu vert, on sortira d'ici.

Chez moi. De retour à Vegas.

Je secoue la tête.

— Mais tu m'as foutue dehors. Je me souviens, Rex. Tu as dit que tu m'oublierais. Tu m'as traitée de… («Menteuse». «Manipulatrice». «Égoïste». La dureté de ses mots résonne à mes oreilles.) Pourquoi tu es là?

Il me regarde droit dans les yeux.

— C'est simple. J'avais tort.

— Mais…

— Tu as essayé de m'expliquer, mais j'étais tellement empêtré dans mes souvenirs. (Il pousse un long soupir pesant.) Je ne me suis pas montré à la hauteur, et je suis terriblement désolé.

— Comment tu as su que j'étais ici ? Tu as parlé à Hatch ?

Ma poitrine se gonfle d'un espoir maladif à la perspective que Hatch aille bien et qu'il soit allé chercher Rex pour moi.

Sa mâchoire se fige, et ses sourcils se froncent au-dessus de ses yeux plissés et assassins.

— Non. Hatch a mis les bouts, mais heureusement cet enculé de rondouillard a eu assez de bon sens pour vider son sac auprès de Trix avant de disparaître.

Cet afflux d'informations me fait tourner la tête, je tente d'intégrer tout ce qu'il me dit. La seule chose que je pige, c'est que Rex veut me ramener chez moi à Vegas. Pour le reste, les détails peuvent attendre.

De mes mains tremblantes, je remonte la couverture d'hôpital sous mon menton.

— Je veux juste… je veux sortir d'ici.

— Moi aussi, je veux te sortir d'ici. (Il s'empare de mon menton et me redresse le visage.) Je sais pourquoi tu as peur des hôpitaux.

— Ah bon ?

Il me caresse la lèvre inférieure du pouce, un toucher si doux et tellement révélateur que je baisse les paupières.

— Ouais, apparemment Dominick conservait des dossiers détaillés sur les vies qu'il détruisait. Raven a hérité de toute cette merde. Elle est résolue à réparer tout le mal qu'il a fait et elle s'est souvenue de ton nom.

— Comment ?

— Dans un dossier provenant de l'établissement psychiatrique de Ridley, il y avait une photo datant du jour de ton admission. (Il me presse la main.) Cette photo… j'ai tout de suite su que c'était toi.

Mon pouls s'accélère ; la crainte qu'il me prenne pour une cinglée tout juste bonne à enfermer m'assaille.

— Je ne suis pas folle.

Des yeux compatissants rencontrent les miens.

— Ouais, je sais. Je veux découvrir comment tu as atterri là, mais ça peut attendre. Le plus urgent, c'est d'obtenir ton bon de sortie. Le problème, mon ange, c'est qu'ils ne vont pas te laisser partir si tu ne peux pas leur dire ton nom.

— D'accord.

J'ai merdé. J'aurais simplement dû réagir au prénom de Georgia.

— Dis-moi. Je ne peux pas t'aider si je ne sais pas à quoi tu penses.

Je secoue la tête.

— Je ne peux pas leur dire. Les médecins ne comprennent pas. (Je me penche pour chuchoter.) Ils prétendent que je suis folle, mais ils ne savent pas ce que c'est.

— Explique-moi.

— Je suis née Georgia McIntyre, mais ensuite (j'incline la tête et je rive mon regard au sien) tu es mort. Alors elle est morte avec toi.

Il détourne les yeux, et le muscle de sa mâchoire tressaille.

— Dans cet établissement, on m'appelait par mon nom. J'étais McIntyre. Quand j'ai été libérée, j'ai tout simplement opté pour Mac. Puisque Mac ne pensait qu'à la vengeance, elle m'a fourni un objectif.

— Se venger de Morretti.

— Oui. Mes parents travaillaient pour lui et quand ils se sont enfuis…

— Ils ont fui les flics ? Mais pourquoi est-ce qu'ils les avaient appelés ?

— Ils ne les avaient pas appelés. (Mon esprit repart à toute vitesse vers cette nuit : la peur de ma punition n'était rien en comparaison du supplice de le voir mourir.) C'est moi qui ai appelé les secours.

Il prend une brève inspiration.

— C'est toi… ?

Je hausse les épaules, je n'ai pas envie d'entendre la gratitude dans sa voix.

— Après que l'ambulance t'a emmené, mes parents ont paniqué. Ils se sont dit que tu parlerais, mais ce n'était pas la prison qu'ils redoutaient. C'était Dominick. Ils se sont enfuis.

— Et toi ? Qui s'est occupé de toi ?

Je saisis le bord de ma blouse d'hôpital. C'est l'histoire que je l'ai supplié d'écouter avant qu'il me renvoie. Est-ce qu'il comprendra si je la lui raconte maintenant ?

— Ils m'ont enfermée dans un placard. Je ne sais pas combien de temps je suis restée là-dedans avant que Dominick me fasse sortir. (Je pensais qu'il était venu me sauver. Je me trompais.) Il a dit que mes parents étaient morts et qu'il était mon tuteur légal. J'ai crié pour demander son aide, je lui ai dit ce qu'ils t'avaient fait, mais il a répondu que j'étais folle. C'est lui qui m'a placée dans cet établissement.

Les souvenirs affluent : j'étais démunie, je hurlais la vérité jusqu'à en perdre la voix ou jusqu'à ce qu'ils me ligotent et me plantent une seringue dans le bras.

—Le fils de pute! (Je le sens se raidir contre moi.) Comment es-tu sortie?

—À dix-huit ans, je me suis rendu compte que je ne serais jamais libre si je ne jouais pas leur jeu. Je leur ai dit que je mentais, que j'étais une gamine en colère parce que mes parents m'avaient abandonnée. Avec le temps, je les ai convaincus que j'étais suffisamment saine d'esprit pour qu'on me laisse sortir. Je suis partie à la recherche de Dominick. J'ai découvert qu'il possédait un club de striptease à Vegas. Le temps que je m'approche de lui, il était trop tard.

—Il était mort.

—Oui.

—Et c'était ça, la paix que tu recherchais. La vengeance.

—Non. (Je maintiens son regard.) C'était toi que je recherchais. Tu es ma paix.

—Et tu es la mienne. (Ses yeux brillent comme s'il luttait contre les larmes.) Seulement… je ne l'ai compris qu'après t'avoir perdue.

—Tu veux dire…? *(Est-ce que mes lèvres pourront prononcer ces mots?)* Tu veux bien de moi?

Impossible. C'est trop beau, et je ne peux pas prétendre à ce qui est beau.

Il m'entoure les joues de ses larges mains et me frôle les lèvres des siennes.

—Ce que je veux dire, c'est que… (il pose le front contre le mien) je t'aime.

Je prends une légère inspiration, essayant de la retenir en même temps que cet instant. Des larmes chaudes tracent un sillon le long de mes joues. *S'il vous plaît, faites que je ne rêve pas.*

—Respire, mon ange.

Il efface mes larmes des pouces et m'embrasse la commissure des lèvres. Il se passe la main dans les cheveux, avant de les laisser retomber sur sa nuque.

— Je suis conscient que je dois un peu me racheter, reprend-il. (Il se tourne sur le lit pour me faire face et prend mes mains dans les siennes.) Tout ce que je veux savoir, c'est si j'ai une chance.

Mes lèvres esquissent un rictus en l'entendant retourner mes propres paroles contre moi, celles que j'ai prononcées le soir où nous avons fait l'amour.

— Tu as plus qu'une chance, Rex. Tu m'as, moi. Tu m'as toujours eue, et ça ne changera jamais.

— Je ne te mérite pas.

— Ce n'est pas une question de mérite. C'est le destin. Je suis née pour t'aimer. Tout au fond de mon âme, je l'ai toujours su. Peut-être que pour toi, il existe quelqu'un d'autre, mais, pour moi, ça a toujours été toi.

Il pose la tête sur mes genoux, ses bras m'entourent la taille. Je tamise ses cheveux avec mes doigts tandis qu'il s'accroche à moi comme à une bouée de sauvetage. Les minutes s'écoulent sans un mot tandis que nous restons agrippés l'un à l'autre.

D'instinct, je fredonne la mélodie familière de *Douce Nuit*. Ses bras tremblent autour de moi. À chaque reprise de couplet, une part de moi que j'avais oubliée depuis longtemps reprend vie.

La petite fille qui a posé les yeux sur un jeune garçon, sachant qu'il serait à jamais le dépositaire de son cœur, chante depuis la part sombre de mon âme, me rappelant qu'il y a de l'espoir. Et que peut-être, avec le temps, notre amour pourrait faire revenir cette petite fille d'entre les morts.

Chapitre 27

Dans les ténèbres on ne plante pas une semence
Pourtant, mains dans la terre, nous tentons notre chance
Creusant la merde qu'on aimerait éviter
Ayant appris à la dure que le passé ne s'efface jamais
                                               Ataxia

Rex

Elle a vécu avec Hatch.

Elle était sa propriété.

Tout cela pour qu'elle ait l'impression qu'on prenait soin d'elle ou pour qu'elle puisse s'autodétruire.

Tout cela à cause de moi.

Merde ! Je croyais que mes problèmes se limitaient à gérer mon passé. Je me gourais. Sur le vol du retour vers Vegas, elle m'a expliqué qu'elle n'avait nulle part où aller et que tout ce qu'elle voulait, c'était se sentir en sécurité. Je ne peux m'empêcher de songer que je l'ai plongée dans une détresse comparable à celle que je ressentais dans mon sous-sol. Elle était seule, prête à donner tout ce qu'elle avait à offrir pour se sentir acceptée, pour qu'on s'occupe d'elle. Cette idée me rend malade.

Elle s'est offerte à un bon à rien comme Hatchet dans l'espoir de soigner les blessures que je lui avais infligées.

Et il l'a abandonnée. Il devait savoir à quel point elle était bouleversée et désespérée. Il a profité d'elle ; il ne vaut pas mieux que ces salauds de pervers qui me rendaient visite lorsque j'étais enfant.

Elle a encore parlé d'autres trucs, mais je ne m'en souviens pas parce que j'étais trop occupé à planifier les mille tortures que je ferai subir à Hatch la prochaine fois que je croiserai ce stupide rondouillard. En plus, elle insiste sur le fait qu'il l'a sauvée, qu'il l'a protégée de types qui auraient abusé d'elle, ce qui décuple encore ma colère. Le fils de pute expert en lavage de cerveau.

Nous empruntons un taxi pour revenir de l'aéroport. En dehors de Raven et de Jonah, qui étaient présents le jour où elle s'est réveillée, elle ne voulait pas qu'on sache qu'elle était de retour. Beaucoup de choses sont arrivées, et elle a besoin de quelques jours pour récupérer avant que toutes ses amies débarquent.

— Rex, je ne crois pas que ce soit une bonne idée. (Elle se tient dans l'entrée de mon appart, les bras croisés.) Je suis certaine que je peux loger chez Trix.

Avec son pantalon de survêt gris, assorti à la couleur de ses yeux, et son tee-shirt en Thermolactyl noir ajusté, qui met en valeur les mèches d'un roux lumineux de ses cheveux tombant sur ses épaules, elle est craquante. Nous ne sommes pas restés seuls plus d'une heure depuis qu'elle est sortie du coma. Je me suis promis de ne pas poser les mains sur elle tant qu'elle n'était pas prête, mais j'ai dû puiser dans mes dernières ressources pour ne pas la foutre à poil et me prosterner devant toutes les parties de son corps.

Je laisse tomber le petit sac qui contient nos affaires et je me tourne pour la prendre dans mes bras.

— Nous en avons déjà discuté. Trix a une nouvelle colocataire, et tu as besoin de repos. (J'embrasse le dessus de son crâne.) Et, au cas où je ne me suis pas encore fait suffisamment comprendre, je vais reformuler. (Je recule et je lui prends le visage en l'orientant vers moi.) Je ne compte plus jamais te perdre. Je veux sentir ton souffle en dormant pour me rappeler constamment que tu es là, en vie et à moi. Je ne me contenterai plus de rencards, mon ange. J'en veux plus et, à moins que tu n'aies une putain d'excellente raison pour ne pas souhaiter la même chose, la discussion est close.

Je sens son corps se détendre.

— Je sais que ça doit être très dur pour toi. Je ne veux pas te causer de stress.

Elle pense toujours à moi avant de penser à elle. Je m'écarte pour croiser son regard.

— Tu serais surprise de constater les progrès que j'ai réalisés depuis ton départ.

Lui tenant la main, j'entre dans l'appart et je referme la porte.

Elle s'arrête dans le vestibule, et je la vois s'apprêter à retirer ses chaussures.

— Tu peux les laisser. Pas de souci.

Elle écarquille les yeux.

— Vraiment ?

Ça a été le plus dur, mais, après le retour en force de mes souvenirs, je me suis battu pour dépasser mes obsessions. Je suis impatient de lui parler de mes avancées quotidiennes et des félicitations que je reçois de Darren, mais ce n'est pas le moment. Elle est effrayée et je ne peux pas risquer de la perdre, donc je remise cette conversation au placard et je me concentre sur ce que je dois faire pour qu'elle se sente chez elle.

J'ignore sa question et je l'entraîne vers mon lit à l'extrémité de la pièce.

—Allonge-toi. Je vais commander à manger.

—Rex, tu ne dois pas t'occuper de moi. Je vais bien.

Je passe les doigts dans ses cheveux et je constate qu'ils luisent d'une dizaine de nuances différentes d'orange, tellement dissemblables des cheveux de Mac. J'ai encore du mal à relier les deux femmes. Toutes les deux sont fortes à leur manière, mais Mac adoptait une attitude insouciante face à la vie que je ne retrouve pas dans ces yeux gris dans lesquels je me perds en cet instant. Est-ce qu'elle retrouvera un jour cette insouciance ?

—Gia…

Elle grimace et baisse le menton.

Je lui embrasse le front et j'intercepte son regard.

—Comment veux-tu que je t'appelle ?

—J'aime bien quand tu me dis « mon ange ».

—Ouais. (Je frôle ses lèvres, et le léger tressautement de sa respiration diffuse une vague d'excitation dans tout mon corps.) J'aime t'appeler « mon ange », mais tout le monde te connaît sous le nom de Mac. (Je glisse les mains dans son dos avant d'aller les poser sur ses fesses.) Qui veux-tu être ?

Je dépose une série de bisous le long de son cou, et elle penche la tête sur le côté en gémissant.

—Je veux être à toi.

La chair de poule se propage à toute vitesse sur la peau tendre de son cou.

—Hmm, accordé, mon ange.

Je lui empoigne le postérieur et je résiste à l'envie de la pousser sur le lit pour grimper entre ses jambes.

Je n'ai plus ressenti cela depuis les derniers moments que nous avons passés ensemble avant qu'elle s'en aille : consumé par elle au point que tout s'évanouisse en dehors de nous.

Elle appuie les paumes sur mon tee-shirt et les remonte, ratissant au passage mes abdos. Je me contracte et j'oscille du bassin pour frotter mon érection contre son corps souple.

— J'ai envie de toi, susurre-t-elle.

Ses mots résonnent dans mon crâne, éveillant toutes les parties de mon être que je ne pensais plus jamais ressentir.

Je pose la bouche sur la sienne et je tire sur sa lèvre inférieure. Elle comprend et incline aussitôt la tête tout en entrouvrant juste assez la bouche pour que je puisse plonger à l'intérieur. Mes sens explosent en sentant le goût sucré de sa bouche. Sa langue chaude et humide glisse contre la mienne, déclenchant une envie de la faire mienne de mille façons.

La serrant fort contre moi, je la fais reculer jusqu'au moment où l'arrière de ses jambes heurte le lit, et elle se laisse tomber, rompant notre baiser. Elle lève des yeux brumeux habités par un désir que je n'ai jamais aperçu chez elle auparavant. Elle est tellement bandante que je dois me retenir pour ne pas m'emparer de ma queue.

Incapable de ne pas poser les mains sur elle, je dessine la ligne qui conduit de sa mâchoire à ses lèvres pleines.

— Tu es sûre ?

— Oui.

Sa réponse monosyllabique susurrée contre le bout de mes doigts m'invite à propulser les hanches vers l'avant.

— Je ne veux pas te donner l'impression de brûler les étapes, mais je ne suis pas certain de pouvoir tenir le coup une seconde de plus hors de toi, mon ange.

Je déglutis violemment, dégoûté par mon incapacité à contrôler mes désirs. Elle a subi un traumatisme, elle n'a vraiment pas besoin que je me jette sur elle.

Les yeux rivés sur ma taille, elle tend la main et se met à défaire ma ceinture. Démuni, je ne peux que l'observer tandis qu'elle fait glisser la lanière de la boucle et déboutonne mon pantalon. Ses doux yeux gris me scrutent d'en bas, et je mords sur mon anneau en réaction à la question que je lis dans son regard. Elle ouvre ma braguette et plonge la main sous l'élastique de mon boxer pour me libérer. Elle fronce les sourcils en rencontrant mon nouveau piercing. Elle baisse le menton pour l'examiner de plus près.

Sa respiration se bloque dans sa gorge.

— Oh là là ! (Elle relève les yeux sur moi.) Pourquoi ?

Je hausse les épaules.

— Après ton départ, je voulais un rappel de ma promesse de ne plus jamais me servir de ça avec une autre femme.

Le bout de son pouce explore l'haltère, ce qui diffuse des vagues d'euphorie le long de mon échine.

— Donc, pendant mon absence, tu n'as jamais… ?

— Non.

Ses joues virent au rose, et ses épaules s'affaissent.

— Ah !

Je n'ai posé aucune question, mais il ne faut pas être grand clerc pour comprendre que si elle a partagé le lit de Hatch pendant six mois il y a des chances pour qu'ils aient fait beaucoup plus qu'y dormir. Mais je connais la sensation du désespoir. Je me souviens d'avoir éprouvé un tel besoin d'amour que je me suis avili pour espérer ressentir quoi que ce soit d'approchant. Je comprends pourquoi elle a agi de la sorte et j'en suis largement responsable. Je l'ai poussée dans cette impasse tout comme les circonstances de la vie l'avaient fait pour moi.

— Regarde-moi.

Elle obtempère en cillant, des larmes luisent dans ses yeux.

— Nous avons fait tous les deux des trucs dont nous ne sommes pas fiers, mais cela ne change rien à ce qu'il y a entre nous.

— Si je pouvais revenir en arrière…

— Pas de retour en arrière, mon ange. Je t'aime. Nous en sommes là.

Elle inspire en tremblant, et une ombre de sourire passe sur ses lèvres.

— Je t'aime aussi.

La chaleur papillonne dans ma poitrine et devient incandescente quand j'aperçois le feu qui flamboie dans ses yeux. Elle agrippe mon membre d'une main ferme et se penche. Doucement elle l'effleure des lèvres avant d'asticoter mon piercing de la langue. Mon estomac fait des bonds et mon pouls s'accélère. J'empoigne ses cheveux roux soyeux, la calant contre moi. Elle écarte les lèvres, et ma queue disparaît centimètre par centimètre dans sa bouche jusqu'à ce qu'elle ne puisse plus en avaler davantage.

— Putain, tu es belle ! Tu es splendide quand tu me prends comme ça.

Un gémissement approbateur fait vibrer sa gorge, et je propulse les hanches vers l'avant. Elle pose les mains sur mes cuisses pour m'empêcher de bouger tandis qu'elle me suce vigoureusement.

Il y a moins d'un an, ce genre de trucs m'aurait rendu malade, mais avec elle ce n'est pas pareil. Nous ne prenons rien chez l'autre, nous ne l'utilisons pas, nous partageons plutôt le plaisir.

Ses cils foncés contrastent avec sa peau claire. Ses lèvres pleines et sombres luisent d'humidité. Cette vision devient trop intense. Si je ne l'arrête pas je crains que tout ne se termine bien avant que l'un de nous deux soit prêt ; aussi, je me retire.

Elle me regarde aussitôt.

— Ça va ? Est-ce que j'ai…

— Tout va bien.

J'essaie de lui adresser un sourire rassurant, ce qui n'a rien d'évident puisque je suis ivre de désir. Je recule d'un pas.

— Lève-toi.

Elle bondit sur ses pieds, et son empressement à me satisfaire me fait sourire. *Quelle fille obéissante !*

J'agrippe le bord de son tee-shirt et j'attends qu'elle hoche la tête pour me donner son accord. Je remonte ensuite lentement le tissu, lui laissant le loisir de sentir chaque fibre. Petit à petit, sa peau, lisse contre mes jointures, se révèle. *Parfaite.* Je fais passer le tee-shirt par-dessus sa tête, et ses cheveux retombent sur ses épaules. Elle est encore extrêmement mince, et ses côtes présentent un léger creux qui n'y était pas auparavant. Je me promets aussitôt de la nourrir à sa faim pour le restant de ses jours.

Je parcours du regard son torse, depuis le nombril jusqu'à sa poitrine, et je m'attarde sur son soutien-gorge blanc en dentelle. Elle respire fort, ses seins se soulèvent et retombent, et leur extrémité rose, que j'aperçois à travers le tissu, m'excite. L'envie de les toucher me démange les paumes.

— Tourne-toi.

Elle obtempère, et je m'approche tout près jusqu'à appuyer mon érection contre elle. Je souris en savourant le gémissement de plaisir qui émane de ses lèvres. J'abaisse les bretelles de son soutien-gorge, l'une après l'autre, en embrassant le chemin qu'elles parcourent le long de ses bras. Le parfum délicat de noix de coco de sa peau se diffuse à travers mes sens et attise mon désir. Je dégrafe son soutien-gorge, qui tombe à ses pieds. Je glisse les mains vers le haut de son ventre pour m'emparer de ses seins, dont je roule les tétons entre les doigts. Elle cambre le dos pour s'abandonner à mon contact.

— Je veux te voir, proclamé-je.

Me servant de l'anneau de ma lèvre comme elle l'aime, je fais courir le métal contre son épaule et je lui mordille la peau.

Elle se tourne et soutient mon regard. Ses yeux gris sont plus foncés que d'habitude, et je suis consumé par le désir de me perdre en eux tout en la pénétrant.

Je m'agenouille pour lui ôter ses chaussures et ses chaussettes. Remontant vers sa taille, je dénoue le cordon de son pantalon, que j'abaisse ensuite sur ses jambes, emportant sa culotte dans le même élan, jusqu'à ce qu'elle se retrouve devant moi dans toute sa glorieuse nudité.

Je me débarrasse sans traîner de mon sweat-shirt et de mon pantalon, et nos regards se rivent l'un à l'autre. Elle m'observe d'un air appréciateur et avec une acceptation totale qui me donne envie de me jeter à ses pieds, et de la supplier de ne jamais s'en aller. Tout comme lorsque nous étions enfants, je me sens vulnérable, en manque, prêt à tout pour son amour.

La lueur de dégoût qui frémit dans mes tripes m'informe que je dois garder le contrôle et m'avertit de ne pas succomber en victime à mon besoin d'amour.

Je prends une profonde inspiration. Elle n'est pas comme eux. Depuis le début, elle m'a aimé, indépendamment de mon passé. Je n'ai rien à mériter. Elle m'a offert son cœur.

Avec un grondement victorieux, je clos l'espace entre nous et je m'empare de sa nuque pour écraser les lèvres sur les siennes. Elle se colle à moi, mais résiste à ma domination. Elle répond à chacun de mes coups de langue. Elle m'agrippe les cheveux, tour à tour m'approchant et me repoussant. Elle enroule les jambes autour de mes hanches, et la chaleur de son corps nu se frotte contre le mien. Je bascule le bassin et je la culbute sur le lit pour ensuite m'effondrer sur elle.

Elle écarte les jambes en grand et soulève les hanches.

— S'il te plaît! J'ai envie de toi, gémit-elle.

Je suçote la peau délicate de son cou et je serre violemment les paupières pour m'empêcher de plonger sans plus attendre dans sa chaleur moite.

Je me contrôle à peine, mais je m'oblige à m'écarter pour prendre un préservatif dans ma table de nuit. Trop vite pour mon esprit surexcité, je déchire l'emballage, je place le préservatif et je reviens entre ses jambes.

Elle pousse du talon dans le lit, et je la laisse me renverser sur le dos. Elle enfourche mes hanches et me guide en elle si lentement que je serre les dents pour ne pas la pénétrer d'un coup sec.

Elle rejette la tête en arrière.

— Oui, c'est ça, s'exclame-t-elle.

— C'est moi, grogné-je en agrippant solidement ses hanches.

— Ça a toujours été toi.

Elle monte et descend en mouvements intentionnellement lents qui m'amènent au bord d'une folie divine.

— Gia, mon ange, ne t'arrête pas.

Elle croise mon regard à travers les brumes de l'excitation.

— Dis-le encore. (Un autre mouvement de va-et-vient.) Mon nom.

— Gia. (Je m'empare de ses seins et je saisis ses tétons entre mes doigts.) Ma Gia.

— Oui. Pour toujours.

Elle ondule du bassin, et notre cadence devient frénétique.

Je redresse les hanches, je suis ses mouvements verticaux et je pivote le pelvis pour accroître la friction. Elle se laisse tomber vers l'avant, s'appuyant de tout son torse sur le mien. Ses cheveux m'encadrent le visage. Peau contre peau, souffle contre souffle, de plus en plus haut, de plus en plus fort, en route vers le sommet.

— Plus vite, mon ange.

Son rythme s'accélère, et elle s'empare de ma lèvre.

— Putain, ouais! dis-je.

Je mets toute ma puissance dans le balancement de mes hanches, je m'enfonce en elle.

Mes muscles se contractent, je suis envoûté par ses cheveux roux et ses yeux gris. Inondé par d'agréables sensations, je me noie dans mon amour pour elle. Elle m'a conservé sa loyauté et son affection, elle a consacré toute son énergie à se venger pour moi.

J'ai passé mon enfance à troquer mon corps pour une illusion d'amour tandis que, tout ce temps, elle nourrissait un amour inconditionnel pour moi. Elle s'y est accrochée, l'a préservé et me l'a offert quand enfin elle le pouvait. Pour cette raison, je lui dois tout ce que j'ai à donner.

—Gia, mon ange… (je libère ses hanches et je sens la douceur de sa peau au fur et à mesure que je remonte le long des courbes de son corps), donne-moi tout.

Je l'attire pour la gratifier d'un long baiser profond. Je relève la tête pour me rapprocher d'elle tout en l'amenant plus près de moi. Nos bassins se ruent frénétiquement l'un vers l'autre.

Elle renverse la nuque et arrache la bouche de la mienne. Elle laisse échapper mon nom juste avant que l'orgasme la traverse. Je me mords la lèvre. Ma tête tourne, euphorique, tandis que mon corps et mon âme atteignent simultanément le nirvana.

Un torrent de souvenirs me heurte de plein fouet : la première fois où j'ai senti sa peau et l'effleurement délicat de ses lèvres, son sourire facile qui me contracte la poitrine, son corps étendu, brisé, abandonné.

J'ai failli la perdre.

J'aurais pu perdre tout cela.

Je roule sur elle, et elle accueille mon poids avec un soupir. Quelques secondes après mon orgasme, non seulement je suis encore dur, mais j'en veux plus.

C'est seulement alors que je me rends compte que je ne me sens pas malade, même pas un peu. Mes intestins, habituellement pris de crampes, sont chauds et fourmillent de satisfaction.

Je suis en paix.

Guéri.

J'enfouis le visage dans son cou et je réprime l'envie dévorante de la remercier, de l'idolâtrer et de consacrer le reste de ma vie et tout ce que j'ai à la rendre heureuse.

Chapitre 28

Inhospitalière, mon âme
La vie et l'amour ne peuvent y prospérer
Mais ta foi en moi
M'a sauvé

Ataxia

Gia

Je l'ignorais jusqu'à présent, je n'étais pas certaine de mon identité ni de qui je serais d'ici à un an. Mais à présent je le sais.

Je suis Gia.

La Gia de Rex, neuve et meilleure.

Mon corps et mon esprit sont apaisés par l'amour ; un lent sourire s'étend sur mon visage. Il pèse entre mes jambes, il m'écrase la poitrine, mais je ne me suis jamais sentie aussi légère. Ce que nous avons fait n'a rien à voir avec le passé, mais a indiqué la voie menant à notre avenir.

J'espère juste qu'il ressent la même chose.

— Tout va bien ? demandé-je.

Il m'embrasse la gorge, la mâchoire, puis les lèvres.

— Parfait.

Il s'appuie sur les mains et fait mine de se retirer.

J'enferme son bassin entre mes jambes.

— Pas tout de suite.

Il hausse son sourcil percé et sourit d'un air suffisant. Si l'on y ajoute ses cheveux en broussaille et ses yeux bleus pénétrants, tout cela apporte une délicieuse tension dans mon corps.

— Ne t'inquiète pas, mon ange. Je suis loin d'en avoir fini avec toi.

Je me mordille les lèvres pour me retenir de sourire toutes dents dehors. Je n'aurais jamais pensé entendre ces mots sortir de sa bouche, et le plus fascinant, c'est que je le crois.

— Laisse-moi bazarder ce préservatif et commander un truc à bouffer. (Il m'embrasse le bout du nez.) Tu n'as encore rien avalé depuis qu'on a quitté Denver. Tu es censée manger toutes les deux heures.

Il descend le long de ma gorge jusqu'à ma poitrine en m'embrassant et rompt notre lien tout en laissant traîner ses lèvres vers mon nombril. Après quelques mouvements de balayage de sa bouche, il inspire profondément contre ma peau avant de se relever du lit.

J'observe stupéfaite sa silhouette imposante couverte de tatouages animés, qui traverse l'espace menant à la salle de bains. Je suis consciente du chemin qu'il a parcouru depuis mon départ et je me demande comment il a fait. Est-ce que les souvenirs retrouvés l'ont aidé à aller mieux ?

— Je voulais te demander un truc, annonce-t-il depuis la salle de bains avant de revenir vers moi, entièrement nu et sans la moindre gêne.

Je n'en perds pas une miette et je passe en revue tous ses piercings, y compris le nouveau. Je m'humecte les lèvres au souvenir de la sensation du métal dans le fond de ma gorge, de la combinaison de sa saveur à lui et du goût de son haltère.

—On relève les yeux, mon ange.

Il se tient debout près du lit, et sa voix recèle une note d'humour en lieu et place de la tension qui était habituellement présente dès qu'on abordait la question du sexe. *Quel changement!*

Mes yeux glissent le long des ondulations de ses abdos jusqu'à son torse et se dégrisent alors que j'examine les cinq lettres tatouées sur ses pectoraux : « Maman ».

—Donc, comme je le disais, je pensais que tu pourrais avoir envie de m'accompagner au fitness quelques fois par semaine pour un peu remuscler ton joli cul.

Mon regard file de son torse à ses yeux. Ceux-ci brillent de bonheur et d'amour, toutes les choses que j'espérais apporter dans sa vie, ce que je suis enfin parvenue à réaliser.

Mais il y a encore une chose qu'il ignore.

—Alors? (Il s'empare de son pantalon sur le sol et retire son téléphone de la poche. Il pose un genou sur le lit et me rejoint.) Qu'est-ce que tu en penses?

Je me blottis contre lui et je pose la joue sur son torse.

—Oh ouais, je pense que ce serait judicieux!

Il glousse en parcourant son répertoire.

—Judicieux?

—Une bonne idée. Je voulais dire que c'était une bonne idée.

Il appuie sur le bouton d'appel de son téléphone pour commander du chinois et passe les doigts dans mes cheveux.

—Tu es sûre que tu vas bien? Tu sembles, je ne sais pas, préoccupée.

Préoccupée? Ou totalement terrifiée?

La dernière fois que Rex et moi avons fait l'amour, il a découvert la vérité sur son passé et n'a ensuite plus rien voulu savoir de moi. Et là je dois lui révéler le seul truc que je lui cache encore et qui a le potentiel de détruire tout ce que nous avons construit ces derniers jours.

Tandis qu'il commande suffisamment de nourriture pour alimenter trente types de son gabarit, je passe en revue mes options.

Si je le lui dis et qu'il m'éjecte une fois de plus ? Je ne peux pas supporter l'idée de le perdre, mais dissimuler des secrets m'a déjà valu mon lot d'ennuis. Il m'a traitée de menteuse et m'a accusée de le manipuler. Il m'a comparée à mes parents. Mon estomac chavire, et je respire pour contrer l'envie de gerber.

Je dois lui dire, peu importent les conséquences.

Rex m'a appris que refuser la vérité, aussi horrible soit-elle, ne fait que retarder l'inévitable. Affronter le feu droit dans les yeux, sachant qu'il a le potentiel de tout incendier et détruire sur son passage, constitue toujours la meilleure chose à faire. La chose juste.

Et maintenant que je l'ai récupéré j'ai promis de toujours me montrer sincère avec lui.

— Merde, Gia ! Tu pleures ?

Il se déplace vers le haut du lit pour scruter mon visage.

Ah bon ? J'efface les larmes qui lui mouillent le torse.

— Ha ! (Je lâche un rire forcé.) On dirait.

— Stop. (Il se redresse pour s'appuyer contre la tête de lit.) Qu'est-ce qui se passe ?

Je m'enveloppe dans le drap et je lui fais face, jambes croisées.

— Si toute cette histoire m'a appris un truc, c'est que je veux toujours être franche avec toi.

Il plisse les yeux, et le pincement au cœur d'un éventuel rejet me fait douter de ma résolution.

—Franche à quel sujet?

C'est la bonne décision. Je prends une profonde inspiration. Il doit savoir, et, ensuite, je n'aurai plus jamais de secret pour lui. *S'il veut toujours de moi.*

—Rex, j'essaie de te dire un truc important, mais, chaque fois que j'en ai l'occasion, ça ne sort tout simplement pas.

Sa bouche forme une ligne serrée, tout comme ses yeux. Il hoche la tête. Une seule fois, avec fermeté et insistance.

—C'est au sujet de ton père biologique. (J'étudie son expression, et seule une lueur dans ses yeux me répond.) Je sais qui c'est.

Il secoue la tête.

—Impossible. Personne ne le sait. Même ma mère ne le savait pas. Il n'y avait aucun nom sur mon certificat de naissance.

Cela s'annonce plus périlleux que prévu. On dirait qu'il refuse jusqu'à l'idée d'avoir un père biologique pour éviter la souffrance que cette révélation pourrait entraîner. Je le comprends, mais cela ne change rien au fait qu'il doit savoir.

—Quand ils t'ont emmené hors de chez moi, j'ai cru que tu étais mort. (Je secoue la tête en essayant de repousser cette image.) Bon sang, Rex! Tu saignais tellement.

Il cille vivement, soit pour chasser lui aussi ce souvenir, soit pour réprimer l'émotion qui l'accompagne.

—Je me sentais si malheureuse, je croyais avoir signé ton arrêt de mort. Mes parents pensaient que tu allais parler, et finalement… non. Tu avais disparu. J'avais beau hurler et pleurer, personne ne me croyait quand je clamais qu'on avait abusé de toi. C'était comme si rien ne s'était jamais produit.

Il se masse la nuque, manifestement mal à l'aise, puis me regarde.

— Continue.

— Ensuite il a débarqué et m'a libérée du placard sombre dans lequel j'avais été enfermée.

Encore maintenant, ma poitrine se gonfle de soulagement au souvenir de son visage, de ses cheveux blonds lumineux plaqués en arrière, dévoilant des yeux bleu-vert si clairs qu'ils semblaient éthérés. J'avais cru voir un ange.

— Il m'a recueillie, m'a nourrie et m'a parlé si doucement que j'étais convaincue qu'avec lui tout s'arrangerait.

— Je ne comprends pas.

Je glousse face à l'ironie de la chose.

— Moi non plus, je n'avais rien compris. Le jour où on m'a placée à l'asile, comme une petite fille qui délirait à propos d'hommes méchants et de son frère qui était mort, il m'a abandonnée, et je me suis rendu compte qu'il était l'incarnation du mal.

Je suis couverte de chair de poule en repensant au sourire mauvais qu'il a posé sur moi avec la fierté d'un exécuteur.

— Avant de s'en aller, il s'est penché pour murmurer les mots que je n'oublierai jamais.

« Plus tu parleras et plus tu crieras, plus on te croira folle. »

— Attends, tu parles de… ? (Il fléchit les biceps, et un muscle de sa mâchoire tressaille.) Qu'est-ce qu'il a dit ?

« Continue comme ça, Georgia, et tu ne sortiras jamais d'ici. »

Il s'est servi contre moi de mon amour pour Rex et de mon combat pour la justice. La police estimait que Rex était un orphelin perturbé ayant tenté de se suicider. Il n'a jamais parlé de ce qui lui était arrivé dans le sous-sol. Et moi, on ne m'a jamais prise au sérieux.

Être accusée d'être folle m'a rendue folle.

— Il a dit : « Rex est vivant », réponds-je.

Je déglutis les mots suivants et je prononce une prière rapide pour que, une fois prononcés, ils ne l'anéantissent pas. Une larme isolée coule lentement le long de mon visage.

— « Et c'est mon fils. »

Chapitre 29

« L'amour n'est pas une rue à deux directions.
C'est une porte à sens unique. »

Gia

Rex

Je suis assis sur mon lit, en sécurité, à poil, avec la seule personne au monde qui connaisse tout de moi et m'aime en dépit de tout. Pourtant, je me sens absolument seul, reclus dans l'obscurité, en pleine chute libre, à la recherche d'une lueur rationnelle.

— Impossible. (*Impossible, non ?* Je pose la tête dans les mains et je me frotte les yeux.) Il a menti. C'est faux.

— Réfléchis, Rex. Mes parents travaillaient pour lui. Comment crois-tu que tu as atterri chez nous ?

— Mais pourquoi ? Si j'étais son gosse, pourquoi est-ce qu'il m'aurait fait ça ?

Je pense soudain à Raven. C'était sa fille, il suffit de voir ce qu'il lui a fait.

Assailli par un vertige violent, je m'écroule sur le lit.

— Putain de merde !

— Tes yeux, reprend-elle. Ils sont bleus, mais je n'ai jamais vu un bleu semblable. Est-ce que tu as déjà bien regardé Raven ? Tu as déjà remarqué les similitudes entre vos deux visages ?

— Putain de merde ! *(Non, jamais, mais maintenant qu'elle le dit…)* Putain de merde !

Qu'est-ce que tout cela signifie ? Que j'ai une demi-sœur ? Qu'un de mes meilleurs amis est mon beau-frère ? Les paupières me brûlent. J'ai une nièce.

Je n'ai jamais eu de famille. Ayant grandi dans des familles d'accueil, puis dans un foyer, je n'avais personne sur qui réellement compter avant de combattre pour l'UFL. L'association, ceux avec qui je combats, ils représentent la seule famille que j'aie jamais eue.

Et maintenant Gia m'annonce que j'ai une famille.

Je lève le regard et je l'examine, repliée sur elle-même, les yeux injectés de sang, encore si fragile et à présent effrayée.

Cela a dû être affreux pour elle de me confier cela, vu tout ce qu'on a traversé, et vu la façon dont je l'ai traitée la dernière fois qu'elle m'a révélé mon passé. Mais elle a affronté cette épreuve sans songer aux conséquences, et on dirait qu'elle s'attend à ce que je m'emporte contre elle.

— Tu es terrorisée.

Elle lève les yeux sur moi.

— Je n'ai jamais eu aussi peur de toute ma vie.

Mon torse se contracte. Enfant, elle a été enfermée, on lui a fait croire qu'elle perdait la tête, tout cela parce qu'elle était tombée amoureuse de moi. Je n'ai jamais rencontré de femme plus courageuse, mais elle est terrifiée à l'idée que je la repousse. *Putain !* Je suis un fieffé connard.

— Je suis le fils de Dominick Morretti.

Dans ma bouche, ces paroles ont la sensation du gravier.

—Je pense, oui.

Aussi horrible que soit cette perspective, et malgré toutes les questions qu'elle suscite, c'est également une bonne nouvelle. Ce que la confession de Gia m'a offert l'emporte sur la laideur du sang qui coule dans mes veines.

Elle m'a offert sa loyauté.

Sa confiance.

Et j'ai une famille.

Mais, par-dessus tout, elle m'a offert le plus grand des sacrifices : elle a mis notre amour en jeu pour le bien de la vérité.

—Je t'aime, Georgia McIntyre.

Elle plisse les yeux à travers ses larmes et incline la tête.

—Vraiment ?

Je me fends d'un large sourire. Impossible de le retenir : elle semble tellement inquiète et elle est si mignonne.

—Vraiment.

Elle se jette dans mes bras, et je la serre de toutes mes forces. J'enfouis le nez dans ses cheveux et j'inspire profondément, je m'immerge dans son odeur tropicale réconfortante.

Elle tremble d'émotion.

—Je croyais que tu me détesterais.

—Je ne pourrais jamais te détester. Te repousser, c'est la pire chose que j'aie jamais faite. Je ne suis pas le plus intelligent des hommes, mais j'apprends de mes erreurs. Je ne te laisserai plus jamais t'en aller.

—S'il te plaît, je ne supporterais pas de te perdre.

Je lui embrasse le crâne et lui masse le dos.

—Tout ce que je t'ai fait endurer… Mon Dieu, Gia, j'ignorais totalement! J'ai tant à me faire pardonner, tant à réparer.

—Non, c'est faux. (Elle s'écarte et s'essuie les joues.) Promets-moi seulement de m'aimer.

—Ça, c'est facile, mon ange. (Je glisse une mèche de cheveux derrière son oreille.) Je te le promets.

Avec ce qui me reste, avec les fragments d'un homme qu'elle a recomposé, et que son acharnement a rendu à la vie, je promets d'aimer Gia McIntyre.

Je la tiens contre moi jusqu'à ce que ses sanglots s'apaisent pour laisser place aux larmes. Je sens poindre la curiosité, je pense à ma mère, je me demande pourquoi j'ai atterri chez les McIntyre. Je me promets d'en parler à Raven. Un test sanguin prouvera si Dominick a dit ou non la vérité à Gia, ou s'il cherchait juste à la rendre folle. Je suis prêt à couvrir Raven de cadeaux pour la remercier d'avoir mis fin à l'existence pathétique de ce fils de pute de Dominick.

La joue de Gia est appuyée sur mon cœur, j'ai le bras posé sur son torse, qui se soulève à chaque inspiration. Elle est en vie et je m'imprègne de chacune de ses respirations, je me sens rempli de gratitude de savoir qu'elle a survécu à ses parents, à Dominick, et à mon rejet.

Au cours des six derniers mois, j'ai endossé le rôle de la victime qui a souffert d'un crime horrible. Mais j'ai vécu avec des cauchemars au lieu de souvenirs, tandis qu'elle avait des souvenirs vivaces qui lui donnaient des cauchemars. Toute sa vie, elle s'est sentie responsable, elle s'est battue pour obtenir justice et elle était prête à devenir une meurtrière afin de pouvoir se venger.

C'est quoi, ça, pour une vie?

La sonnette de la porte d'entrée retentit, et Gia sursaute dans mes bras.

Je lui embrasse le crâne.

— Chut, tout va bien. C'est le repas.

Je romps notre contact, je la laisse au lit et j'enfile un pantalon de survêt. Elle m'observe, et je jette un coup d'œil sur son corps nu sous mes draps gris foncé, une couleur qui souligne la perfection de sa peau. Je tends la main vers le bas pour prendre la couette au pied du lit et la remonter jusqu'à son cou. Elle se blottit au chaud, mais m'adresse un regard interrogatif.

— Il n'y a pas de cloisons. Je ne vais pas laisser M. le livreur se rincer l'œil sur ma meuf.

Elle glousse, ce qui me coupe le souffle. C'est la première fois que je retrouve un peu Mac depuis qu'elle est partie. Je ressens une explosion de papillons dans la poitrine.

La sonnette retentit de nouveau.

— Ne bouge pas, dis-je.

Elle hoche la tête.

— Promis.

Je me dirige vers la porte en prenant de l'argent dans mon portefeuille, m'imaginant déjà Mac assise au comptoir du petit déjeuner en train de dévorer les plats chinois uniquement vêtue de mon drap. Mon sang se rue dans mon entrejambe.

Ouais, il est plus que temps de se débarrasser de ce livreur. J'ouvre la porte à la volée, mais, au lieu d'un type avec un sac de nourriture, je me retrouve face au regard bleu accusateur d'Emma.

— Oh! Salut, Em!

Problèmes en vue.

Gia

Il me semble que Rex reste bien longtemps sur le seuil pour payer un livreur. Je risque un coup d'œil par-dessus l'épaisse couette qu'il a jetée sur moi et je l'aperçois dans l'embrasure. Il est torse nu et, à en croire la voix de la personne qui lui fait face, je suis certaine que la livreuse prend tout son temps pour contempler son corps phénoménal.

Je serre les dents, dévorée de jalousie.

— Em, s'il te plaît, calme-toi.

Em ? Comme dans Emma ?

— Pourquoi tu ne me laisses pas entrer ?

La laisser entrer ? Si elle pose la question, ça veut dire qu'elle est surprise qu'il ne lui ait pas proposé d'entrer. Mon estomac tombe dans mes talons, et je déglutis violemment. Elle est déjà venue dans son appart et, à l'entendre, plus d'une fois.

Rex a croisé ses bras musclés sur son torse, il a les jambes solidement plantées au sol et écartées, de sorte qu'il ressemble à un grand X.

— Donc maintenant qu'on a rompu je n'ai plus le droit d'entrer chez toi ?

Emma hurle quasiment, et ses cris s'en vont rebondir sur les murs.

Rompu, comme s'ils… étaient en couple. Je serre les poings sous la couette.

— C'est toi qui as dit que tu voulais qu'on reste amis, ajoute-t-elle.

Sans réfléchir, je me glisse hors du lit et, tout en gardant le drap enveloppé autour de moi, je me dirige vers la porte.

— Emma, ce n'est pas le bon moment. Ça n'a rien à voir avec...

Je rejoins Rex.

— Oh merde ! lâche-t-il.

Il me barre le passage, et je m'arrête lorsque mon épaule heurte la sienne.

J'aperçois Emma, sa jolie voisine, qui paraît furieuse.

Elle ratisse mon corps des yeux avant de fusiller Rex du regard.

— C'est là que tu étais ces deux dernières semaines ? Tu t'es mis à la colle avec elle ?

Il expire bruyamment.

— Ce n'est pas ce que tu crois.

— C'est quoi, alors ? Tu ne voulais pas passer la nuit chez moi, mais tu couches avec elle, précise-t-elle en me désignant de la main.

— Bon, cette conversation a assez duré, lâche-t-il en fermant à moitié la porte.

— J'avais raison : tu es un gigolo !

Des images de lui en train de pleurer de l'autre côté de la porte, tandis que je le rassure en lui affirmant qu'il est un gentil garçon, me submergent. Mon corps se contracte.

— Hé ! (J'attrape la porte et je l'ouvre.) Je te défends de lui dire ça. Tu ne sais rien sur nous.

Rex me protège de son torse.

— Ah ! (Les yeux d'Emma voyagent entre mon visage et lui qui me tient.) On a vite fait de comprendre ce qui se passe ici. Est-ce qu'il t'a dit qu'il y a moins de deux semaines il était avec moi ?

— Emma !

Rex gronde son nom, perdant clairement patience.

—Non, il ne me l'a pas dit, et, pour être franche, je ne suis pas particulièrement ravie de l'apprendre, mais cela ne change rien au fait qu'il n'est pas un mauvais garçon… euh… homme. C'est un homme formidable.

—Gia…

—Non. (Je me dégage de l'emprise de Rex.) Je sais ce que tu penses, Emma, et je penserais la même chose à ta place. Mais je connais Rex depuis que j'ai huit ans et je n'ai jamais cessé de l'aimer. Il est un million de choses différentes, mais en aucun cas un gigolo. (Mes mains tremblent, car je dois le défendre.) Maintenant, je me rends compte que vous avez une histoire commune, ce qui, je le répète, ne m'intéresse pas, mais je ne vais pas rester là à t'entendre le traiter de tous les noms.

Elle me scrute un instant, et la colère dans ses yeux laisse place à une douceur qui me fait non seulement penser qu'elle m'a entendue, mais aussi qu'elle est d'accord.

—Soit…, intervient Rex. Tout cela est fort agréable, mesdames, mais je dois vous dire… (Il regarde sa voisine) Emma, bonne nuit. Nous parlerons plus tard puisque, comme tu le constates, le moment est mal choisi.

Il me passe un bras autour des épaules et m'attire contre lui.

—D'accord. (Emma secoue la tête.) Oublie. Ça n'en vaut pas la peine.

Elle fait au revoir de la main et pivote sur ses talons pour s'en aller.

Il ferme la porte et me prend contre lui, m'entourant de ses bras.

— Bon sang, c'était incroyablement sexy de te voir te transformer en chef de meute pour défendre mon honneur ! commente-t-il avec une trace d'humour dans la voix.

Je prends une inspiration tremblante.

— Je ne sais pas ce qui m'a pris. On aurait dit que j'avais de nouveau huit ans.

— Des montagnes à gravir.

Il marmonne, et je me demande s'il s'adressait à moi ou à lui.

Je penche la tête en arrière pour le regarder.

— Pardon ?

Il me caresse le dos de haut en bas.

— Nous. Nous avons beaucoup d'obstacles à franchir mais nous pouvons y arriver, mon ange. Nous le pouvons.

Il essaie de me convaincre ?

— Je le sais. (L'enfer avec Rex vaut mieux que le paradis sans lui.) Mais je dois t'informer que, même lorsque nous aurons gravi ces montagnes, je n'accepterai toujours pas qu'on dise du mal de toi.

— Merde, donc il est hors de question que tu côtoies mes potes ! (Il m'embrasse le front et glousse contre ma peau.) Il ne manquerait plus que tu te disputes avec eux.

Je secoue la tête et je respire librement ; les types avec qui il combat le charrient, mais il m'a dit qu'ils l'avaient tous accompagné pour venir me chercher, donc je sais aussi qu'ils l'aiment.

— Maintenant qu'il existe une grande probabilité que tu sois lié à l'un d'entre eux, je pense qu'ils te lâcheront la grappe.

Il souffle longuement.

— Ouais... ça.

Je le serre plus fort en priant pour qu'il comprenne que, quoi que l'avenir nous réserve, je serai là pour lui.

—J'imagine que tu as plein de trucs à faire demain, non ? Te réconcilier avec ta voisine, aller avec Raven à l'hôpital pour un test sanguin et apprendre à Jonah que tu es l'oncle de Sadie.

—Tout cela en un seul jour, mon ange.

Il semble tellement relax, mais la façon dont son corps se contracte dans mes bras à la mention du test sanguin me laisse penser que son humour désinvolte a surtout pour but de me donner le change.

À bien y réfléchir, depuis qu'il a appris que Dominick avait affirmé être son père, il semble… bien. Un peu distant, pensif, mais globalement OK. Je m'attendais à ce qu'il soit furieux, irrité, ou encore grognon, mais bien… ? Je ne peux m'empêcher de me demander ce qui lui trotte dans la tête.

—Donc… Emma et toi ?

Il m'embrasse sur le front.

—Ouais.

Mon estomac s'enfonce dans mes talons en l'entendant confirmer ce que j'avais deviné.

—Combien de temps ?

—Quelques mois.

Je n'ai pas le droit d'être jalouse. Après tout, je n'ai pas vraiment vécu une relation platonique avec Hatchet. Et si Emma a dit vrai en laissant entendre qu'il refusait de faire l'amour avec elle, ma relation avec Hatch était en revanche tout sauf platonique.

La sonnette retentit, et nous avisons tous les deux la porte, les yeux grands ouverts.

—Tu vas répondre ? demandé-je.

—J'ai peur de ce qui m'attend de l'autre côté.

— Je meurs de faim. Peut-être que pour du chinois on pourrait prendre un risque ?

Il me sourit.

— Pour toi, je prends le risque.

Et c'est ce que nous avons fait. Nous avons parié l'un sur l'autre, sachant que ce serait dur, que notre avenir était incertain et que la tâche qui nous attendait était immense. Mais fuir les moments difficiles ne sert à rien. Tourner le dos à la souffrance ne la fait pas disparaître, car celle-ci choisit alors de s'installer sur vos épaules avant de vous enterrer progressivement.

Nous avons encore tant à apprendre, des barrières à franchir, mais les bonnes choses ne surviennent pas gratuitement et je refuse de laisser un démon de notre passé ou un obstacle de notre présent me priver d'une seule seconde de notre futur.

Chapitre 30

« Fais attention à ce que tu souhaites parce que tu pourrais l'obtenir.

Et une fois la vérité révélée tu ne pourras jamais l'oublier. »

Gia

Rex

Il est 10 heures et je suis assis dans le séjour chez Jonah. Gia est blottie contre moi, une main posée sur ma cuisse, ce qui me stabilise.

Je la serre fort pour lui faire comprendre à quel point j'ai besoin d'elle, surtout en cet instant.

Raven est scotchée à Jonah tandis qu'elle explique à sa mère, Milena, la raison de notre présence. Celle-ci qui, avec ses longs cheveux noirs et ses grands yeux bruns, ne paraît pas beaucoup plus âgée que Raven me fixe du regard. Elle se tient raide et s'agrippe le cou de la main tandis que nous attendons sa réaction.

Tandis que nous attendons des réponses.

Et, espérons-le, la vérité.

— … donc, en résumé, Gia pense que Rex est le fils de Dominick.

Raven conclut l'histoire que Gia m'a racontée hier soir et que nous avons partagée avec les Slade ce matin.

Les yeux de Milena, foncés et réconfortants, croisent les miens. Ils se plissent tandis qu'elle examine mon visage si longtemps que je dois réprimer l'envie de détourner le regard.

—Je vois une ressemblance. Dominick était un affreux personnage, mais il était aussi très beau. Vos yeux, votre bouche (elle incline la tête), votre mâchoire, vous pourriez très bien être son fils.

Jonah se racle la gorge ; l'expression de son visage indique encore son incrédulité.

—Milena, Rex a trois ans de plus que Raven. Vous auriez entendu parler d'autres enfants qu'aurait eus Dominick ?

Elle noue les doigts sur ses cuisses avant de lever les yeux sur Jonah.

—Dominick était l'homme le plus égoïste que je connaisse. Je ne serais pas surprise qu'il ait eu plusieurs enfants illégitimes. (Elle croise mon regard.) Quel était le nom de votre mère ?

L'émotion me saisit à la gorge. Son nom et son dossier médical, c'est tout ce que j'ai d'elle. Même lorsque mes souvenirs me sont revenus pas un seul ne concernait ma mère.

—Sofia Mary Carter.

Ma voix se brise sur ce dernier mot quand je prends conscience de tout ce que j'ai perdu. Gia me presse la jambe.

Milena plisse les yeux, elle porte son regard au-dessus de mon épaule.

—Sofia…

Le silence est suspendu dans les airs tandis que nous patientons.

Est-il possible que Milena l'ait connue ? Rien dans les paperasses n'indique qu'elle était prostituée. Pour autant que je le sache, elle était employée comme femme de ménage. Pas le boulot le plus glamour qui soit, mais un job honnête. Légal. Rien à voir avec toutes les combines sordides de Dominick.

— Vous pouvez m'en dire plus sur elle ? demande Milena.

Je hoche la tête négativement, et l'espoir d'apprendre quelque chose de nouveau sur ma mère me glisse entre les doigts.

À mes côtés, Gia remue et se penche en avant.

— Sofia s'est suicidée quand Rex avait cinq ans. On l'a retrouvée dans sa voiture, à proximité de son appartement, avec une blessure par balle.

Milena devient pâle et porte lentement une main tremblante à sa bouche.

— Oh, mon Dieu ! (Son regard se fait de nouveau distant.) Mary.

Gia et moi échangeons un bref regard, et Raven se précipite auprès de sa mère.

— Maman, qui est Mary ?

Les yeux de Milena s'éclaircissent, et elle m'examine comme si elle me voyait pour la première fois.

— Mary était employée de maison chez Dominick.

Les martèlements de mon cœur explosent, et je reprends espoir.

— Oui, elle était femme de ménage.

D'un signe de tête, je l'invite à continuer.

— Je ne la connaissais pas bien, mais je me souviens d'elle. Elle était si belle. Des cheveux noirs. Dominick aimait s'entourer de femmes aux cheveux noirs. À l'époque de ma grossesse, elle était chez lui. Elle semblait toujours triste, et je la voyais astiquer les meubles d'un air distrait, subjuguée par Dominick.

— Subjuguée ? Pourquoi ?

— D'après moi ? Un amour non partagé. (Milena secoue la tête.) Dominick savait s'y prendre pour donner à une fille l'impression que le monde tournait autour d'elle. Il en faisait des tonnes, c'était impossible de rester lucide, même avec la meilleure volonté du monde. (Son expression devient sévère.) Mais quand c'était terminé, quand il décidait que vous n'en valiez plus la peine, la sensation de rejet était paralysante. Vous passiez d'un statut de reine de son univers à moins que rien, moins que la crasse sous ses pieds.

C'est possible. Les rapports d'hôpital indiquent qu'on a retrouvé des antidépresseurs partout dans l'appartement de ma mère. Elle élevait seule un enfant qu'elle pensait sans doute avoir été conçu dans l'amour, avant qu'il soit abandonné…, rejeté, un enfant dont on s'était débarrassé comme d'un détritus.

Quelque chose fait tilt dans les profondeurs de mon âme, et, à cet instant, je sais que c'est la réponse que je cherchais.

— Un après-midi, Dominick est passé à la maison que j'habitais avec Raven. Il était de mauvaise humeur. Je l'ai deviné tout de suite à la façon dont il a marché d'un pas lourd vers ma porte d'entrée. Je ne lui ai pas posé de question, mais il a reçu un appel. Je ne l'oublierai jamais. Il a dit à son interlocuteur que Mary était morte. Qu'il fallait qu'on s'occupe de son fils jusqu'à ce qu'il décide ce qu'il allait faire de lui. (Elle secoue la tête.) J'ignorais que Mary avait un fils, mais, maintenant que je vous observe, Rex, vous êtes son portrait craché.

Je baisse le menton et j'essaie de continuer à respirer sans succomber à la vérité qui m'enserre les poumons.

Ma mère était amoureuse du diable.

Ils ont eu un enfant ensemble.

Moi.

Né pour moitié du mal, pour moitié de la beauté.

— Rex, intervient Raven. (Je hoche la tête sans lever les yeux.) Nous avons rendez-vous aujourd'hui pour effectuer l'analyse sanguine. Attends avant de te tracasser.

Je secoue la tête.

— Je ne me tracasse pas. Je digère.

Gia me presse la cuisse, mais je garde les yeux rivés sur mes genoux en pensant à ma mère. Dominick lui a volé son amour, il a exploité son dévouement. Et elle en est morte. Cette information pèse comme une brique sur mon ventre.

— À quelle heure a lieu le test de parenté ?

Je suis prêt à en finir avec cela, à obtenir mes réponses et à passer à autre chose.

— À 14 heures, précise Jonah, mais puisque nous irons au labo qu'utilise l'UFL j'ai pu tirer quelques ficelles pour obtenir un rendez-vous et les résultats dans la foulée. Et rien ne dit qu'ils ne nous prendront pas tout de suite si nous y allons plus tôt.

J'acquiesce.

— Allons-y. Je veux des réponses. Je pense que j'ai attendu assez longtemps.

— L'objectif du test de parenté est de vérifier si Raven et Rex ont des marqueurs génétiques analogues. Si c'est le cas, le test sera positif, ce qui signifiera qu'ils ont un parent commun.

Le type à la blouse blanche de laboratoire décrit les aspects scientifiques du test comme si cela m'intéressait. Je m'en fiche. J'ai juste envie de connaître la vérité pour aller de l'avant.

— Le test est tout à fait indolore. (Il montre un long Coton-Tige.) Le tampon va prélever un échantillon d'ADN à l'intérieur de votre joue.

Il continue de parler mais je ne l'écoute plus, et je me focalise sur la femme à mes côtés. Gia ne m'a pas lâché la main de la journée, sauf pour grimper dans mon pick-up, mais à peine étais-je installé sur le siège conducteur qu'elle la reprenait entre les siennes. Je pose sa main sur mes cuisses, et elle se tourne vers moi avec un petit sourire réconfortant.

— Rex, ouvrez la bouche.

Le type du labo prélève d'abord l'échantillon chez moi, puis chez Raven.

Le silence règne tandis qu'il nous emmène dans une grande salle meublée de sièges confortables afin d'y attendre les résultats.

Raven et Jonah s'assoient de l'autre côté de la pièce avec Sadie qui dort dans la poussette.

Gia et moi nous installons à côté de Milena, qui a tenu à nous accompagner. Elle n'a pas ouvert la bouche depuis qu'elle m'a dit tout ce qu'elle savait sur ma mère.

— Milena, merci de m'avoir rendu une petite part d'elle, dis-je.

Elle lève les yeux et hoche la tête sans un mot.

— Jusqu'il y a environ six mois, je n'avais aucune réminiscence de mon enfance, poursuis-je. Quand la mémoire m'est revenue, je n'avais toujours pas le moindre souvenir d'elle. Si vous vous rappelez quoi que ce soit la concernant, n'importe quoi, vous me contacterez ?

— Je ferai mon possible, mais n'ayez pas trop d'espoir. Moi aussi, j'ai très peu de souvenirs de mon enfance.

Un rire jaillit de mes lèvres en avisant le groupe d'inadaptés réunis dans cette pièce. Sans parents, élevés par des étrangers, ou conçus dans d'horribles conditions, nous nous sommes trouvés.

Toute ma vie, je me suis senti l'outsider qui dissimulait ses sentiments honteux, mais c'est fini. Dans cette pièce, en compagnie de ces personnes, je me sens pareil, nous partageons les circonstances de notre vie et les combats que nous avons dû livrer. À croire que Dieu nous a réunis pour que nous nous sentions normaux et que nous puissions nous appuyer les uns sur les autres, nous confier et trouver du soutien.

Milena hausse une épaule.

— En y songeant, Dominick avait un type de femmes. (Elle croise mon regard.) Mary était très belle. Et Dominick adorait détruire la beauté partout où il passait.

— De ce que j'ai lu, ma mère était absolument détruite.

— Je suis désolée pour votre perte, mais, en tant que mère qui s'exprime à la place d'une autre, je peux dire qu'elle aurait été très fière de vous, Rex.

Je déglutis pour avaler le nœud qui se forme dans ma gorge à ces paroles.

— Merci.

Les légers pleurs de Sadie s'élèvent soudain de la poussette.

— Je m'en occupe.

Milena prend le bébé, et Raven sort une couverture et un biberon.

La porte s'ouvre d'un coup.

—Madame Slade et monsieur Carter, nous avons les résultats.

Gia pose sur moi un regard chaleureux mêlé d'attente et de réconfort.

—Rex ? (Raven se tient à côté de moi.) Est-ce que tu serais d'accord pour que nous y allions rien qu'à deux ?

Jonah fronce les sourcils.

—Ma puce… ?

Raven le dévisage.

—S'il te plaît, Jonah. Si les résultats sont ceux que nous anticipons, laisse-nous les entendre ensemble, mais seuls. (Elle se tourne vers Gia.) Si c'est OK pour toi, ajoute-t-elle.

Gia m'enserre la taille et se dresse sur la pointe des pieds pour déposer un long baiser affectueux sur ma mâchoire.

—Bien sûr.

Jonah repousse les longs cheveux noirs de Raven et se penche pour l'embrasser sur le côté de la nuque.

—Nous patienterons ici. Je t'aime.

Raven hoche la tête et me tend la main. Je la prends, nous sortons de la salle d'attente et suivons le technicien de laboratoire vers un bureau privé.

Une fois à l'intérieur, il nous invite à nous asseoir. Raven s'installe sur une chaise, sans me lâcher la main. Trop nerveux, je reste debout.

—Après avoir analysé vos deux profils ADN, il apparaît que vous partagez un nombre significatif de marqueurs génétiques, ce qui nous amène à conclure que vous avez un parent commun.

Le rythme de mon cœur s'accélère, et Raven resserre sa poigne sur ma main.

—Donc vous dites que…

J'ai besoin de l'entendre, de façon simple, sans fioritures.

— Vous êtes demi-frère et demi-sœur. (Ses yeux voyagent entre nous.) Cela dit, il suffit de vous regarder pour deviner que vous partagez des gènes dominants. (Il sourit et remet à chacun de nous un document.) Voici une copie des résultats. Le pourcentage de 98,9 % est recevable par les tribunaux.

Sans s'intéresser au document, Raven lève les yeux sur moi. Elle me lâche la main et se met debout, le regard rempli de larmes.

— Mon frère.

— Il semblerait. (Je souris et je pose la main dans sa nuque pour l'attirer dans un câlin.) Ma sœur.

Elle glousse à travers ses larmes.

— Je croyais que Jonah m'avait déjà tout donné, mais voici que j'en reçois encore plus.

Ses paroles chaleureuses me gonflent la poitrine ; elles témoignent de son amour pour son mari, un homme qui se tient à mes côtés depuis le jour où je l'ai rencontré. Et maintenant nous appartenons officiellement à la même famille.

— Qui aurait pensé qu'en partant de rien nous finirions tous les deux par obtenir plus que ce qui nous revient ? dis-je.

— En parlant de ce qui nous revient (elle me fait un grand sourire), je vais te céder la moitié des avoirs de Dominick.

Quoi ?

— Raven, non. Je ne veux pas de ce...

— Tant pis. (Elle secoue la tête.) Tu partages son sang, tu partages aussi le fardeau qu'il a laissé.

— Garde cet argent pour le Nid de Raven.

— Nous avons de quoi financer le Nid de Raven pour les mille années à venir. À ton tour à présent de faire ta part pour conjurer son héritage. Sers-toi de son argent pour ça.

Ouais, c'est ce que je ferai. Il existe des orphelinats qui débordent de gamins trop âgés pour être adoptés, des enfants abusés en demande d'assistance, tant de besoins et pas assez de personnes pour tenter d'éradiquer tout ce mal. Cet argent pourrait servir, contribuer à ce qu'aucun enfant ne souffre comme j'ai souffert.

— Très bien, c'est ce que je ferai.

Elle sourit.

— Super. Maintenant, allons dire à ton beau-frère qu'il a enfin le petit frère qu'il a toujours souhaité.

Nous remercions le laborantin et nous retournons vers la salle d'attente. Avant d'ouvrir la porte, nous prenons une profonde inspiration ensemble.

Jonah, Milena et Gia se tiennent debout, anxieux d'avoir les résultats.

— Alors ?

Les yeux de Jonah voyagent entre nous.

Je regarde Gia, la fille qui a débarqué dans ma vie, et m'a réduit en lambeaux avant de me reconstruire, meilleur, plus fort.

— Tu avais raison.

Jonah frappe dans les mains.

— Putain, ouais ! (Il se précipite sur Raven et moi, la serre contre lui et me fait un *check*.) Bienvenue dans la famille, frérot !

Avec ses yeux gris rayonnants et ses cheveux roux qui retombent en mèches soyeuses autour de son visage, Gia me regarde avancer vers elle. Je glisse les doigts dans ses cheveux, les replace derrière son oreille, et je l'embrasse.

— Tu t'es battue pour moi depuis le début. Même quand tout le monde prétendait que tu étais folle, tu t'es battue.

— Et tu t'es battu pour moi. (Les larmes s'accumulent dans ses yeux avant de se déverser par-dessus ses cils.) Je serais morte si tu n'avais pas été là.

Incapable de supporter une seconde de plus l'espace qui nous sépare, je l'attire dans mes bras, et elle répond à mon invitation en me serrant tellement fort que j'ai du mal à respirer.

— C'est une bonne nouvelle, Rex. Tu obtiens des réponses et une famille. (Elle renverse la tête pour me regarder.) C'est le début de la guérison.

Je lui décoche un large sourire et je lui embrasse le crâne, absorbant ses paroles d'encouragement, éprouvant une reconnaissance éternelle envers cette femme.

— Je t'aime, Gia.

— Je t'aime aussi, Rex.

Chapitre 31

Qui sait ce qu'offrira la vie
Les apparences sont trompeuses
On prendra le bon, on le chérira
Et moi, je me souviendrai de toi,
Mais le reste, je lutterai pour l'oublier

Ataxia

Gia

C'est le premier lundi où je suis de retour à Vegas. J'ai une semaine entière devant moi et trop de trucs sur ma liste de choses à faire, au nombre desquelles passer au *Blackout* pour les supplier de me réengager.

Rex est d'avis que je devrais prendre plus de temps pour récupérer. Il ajoute même qu'il serait heureux de subvenir à mes besoins, mais, depuis que je suis sortie de Ridley j'ai été financièrement indépendante et je préfère ça. Par le passé, lorsque j'ai laissé quelqu'un s'occuper de moi, le résultat a toujours été catastrophique. Malgré tout mon amour pour Rex, j'ai besoin de savoir que je peux me prendre en charge.

Cette discussion a directement débouché sur la première de mes priorités : suivre une thérapie.

Rex me caresse la jambe pour que j'arrête de la remuer.

— Ne sois pas nerveuse. Darren est un chic type.

— Hmm hmm. (Je n'en doute pas.) Pardonne-moi, mais j'ai un contentieux avec les psys. (Je jette un regard noir au haut-parleur sur l'étagère de l'autre côté de la pièce.) C'est quoi, cette musique ? C'est flippant. Tu crois que si je démolis ce haut-parleur Darren va me renvoyer dans un asile ?

Je souris à ma petite blague et je me tourne vers Rex.

Il a la mâchoire serrée, et un muscle palpite sur sa joue.

— Si qui que ce soit, et je dis bien n'importe qui, essaie de t'enlever de force, ils devront d'abord marcher sur mon cadavre.

Mon sourire s'élargit. Je ne m'habituerai jamais à son caractère protecteur. Depuis que je me suis réveillée dans ce lit d'hôpital à Denver, il ne m'a quasiment rien laissé faire toute seule. C'est une autre raison pour laquelle je dois travailler. J'apprécie qu'il veuille prendre soin de moi, mais je ne suis pas impotente, du moins pas physiquement.

Sur le plan mental, j'ai changé, je ne suis plus la même qu'avant mon départ de Vegas. Rex n'en parle pas, mais je le vois à la façon dont il me regarde, comme s'il attendait un truc en plus. Il n'est pas le seul à regretter mon ancienne personnalité. Moi aussi, la fille que j'étais me manque, mais je sens qu'elle revient petit à petit. Trop lentement. La résurrection est l'œuvre du divin, pas de ceux qui sont brisés.

Je plonge les yeux dans ceux de l'homme qui est autant une part de moi que Gia, Mac et Annie. Il est le point commun qui les rassemble, la pièce manquante qui les relie. La paix manquante. J'ai trouvé la paix, et, pour la première fois, il me semble que ma vie ne tourne plus seulement autour de la vengeance.

Elle tourne autour de moi.

Et de Rex.

De nous.

La porte d'un petit bureau s'ouvre, et une femme et son fils en sortent, main dans la main. Je suis du regard le petit garçon qui s'accroche à sa mère. Rex avait à peu près cet âge quand nous nous sommes rencontrés. Il nous a fallu quatorze ans pour en arriver là où nous sommes aujourd'hui, et nous avons encore beaucoup de travail à accomplir, mais le faire ensemble, c'est tout ce qui importe.

—À la semaine prochaine.

L'homme qui les salue doit être Darren.

Il est plus jeune que je n'imaginais. Il pose son regard sur nous, et son visage s'illumine d'un sourire éclatant.

—Waouh!

Les doigts posés sur la bouche, il secoue la tête.

Rex me prend la main et se met debout. Je le suis pour rejoindre Darren. Celui-ci a des cheveux blonds plus longs que je n'aurais pensé, avec quelques mèches grises qu'on remarque à peine. Il me regarde à travers ses lunettes, et j'aperçois une extrême gentillesse dans ses yeux noisette; c'est tellement différent de ce que j'ai connu.

—Darren. (Rex me place devant lui mais pose les mains sur mes épaules. Le contact de son torse me réchauffe le dos, et je me sens en sécurité.) Voici ma Gia.

«Ma Gia.» Ma poitrine se gonfle, dissipant mon malaise.

—Eh bien..., waouh! (Darren me tend la main.) C'est un honneur d'enfin te rencontrer.

Je saisis sa main tendue.

—C'est un honneur pour moi aussi.

Rex me serre les épaules, et je ne peux réprimer un sourire devant son assentiment.

Darren nous fait signe de le suivre dans son bureau. Nous nous dirigeons vers une petite causeuse, où nous nous asseyons l'un contre l'autre. Rex me prend la main, il fait en sorte de ne pas me lâcher. Est-ce que je pourrais l'aimer davantage ? J'aurais cru que non, mais mon affection pour lui croît de jour en jour.

— Darren ? dis-je.

Il pose les yeux sur moi.

— Oui ?

— J'ignore ce que Rex t'a précisément raconté sur mon passé, mais…

— Il m'a dit tout ce qu'il savait, Gia. Et même si en cet instant je sais que tu penses le contraire, je t'assure que tu es en sécurité ici. Rex est d'accord pour rester avec toi pendant tes séances aussi longtemps que tu auras besoin de lui, le temps nécessaire pour que tu te sentes en confiance avec moi.

J'expire et je contrains mes épaules à se détendre.

— Merci.

Il hoche la tête et me sourit avec une telle bienveillance que je comprends comment Rex a pu s'attacher autant à cet homme.

Ses yeux voyagent entre nous.

— Vous savez, ce n'est pas très professionnel de ma part, mais, puisque je connais Rex depuis très longtemps, je vais quand même le dire… (Il se penche, les coudes sur les cuisses.) Vu votre histoire, les expériences que vous avez en commun et les événements traumatisants qui ont suivi, d'un point de vie statistique, vous n'avez aucune chance de bâtir une relation saine.

Mon estomac fait des bonds et mes muscles se contractent, mais je remarque que Rex reste détendu.

— Toutefois, en vous regardant, en pensant aux obstacles que vous avez surmontés pour en arriver là où vous êtes aujourd'hui ? Votre amour a de quoi convertir le pire des cyniques.

Je sens frémir la main de Rex.

— Je ne pourrais pas mieux dire, intervient-il. Maintenant, est-ce que tu voudrais bien expliquer à ma chérie qu'il est encore trop tôt pour qu'elle retourne travailler ?

J'en suis baba, et Darren essaie sans succès d'étouffer un rire.

— Je pense que c'est bon, j'ai confiance en Darren. (Je pousse Rex pour blaguer.) Tu peux t'en aller.

Nous rions tous les trois, ce qui allège l'atmosphère.

Rex me prend le visage entre les mains et dépose un doux baiser sur mes lèvres en faisant traîner son anneau. Ses yeux d'un bleu arctique transpercent les miens, et il ne sourit pas.

— Je peux m'en aller mais je ne te quitterai jamais, mon ange. Tu fais partie de moi depuis toujours, et je ne te laisserai jamais repartir.

D'un seul coup, le travail, l'argent, le passé…, plus rien n'a d'importance.

Quelque chose bouge au plus profond de mon âme, et une autre part de mon ancien moi revient à la vie.

Rex

— Tu mens. (Talon me pointe du doigt, le sourire au visage et une bière à la main.) Impossible que tu sortes avec Mac depuis l'été passé. C'est presque Noël. Je l'aurais su.

Assis sur le divan dans notre loge en coulisses, j'accorde ma guitare.

— Pourquoi est-ce que je mentirais là-dessus, bon sang ? Elle vit avec moi, je te jure.

Hormis les gens de l'UFL, personne ne nous a jamais vus ensemble, Gia et moi, et notre liaison a été brève avant qu'elle disparaisse de la circulation. Je ne suis pas surpris que Talon croie que je raconte des salades.

— Donc, elle est partie six mois dans sa famille, et là maintenant elle est rentrée et elle vit avec toi ? demande Talon en secouant la tête.

— Ouais, pourquoi est-ce que c'est si dur à croire ?

— Hum, je ne sais pas, peut-être parce que c'est carrément la première fois que je t'entends parler d'elle.

— Je me fous que tu me croies ou pas…

La porte de la loge s'ouvre, et Lane et Ty entrent.

— Putain, c'est la folie là-bas ! déclare Lane en plongeant la main dans sa poche pour en retirer une cigarette.

— Depuis que nous avons joué à la *House of Blues*, nous faisons salle comble, réagit Talon en massant son crâne rasé avant de s'affaler à l'autre bout du divan.

Ty prend un petit seau à glace, vidé de ses bières.

— Il me faut à boire.

— Vous avez vu la nouvelle serveuse ? demande Lane en tirant un long coup sur sa cigarette.

Je me remets à accorder ma guitare en réprimant un sourire.

Talon secoue la tête.

— Non. Elle est sexy ?

— Ah ! Sexy, c'est en dessous de la vérité ! Putain, elle est phénoménale ! (Ty porte les mains à son torse.) Gros seins, taille fine et un petit cul bien ferme.

Un grondement roule de ma gorge.

— Du calme, Ty.

Tous les trois me regardent bizarrement.

Ty ne semble pas capter mon avertissement, ou alors il s'en fiche, parce qu'il me rabroue et continue.

— Et le mieux, les mecs, c'est qu'elle est rousse. Vous savez ce qu'on raconte sur les rousses, hein ?

Je ne sais pas ce qu'on raconte sur les rousses, mais je devine que ça ne va pas me plaire.

Il désigne son visage.

— Du feu au-dessus des yeux. (Puis l'entrejambe.) Du feu au milieu. (Il bascule le bassin.) Partout du feu de Dieu.

Ils s'esclaffent tous les trois tandis que je réfléchis au meilleur moyen d'étrangler Ty à mains nues.

— Espèce de pu… !

On frappe à la porte, qui s'ouvre. Mon sang passe aussitôt de bouillant à chaud quand je pose les yeux sur Gia.

Elle a récupéré son boulot mais elle a accepté de travailler à mi-temps jusqu'à ce qu'elle soit totalement rétablie. Depuis notre séance avec Darren au début de la semaine, elle semble aller de mieux en mieux chaque jour. Elle s'alimente bien et a commencé à courir avec moi le matin pour se tonifier les muscles.

L'autre soir, je lui ai demandé si la drogue lui manquait parfois, et elle m'a juré que non. Elle affirme que la seule raison pour laquelle elle a eu l'impression d'en avoir besoin, c'était parce qu'elle essayait de m'oublier, et maintenant qu'elle m'a retrouvé elle ne veut surtout pas oublier.

— Salut, les gars.

Elle pose ses yeux gris sur moi, et, comme chaque fois, je suis subjugué. Ses lumineux cheveux roux sont lissés, ce qui lui donne une allure sophistiquée quand ils rebondissent sur sa tenue noire. Je suis le seul à savoir combien ils sont doux quand je les caresse ou quand ils traînent de mon torse jusqu'entre mes jambes. La trace d'un sourire joue sur ses lèvres, et un léger fard lui colore les pommettes.

— Mario vous informe que dans trente minutes c'est à vous. Je peux vous apporter quelque chose à boire ?

Je me passe la langue sur les lèvres et, à voir son fard qui devient plus prononcé, je pense qu'elle devine que la seule chose que je veux mettre en bouche, c'est elle. Depuis la première nuit passée chez moi, je ne peux me rassasier de son corps souple, des sons légers qu'elle émet quand je la touche ou de ses murmures de frustration quand je l'excite. Et, même si certaines choses me rendent toujours nerveux quand nous faisons l'amour, je n'ai plus jamais été malade ou nauséeux après.

— Putain ouais, Ty ! (Talon s'avance et s'arrête bien trop près d'elle.) Tu déconnais pas. Elle est chouette, la nouvelle.

Ouais, bon, ça ne va pas se passer comme ça. Je pose ma guitare et je me lève.

— Tu as un nom, la Rousse ?

La Rousse ? Comme c'est original !

Je fais un pas vers elle, mais elle me fixe du regard et me fait « non » de la tête. Je m'immobilise et j'observe la scène, prêt à intervenir si je dois remettre un emmerdeur à sa place.

Un sourire se dessine sur ses lèvres.

— Je m'appelle Gia. Et toi ?

Il tend le bras et prend la pointe de ses cheveux dans ses putains de doigts. Je roule des mécaniques et j'adresse un regard furieux à ma meuf. Elle ferait mieux de se dépêcher de terminer sa petite plaisanterie avant que j'arrache les mains de mon batteur.

— Talon. (Il plisse les yeux.) J'ai l'impression de te connaître. On s'est déjà croisés ?

Elle hausse les épaules et bat des cils. Je lui laisse encore cinq secondes. Je remue la main pour qu'elle en finisse.

— Je ne pense pas, répond-elle. Tu te souviendrais de moi. (Son regard glisse sur moi, elle a un petit sourire aux lèvres.) Je suis difficile à oublier.

Ah putain, mes lèvres meurent d'envie de l'embrasser ! Je fais un pas vers elle, et elle repose les yeux sur Talon.

— Ça ne m'étonne pas, ma jolie. Et si tu me donnais ton numéro ? On pourrait se voir après le concert.

Le sourire de Gia passe de félin à carrément malicieux.

— Bien sûr. Donne-moi ton téléphone.

Je me fends d'un large sourire, mais je baisse le menton.

Il lui tend son téléphone, et elle enregistre un numéro avant de le lui rendre.

— Voilà.

Contrairement à Caleb, Talon jette un coup d'œil au numéro. Gia mord ses lèvres pleines. Je vais la rejoindre à l'instant même où Talon redresse brusquement la tête.

— Qu'est-ce que… ? C'est le numéro de Rex.

Je glisse un bras autour de ses épaules et je l'attire contre moi.

— Sans déc', abruti. C'est parce qu'elle vit avec moi.

Les yeux de Talon passent d'elle à moi, mais s'attardent plus longtemps sur Gia. Particulièrement quand il comprend enfin et que ses yeux s'écarquillent.

— Merde alors !

Elle enfouit le visage contre mes pectoraux et se met à rire.

— Ça alors, Mac ! lâche-t-il.

Ty et Lane s'approchent, les yeux plissés.

— Oui, répond-elle. Et non.

— Les mecs, je vous présente Gia ou Mac. Les deux lui conviennent, mais je dois vous avertir que vous allez tous vous faire virer du groupe après le concert pour avoir entretenu des pensées inappropriées. (Je pointe le doigt sur Ty.) Toi en particulier, enfoiré. Dès que la dernière chanson sera finie, tu auras intérêt à prendre tes jambes à ton cou, ou sinon prépare-toi à te battre comme un homme.

Ty ne lâche pas Gia des yeux.

— Pas question. Tu es canon en rousse.

Je le pousse violemment.

— T'as pas entendu ce que je viens de dire ?

— Il rigole, Ty. (Elle se blottit contre moi.) Tu ne vas pas lui faire de mal, n'est-ce pas, chéri ?

Je lui glisse un regard noir.

— Je vais me gêner.

Elle débloque si elle croit que ces enculés ne vont pas recevoir une raclée pour lui avoir manqué de respect devant moi.

— Tu es un sacré veinard, tu sais ça ? déclare Lane.

Il secoue la tête en m'adressant un demi-sourire.

Je dépose un baiser sur la tête de Gia et j'inspire son odeur, stupéfait qu'une seule personne puisse changer ma vie comme elle l'a fait.

— Je sais.

— Vous voulez que je vous apporte quelque chose avant de monter sur scène ?

Elle est repassée en mode serveuse, mais elle reste près de moi.

Avec le recul, c'est toujours là qu'elle a été. Même si j'avais refoulé la plupart de mes souvenirs, une part de moi s'était raccrochée à elle. Et elle était restée accrochée à moi.

Je n'avais jamais connu un amour de ce genre. Jusqu'à aujourd'hui.

La foule nous acclame et scande « Une autre » sans discontinuer. Je regarde les membres du groupe par-dessus mon épaule ; leurs expressions reflètent l'énergie du public.

Je me retourne vers la salle en me protégeant les yeux des spots. J'aperçois Gia debout à l'extrémité d'une longue table où sont assis mes amis. Elle applaudit en arborant un large sourire. Je parcours la table des yeux. Blake est assis avec Layla qu'il tient contre lui, et Raven, ma sœur, est enveloppée dans les bras de Jonah. Mason ; Caleb ; Owen et sa femme, Nikki ; Eve, ils sont tous là pour me soutenir.

Ils ont accueilli Gia au bercail comme si elle en avait toujours fait partie. Elle m'adresse un signe de la main. Je lui réponds par un clin d'œil, et elle me souffle un baiser. Merde, l'euphorie de cette situation me fait tourner la tête !

Je joue les premiers accords d'une nouvelle chanson sur laquelle nous avons bossé. Talon m'accompagne à la caisse claire et à la grosse caisse.

— OK, encore une, alors ?

La foule exulte, et Lane et Ty ajoutent la guitare rythmique et la basse.

— Ça marche.

Je m'écarte du micro et je me concentre sur les arpèges complexes de la guitare solo.

Je suis gonflé à bloc et je me sens vivant pour la première fois de ma vie. La musique s'enroule autour de moi comme une étreinte ; je n'aurais jamais imaginé contempler un jour les visages de fans en adoration, ni ceux des membres de ma famille.

Les mots s'écoulent de mes lèvres comme un prolongement de mon âme. Je déverse mon cœur en paroles et je chante les mots à tue-tête en espérant qu'elle sait qu'ils lui sont destinés. Je prie pour qu'ils pénètrent en elle et viennent de nouveau effacer les souvenirs du passé afin que nous puissions les remplacer par des futurs possibles.

Tu es entrée dans ma vie telle une brise légère
M'apportant un souffle neuf et nécessaire
Par tout ce que tu es, ta bienveillance m'a comblé
J'avais à peine goûté tes lèvres, j'ai su que je ne m'en lasserais jamais

Ton corps est mon sanctuaire, je me prosterne à son entrée
Je suis indigne de son trésor, mais tu m'as quand même ouvert l'accès
J'ai trouvé ma guérison dans ton miracle, dans le paradis que tu habites
Je vais consacrer ma vie à prouver que je te mérite

Parce que…
De toi, je veux me rappeler
Ton amour est le protecteur
Qui me préserve des souvenirs destructeurs
Et me donne l'énergie de lutter pour oublier

La route sera pavée de souffrance et des éclats d'un passé meurtri
La vie n'offre aucune garantie, aucun bienfait n'est acquis
Mais à l'approche des ténèbres nous ferons ce qu'il faut
Nous franchirons les tempêtes main dans la main, tu seras mon radeau

Parce que…
De toi, je veux me rappeler
Ton amour est le protecteur
Qui me préserve des souvenirs destructeurs
Et me donne l'énergie de lutter pour oublier

Et je lutterai pour oublier
Ensemble, nous lutterons…
Nous continuerons à lutter pour oublier

Les yeux clos, je chante le serment que j'ai écrit pour Gia à l'hôpital quand j'attendais qu'elle me revienne, la promesse de lui consacrer toute ma vie et de faire tout mon possible pour mettre de la lumière dans les ténèbres de nos âmes, pour donner une chance à notre amour en dépit de toutes les saloperies que nous avons dû traverser.

Le dernier accord résonne, et la salle se déchaîne avec force cris et sifflets. Je plisse les yeux pour scruter la foule, à la recherche des cheveux lumineux et des yeux gris de l'autre part de moi. Je la repère enfin. Elle se tient près de la scène, les yeux brillants de larmes, ses lèvres pleines étirées en un sourire tremblant.

Si sublime et tout à moi. Pour toujours.

Je pose les lèvres sur le micro.

— Cette fille pleure vraiment.

Elle sourit à travers ses larmes, et j'en suis tout retourné. C'est ce qu'elle a toujours fait, affronter les circonstances les plus terribles de la vie avec le sourire et les poings levés.

Putain, qu'est-ce que j'aime cette femme ! Sa passion, son esprit de battante, sa détermination pour s'attaquer aux pires des maux et remporter le combat haut la main.

Ma femme.

Ma Gia.

Épilogue

Gia

— Tu es sûr qu'on s'y prend correctement ?

Je recule et j'examine le sapin de Noël d'un mètre quatre-vingts, de travers dans son socle, avec ses lumières qui pendouillent à certains endroits et ses décorations nichées n'importe comment entre les branches.

Rex se gratte la tête et hausse les épaules.

— J'en sais rien. Je n'ai aucune expérience en la matière, mais, merde, ça ne doit quand même pas être si compliqué.

Je me mordille la lèvre inférieure. Ça ne devrait pas être compliqué, mais ni l'un ni l'autre, nous n'avons jamais fêté Noël, et j'ignorais totalement que ce serait aussi difficile de décorer un sapin.

— On ne mettait jamais de sapin pour les enfants dans ton orphelinat ?

Je plonge la main entre les branches et je repousse une boule en verre rouge jusqu'à ce qu'elle disparaisse derrière les aiguilles. *Hum, pas terrible.*

— Non. (Rex redresse le sapin, mais celui-ci penche aussitôt qu'il le lâche.) Et dans ton établissement psychiatrique il n'y en avait pas non plus ?

Je redresse les lumières multicolores.

— Non. Ça aurait pu être dangereux. Tu sais, l'électricité, les trucs tranchants. (J'examine de nouveau le sapin.) Tu es certain que ce sont les bonnes lumières ? Elles semblent trop grandes.

— Honnêtement, mon ange, j'en sais fichtre rien. Sur la boîte, il était indiqué « Lumières ».

— Hum. (Je consulte l'horloge digitale du four.) Tout le monde sera là d'ici à une heure.

Nous considérons le sapin pendant quelques instants avant d'éclater de rire.

Rex a décidé qu'il était prêt à inviter des gens, et nous avons estimé que le réveillon de Noël serait l'occasion idéale. Mais tout ce qui est facile pour les autres est difficile pour nous. Nous n'avons pas vécu une enfance conventionnelle et nous manquons de repères qui nous faciliteraient la tâche pour des trucs du style décorer un sapin de Noël.

— Et puis merde ! (Rex ramasse une boîte de décorations vide et la jette dans un grand sac-poubelle.) Je trouve qu'il est parfait.

— Pas mal, hein ? (Je repose les yeux sur notre sapin pathétique.) C'est notre conception du parfait.

Il m'embrasse le front.

— Exactement, mon ange.

Les dernières semaines ont été pénibles. Nous suivons tous les deux une thérapie intensive deux fois par semaine, une fois ensemble et une fois séparément. Nous avons dû ressasser des choses que nous aurions tous les deux souhaité oublier, et les souvenirs de Rex lui reviennent encore par bribes.

L'autre nuit, il s'est réveillé en tremblant. Il avait rêvé de sa mère. Elle pleurait et, dans son rêve, il faisait l'impossible pour qu'elle arrête. Il prétendait avoir senti ses bras autour de lui, il lui répétait qu'il était le seul homme de sa vie à l'aimer vraiment. Elle l'avait appelé « Mon petit homme ». À son réveil, il s'était blotti dans mes bras, et j'avais chanté jusqu'à ce qu'il se rendorme.

Même si c'est merveilleux pour Rex d'avoir retrouvé cette part de sa mère, cela ne va pas sans conséquence ni sans apporter son lot de souffrances. À vingt-cinq ans, il la perd de nouveau.

Mais nous trouvons de la joie dans les petites choses, en mangeant des macaronis au fromage surgelés ou en chauffant des guimauves sur le brûleur de la cuisinière. Il m'a déjà offert une moto tout-terrain pour mon anniversaire, qui n'est qu'en février. Quand l'atmosphère devient trop chargée, nous partons rouler dans les collines ou nous faisons une virée à la Stratosphere, des petits trucs qui nous rappellent que nous sommes en vie et ensemble.

Qui nous rappellent que nous devons regarder devant nous.

Continuer à avancer.

Et ne jamais cesser de nous battre pour avoir droit au bonheur.

J'inspecte le chariot des desserts sur lequel est disposée toute la nourriture de Noël à laquelle nous avons pu penser, depuis le lait de poule jusqu'aux cookies décorés de sucre en passant par les mendiants à la menthe, les mini-chocolats assortis et une grande Thermos de chocolat chaud.

La porte de la salle de bains s'ouvre, et Rex en sort. Mes yeux se figent sur lui et, à deux pas de moi, ses jambes font de même.

Il porte un jean noir et une chemise rouge vif qui met en valeur ses cheveux noirs et ses yeux bleus. Mais, en pur style de rockeur, sa chemise sort du pantalon, ses manches sont roulées pour dévoiler ses avant-bras aux magnifiques tatouages et son col est déboutonné, offrant un aperçu sur son cou recouvert d'encre et sa carrure impressionnante. J'en ai l'eau à la bouche, et le chariot des desserts perd soudain tout attrait en comparaison de mon appétit dévorant pour lui.

Il cligne plusieurs fois des yeux puis s'avance pour s'arrêter à une trentaine de centimètres de moi. Il m'examine de la tête aux pieds, et des pieds à la tête.

— Putain de merde, mon ange ! Je ne t'ai jamais vue en robe et je dois dire…

Il siffle à travers ses dents. Le bleu de ses yeux rivés aux miens luit de désir. Il se passe la langue sur la lèvre inférieure.

— Tu es à croquer, finit-il.

Un frisson d'excitation me traverse le corps pour atterrir entre mes jambes.

— Intéressant, rétorqué-je. On a combien de temps devant nous ?

Il me prend par la taille et me rapproche de lui, faisant se rencontrer la chaleur de nos corps. Ses lèvres se portent à mon oreille, qu'il mordille délicatement. Son souffle chaud danse contre ma peau, communiquant la chair de poule à mes bras.

— Certainement pas assez pour faire tout ce que je veux. J'ai le sentiment qu'une fois que j'arriverai là en bas je ne voudrai jamais m'arrêter.

Je suffoque et j'incline la tête sur le côté tandis qu'il dépose des baisers sur mon cou et qu'il promène le nez le long de mes épaules et de ma clavicule dénudées, inspirant mon odeur. Ma tête flotte dans le parfum épicé de son eau de toilette et l'odeur fraîche de sa peau.

Du bout des doigts, il souligne le buste de ma robe sans bretelles.

— Je t'ai déjà dit à quel point tu es superbe en noir ?

Sa langue glisse le long de mon cou.

Je suis incapable de proférer le moindre mot, et mes yeux se ferment lentement.

— Hmm hmm.

Il glousse dans mon oreille, un rire si profond et annonciateur de promesses que mes jambes en tremblent.

— Tu aimes ça ? demande-t-il.

Il fait glisser mes cheveux derrière mon épaule et répète la manœuvre de l'autre côté.

J'agrippe ses bras pour garder l'équilibre.

Son souffle chaud au parfum de menthe me frôle l'oreille.

— Réponds-moi, insiste-t-il.

— Oui.

— Brave fille.

Il balade les mains le long des courbes de mon corps désormais bien remplumé grâce à son insistance pour que je m'alimente convenablement et que je l'accompagne faire de l'exercice quelques jours par semaine. Il m'empoigne les fesses à deux mains et les pétrit.

— Je suis heureux de recevoir tout le monde, mais j'attends impatiemment le moment où ils repartiront.

Ses paroles dissipent le brouillard dans lequel je baigne. Je cille. *C'est vrai, nous attendons des invités.*

— On ferait mieux d'en rester là, sinon on ne saura jamais aller leur ouvrir quand ils sonneront.

Il s'écarte sans me lâcher la main et m'adresse un nouveau regard appréciateur.

— Merde, Gia ! Où est-ce que tu as déniché cette robe ? (Il s'attarde sur mes chaussures à semelles compensées.) Et ces pompes ? (De sa main libre il ajuste son jean.) Tes vêtements exercent des effets dévastateurs sur mon corps.

— Et c'est bien ? (Je pivote lentement, plongeant sous son bras pour ne pas lui lâcher la main.) Ou c'est mal ?

Il hausse son sourcil orné d'un piercing et me gratifie d'un sourire du coin des lèvres.

— Ça me fait toutes sortes de bonnes choses.

Je n'ai qu'à me dresser légèrement sur la pointe des orteils pour venir effleurer ses lèvres exquises.

— Tant mieux.

Il plonge la main dans mes cheveux et les empoigne quelques instants avant de poser la bouche sur la mienne. Comme toujours, la passion nous emporte, et nous nous agrippons mutuellement, nous mordillant, nous dévorant, animés chacun d'une envie frénétique d'être scotché à l'autre.

La sonnette retentit, et il arrache les lèvres des miennes. Les yeux dans les yeux, le souffle court, nos cœurs battent la chamade au même rythme.

— Je m'en occupe. (Il m'embrasse le bout du nez et m'accorde un instant pour reprendre mes esprits.) Ça va ?

— Ouais.

Je plisse ma robe.

Il me gratifie d'un clin d'œil et se tourne pour aller ouvrir la porte.

— Joyeux Noël ! (La voix de Raven retentit par-delà Rex, et j'entends des mecs qui se tapent dans le dos en s'étreignant.) Oh, mon Dieu ! Votre sapin est magnifique.

Rex m'adresse un sourire.

Je traverse la pièce pour aller à leur rencontre, et Raven m'aspire dans son étreinte. Jonah s'amène ensuite, mais se contente de me serrer d'un bras, car de l'autre il berce Sadie.

— Ooh, regardez-la! (Je tire sur le minuscule nœud rouge qui entoure une pousse de cheveux noirs luisants.) On dirait un petit ange de Noël.

— Ouais, eh bien, elle est toute à toi! Je l'ai tenue si longtemps que ça me manque de tenir ma femme. (Il dépose tendrement Sadie dans mes bras ouverts et embrasse sa menotte.) Tu es gentille avec ta tante Gia, princesse. Papa a besoin d'un peu de temps avec maman.

Après un signe du menton, il s'en va rejoindre sa femme.

Je tiens le bébé contre ma poitrine.

— Salut, ma mignonne. Tu grandis si vite. (Ne me sentant pas très à l'aise avec mes talons sur le sol de béton glissant, je me dirige vers le divan.) Et voilà. Nous serons plus en sécurité ici. Tata Gia est un vrai danger public en talons. (Je glisse le doigt dans sa main, et elle l'agrippe fermement.) Ne t'inquiète pas, je ne vais pas partir. (Elle roucoule et j'embrasse la petite fossette sur sa joue.) Tout va bien, je suis là.

Je sens qu'on m'observe et je lève les yeux sur Rex. Debout près du divan, il ne me lâche pas du regard, totalement imperméable à la présence de Jonah et de Raven.

« Ça va ? » demandé-je en silence.

Il cille et hoche la tête avant de venir s'installer à côté de moi sur le divan. Il se penche.

— À te voir comme ça, je me dis que tu feras une mère formidable.

Ma respiration se bloque dans ma gorge. Je prends du recul pour observer son visage et, dans ses yeux je n'aperçois que de l'amour et de la fierté.

— Je n'ai pas la fibre maternelle. Je ne saurais pas m'y prendre avec un gosse.

Il secoue la tête avant que j'aie terminé.

— Tu feras une mère fantastique le moment venu. (Il caresse le crâne de Sadie.) J'espère que nos enfants auront tes cheveux roux.

— Rex… (mon pouls tambourine dans mes oreilles), je ne suis pas prête.

Il y a tout juste un mois, j'étais dans le coma à la suite d'une overdose après avoir créché dans un repaire de motards. De nombreux signaux m'invitent à ne pas chercher à me reproduire.

— Moi non plus. Bordel, tous les trucs que je vais encore devoir régler avant de pouvoir envisager de devenir père ! (Il s'empare de mon menton.) Mais crois-moi, Gia McIntyre, je ferai de toi mon épouse.

La chaleur me monte aux joues.

— Ou c'est moi qui ferai de toi mon mari ?

— Dans les deux cas, je serai heureux.

— Joyeux Noël, les enfoirés !

Nous levons les yeux pour apercevoir Blake, Layla, Axelle et Killian qui franchissent le seuil.

Layla me repère et nous rejoint en traînant des pieds.

— Salut, Rex, lance-t-elle.

Il m'embrasse la tête et se lève pour serrer Layla dans ses bras.

— Pas encore de bébé, alors ?

Elle lève les yeux au plafond et le rembarre d'un geste de la main.

—Pouah... non.

Blake fait un *check* à Rex.

—Je n'arrête pas de lui dire que plus nous... (il regarde derrière lui vers Axelle et Killian qui se sont approchés des desserts en compagnie de Raven et de Jonah) baisons, plus elle a de chance d'entrer en contractions, mais elle prétend que quatre fois par jour, ça suffit.

Layla donne une tape sur le ventre de Blake.

—Bon sang, Blake, pas besoin de détails!

—La Souris, ma chérie, tout le monde sait que le sexe déclenche les contractions. On en parle dans tous les bouquins de grossesse que j'ai lus.

—Je le sais, le Serpent, mais on ne ménage pas notre peine, et ça ne donne rien.

Blake l'attire contre lui, pose les mains sur son ventre et ses lèvres sur les siennes.

—Tu m'appelles encore une fois «le Serpent», et je te jure que je te jette là par terre devant tout le monde pour déclencher autre chose.

Sadie pousse un cri perçant, ce qui attire l'attention de toute l'assemblée.

—Ah! Tu entends ça, Slade? (Blake sourit de toutes ses dents.) Putain, on dirait que ta femme et ta fille me trouvent super drôle!

—Blake! s'exclame Layla. Surveille ton langage.

Quand est-ce qu'elle comprendra qu'un type comme Blake peut changer de couleurs, mais que celles-ci ne pâliront jamais?

Il écarte les bras.

—Qu'est-ce que j'ai fait?

Je ris et je regarde Rex dont les yeux sont posés sur moi.

Un sourire naît lentement sur ses lèvres.

Des gens entrent et repartent toute la soirée. Même Emma vient souhaiter « Joyeux Noël » en affirmant ne pas vouloir s'attarder, mais, une fois que Rex l'a présentée à Caleb, les deux ont l'air de bien s'entendre et passent la majeure partie de la soirée à discuter.

En parcourant la pièce du regard, je ravale la boule qui se forme dans ma gorge. Nous sommes venus de rien, et nous voici avec plus qu'on ne peut souhaiter. Tellement qu'une vie ne pourrait suffire à en profiter.

La famille, les amis, les bébés.

Un avenir.

La plénitude d'une paix parfaite.

Rex reconduit le dernier de nos invités, et je m'appuie au comptoir de la cuisine pour retirer mes chaussures. Mes pieds sont passés d'endoloris à affreusement engourdis, et j'aspire au confort de mes bottes. Je bâille et j'avise le bordel qui règne dans la cuisine. Mieux vaut se mettre à ranger avant que je me roule en boule par terre pour m'endormir comme une masse.

Je fléchis les orteils sur le sol froid et je commence à empiler les petites assiettes qui se trouvent sur le chariot de desserts quand Rex arrive derrière moi. Il glisse les bras autour de ma taille.

—Laisse ça. (Il tend le bras et me retire les assiettes de la main.) Je suis incapable de rester loin de toi une seconde de plus. (La tirette dans le dos de ma robe s'ouvre.) À t'observer ce soir, la facilité avec laquelle tu prends ta place dans ma vie, tes sourires, la façon dont tu as pris soin de Sadie…

Il abaisse le dessus de ma robe pour exposer ma poitrine. Il glisse les mains sur la dentelle de mon soutien-gorge sans bretelles.

— Si je disposais de chambres, je t'aurais jetée dans l'une d'elles pour te savourer jusqu'à ce que tu me supplies de venir en toi.

Je cambre le dos, et un frisson intégral me remonte l'échine.

— Hmm. Oui, s'il te plaît.

Il tire sur mes tétons et laisse traîner son anneau de lèvre le long de mon cou. J'appuie les fesses contre son entrejambe et je sens son membre dur dans le creux de mes reins.

— Hmm. (Il émet des vibrations dans mon cou.) C'est maintenant que tu me supplies, mon ange?

Un léger ronronnement sort de ma gorge.

Il agrippe le devant de ma robe et l'abaisse jusqu'à mes chevilles.

— J'ai beau adorer cette robe...

La chaleur de son corps derrière moi disparaît, et je sens qu'il me scrute de haut en bas.

— Elle m'a excité toute la soirée.

Ses paroles, le grondement de sa voix derrière moi... Je ne le vois même pas et je vibre pour qu'il me prenne. Je sens le léger contact de ses mains dans le milieu de mon dos, et mon soutien-gorge s'ouvre avant de rejoindre ma robe au sol. Il englobe mes seins nus, prend leur mesure, les comprime et tire sur la chair sensible.

— Rex, je ne veux plus que tu attendes. (Je laisse reposer la tête sur son torse et je tends la main derrière moi pour le caresser à travers son jean.) Je ne peux plus attendre.

Il remue en réaction à mon toucher.

— Mains à plat sur la table.

Je gémis et je le relâche. Il va éteindre les lumières, nous plongeant dans l'obscurité à l'exception des guirlandes colorées du sapin. Il s'avance d'un air conquérant en déboutonnant sa chemise avant de la faire glisser le long de ses bras. J'examine de manière éhontée son corps, magnifiquement orné d'encre et de métal. Son torse, ses côtes et son cou arborent des couleurs vives qui ne demandent qu'à être touchées.

Il hausse un sourcil interrogateur face à ma rébellion puisque je n'ai pas appuyé les paumes sur la table. Des papillons me dévorent le ventre. Je m'attarde encore quelques instants sur sa constitution impressionnante avant de me retourner pour faire face à la table. Avec un bref sourire, je me penche en avant, les mains à plat, les fesses pointées vers l'arrière.

Il fait le tour pour me jauger.

— C'est sexy, mon ange. Mais je pense que j'ai besoin que tu grandisses un peu.

Il ramasse mes chaussures à semelles compensées sur le sol et s'agenouille près de moi. Il soulève mon pied gauche, dont il caresse la cambrure quelques secondes, avant de glisser la chaussure, puis il répète la manœuvre avec l'autre pied. Au passage, il me mordille le cul, et je sursaute devant cette morsure délicieuse.

— Écarte les jambes, Gia.

Je me mords la lèvre pour réprimer un grognement de plaisir. Les directives impérieuses qu'il émet alors que nous sommes dans cette position, ajoutées à la manière dont il prononce mon nom, m'amènent au bord de l'orgasme. Je m'exécute.

Ses mains chaudes se posent sur l'extérieur de mes cuisses.

— Comme ça. Parfait, mon ange.

Mes genoux flageolent, mon corps attend fiévreusement qu'il s'introduise en moi.

—S'il te plaît !

Je cambre le dos, m'offrant à lui.

Il siffle à travers ses dents.

—Putain, c'est magnifique ! (Il fait glisser les doigts entre mes jambes.) Tellement sublime et tout à moi, bordel !

Ma respiration prend la forme de halètements rapprochés, je me tortille pour qu'il me touche.

—Montre-moi. (Je m'appuie en arrière.) Prouve-moi que je suis toute à toi.

Je l'appâte pour qu'il devienne sauvage, je le mets au défi. J'ai déjà procédé ainsi, l'inciter à se relâcher, à être lui-même et à faire des choses à mon corps dont il n'a aucune raison d'avoir honte parce que c'est exactement ce que je veux.

Une passion féroce et sans retenue.

Il tire violemment sur l'entrejambe de ma culotte puis la relâche de sorte que le tissu vienne claquer contre ma chair sensible.

—Tu me cherches, mon ange.

—Apparemment pas assez fort.

Je cache la tête sous mon bras pour dissimuler mon sourire.

L'air s'agite derrière moi, et je sens son souffle à mon oreille et, sous son jean, son érection pressée entre mes jambes ouvertes.

—Je vais y aller plus fort.

Il m'érafle l'épaule des dents, dispersant un essaim furieux de papillons dans mon ventre et propageant la chair de poule sur ma peau.

Il tire une nouvelle fois sur ma culotte, et l'élastique rend l'âme. Le tissu soyeux glisse le long d'une de mes jambes pour aller se suspendre autour de ma cheville.

Le bruit métallique de sa braguette et le déchirement d'un emballage de préservatif constituent mes seuls avertissements avant que sa chaleur et la petite boule en métal distinctive de son piercing se pressent contre moi.

—Oui, enfin…

C'est tout ce que je peux dire et tout ce que je souhaitais : Rex contre moi, en moi, tout autour de moi, me consumant au point que je pourrais me perdre en lui à jamais.

—Rapide et violent ? propose-t-il.

Je perçois la tension de la retenue dans sa voix, comme s'il luttait pour s'empêcher de s'enfoncer profondément en moi d'un seul coup.

Il n'y parviendra pas.

—Si tu t'en crois capable.

J'écarte davantage les jambes et je me frotte contre lui.

Le grondement profond de son rire me contracte l'estomac.

—À te sentir… (il promène le bout de son membre le long de la fente entre mes jambes) j'ai l'impression que tu aimes me provoquer.

—Rex, s'il te plaît, contente-toi… Je n'en peux plus. Arrête de m'exciter et prends-moi.

Sa main remonte le long de ma colonne pour rejoindre mes cheveux qu'il empoigne.

—Tout ce que tu voudras.

Il appuie sa main libre sur ma hanche et s'enfonce en moi.

Submergée par un sentiment d'abondance, je cède à sa domination puissante, mes bras tremblent pour me soutenir.

J'ai toujours été consciente du pouvoir qu'exerce Rex sur moi. Toute ma vie, il m'a possédée tout entière, depuis mes pensées jusqu'à mon instinct de survie. J'ai réchappé à des parents maltraitants et à un établissement psychiatrique pour le revoir. Mais lorsqu'il exerce son contrôle sur moi je me sens enfin en sécurité, j'ai le sentiment qu'on prend soin de moi, car je suis aux mains de la personne qui détient mon cœur.

— Je te sens belle. Tu es tellement douce. (Il se retire avant de revenir d'un coup sec.) Parle-moi.

— Encore !

— Merde, Gia ! (Il se penche et m'embrasse le dos.) Putain, tu étais faite pour moi, tu le sais, ça ?

— Oui.

Je m'appuie contre lui, et il abat la main pour m'assener une claque sur la fesse. La morsure du plaisir se diffuse droit entre mes jambes.

— Rex, je vais jouir.

Il se propulse de nouveau en moi.

— Je suis là avec toi, Gia.

Ouais, il l'est. Il l'a toujours été.

Nous nous ruons l'un sur l'autre. Ses mains alternent entre manifestations de domination quand il m'agrippe et admonestations de fessées dont la morsure se précipite vers le centre de mon être. J'ai la tête qui tourne et ma vision se brouille tandis que je succombe à l'extase.

Une lumière aveuglante explose derrière mes paupières, et des éclairs de plaisir m'incendient. Je gémis sous la force du relâchement qui me consume. Il enfonce les doigts dans ma chair et grogne, cédant à l'orgasme à ma suite. Je reprends lentement mes esprits, mes jambes chancellent, mais il m'entoure la taille pour me soutenir.

Nous respirons pesamment, toujours connectés ; il redresse le haut de mon corps, puis je m'affaisse en arrière dans ses bras.

—Putain, je t'aime, Gia !

En dépit de mon épuisement, je souris. Lorsque nous faisons l'amour, même de notre manière non conventionnelle, je termine toujours vidée, épuisée et repue.

—Moi aussi, putain, je t'aime, Rex !

Il se retire et me recueille dans ses bras. Il se débarrasse de son jean tombé à ses chevilles pour être libre de ses mouvements et m'entraîne vers le lit, où il m'allonge. Il se déplace vers mes pieds et retire mes chaussures, massant ceux-ci jusqu'à ce que je m'endorme presque.

—Il est minuit, annonce-t-il.

Je cligne des yeux pour les contraindre à s'ouvrir.

—Hmm ?

Je croise son regard chaleureux, et un sourire insouciant lui illumine le visage.

—C'est Noël.

Une étincelle d'excitation me ranime, et je m'assois.

—C'est Noël.

Il hoche la tête et saute du lit pour prendre des vêtements dans sa commode ; il me balance un tee-shirt et enfile un pantalon de pyjama en flanelle.

Je passe le tee-shirt par-dessus ma tête.

—Les cadeaux ! m'exclamé-je.

Il me prend par la main, et nous courons vers le sapin. Je me dirige vers le paquet que j'y ai dissimulé plus tôt dans la journée, et il tend le bras vers celui qu'il a planqué entre les branches. Je m'assois par terre, les jambes repliées sur le côté, et il dépose sur mes genoux une boîte carrée emballée de papier doré et d'un ruban rouge.

L'émotion me saisit à la gorge.

—C'est toi qui as fait cet emballage ?

Il s'assoit à mes côtés et passe une main dans ses cheveux noirs en bataille.

—Hum, est-ce que cela aurait moins de valeur si je répondais « non » ?

Je secoue la tête, craignant d'ouvrir la bouche et de révéler à quel point je suis au bord des larmes.

—Tu as vu mes talents de décorateur de sapin. Emballer des cadeaux, ça devra peut-être attendre l'an prochain.

Je commence à faire glisser le ruban de velours, mais l'excitation l'emporte à mi-chemin, et, trop pressée de découvrir le cadeau, je déchire le papier au son des rires de Rex qui ne m'atteignent pas. *Je dois voir ce que c'est !*

Une fois parvenue à la boîte, j'arrache le couvercle et je l'envoie valser. Je porte la main à ma bouche en considérant le cadeau.

Une chaîne en argent à laquelle est suspendu un pendentif carré en diamant. Je fais mine de le toucher, mais je me retiens, craignant de ternir sa beauté.

Il rit.

—C'est bon, Gia. Tu peux le toucher. (Il me prend la boîte des mains et en fait glisser le collier.) Je ne savais pas quelle taille de diamant prendre. J'ai dû demander à Raven. J'espère que ça ira. (Il vient derrière moi, et je rassemble mes cheveux sur le côté tandis qu'il attache le fermoir de la chaîne autour de mon cou.) Je suppose que c'est à cela que servent les sœurs, hein ?

Une fois qu'il est en place, je tiens le pendentif sur ma poitrine, et les larmes coulent sur mes joues.

Il les efface.

—Ah merde, mon ange ! Ne pleure pas.

Il se penche et m'embrasse tendrement, gentiment.

Je renifle mes larmes.

—J'aime beaucoup. Vraiment, Rex, je l'adore. Et je t'aime.

—Ce n'est pas conventionnel, mais… euh… normalement quand un homme offre un diamant à la femme qu'il aime, cela signifie qu'il veut l'épouser. (Il incline la tête et se masse la nuque avant de croiser mon regard.) C'est ce que cela veut dire, Gia. C'est la promesse que je te fais. Quand tu seras prête, nous enlèverons le collier pour monter le diamant sur une bague, mais, en attendant, chaque fois que tu le sentiras sur ta poitrine, tu te rappelleras que je suis à toi et que tu es à moi. C'est le signe de mon engagement. (Il me prend le visage entre les mains.) Je veux t'épouser et passer le reste de ma vie à te découvrir et à t'aimer.

C'est tout ce que j'ai toujours voulu, être à lui.

—Oui, Rex. Je réponds « oui ». Je t'épouserai.

Il baisse la tête et laisse échapper un long soupir.

—Merci, mon Dieu !

Je me jette dans ses bras, et il me serre contre lui.

Comment pourrais-je faire mieux ?

—J'aime autant te prévenir, tu as fait très fort. Mon cadeau est vraiment minable en comparaison du tien.

Il s'esclaffe, et ses bras tremblent autour de moi.

—Impossible, mon ange.

Je tends la main pour m'emparer du paquet emballé dans un papier bleu imprimé de flocons blancs.

—Tiens. Je l'ai emballé moi-même, donc merci de ne pas te moquer.

Je me redresse un peu sans quitter l'écrin de ses jambes tandis qu'il déchire le papier.

Il en retire le cadeau en le tenant par le ruban qui y est attaché et laisse pendre la décoration en argent devant ses yeux, déchiffrant l'inscription.

« Rex et Gia. Premier Noël. Pour notre commencement. »

Il me serre contre lui et m'embrasse le sommet de la tête.

— C'est parfait. (Il avise notre sapin penché.) Où est-ce qu'on le mettrait ?

Nous nous levons et tournons autour du sapin à la recherche de l'emplacement idéal avant de jeter notre dévolu sur un endroit en plein milieu.

Il me passe un bras autour des épaules.

— « Notre commencement. » J'aime ça.

Il retire une télécommande de sa poche et la pointe vers la chaîne stéréo. La musique démarre, et Nat King Cole se met à chanter *The Christmas Song*, dont la mélodie emplit la pièce.

Rex laisse tomber la télécommande sur le divan et se tourne vers moi, la main tendue.

— Voulez-vous m'accorder cette danse ?

Un soupçon d'angoisse m'irradie l'estomac.

— Je... euh... je ne sais pas danser.

Il sourit et m'attire vers lui.

— Moi non plus.

Je glousse et j'enfouis le visage contre son torse nu. L'odeur épicée de sa peau m'apaise les nerfs.

— Je propose qu'on se tienne l'un contre l'autre et qu'on se balance.

— On dirait que tout débute toujours ainsi. (Je lève les yeux sur lui, et il baisse le menton.) En se tenant l'un à l'autre.

— C'est comme ça que nous avons commencé : dans le noir, tu fredonnais des chants de Noël tandis qu'on se tenait la main.

— Et voici notre nouveau commencement.

— Mais cette fois on ne se lâchera plus jamais.

Playlist du roman

Taking Over Me – Evanescence

Goodbye – Secondhand Serenade

Kiss You To Death – Alkaline Trio

Suppose – Secondhand Serenade

Serenity – Godsmack

Dead Memories – Slipknot

Lost it All – Avenged Sevenfold

The Christmas Song – Nat King Cole

Bring Me to Life – Evanescence

Say Something – A Great Big World

Remember Me – Red Jumpsuit Apparatus

The Grim Goodbye – Red Jumpsuit Apparatus

Demons – Imagine Dragons

Monster – Eminem

Save You – Simple Plan

Remerciements

Je tiens avant tout à remercier Dieu qui m'a soutenue dans le traitement du thème délicat de cette histoire.

Merci à mon mari et à mes filles, qui constituent ma plus grande source d'inspiration et les premiers amours de ma vie.

Merci à ma mère, la pédopsychiatre familiale Gale West, qui a représenté une source intarissable d'informations, d'encouragements et de soutien. Les sujets que nous avons dû aborder n'ont fait qu'augmenter mon admiration pour toi et pour tout ce que tu fais. Je t'aime, maman.

Je remercie du fond du cœur mon frère, Bo Davis, qui continue à croire en moi et qui lit tous mes livres, même si c'est de la romance. Je t'aime, frangin.

Merci à mon père, Rob Davis, qui essaie de fourguer mes livres à tous ceux qui veulent bien prendre le temps de l'écouter. Et merci d'être fier de moi. Je t'aime, papa.

Merci à mes incroyables belle-mère et beau-père, Rebecca Davis et Jim West. Vous comptez tellement pour moi, et je vous aime tous les deux énormément. Merci pour vos encouragements et votre soutien.

À ma chère amie Evelyn Johnson, merci pour ton soutien et ton aide sans faille. J'ignore ce que je ferais sans toi.

Merci à mon amie et partenaire critique, Cristin Harber. Tu auras toujours une place dans mon cœur. Je t'adore.

Merci du fond du cœur au fabuleux Michael Stokes, qui est un génie artistique absolu doublé d'un gentleman. J'apprécie ton talent.

Alex Minsky, aucun mot ne pourrait rendre justice à la fierté que je ressens en pensant à ton dévouement, à ton parcours et à ta réussite. À toi seul, tu résumes le concept de héros, en acceptant ce que la vie te donne pour en tirer le meilleur parti. C'est un privilège de t'avoir sur la couverture. Merci.

À toutes mes incroyables copines et amies critiques qui ont contribué à donner vie à Rex. Claudia «Dia» Handel, Racquel «Rocky» Reck, Sharon «SFAM» Cermak et Nicola «Nic» Layouni. Vous n'avez pas ménagé votre temps, vos efforts, votre énergie et votre empathie pour cette histoire. Je vous serai à jamais reconnaissante pour vos encouragements et je vous aime toutes énormément.

Merci à Amanda «PIMA» Simpson chez Pixel Mischief Designs. Tu es devenue bien plus qu'un génie du graphisme et du marketing: une amie précieuse.

Merci à Theresa Wegand d'avoir édité mon histoire en faisant des miracles… et aussi d'avoir su gérer toutes mes notes.

À toutes les auteures qui m'inspirent et qui ont pris le temps de me conseiller et de m'encourager: Elizabeth Reyes, Kristen Ashley, Maya Banks et Jaci Burton. Votre humilité et votre élégance vous distinguent. Merci.

Un énorme merci aux filles du groupe Facebook «The Fighting Group»: Toshia Yadao, Suzy Wilhare, Sue Anderson, Stacey Bodenstab, Erin Thompson, Nina Kneblik, Maja Dujak, Jessica Longoria, Ami Cross, Robin Anderson, Audrey Thunder, Ronda Brimeyer, Mimi Reyes, Leslie Krom, Melissa Viro, Nathalie Hinkle, Michelle Reed, D Kristin Godfrey, et toutes les filles qui soutiennent sans relâche les gars de l'UFL. Je ne pourrais jamais assez vous remercier. Votre aide et votre amitié représentent tout pour moi. Je ne serais rien sans chacune d'entre vous.

Merci aux merveilleuses infirmières qui m'ont aidée dans mes recherches : Kelly Harper, Maja Dujak et Jenny Fisher. Merci à tous les incroyables blogueurs qui ont soutenu mes livres via leurs critiques et leurs mises en avant, ou en reprenant des personnages. Vous déchirez GRAVE !

Découvrez aussi chez Milady Romance :

CE MOIS-CI
- **Sophie Jordan**, Devil's Rock, *Détache-moi*

24 NOVEMBRE 2017
- **Eve Jagger**, Sexy Bastard, *Indécent*
- **Jill Shalvis**, Lucky Harbor, *Passionnément*

CE MOIS-CI
- **Emmy Curtis**, Alpha Ops, *À hauts risques*

24 NOVEMBRE 2017
- **Maya Banks**, KGI, *Soleil de plomb*

CE MOIS-CI
- **Fanny Cooper**, *Play & Burn*

CE MOIS-CI
- **Kate Meader**, Hot in chicago, *Point de fusion*

24 NOVEMBRE 2017

- **K.J. Charles**, *La Magie des Magpie*

The Fell Types are digitally reproduced by Igino Marini.
www.iginomarini.com

Achevé d'imprimer en septembre 2017
Par CPI France
N° d'impression : 3024200
Dépôt légal : octobre 2017
Imprimé en France
81123946-1